Su Turhan
Mordslust Pur

PIPER

Zu diesem Buch

Ein schrecklicher Anblick bietet sich Kommissar Demirbilek und seinem Migra-Team, als die Leiche eines Mannes in der Nähe der Münchner Erotikmesse entdeckt wird. Da sie weder Papiere noch Wertsachen finden, vermuten sie zunächst einen Raubmord. Doch Faserspuren an den Handgelenken des Opfers weisen darauf hin, dass der Mann vor seinem Tod gefesselt wurde – und zwar mit einem speziell gefertigten Bondageseil. Sofort nehmen sie die Ermittlungen im Umfeld der Erotikmesse auf, wo mehr Schein als Sein herrscht. Auch in seinem eigenen Privatleben stochert Zeki zunächst im Nebel. Albträume suchen ihn heim. Was er jedoch nicht ahnt: Tatsächlich schwebt einer seiner Liebsten in höchster Lebensgefahr!

1968 verschlägt es den in Istanbul geborenen *Su Turhan* von der Bosporusmetropole ins niederbayerische Straubing. Nach dem Studium der Neuen Deutschen Literaturwissenschaft an der LMU München beginnt er, Drehbücher zu schreiben, und arbeitet als Regisseur, unter anderem für sein Liebesdrama »Ayla«, das internationale Publikumspreise erhielt. Mit »Kommissar Pascha: Ein Fall für Zeki Demirbilek« gab Turhan sein Debüt als Kriminalautor. Er lebt mit seiner Familie in München.

Su Turhan

MORDSLUST PUR

Ein neuer Fall
für Kommissar Pascha

PIPER

Mehr über unsere Autoren und Bücher:
www.piper.de

Wenn Ihnen dieser Krimi gefallen hat, schreiben Sie uns unter Nennung des Titels »Mordslust Pur« an *empfehlungen@piper.de,* und wir empfehlen Ihnen gerne vergleichbare Bücher.

Von Su Turhan liegen im Piper Verlag vor:
Kommissar-Pascha-Reihe:
Kommissar Pascha
Bierleichen
Kruzitürken
Anstich
Getürkt
Mordslust pur

Die Siedlung – Sicher bist du nie

FSC
www.fsc.org
MIX
Papier aus verantwortungsvollen Quellen
FSC® C083411

Ungekürzte Taschenbuchausgabe
ISBN 978-3-492-23334-7
Juni 2019

erschienen im Verlagsprogramm Paperback
Umschlaggestaltung: FAVORITBUERO, München
Umschlagabbildung: daniel reiter/GettyImages (Bierbank); Shutterstock.com (Blut, Kastanie)
Satz: Satz für Satz, Wangen im Allgäu
Gesetzt aus der Dante
Druck und Bindung: CPI books GmbH, Leck
Printed in the EU

Nur içinde yatsın.
Möge sie in Lichtern liegen.

Türkischer Trauerspruch

Für meine Geschwister Özlem und Ayhan

1

Dreh dich um, zeig dein Gesicht!, schrie Zeki Demirbilek dem Wanderer zu und peitschte die vier Hengste, die schnaubten und galoppierten, als läge es an ihnen, die Welt vor dem Untergang zu retten. Zeki lief der Schweiß über das Gesicht. Er hockte auf dem Bock einer Kutsche und trieb das Gespann auf dem nicht enden wollenden Weg den Hügel hinauf. Doch der Abstand zu dem Verfolgten verminderte sich nicht. Die Entfernung blieb gleich, egal, welches Tempo er mit den Pferden einschlug.

Dön! Yüzünü göster!, wiederholte er auf Türkisch.

Der Wanderer reagierte nicht. Zeki blickte über ihn hinweg zum Gipfel. Der Mann in der Kutte vor ihm war riesenhaft gewachsen, die Silhouette zeichnete sich gegen die brennende Sonne ab. Die Kapuze über dem Kopf hüpfte bei jedem Schritt ein Stück nach oben. Blinzelnd neigte er den Kopf und versuchte mit wachsender Verzweiflung, das Alter des Mannes zu schätzen. Dem Gang nach war er weder ein Greis noch ein Erwachsener, kein Jugendlicher und kein Kind. Er hatte immense Kraft in den Beinen und bewältigte mühelos den steilen Pfad.

Die Gewissheit, die Zeki sodann überkam, schmerzte. Niemals würde er mit der Kutsche oben auf der Prinzeninsel, den *adalar*, ankommen, würde nicht die traumhafte Aussicht über das Marmarameer auf die Bosporusmetropole genießen. Er sah nach hinten zum Meer, um wenigstens einen flüchtigen Blick auf Istanbul zu werfen. Was er sah, ließ ihn erstarren. Der Wanderer schritt nicht mehr vor ihm, er stand als Riese im Meer, aus seinen Augenhöhlen funkelte ein gleißend roter Strahl. Drohend hielt er den Wanderstab wie ein Schwert über die Millionenmetropole, in der Zeki das Licht der Welt erblickt hatte.

Zeki schluckte, als ihm bewusst wurde, dass sich die Skyline von Sultanahmet verändert hatte. Statt der Hagia Sophia erstreckte sich an demselben Platz Münchens olympische Anlage. Sein Blick folgte dem Stab, den der Riese mit dem Sog eines Taifuns über das Bauwerk schwingen ließ. Wie ein Zahnstocher brach der Olympiaturm entzwei. Entsetzt suchte Zeki nach der Blauen Moschee. Er erkannte Istanbuls beeindruckendes Bauwerk nicht wieder, da statt der Minarette die zwei Türme der Frauenkirche in den Himmel ragten. Durch den Luftzug beim Zurückschwingen des Stabes legte der Riese Münchens Wahrzeichen in Schutt und Asche.

Schnell wandte Zeki den Kopf nach vorne, um dem furchtbaren Anblick seiner zerstörten Heimatorte zu entgehen. Er hatte mit der Kutsche keinen Zentimeter gutgemacht, war dem Wanderer, der nun wieder vor ihm den Hügel hochstieg, den zu fassen doch seine Aufgabe war, keinen Deut näher gekommen. Könnte er wenigstens sein Gesicht sehen, Augenfarbe und Nasenform, die Wangenknochen, zumindest das Profil, um zu erahnen, wen er jagte.

In dem Augenblick, als er fester peitschte, die Hengste anfeuerte, um das Letzte an Tempo aus ihnen herauszuholen, weil er erkannte, wie die Kapuze des Gejagten nach hinten abrutschte, wie der Mann ansetzte, den Kopf zu drehen, er endlich sein Gesicht sehen würde, spürte er, wie ihn jemand in die Seite stieß.

»Sie haben geschnarcht, Chef«, sagte Isabel Vierkant am Steuer des Dienstwagens zu ihm. »Schlecht geschlafen letzte Nacht?«

»Hm«, brummte er. »Bin ich eingedöst?«

»Nicht schlimm«, erwiderte sie. »Dauert noch, bis wir am Tatort sind.«

Der türkischstämmige Hauptkommissar umklammerte die blauen und gelben Steine der Gebetskette und ließ das Plastik über den Handrücken gleiten. Aufgeschreckt von seinem Albtraum, dachte er darüber nach, wie er mit den Geschehnissen der letzten Wochen fertigwerden sollte.

Schlechtes Gewissen lastete auf seiner Seele, als hätte er einen Mörder überführt und entwischen lassen, wegen einer Unachtsamkeit, einer Dummheit, zu der er durchaus fähig war, wenn seine Gefühle außer Rand und Band gerieten. Er kam auch bei diesem Versuch, Herr über das Vergangene zu werden, zu verstehen und zu ergründen, warum sein Leben aus den Fugen geraten war, auf keine Lösung. Blinden Auges hatte er eine Entscheidung getroffen. Gesehen hatte er nur sich und seine Bedürfnisse. Er hatte die Beziehung zu Derya Tavuk beendet, weil er glaubte, dass sie ihn unter Druck setzte. In seinem tiefsten Inneren wusste er aber, das sie die Letzte war, die ihn nicht akzeptierte, wie er war. Mit drastischen Worten hatte sie ihm zum Abschied gesagt, wie sehr sie ihn in ihr Herz geschlossen hatte, aus dem er wie ein Gefangener ausgebrochen war.

Mit einem Mal kroch süßlicher Duft in seine Nase. Er wandte sich der Oberkommissarin zu. Er schmunzelte, weil er überlegte, was er alles für die Beamtin tun würde. Lügen und betrügen würde er für sie, sich prügeln und schießen, um sie zu beschützen und in seinem Team zu halten. Ohne Vierkant wäre er ein Münchner Kommissar. Mit ihr an der Seite war er kein Geringerer als Hauptkommissar Zeki Demirbilek, Leiter des Sonderdezernats Migra.

»Blöder geht's zeitmäßig wirklich nicht«, riss Vierkant ihn aus den Gedanken. Den süßen Duft nach Erdbeere verströmte der Kaugummi, den sie sich in den Mund gesteckt hatte. Ein untrügliches Zeichen, dass die Autofahrt zäh werden würde. Auch dem Kriminalhauptkommissar passte es nicht, sich am späten Nachmittag durch Münchens Innenstadt quälen zu müssen. Dienstfahrten mit dem Wagen waren ihm prinzipiell ein Gräuel.

Sein Blick wanderte zur Blechlawine, die sich vor ihnen bis zum Altstadttunnel hinzog, und zurück zur Oberkommissarin. Er musterte sie, während sie sich auf das Lenken des BMWs konzentrierte.

»Soll ich ans Steuer?«, bot er nach einer Weile an, als er merkte, wie sie mit verklärtem Gesichtsausdruck durch ihre langen schokoladenbraunen Haare strich. Was geht in ihr vor, fragte er sich, irritiert über das stille Genießen, das er in ihrem Gesicht las. In der Regel geizte sie nicht mit Worten über die schändliche Straftat, die es aufzuklären galt, oder drückte ihre Anteilnahme für die Angehörigen des Opfers aus.

»Woran denkst du, Isabel?«, hakte er nach, nachdem er keine Antwort auf seine Frage bekommen hatte. Vielleicht freute sie sich, von der Schreibtischarbeit weg zu sein, konfrontiert zu werden mit Zeugen und Verdächtigen und ihren Aussagen. War ihr nicht klar, überlegte Demirbilek, dass der Fall sie letztlich wieder an den Schreibtisch zurückführte, um Protokolle zu verfassen? Inklusive derjenigen, die sie für ihn schreiben musste?

»Nein, lieber nicht, ich meine das Autofahren«, antwortete sie nun doch und trat ein wenig zu fest in die Bremsen, um in der Sonnenstraße an einer roten Ampel zu halten. »Ehrlich gesagt, kann ich mich gar nicht erinnern, Sie jemals am Steuer gesehen zu haben.«

Demirbilek wusste selbst nicht, wann er das letzte Mal einen Wagen gelenkt hatte. »Wenn du in der Lage bist, gleichzeitig zu reden und uns heil zum Olympiagelände zu bringen, lass hören, was mich erwartet.«

»Darf ich vielleicht doch Blaulicht und Sirene einschalten?«, fragte sie und zauberte dabei einen rötlich schimmernden Kaugummiballon aus dem Mund.

»Warum die Menschen aufscheuchen? Und wie soll ich dich

verstehen bei dem Lärm? Cengiz ist bestimmt schon vor Ort, die Spurensicherung hoffentlich auch.«

Vierkant ließ den Kaugummi platzen und zwischen den Lippen verschwinden. Die Ampel schaltete um. Sie gab vorsichtig Gas. Die Autokolonne vor ihnen bewegte sich keine zwei Meter. »Klar ist unsere Jale am Tatort, die Gerichtsmedizinerin ist mit dem Spusitrupp auch schon fleißig bei der Arbeit. Was Sie erwartet, ist eine männliche Leiche, etwa dreißig Jahre alt, dem äußeren Anschein nach ausländisch.«

Der Sonderdezernatsleiter blickte zu der monumentalen Brunnenanlage, die sie gerade im Schneckentempo passierten. Vor dem Beckenrand stand ein altes Paar, das offenbar Futter in das Wasser warf.

»Sag mal, gibt es Fische im Wittelsbacher Brunnen?«, fragte er erstaunt.

Sie schien ihn wieder nicht gehört zu haben, jedenfalls antwortete sie nicht, sondern fuhr mit ihrem Bericht fort: »Die Leiche muss ein fürchterlicher Anblick sein. Mit Pius' Worten recht unappetitlich, er hat mich angerufen.«

Pius Leipold, Leiter der regulären Mordkommission, hatte im Olympiapark, wo die Leiche gefunden worden war, nichts zu suchen. Und zwar absolut nichts, fand Demirbilek, und hatte damit einen triftigen Grund, nicht mehr über den Ausbruch aus Deryas Herzen zu grübeln. »Gib mir dein Handy«, forderte er Vierkant auf.

»Haben Sie Ihres wieder im Büro liegen lassen?«, schnaubte sie. »Sie müssen doch erreichbar sein, Chef!«

»Das neue Ding mag mich nicht! Und ich hasse es«, maulte er. »An meinem Tatort hat Pius nichts zu suchen. Was ist jetzt mit deinem Handy?«

»Es ist in der Umhängetasche«, sagte sie verunsichert, als sie eine Parklücke entdeckte. Sie stellte den Dienstwagen mit laufendem Motor quer, kaute nervös auf dem Kaugummi weiter und griff nach ihrer Tasche. »Wissen Sie, mir ist es nicht recht, wenn Sie sehen, was ich da alles drin habe.« Sie lachte verlegen. »*Kusura bakmayın.*«

Demirbilek schmunzelte über ihren bayerischen Einschlag bei der auf Türkisch vorgetragenen Entschuldigung. Vierkant die Angewohnheit auszutreiben, ständig um Verzeihung zu bitten, hatte er aufgegeben. »Ich gehe ins Präsidium und hole meinen elektronischen Sklaventreiber«, beschloss er und öffnete die Beifahrertür. »Fahr du vor, ich komme nach.«

»Soll Sie eine Streife abholen?«

»Wie ich dich kenne, würdest du mir sogar einen Helikopter organisieren«, lächelte er ihr zu. »Mit der U-Bahn bin ich bei dem Verkehr schneller.«

»Und die Monatskarte muss sich ja rentieren«, sinnierte Vierkant ihrem Chef hinterher.

Sie wartete, bis er weit genug weg war, und fixierte das Blaulicht auf dem Dach. Mit eingeschalteter Sirene zwängte sie sich weiter durch den Straßenverkehr.

Insgeheim freute sich Isabel Vierkant auf die anstehende Ermittlungsarbeit. In den letzten Wochen hielten hauptsächlich ungelöste Altfälle die Abteilung Migra am Laufen. Kapitalverbrechen mit Opfern und Tätern, die einen Migrationshintergrund aufwiesen und dem Sonderdezernatsleiter schwer genug erschienen, waren rar gesät gewesen. Vierkant genoss das Adrenalin in ihrem Körper, das sich bei dem verwegenen Stop-and-go zwischen den Autoschlangen bemerkbar machte. Langsam, Isabel, beruhigte sie sich. Der liebe Gott hört und sieht nicht nur alles, er merkt auch, wie sehr du dich über eine Leiche freust. Das gehört sich nicht!

2 »Komm, Sybille! Warum zeigst du mir das?«, schrie Hauptkommissar Pius Leipold im breitesten Münchnerisch und drehte sich abrupt weg. Die Lederjacke über den Schultern flog zu Boden, Flyer von Ausstellern der Erotikmesse, die nicht weit vom Fundort der Leiche entfernt stattfand, segelten aus der Innentasche. Ohne sich zu scheren, wie sein wohlgenährter Bauch zum Vorschein kam, tupfte er mit dem T-Shirt die verschwitzte Stirn trocken, ehe er Jacke und Flyer aufhob. Dann sah er abermals ungläubig auf das Tablet der Kollegin, die einen Ausschnitt der Tatortfotos heranzoomte. »Was ist denn mit dem geschehen?«

Gerichtsmedizinerin Ferner lächelte über Leipolds Solidarität mit dem bedauernswerten Opfer. »Genickbruch vermutlich. Sieht aus, als hätte ihn der Täter mit beiden Händen gepackt und mit einem kräftigen Ruck ins Himmelreich oder in die Hölle befördert. Zack, und tot.«

Sybille Ferner war eine attraktive, blondhaarige Frau Anfang vierzig. Mittlerweile länger geschieden, als sie verheiratet gewesen war, und hatte in ihrem Berufsleben manche Gewaltopfer untersucht, deren Anblick ein dezentes Würgen verursachten, ähnlich wie beim Wechseln der Windeln ihrer Söhne. Mehr körperliche Reaktion zeigte sie vor Kollegen nicht. Unter keinen Umständen, selbst nicht bei dem sportlichen Mann, dessen Tod sie gerade untersuchte.

»Pius, Pius, wenn das deine Frau sieht! Hast du dich auf der Erotikmesse herumgetrieben?«, tadelte sie den Urmünchner, den sie weniger gut leiden konnte, als sie ihm vormachte.

Männer wie Leipold, zu dick und Frauen gegenüber zu borniert, hatte sie gedanklich auf eine schwarze Liste in Grabmarmor gemeißelt. Beruflich war sie verpflichtet, mit dem Kriminalhauptkommissar zu sprechen. Privat würde sie nicht daran denken, ihm gute Ratschläge zu geben. Dennoch ließ sie sich dazu verleiten, schließlich wollte sie nicht von ihm für dumm verkauft werden. »Die Sexflyer lässt du lieber im Büro.«

»Hör sofort auf, so boshaft zu sein, Sybille«, ärgerte sich Leipold. »Das sind Beweismittel, ist doch klar. Die Mitarbeiter der Firmen werden befragt. Das Opfer muss identifiziert werden.«

Sie schnappte einen Prospekt aus seiner Hand, der mit anschaulichem Bildmaterial für ein Bondage-Event in Salzburg warb. »Machst du eine Dienstreise nach Österreich?«

Leipold holte sich den Prospekt zurück. »Wenn's der Aufklärung des Falles dient.«

»Natürlich, verstehe schon. Genauso wie die Beweismittel mit deinen Fingerabdrücken darauf. Dich können wir ja als Verdächtigen ausschließen, haben ja den Satz deiner Wurstfinger in der Datenbank hinterlegt«, ließ sie sarkastisch fallen. »Was machst du eigentlich hier? Wird deinem Türken nicht gefallen, dass du dich an seinem Tatort herumtreibst.«

»Das Plastikding in seinem Mund ist doch ein Dildo, oder?«, lenkte er vom Thema ab.

»Ein Fachmann erkennt das sofort«, stachelte sie weiter. »Und was an seinem besten Freund baumelt, kennst du auch?«

Wie einen Segen empfand Leipold das Läuten des Mobiltelefons in der Lederjacke, um sich von Ferners Unterstellungen zu drücken. Er nickte der Gerichtsmedizinerin zu, die ihm, wie er spürte, dermaßen auf die Nerven ging, dass er ihr am liebsten den Hintern versohlt hätte. Überrascht über diese Fantasie kehrte er schnell den leitenden Ermittler hervor: »Jetzt mach weiter mit der Arbeit. Bericht geht direkt an mich. Du weißt ja, wie schwer sich der Zeki mit dem Lesen tut.«

Während er nach dem Telefon in der Jacke suchte, schielte er auf den Prospekt mit den Sonderangeboten einer Ausstellerin, die er befragt hatte. Ein ledernes, knapp geschnittenes Dessous konnte er sich an seiner Ehefrau gut vorstellen. Natürlich würde Elisabeth ihm den Gefallen nie erweisen, etwas derart Sündiges für ihn anzuziehen, seufzte er innerlich, nachdem er den Fußweg weit genug entlanggegangen war, um in Ruhe zu telefonieren.

»Dachte mir, dass du dich meldest, Zeki! Kannst dir den Weg hier raus sparen, habe alles im Griff. Ein Höllenverkehr ist das heute. Massenkarambolage auf dem Frankfurter Ring«, sagte er in den Apparat und hörte eine Weile zu, bis er wutschnaubend rief: »Weißt du was, du Türkenfuzzi, so redest du nicht mit mir! Schleich dich aus der Leitung, du Pascha, du elendiger, ich bin mitten in einer Ermittlung!«

Keinen Deut besser ist es mit ihm geworden, obwohl ihn die Sanftmut hätte ereilen müssen, seit er vor eineinhalb Jahren Großvater geworden war, ärgerte sich Leipold. Was für ein eingebildeter Hansdampf er doch war! Statt sich zu bedanken, dass er ihm die Arbeit abnahm, scheißt er ihn zusammen. Ja, wo sind wir denn? Sind wir in München oder in Istanbul, wo er ihn am liebsten hinverflucht hätte? Soll er verflixt noch mal am Tatort einmarschieren mit seiner Migrantenbrigade, schimpfte er weiter, ohne zu merken, dass er vor lauter Anspannung zu fest am Ring im rechten Ohr zupfte.

Unter Schmerzen drehte er den Kopf zum Tatortzelt an der Böschung, wo sich die Kollegen der Kriminaltechnik und Ferners gerichtsmedizinische Crew zu schaffen machten. Leichen, das wussten alle, waren nicht seins. An einem Tatort mehr als Präsenz zu zeigen war ihm nicht möglich, weil ihm beim Anblick der entstellten Opfer nach kürzester Zeit speiübel wurde. Bei der Vorstellung, in welch grauenhaftem Zustand die Leiche von den Skatern gefunden worden war, spürte er, wie sich das Mittagessen aus deftiger Blutwurst, Sauerkraut und Kartoffelpüree im Magen bemerkbar machte.

Er spähte über den olympischen Park zu der Halle, in der er die ersten Befragungen durchgeführt hatte. Dort, wo die Erotikmesse untergebracht war, gab es Toiletten, und eine solche brauchte er ganz dringend.

3 Mit Übermut im Herzen schaltete Oberkommissarin Vierkant Sirene und Blaulicht aus und riss auf dem Mittleren Ring das Lenkrad herum, um die Ausfahrt zum Olympiagelände nicht zu verpassen. In der einsetzenden Dämmerung erreichte sie das zahlungspflichtige Parkplatzareal und folgte der Beschilderung zum olympischen Stützpunkt.

Auf dem Vorplatz reihten sich Einsatzfahrzeuge aneinander. Sie parkte und betrachtete den Tatort. Von ihrem Standpunkt aus – gegenüber dem Eingang zur Erotikmesse – war die Böschung nicht einzusehen. Der helle Schein der Arbeitsleuchten wies ihr den Ort, wo der Tote gefunden worden war. Luftlinie rund zweihundert Meter, schätzte sie und machte eine Notiz in ihr Büchlein. Dann stieg sie aus dem Wagen und rückte die Umhängetasche zurecht.

»Servus, Pius, alles klar?«, bedachte sie Leipold mit einer kurzen Begrüßung, der gerade die Halle verließ und ihr entgegenschritt. Den verklärten Gesichtsausdruck verstand sie falsch, als sie ihn entsetzt fragte: »Du hast doch nicht etwa mit einer der Frauen …«

»Du bist ja schlimmer als die Ferner!«, unterbrach er sie wütend. »Sag mal, was denkt ihr Weibsbilder von mir? Bin doch kein Akkordfremdgänger! Ich bin glücklich verheiratet!«

»Nichts für ungut, Pius, wirklich«, entschuldigte sie sich schnell. »Was ist dann los? Hat dich der Heilige Geist erwischt?«

»Von wegen. Auf dem Klo war ich! Habe gekotzt, jemand musste das Opfer ja in Augenschein nehmen. Und die Ferner, die Sadotante, hat mich mit Tatortfotos malträtiert.«

»Der Chef wird bald da sein«, sagte sie mitfühlend und schritt weiter zum Eingang.

Aus der Glastür trat eine uniformierte Kollegin und gierte auf die Zigarette in der Hand.

Vierkant erkannte sie. »Grüß dich, Sabine! Du hier?« Sie umarmte die Streifenpolizistin, mit der sie die Polizeiausbildung absolviert hatte.

»Servus, Isa. Schon wieder mal Spätdienst. Ich habe Jale bei den Befragungen unterstützt. Nichts Relevantes bislang.« Sie senkte die Stimme. »Nicht, dass du rot anläufst. Da drin gibt's Sachen, die hast du noch nicht gesehen.«

»Woher willst du das wissen?«, erwiderte Vierkant amüsiert. »Ist Jale in der Halle?«

Sabine zündete die Zigarette an und nickte. Gleichzeitig bedeutete sie ihr, sich umzudrehen.

Leipold war ihr nachgekommen und stand breitbeinig hinter ihr. Vierkant kannte den Urmünchner seit Jahren und schätzte ihn als erfahrenen Polizeibeamten, der auf münchnerische Art genauso eigenwillig wie ihr paschahafter Vorgesetzter war.

»Ja, Pius?«, fragte sie ihn ruhig. »Hast du was auf dem Herzen? Du siehst aus, als würdest du mich gleich hochkant ins Olympiastadion schießen wollen.«

»Dein Chef hat mich angerufen«, murrte er und zog sie am Unterarm weg, um unter vier Augen mit ihr zu reden. »Was ist mit ihm? Der ist ja nicht zum Aushalten.«

Vierkant seufzte. »Stimmt, zurzeit ist es nicht einfach mit ihm. Er ist mit seinen Gedanken oft woanders«, gab sie ihm recht. »Aber er hat dich ja wohl nicht angerufen, um mit dir sein Privatleben zu besprechen, oder?«

»Ach was! Hat rumgebrüllt wie ein Obersultan, in welchen Zuständigkeitsbereich der Tote gehört. Kennst ihn ja. Dabei ist die Identität noch gar nicht geklärt. Nur weil er aussieht wie ein Auswärtiger, muss er noch lange keiner sein. Wahrscheinlich hat er einen deutschen Pass.«

Mit einem Lächeln hakte sich Vierkant bei ihm unter. »Ist das am Ende nicht völlig egal, welche Staatsangehörigkeit eine arme Seele hat? Du und der Chef arbeitet doch so schön zusammen.« Sie klopfte ihm freundschaftlich auf die Schulter. »Da hast du ja wieder einen Volltreffer gelandet mit deiner Spürnase. Wie bist du darauf gekommen, dass das Opfer hier auf der Messe gewesen sein konnte?«

»Jahrzehntelange Erfahrung als Mann und Polizeibeamter. Ein Toter mit Dildo im Mund? So schwer war das nicht, Isabel. Danke trotzdem für die netten Worte.«

Vierkant lächelte. »Komm, ich wollte zu Jale, sie befragt die Händler.«

Leipold blieb stehen. »Geh du ruhig, ich habe den Veranstalter einbestellt. Er müsste jeden Moment da sein. Vielleicht weiß er etwas über die arme Seele.«

Vierkant konnte sich den Kommentar nicht verkneifen, der ihr auf der Zunge lag: »Was Interessantes gefunden? Irgendwelche Empfehlungen?«

»Was meinst du?«

»Vom Sortiment her. Werden auf Messen nicht die neuesten Produkte vorgestellt? Du bist schon länger hier, hast du dich nicht über das Angebot informiert?«

»Nicht du auch noch, Isabel!«, stöhnte Leipold.

»Komm, verstehst du keinen Spaß mehr?«, entgegnete sie und ließ ihn mit diesen Worten stehen.

4

Mit geradem Rücken in den Sitz gepresst, ordnete er die langen Haare und steckte die Hörer in die Ohren. Prompt setzte eine gelangweilt wirkende Vorlesestimme ein, ergoss sich plätschernd in sein Gehirn und führte ihn in Orhan Pamuks historisches »Istanbul«.

Es war früher Abend, er würde pünktlich zu Schichtbeginn ankommen, dachte er müde. Nur wenige Fahrgäste befanden sich mit ihm in dem Waggon der U3. Passend zu Pamuks Beschreibungen entdeckte er einen Mann in hellgrauem Anzug, der lieber stand, als sich auf einen der freien Plätze zu setzen. Er schien Türke zu sein, vielleicht Italiener. Der Mann neigte den Kopf zu Boden. Die dunklen Augen zuckten hin und her. Er war wohl in Gedanken vertieft, die ihm zusetzten, bis er ein Stofftaschentuch aus der Anzughose holte und die wulstigen Augenbrauen abtupfte.

Auf der anderen Seite des Waggons erblickte er eine verlebt wirkende Frau mit sonderbarem Hut. Sie kruschte in ihrer Handtasche, schien bester Laune zu sein, suchte und kramte, bis sie einen Lippenstift hervorholte und ein kräftiges Rot auftrug. Er dachte an seine Mutter, die bis zu ihrem Lebensende kein Make-up aufgetragen, kein Parfüm oder Deo benutzt hatte. Er wandte sich von der Frau weg zur Fensterscheibe. Die Leuchtstoffröhren der Tunnelbeleuchtung zogen an ihm vorüber. In der Spiegelung sah er sich, als wäre er sich fremd. Er fuhr sich mit der Hand über den Schnauzbart. Er trug ihn noch nicht lange, er kratzte, war ungewohnt. Eine Bewegung in der Spiegelung ließ ihn den Kopf wenden. Einige Reihen vor ihm saß sich ein Paar auf den Sitzbänken gegenüber. Beide in schwarzer Kleidung, beide kicherten.

Die stark geschminkte Frau lächelte den entspannt schmunzelnden Mann an. Er konnte sich ausmalen, was ihnen durch den Kopf ging, als er beobachtete, wie sie sich zu ihm beugte und ihre Zunge in seinen Mund steckte. Wahrscheinlich hatten sie dasselbe Ziel. Sie, um sich zu vergnügen, er, um zu arbeiten. Als bestätigte die Frau seine Vermutung, nahm sie auf seinem Schoß Platz. Der Mann umfasste ihre Pobacken mit beiden Händen. Ihr langes Haar fiel ihm über die Schultern, als sie ihm etwas ins Ohr flüsterte.

Verlegen sah er weg und konzentrierte sich wieder auf Orhan Pamuks episches Werk in seinen Ohren. Dem Text war schwer zu folgen. Er schloss die Augen und ließ die fein konstruierten Sätze auf sich wirken.

Zwei Stationen Fahrt lagen noch vor ihm. Er strich sich über den Bart und schleckte mit der Zunge über die Fingerkuppen. Eine Angewohnheit, die er nicht loswurde, seit er festgestellt hatte, dass Feuchtigkeit beim Rollen und Eindrehen von Zigarettenpapier Halt gab. Er rauchte nicht mehr. Der Tick war geblieben. Mit benetzten Fingern war er bei der Verabschiedung durch Nilays Haare gefahren. Durch den schwarzen, langen, unzähmbaren Schopf. Was war sie für eine Augenweide gewesen, eine wunderschöne Frau, die anzusprechen er niemals gewagt hätte.

Mit Frauen hatte er wenig Erfahrung. Mit Männern gar keine, obwohl er eine Zeit lang geglaubt hatte, schwul zu sein. Auf Sexseiten für Homosexuelle hatte er im Internet Fotos und Videos betrachtet. Nach stundenlangem Sichten lutschender und kopulierender Männer hatte er nichts entdeckt, was ihn erregte.

Dennoch passierte an demselben Tag etwas, was ihn aus dem

Gleichgewicht brachte. Er bekam die realen Beine und die rot gefärbten Fußnägel einer Frau zu Gesicht. Allein durch diesen Anblick war er sich sicher, nicht schwul zu sein. Das Begehren hatte die neue Nachbarin aus dem dritten Stock entfacht, die in sein Mietshaus in der Nähe des Josephsplatzes gezogen war. Der heimliche Blick auf die glatt rasierten Beine unter ihrem Rock hatte seine Fantasie angestachelt.

Seine Lippen bewegten sich bei der Einfahrt in die nächste U-Bahn-Station. Er ignorierte Pamuks Worte in seinen Ohren und wiederholte, was er gedacht und zu ihr im Stillen gesagt hatte. Bei der zufälligen Begegnung an der Müllcontaineranlage fragte er sie um Rat wegen eines türkischen Rezeptes. Sie bot ihm Hilfe an, er lud sie zu sich nach Hause ein. Kaum war die Wohnungstür hinter ihnen geschlossen, kniete sie im Flur nieder und verschaffte ihm Befriedigung.

Die Fantasie mit der neuen Nachbarin erschien ihm realer als die U-Bahn-Gäste und die monotone Stimme des Vorlesers. Istanbul war nicht monoton. Ihn als Neuankömmling hatte die Metropole mit tosender Energie und einer Mischung aus Meeresluft und Abgasgestank empfangen und beflügelt. In seinen Ohren erzählte Pamuk vom alten Istanbul, von den engen, hügeligen Gassen Sultanahmets. Er selbst spazierte in Gedanken, wie vor ein paar Wochen, durch die Straßen von Ortaköy, einem ehemaligen Fischerdorf am Ufer des Bosporus.

Dorthin hatte ihn Nilay bestellt, um sich mit einem *kumpir* für seine Hilfe zu bedanken. Er war der Einladung gefolgt, obwohl er sich lieber mit ihr in ein Dachrestaurant gesetzt hätte, um sie nach dem gemeinsamen Erlebnis besser kennenzulernen. Er hatte seinen Fotoapparat mitgebracht, doch hatte sie ihn gebeten, keine Fotos von ihr zu machen. Sein Magengrummeln übertönte die Fahrgeräusche der U-Bahn, als er in seiner Erinnerung die Riesenkartoffel befüllte. Zu Käse und Butter in der aufgeklappten Kartoffel hatte er *sucuk*, Maiskörner und Oliven, gehäuft. Dazu hatte er, wie Nilay es ihm vormachte, etwas

Ketchup und viel Mayonnaise gegeben. Nilays mitleidiges Lächeln kam ihm in den Sinn, als er versuchte, mit der Plastikgabel das in Alufolie gewickelte Fast-Food-Gericht in den Mund zu befördern. Ketchup war auf sein T-Shirt getropft. Wie aufmerksam von ihr, hatte er gedacht, als sie ihm Papiertücher reichte. In ihrem Rücken glänzte die Medschidiye-Moschee mit den Minaretten wie ein Versprechen auf eine gemeinsame glückliche Zukunft. Den malerischen Blick über die Meerenge hatte er als Fotografie bereits in seiner Sammlung abgelegt. Nachdem er den Fleck abgewischt hatte, verabschiedete sie sich plötzlich. Bei der kurzen Umarmung war er mit den Fingern vorsichtig durch ihre Haare gefahren. Er hatte ihr ein Unglück erspart, sie aber ließ ihn einfach alleine zurück.

Bald darauf betrat Nilay einen Hauseingang. Er war ihr durch Gassen und Häuserschluchten gefolgt und musste nicht lange warten, bis sie ein Fenster des abbruchreifen Gebäudes öffnete. Sie hatte ein Kissen auf das Fensterbrett gelegt und zu den Hausfassaden gegenüber geschaut, die ihr den Ausblick zum Meer verstellten. Er hatte sich hinter einem Lastwagen versteckt und fotografierte sie, als eine zwischen den Häusern gespannte türkische Fahne an ihrem Gesicht vorbeiwehte. Dabei hatte er nachempfunden, wie einsam sich die junge, freundliche Türkin fühlte. Und trotzdem hast du mich verlassen, hatte er ihr zum Abschied zugeflüstert.

Die U-Bahn hielt mit quietschenden Bremsen. Er befreite sich von Pamuks gebetsmühlenartigen Sehnsuchtsattacken und stieg am Olympiastadion aus. Während hinter ihm der Mann in hellgrauem Anzug ebenfalls den Waggon verließ, überlegte er, was er anstellen könnte, um die neue Nachbarin kennenzulernen. Ob ihre Scham glatt und sauber rasiert war wie die von Nilay? Er würde es herausfinden. Er *musste* es herausfinden.

5

Die Fußgängerbrücke über den Mittleren Ring zum Olympiagelände hatte Demirbilek von klein auf fasziniert. Er erinnerte sich an den ersten Ausflug an der Hand seiner Mutter hierher. Sie musste ihn festhalten, weil er sich über das Geländer gebeugt hatte, um die Insassen der unter ihnen durchziehenden Fahrzeuge genauer zu sehen. Das Machtwort seines Vaters klang ihm in den Ohren, der damit drohte, ihn nicht mit in den Himmel auf den Olympiaturm mitzunehmen, wenn er nicht auf seine *anne* hörte.

Im hellgrauen Anzug stand er in der Abenddämmerung mit den Ellbogen auf das Eisengeländer gestützt und beobachtete seit geraumer Zeit den tosenden Verkehr der mehrspurigen Stadtautobahn. Das nicht abreißende Rauschen versetzte ihn in seine Geburtsstadt Istanbul, wo das Lärmen in jedem nur erdenklichen Winkel kein Ende kannte. Als hätte er nichts Besseres zu tun, begann er, die Autos zu zählen, einfach so und ohne Grund. Bei eintausendzweiundvierzig beendete er das Zählen und landete bei der Überlegung, ob er seinem Enkelsohn für die Finanzierung des Führerscheins ein Sparkassenbuch anlegen sollte. Als das Handy in der Sakkotasche vibrierte, machte er sich nicht die Mühe, nachzusehen, wer ihn anrief. Er wusste auch so, dass er zu spät war.

Mit schnellen Schritten überquerte er die Brücke und folgte den Veranstaltungsplakaten mit wegweisenden Pfeilen zur Erotikmesse. Bei der einsetzenden Dunkelheit führte ihn sein Weg an der Olympiahalle vorbei. Am Ernst-Curtius-Weg traf er auf Skater und Longboarder, die mit Stirnlampen Kunststücke vollführten. Der lange Fußmarsch begann ihn zu ärgern, als er endlich das Einsatzzelt mit gespenstisch strahlender Beleuchtung an der Böschung neben dem Fußweg entdeckte.

Es war nicht seine Art, derart verspätet an einem Tatort zu erscheinen. Doch heute, spürte er, war das etwas anderes. Er fühlte den Unwillen, in das Gesicht eines Toten zu sehen. Egal, ob es Fremdverschulden oder ein Unfall gewesen war. Das Leben wollte er sehen, nicht den Tod untersuchen. Was ist los mit dir, alter Freund, sprach er in Gedanken zu sich und entdeckte dabei Sybille Ferner, die ihren Tatortkoffer zusammenpackte. Er wischte sich mit den Händen durchs Gesicht und sagte mit Blick auf den Toten neben dem bereitgelegten Leichensack: *»Bismillahirrahmanirrahim«*. Das tat er immer, wenn Allah und die Arbeit ihn mit einer Leiche konfrontierten.

»Brauchst du mich da unten?«, rief er Ferner zu, als er bereit war, sich des Falles anzunehmen.

»Hast du zehn Semester Medizin studiert oder ich?«, erwiderte sie angestrengt. »Todeszeitpunkt gestern Nacht, mehr erfährst du heute nicht mehr von mir.«

Demirbilek hatte keine Lust, sich einem Kompetenzkampf zu stellen. »Das Plastik im Mund?«, wollte er trotzdem wissen.

»Gibst nie auf, Zeki, so kenne ich dich. Willst du nicht selbst schauen? Letzte Chance, wir sind so gut wie fertig hier.«

»Nein, danke. Foto- und Videodokumentation reichen mir ausnahmsweise. Lass ihn abtransportieren. Also, ich höre?«

Ferner streckte sich in die Höhe und schüttelte die Beine, die wohl vom langen Knien überanstrengt waren. »Nagelneuer Dildo im Mund und elektrische Penispumpe unter der Jogginghose, ebenfalls neu. Das Ding lief noch, als er von dem Skater gefunden wurde. Den Rest lass dir von deinen Edelhiwi erzählen. Mich nervt es, alles zweimal zu berichten! Leipold ermittelt vorne im sündigen Paradies.«

Kurz darauf entdeckte Demirbilek seinen Kollegen am Vorplatz der Halle, die die Erotikmesse beherbergte. Pius Leipold und er waren etwa gleich alt. Mit Anfang vierzig standen sie beide mitten im Beruf und kannten sich seit einigen Jahren. Der Vollblutmünchner stand neben einem protzigen Van, der mit schreiender Lackierung für eine »Lesbenshow« als Highlight der Erotikmesse warb. Mit Zigarillo zwischen den Fingern lachte Leipold im Gespräch mit einem lederbehosten Mann, der eine auf modern designte Lodenjacke trug. Die zwei passen ja hervorragend zusammen, murmelte Demirbilek vor sich hin. Wenn er etwas nicht leiden konnte, waren es Traditionalisten, die vorgaben, mit der Zeit zu gehen. Ihm fiel die Werbekampagne »Lederhose und Laptop« des Freistaates Bayern ein. In den abgebildeten Grinsvisagen hatte er nichts Modernes gelesen. Eher unterstellte er den Trachtenträgern, nicht in der Lage zu sein, den Einschaltknopf des Laptops zu finden. Bitte, *Allahım*, flehte er gen Abendhimmel, lass mich sanftmütig und gutherzig sein, lass mich Leipold nicht anschreien und zusammenstauchen.

»Pius, du hinterhältiger Tatortdieb, schleichst dich auf der Stelle!«, plärrte er trotz gegenteiliger Absicht den Kollegen an.

»Immer schön ruhig, der Herr Pascha«, rief Leipold zurück. »Wo bleibst du denn?«

Demirbilek ging auf ihn zu. »Was treibst du hier?«

Leipold verabschiedete sich von dem Lodenjackenträger und schritt Demirbilek entgegen. »Willst du dich in der Halle nicht umschauen? Schon interessant, was es so alles gibt, damit Männlein und Weiblein Spaß miteinander haben.«

»Juckt mich nicht, Pius. Mach dich nützlich, wenn du schon da bist. Was ist passiert? Du weißt Bescheid, sagt Ferner, und du hast sie auf die Palme gebracht. Lass das!«

Leipold schnippte Asche vom Zigarillo ab und holte Atem. »Die kann aber auch eine Zicke sein«, rechtfertigte er sich. »Ich wollte nur wissen, was sie schon weiß. Aber unsere Frau Doktor vermutet nicht, kennst sie ja. Mir ist noch ganz schlecht vom Anblick des Toten.« Betroffen schüttelte er den Kopf. »Die Ferner hat Faserspuren am Handgelenk sichergestellt, vielleicht war das Opfer gefesselt. Möglicherweise mit einem Spezialseil für Sadomaso-Spielchen. Ich habe mich kundig gemacht. An den Ständen gibt es die in allen möglichen Varianten. Schwarz, rot, bunt, kurz, lang ...«

»Kauf einen Satz für dich und Elisabeth. Die fesselt dich ganz bestimmt! Aber nicht ans Bett, sondern an den Beichtstuhl!«, amüsierte sich Demirbilek über die Vorstellung, wie das gutbürgerliche Ehepaar sich mit Sexspielen vergnügte. »Weitere Spuren?«

Leipold grinste, ohne Demirbileks versteckten Hinweis auf seine eheliche Untreue zu kommentieren. »Dildo und Pumpe waren neuwertig, beides gängige Modelle, glaubt Ferner. Woher sie das weiß, habe ich mich nicht getraut zu fragen. Der kriminaltechnische Bericht folgt, wie immer dauert es bei der Chefin der Laborratten, bis sie was freigibt. Todesursache könnte Genickbruch sein, so, wie er dalag.« Er räusperte sich und lutschte am Zigarillo. »Der Herr eben in dem schicken Lodenjanker ist der Veranstalter der Messe. Heute ist der letzte Tag. Er hat gefragt, ob er die Besucher einlassen darf.«

»Kommt darauf an, wer die Ermittlung leitet. Du hast dich ja offenbar gut verstanden mit ihm«, meinte Demirbilek. »Wissen wir etwas über die Identität des Opfers? Bist ja schon eine Zeit lang hier.«

»Spar dir deinen Sarkasmus, Jale ist dran. Sehr wahrscheinlich war unser Toter ein Messebesucher. Die arme Sau gehört nicht zu dem privaten Sicherheitsunternehmen und nicht zu den Mitarbeitern des Veranstalters. Bislang ist nichts Verwertbares bei den Befragungen herausgekommen.«

»Was ist mit den Wertsachen des Opfers? Geldbeutel, Handy? Ist er bestohlen worden?«

»Mensch, Zeki, hätte ich dir nie und nimmer vorenthalten, weißt doch, wie gut ich dir zuarbeite«, presste Leipold hervor. »Schon sind wir da, wo ich nicht sein wollte. Deine Migra-Mädels behandeln mich nicht besser!«

Demirbilek zuckte mit den Achseln. »Wir haben dich nicht eingeladen, uns bei dem Fall zu unterstützen. Hast du nichts anderes zu tun?«

Leipold verschluckte etwas Rauch und hustete ab, bis er wieder sprechen konnte. »Genug sogar. Der Herkamer kümmert sich um alles, er macht das sehr ordentlich. Kein Wunder, hatte ihn ja lange genug unter meinen Fittichen.«

»Hatte?«

Leipold drückte den Zigarillo aus und bot ihm das geöffnete Etui an. Demirbilek lehnte ab und verfolgte, wie Leipold einen weiteren Zigarillo entflammte. Er paffte nervös und fragte: »Die Chefin hat also nicht mit dir geredet?«

»Ich hatte heute einen Termin bei ihr. Sie hat ihn kurzfristig auf morgen verschoben. Warum?«

Leipold sog und zog und presste den Rauch in die Lungen und entließ eine Dampfwolke wie aus einer Monster-Shisha in die Abendluft.

»Chef! Da bist du ja, ich habe dich angerufen«, hörten die Kriminalhauptkommissare plötzlich Jale Cengiz' Stimme und drehten sich gleichzeitig zu ihr um.

Natürlich meint sie mich, nicht Leipold, der von seinen Mitarbeitern auch so genannt wurde, sagte sich Demirbilek. Er spürte, wie nun doch Lust und Neugier aufkamen, sich des makabren Todesfalles anzunehmen.

Die junge Migra-Beamtin, die nach ihm geschrien hatte, lugte mit schwarzen kurzen Haaren durch die Glastür. Sie trug eine durchlöcherte Jeans und ein eng anliegendes Achselshirt, das ihre Hennatattoos auf den Armen zur Geltung brachte. Das Holster mit der Dienstwaffe lag an der schmalen Taille. Kein Bauchansatz war zu sehen, obwohl sie eine schwere Schwangerschaft und Geburt hinter sich gebracht hatte. Der Büstenhalter schimmerte durch den Stoff, wie er von Weitem sehen konnte. Dass Leipold das ebenfalls zu Gesicht bekam, passte Demirbilek nicht.

»Zieh dir eine Jacke über, Cengiz! Du läufst herum, als würdest du gleich einen Striptease hinlegen. Du bist im Dienst!«, rief er ihr zu. »Was gibt's?«

Aus der Entfernung konnte Demirbilek nur ahnen, wie die impulsive Beamtin aus Berlin, die mit seinem Sohn Aydin zusammen gewesen war, die Wut über seine Zurechtweisung unterdrückte. Im Privaten hätte sie jetzt dagegen gewettert oder ihn mit türkischen Flüchen bedacht. Im Dienst jedoch hielt sie sich in der Regel an seine Anweisungen, schließlich war er ihr Vorgesetzter.

»Die Jacke ist im Auto, außerdem ist es brutal warm in der Halle, Chef!«, erklärte sie und schob laut hinterher: »Kommst du? Ich habe die Aussage eines Sicherheitsmannes. Da war gestern Abend ein Vorfall mit dem Opfer.«

Inzwischen hatte Leipold den Eingang bereits erreicht. »Ich finde dein Outfit super, Jale. Du siehst aus wie ein sexy Amicop aus den US-Serien.«

»Ach, du Scheiße«, staunte Cengiz. »Warum so freundlich? Hast du wieder etwas ausgefressen? Bist du wieder strafversetzt zur … wie nennst du uns? Migrantenbrigade, oder?«

»Niemals!«, entgegnete Leipold und zwängte sich an ihr vorbei in die Halle.

Nun erreichte auch Demirbilek sie und legte ihr sein Sakko über die Schultern. »Dafür koche ich heute Abend auch Zitronenhuhn. Okay? Für Memo lasse ich das Paprikapulver weg. Er liebt mein Zitronenhuhn, weißt du doch«, versetzte er der staunenden Kollegin, die er aus tiefstem Herzen gernhatte. Nicht nur, weil Jale Cengiz die Mutter seines Enkelsohnes Memo war.

6 In Demirbileks Sakko führte Oberkommissarin Cengiz die Männer durch die Messehalle, vorbei an bunt bestückten Ständen, Werbeaufstellern und emsigen Menschen, die sich auf den abendlichen Ansturm der Besucher vorbereiteten. Das ist eine graue Welt, dachte Demirbilek, trotz der farbenfrohen und fröhlich wirkenden Stimmung, die ihm suspekt vorkam. Wahrscheinlich rührte der Eindruck von dem zerschlissenen Teppichboden her, grau und schmutzig wie das Image der Sexbranche, dem die Händler angehörten.

Er bemerkte eine Frau, die ihn an seine betagte Bäckerin erinnerte. Sie wedelte mit einem Staubfänger Päckchen für eine erotische Tombola sauber. »Keine Nieten, jedes Los ein Gewinn«, war auf einem Banner über den Verkaufstischen zu lesen. Als Trostpreis winkte eine Minitube Gleitmittel, worin der Hauptgewinn bestand, konnte Demirbilek nicht ausmachen. Er hatte Mühe, Cengiz mit ihrem beachtlichen Tempo zu folgen. Beim Vorbeigehen zwinkerte sie einer Dirndlträgerin mit grün gefärbten Haaren zu, die einen Stand mit sexy Überraschungstüten betreute. Zu erwerben gab es Stofftaschen mit Füllungen für *ihn* und welche, die für *sie* vorbereitet waren. Die teureren und aufwendiger verzierten Taschen waren für *ihn* und *sie* bestückt. Unweigerlich versuchte Demirbilek zu ergründen, womit Paare die Lust am Sex aufrechterhielten.

»Die im scharfen Dirndl ist Tatjana, kommt aus der Ukraine,

studiert Architektur«, erklärte Cengiz den Kommissaren, wobei sie zwischen Kleiderständern mit bizarrer Unterwäsche und Nachthemden hindurchtrabte. Eine in die Jahre gekommene Brünette mit Lackkorsett, deren hervorquellende Brüste zu platzen drohten, betreute den Verkaufsstand.

»Und das ist Angelique aus Milbertshofen. Alles Einzelstücke, was auf den Ständern hängt. Entwirft sie selbst«, wurde Demirbilek von Leipold gewissenhaft informiert, der ebenfalls Mühe hatte, mit dem Tempo der vorauseilenden Kollegin mitzuhalten. »Ich habe sie befragt, den armen Kerl kennt sie nicht.«

Demirbilek nickte anerkennend, weil er das Gefühl hatte, sein Kollege erwarte eine wohlmeinende Reaktion für den Fleiß, den er an den Tag legte. Er war gespannt auf die Erklärung, die er ihm für das Engagement bei der Ermittlung nachreichen würde.

Die Gruppe marschierte an der Showbühne vorbei zu den Garderoben. Als die Beamten den von Neonlicht erhellten, betörend nach Kaffee duftenden Raum betraten, erwartete sie eine vielleicht dreißigjährige Frau mit blondierten Haaren. Die Tänzerin saß mit nacktem Oberkörper vor dem Spiegel und schminkte sich das Gesicht, während sie ihr Baby stillte.

Die Männer zeigten gute Manieren und blickten zu Boden, während Cengiz auf die Zeugin zuging.

»In einer Stunde werde ich sowieso begafft, sparen Sie sich das Getue«, sagte die Tänzerin, ohne die Augen von ihrem Spiegelbild zu nehmen.

»Soll ich die Kleine halten?«, fragte Cengiz sie, da das Baby gerade mit selig verdrehten Augen zu trinken aufhörte.

»Ja, mein Täubchen, das wäre ganz fein«, bedankte sie sich und wandte sich ihrer Tochter zu: »Mama muss sich hübsch machen, stimmt's, Sophiechen?« Mit einem zärtlichen Kuss auf die Stirn übergab sie das Baby der Polizeibeamtin.

»Also, was führt uns hierher, Jale?«, fragte Demirbilek.

»Zeigst du es ihm, Duygu?«, bat Cengiz die Mutter, während sie das Baby sanft hin und her wog.

Bei dem Namen runzelte Demirbilek die Stirn. Auf eine Nackttänzerin mit türkischen Wurzeln zu stoßen überraschte ihn. *»Türk müsünüz?«*, fragte er sie. Ungewollt legte er etwas Abwertendes in die Stimme.

Der böse Augenaufschlag, den er von der Tänzerin dafür erntete, war nicht zu übersehen. Offenbar fühlte sie sich vom Kommissar kritisiert. »Ein türkischer Vater genügt mir, der mir das Leben zur Hölle macht. Kommen Sie mir nicht mit irgendwelchen Vorhaltungen!«, zischte sie und schob das Top über die Brust. »Nehmen Sie sich ein Beispiel an Jale, die hat mich gefragt, wer sich um mein Baby kümmert, wenn ich auftrete, und nicht, ob ich eine türkische Tochter bin, die auf den falschen Weg geraten ist!«

Demirbilek tauschte einen Blick mit Cengiz, die über die Worte der Tänzerin schmunzelte. Am liebsten hätte er ihr das Baby abgenommen. Er sehnte sich geradezu danach, ihr oder Leipold die Vernehmung zu überlassen und stattdessen mit Memo im Kinderwagen um den Olympiasee spazieren zu gehen.

»Falsch nicht, aber für richtig halte ich das, womit Sie Ihren Lebensunterhalt bestreiten, dennoch nicht. Belassen wir es dabei, ich sehe, wie sehr Sie Ihre Tochter lieben.«

Die Tänzerin drehte sich vom Spiegel weg. Sie kämpfte mit den Tränen, sah zu Cengiz und zurück zum Kommissar. »Ist Jale Ihre Tochter?«, fragte sie ihn mit fester Stimme.

»Nein, aber ich wäre glücklich, wenn es so wäre. Meine Tochter lebt derzeit in Istanbul«, erwiderte er.

Cengiz schien betroffen über Demirbileks offene Worte. Der verstand sehr wohl, weshalb er sich auf eine private Diskussion mit der Tänzerin einließ. Er glaubte fest an Begegnungen im Leben, die, wenn nicht vorherbestimmt, so doch unausweichlich waren. Duygu war eine starke Frau, die als Mutter für das Wohl ihrer Tochter kämpfte. Aufgrund der eigenen Erfahrungen in dem Demirbilek'schen Durcheinander war er interessiert an Lebenswegen deutsch-türkischer Familien. Er hatte großen Respekt, wie die Mutter das Leben meisterte und für ihr Kind sorgte, trotz eines Vaters, der offenbar kein Verständnis für sie und das Baby aufbrachte.

»Sie haben recht, *Komiser Bey*, belassen wir es dabei«, sagte Duygu und wischte mit dem Handballen die Tränen aus den Augen. »Jale hat mir ein Foto gezeigt. Der Mann war gestern Abend hier in der Garderobe. Keine Ahnung, wie er sich an der Security vorbeigeschlichen hat. Zutritt für Gäste ist verboten. Wir haben recht zudringliche Fans, die mehr als nur ein Selfie als Wichsvorlage mit uns machen wollen.«

Demirbilek räusperte sich über die offenherzige Ausdrucksweise und spürte ein Unwohlsein.

Cengiz meldete sich zu Wort: »Eine Tänzerin hat der Security Bescheid gegeben. Der Sicherheitsmann hat vorhin die Schicht angetreten, ich habe seine Aussage aufgenommen. Er musste das Hausrecht ausüben, weil das Opfer die Garderobe nicht verlassen wollte. Es kam zu Handgreiflichkeiten. Nach der Rangelei hat sich der Mann beruhigt und sich zum Ausgang führen lassen. So was kommt vor, meinte der Sicherheitsmann, nichts Ungewöhnliches, deshalb hat er keine Meldung gemacht. Die Personalien hat er leider auch nicht aufgenommen.«

»Gibt's Videoüberwachung am Eingang?«, fragte Demirbilek nach.

»Nix, niente, na ja, wundert einen nicht, oder?«, schmunzelte Cengiz. Mit dem Baby auf dem Arm trat sie in eine Ecke der Garderobe und deutete mit einer Schuhspitze auf den grauen Teppichboden. Ein dreieckiges Plastikstück lag dort. »Ich habe nach Duygus Vernehmung das hier entdeckt. Der Tote könnte es bei der Rangelei verloren haben«, erklärte sie. »Damit die Herren Chefs das persönlich in Augenschein nehmen können, habe ich es liegen gelassen. Spurensicherung ist verständigt. Die Kollegen kommen, wenn sie bei der Böschung fertig sind.«

Mit einem Murren quittierte Leipold Demirbileks Aufforderung, das Beweisstück zu sichern. »Hast du einen Beutel, Jale?«, fragte er sie.

Cengiz verneinte. Die Tänzerin half mit einem verschließbaren Beutel aus. »Habe ich für Sophiechens Windeln immer dabei«, meinte sie und bückte sich, um das Plastikstück aufzuheben.

»Das mache ich«, hielt Leipold sie zurück und stülpte den Beutel um die Finger, um keine Abdrücke auf dem Beweismittel zu hinterlassen.

Duygu hatte sich für ihren Auftritt fertig umgezogen. Leipold unterdrückte den Drang, der Tänzerin zu ihrem gewagten Outfit zu gratulieren. Wie er bei Angeliques Befragung gelernt hatte, trug sie einen Monokini, einen Badeanzug, der viel verhüllte, gleichzeitig wesentliche Partien nackte Haut betonte. Stattdessen fragte er: »Das gehört nicht Ihnen oder einer Ihrer Kolleginnen?«

»Ich spiele nicht Gitarre und die anderen, soviel ich weiß, auch nicht.«

Demirbilek nahm Leipold den Beutel ab und beäugte durch das Plastik das Plektrum, auf dem ein verkratztes Logo zu sehen war. »Wenn der Besitzer nicht mit Handschuhen Gitarre gespielt hat, finden wir etwas, was uns weiterbringt. Danke für Ihre Hilfe«, sagte er an die Tänzerin gewandt, dann nahm er den Geldschein, den er vor dem Streit mit der Zeugin aus der Hosentasche geholt hatte. »Erlauben Sie, bitte? *Müsaade eder misiniz?*«

Die Tänzerin nickte ihr Einverständnis mit einem versöhnlichen Lächeln. Demirbilek wusste, sie würde seine Geste richtig verstehen, würde den Fünfzigeuroschein, den er dem Baby in den Strampler steckte, nicht als Almosen werten. Es war Brauch in der Türkei, Neugeborene mit Geld, einer Goldmünze oder einem *nazar boncuk*, einem Amulett, das vor dem bösen Blick schützen soll, auf der Welt zu begrüßen. Zum Abschied gab er dem Baby ein Küsschen auf die Stirn.

»Du, Jale, verhörst den Sicherheitsmann noch mal, frag ihn, ob ihm etwas aufgefallen ist, ob jemand dem Opfer vielleicht gefolgt ist«, befahl er Cengiz, und zu Leipold sagte er: »Du händigst das Beweismittel der Spurensicherung aus. Dann besorgst du mir einen Espresso, wenn es einen gibt. Und schick Isabel in die Gerichtsmedizin, sie soll bei Ferner Dampf machen. Ich will heute noch Ergebnisse, egal, wie spät.«

Mit den Worten verabschiedete er sich bei der Tänzerin und verschwand aus der Garderobe, gefolgt von Leipold und Cengiz, die nichts zu seinen Anweisungen hinzuzufügen hatten.

7 Die Hände in den Taschen des Laborkittels vergraben, brachte Sybille Ferner mit ein paar deftigen Bemerkungen die Kommissarin aus der Fassung. Vierkant atmete durch und ließ sich schniefend auf den Stuhl vor dem Labortisch fallen.

»Wehe, du heulst mir etwas vor, Isabel!«, warnte Ferner sie und reichte ihr aus dem Kleenexspender ein Tuch.

»Ganz bestimmt nicht!«, versicherte Vierkant ihr schnell und schnäuzte sich die Nase. »Der Chef weiß ja, dass du eigen bist, was Arbeitszeiten betrifft. Er wollte mich bestimmt auf die Probe stellen.«

»Dich auf die Probe stellen? Was der immer für Ideen hat!«

Gedankenverloren stopfte Vierkant das benutzte Papiertaschentuch in ihre Umhängetasche. »Es ist eilig, ganz einfach. Die Kriminaltechniker arbeiten an den Fingerabdrücken auf dem Plektrum, ist aber schwieriger als gedacht. Wäre echt hilfreich, wenn wir wüssten, was es mit den Faserspuren an den Handgelenken auf sich hat. Wer weiß, vielleicht ist er gefesselt gewesen oder gefoltert worden? Das würde die Ermittlungen in eine entsprechende Richtung lenken. Das Ding in seinem Mund kann ja wohl nicht tödlich gewesen sein? Vielleicht findest du bei der Obduktion auch etwas, was uns zu seiner Identität führt.«

Ferner schob einen Stuhl heran und setzte sich mit einem abgeklärten Lächeln zu ihrer Kollegin. Freundschaftlich den Arm um ihre Schulter gelegt, überlegte sie geflissentlich und meinte: »Isabel, dass du ein Fan von deinem Chef bist, ist nichts Neues. Verstehe ich ja, ich finde ihn auch irgendwie gut, unseren Vorzeigetürken. Aber du verziehst ihn zu sehr. Zeki muss lernen, sich an die Spielregeln zu halten. Kommt ja nicht von ungefähr, der Spitzname Pascha, oder? Im Prinzip ist das nicht anders wie mit Kindern. Das lernst du noch, wenn du selbst einen Balg zur Welt gebracht hast. Kinder brauchen Regeln und Grenzen, genau das braucht der Zeki auch. Sonst wird Chaos zum Programm. Es gibt nun mal tariflich festgelegte Dienstzeiten. An die halte ich mich, und zwar akkurat.« Sie deutete mit dem Daumen zur Wanduhr. Es war acht Uhr abends.

»Ja, aber der Chef denkt halt etwas anders als wir«, widersprach Vierkant zögerlich.

»Weiß ich doch! Ich sage dir auch, warum: weil er es gerne pragmatisch hat. Er ist ein Oberpragmatiker, wenn du mich fragst.«

»Ach, was! Sein bayerisch-türkischer Sturschädel hat nichts Pragmatisches. Eher was Durchstoßendes«, entgegnete Vierkant. »Was ist? Machst du dich an die Arbeit?«

»Warum hat er es denn so eilig? Warum nicht bis morgen warten? Geht's wieder hoch her bei den Demirbileks? Will er nicht heim, treibt's ihn um? Oder ist Jale wieder schwanger?«

»Jale? Schwanger?«, wiederholte Vierkant verdutzt. »Glaub nicht, wie kommst du denn darauf?«

»Na ja, der Kindsvater hat sie und Memo verlassen und ist in Istanbul geblieben. Und euer Migra-Oberflieger, der fesche Serkan Kutlar, soll derzeit in Istanbul Urlaub machen, habe ich gehört. Da sehe ich eine gewisse Parallele.«

»Sybille! Tratsch nicht wie ein altes Waschweib so etwas herum. Jale und Serkan sind Freunde, sie kennen sich aus Berlin und wohnen zusammen, das ist alles. Der Chef hütet den Kleinen ein Mal die Woche, wenigstens versucht er es.«

»Ehrlich?«

»Er liebt Memo über alles, ist ja schließlich der Sohn seines Sohnes. Familie ist ihm heilig.«

»Das glaube ich sofort, ist bei mir nicht anders. Vielleicht nicht gerade superheilig, seit mich mein Alter sitzen gelassen hat, aber na ja«, gab Ferner ihr auf eine gewisse Weise recht. »Beim Zeki hört aber manchmal Familie auf, wo der aktuelle Fall anfängt – wie jetzt.«

»Wie jetzt, ganz genau. Also, was ist mit der Obduktion? Wann kriegen wir deinen Bericht?«

»Morgen früh fange ich an, und jetzt hör auf, mich umstimmen zu wollen.« Ferner blieb eisern und wechselte das Thema: »Nicht schlecht, deine Maniküre. In welchem Nagelstudio lässt du das machen?«

Vierkant schielte etwas verschämt auf ihre in dezentem Rot lackierten Fingernägel. »Ich gehe in kein Studio, ist mir zu teuer.«

Die Gerichtsmedizinerin nahm beide Hände der Kollegin und betrachtete die perfekt geformten Nägel genauer. »Wirklich? Sieht jedenfalls sehr professionell aus. Das hast du nicht selbst gemacht?«, fragte sie skeptisch und musterte sie dabei. »Raus mit der Sprache!«

Nach kurzer Bedenkzeit rückte Vierkant verlegen mit der Wahrheit heraus. »Mein Mann hilft mir dabei. Ich habe Peter gezeigt, wie es geht.« Sie kicherte ausgelassen. »Das war ihm aber nicht genug. Er hat sich Schulungsvideos im Internet angesehen. Er kann das richtig gut, gell?«, fragte sie stolz.

»Dein Göttergatte macht dir die Fingernägel? Das finde ich ja hocherotisch! Da komme ich ja um vor Neid, Isabel!«, begeisterte sich Ferner und beobachtete, wie Schamesröte das Gesicht ihrer Kollegin überflutete. »Ach so! Beim Lackieren der Fingernägel bleibt es wohl nicht …«

»Sybille! Bitte! Das geht dich nun wirklich nichts an!«

»Isabel! Du und dein Peter, ihr zwei lasst es euch also gut gehen. Freut mich für dich!«, höhnte sie mit einem Augenzwinkern. Dann stand sie abrupt auf und entledigte sich des Laborkittels.

»Wo willst du hin?«, erschrak Vierkant.

»Dein Zeki und du und der Rest von euch Migras, ihr müsst euch einfach gedulden«, stellte Ferner beim Aufhängen ihres Kittels an den Kleiderständer klar. »Heute mache ich nichts mehr. Du hast alles versucht, tut mir leid, dass du bei der Probe durchgefallen bist. Nichts für ungut, Isabel. Dein Zeki muss endlich kapieren, dass das so nicht geht. Da muss er schon andere Geschütze auffahren.« Sie lächelte zweideutig. »Jetzt muss ich meine Fressmaschinen holen und abfüttern. Ist höchste Zeit. Meine zwei Buben sind bei den Nachbarn geparkt«, verkündete sie, nahm ihren Mantel vom Kleiderständer und machte sich auf den Weg.

Vierkant wusste nicht, wie ihr geschah. Sie dachte an die dunklen, funkelnden Augen, die sie am nächsten Morgen bei der Besprechung erwarteten, sollte sie keine Ergebnisse von Ferner beschaffen. Dampf zu machen war nicht gerade ihre stärkste Charaktereigenschaft. Innerlich dankte sie dennoch ihrem Chef, der sie mit der Aufgabe betraut hatte, damit sie ihre Unsicherheit ablegte und zu einer effektiveren Polizeibeamtin wurde. Auf der anderen Seite, sagte sie sich, hätte er den Gang ins Labor genauso gut selbst erledigen können. Seine Bequemlichkeit kannte manchmal keine Grenzen.

Mit diesen Gedanken blickte sie der Gerichtsmedizinerin hinterher, die unvermittelt stehen blieb und sich zu ihr umdrehte: »Macht Peter dir die Fingernägel vor oder nach dem Sex? Oder während der Lack trocknet?«

»Sybille!«, schrie die Kommissarin auf. »Das ist wirklich zu intim!«

»Genau deshalb will ich es ja wissen«, lächelte sie. »Komm schon! Heute die ganze Zeit der Dildo des Toten und jetzt du mit deinen erotischen Andeutungen!«

Vierkant zog die Umhängetasche über die Schulter und

schloss zu ihrer Kollegin auf. Sie witterte eine Chance, doch noch die Probe zu bestehen. Mit durchtriebenem Lächeln sah sie in die erwartungsvollen Augen der Kollegin. »Weißt du was, Sybille. Wir machen es so.« Sie legte den Arm um ihre Schulter. »Ich habe da eine Idee. Wie wäre es, wenn du mir vor der Besprechung morgen früh ein paar Informationen steckst?«

»Wie bitte?«

»Die Manikürkünste meines Peters sind nur ein Teil unseres erfüllten Sexlebens, musst du wissen«, legte Vierkant nach.

Ferner platzte vor Neugier. Bevor sie etwas sagen konnte, garnierte Vierkant das Angebot: »Fang einfach heute noch mit der Leichenschau an, dann gehen wir morgen Mittag zusammen essen. Mein Peter, der Schmutzfink, fotografiert ganz gerne mit dem Handy.«

»Ihr macht Fotos? Private? Intim und so?«

Vierkant schmunzelte genüsslich. »Vielleicht ziehst du dir den Mantel wieder aus und machst doch eine klitzekleine Überstunde? Deine Fressmaschinen werden schon nicht verhungern.«

Danach schmatzte sie einen Abschiedskuss auf die Wange der Gerichtsmedizinerin und verließ hochzufrieden mit ihrem Schachzug das Labor.

8 Inmitten von Istanbuls Altstadt Sultanahmet lag der zusammengeknickte Münchner Olympiaturm auf dem zertrümmerten Zeltdach des Stadions. Keinen Steinwurf entfernt sprudelten dicke Strahlen aus den geköpften Frauentürmen eine nicht versiegende Flüssigkeit in den Himmel. Der Wanderer mit dem Stab krümmte den Rücken über die Türme und labte sich an der Köstlichkeit, die seinen Durst stillte. Als der Riese den Kopf drehte und Zeki glaubte, ihn endlich zu Gesicht zu bekommen, zeigte sich ihm eine leuchtend rote Fratze. Von Augenbrauen und Wimpern tropfte dickes Blut auf das nach vorne geschobene Kinn. Die Zähne klapperten, bevor die überlange Zunge aus dem Mund schnellte und zur Stirn hochschlängelte – von da wieder nach unten über die Nasenspitze und über die schwulstigen Lippen glitt und der Riese die eigene Zunge mit säbelscharfen Zähnen abtrennte und hinunterschluckte.

Ohne den Körper zu rühren, zwang sich Zeki, die Augen zu öffnen. Sein Herz raste wie ein überhitzter Motor. Er massierte mit den Handballen dagegen. Mit brennender Furcht in der Seele versuchte er zu verstehen, weshalb ihn der Wanderer in seinen Träumen heimsuchte, weshalb, statt das Gesicht zu sehen, hell glimmendes Rot ihn blendete. Er fand keine Antwort, keinen Hinweis, keinen Zusammenhang, der ihm half, sich von den schaurigen Bildern zu befreien.

Es war zwei Uhr morgens. Das altmodische Weckerungetüm, das er mit müden Augen anstarrte, stammte aus den Ehejahren mit Selma. Kannst du dir keinen neuen leisten? Kauf dir was Digitales, was nicht wie eine Zeitbombe tickt, schalt er sich in Gedanken und bohrte weiter in den Wunden, die nach der Scheidung vor mittlerweile sieben Jahren nicht verheilt waren. Weshalb, zum Teufel, denkst du überhaupt an sie? Selma wird sicher keinen Gedanken an dich verschwenden, nicht um diese Uhrzeit wenigstens. Sie schläft bestimmt tief und fest, glücklich und zufrieden. Wenn du aufstehst und ein Taxi nimmst, dauert es gerade mal zehn Minuten, bis du an ihrer Wohnungstür stehst. Aber was dann? Öffnet sie dir und lädt dich ein, den Rest der Nacht an ihren Körper geschmiegt zu verbringen? Doch was geschieht, wenn ihr Freund die Tür öffnet? Haust du dem Kerl eine rein, ansatzlos mit der Rechten? Oder zückst du deinen Dienstausweis, verhaftest ihn wegen Verdachts auf unerlaubten Beischlafs mit deiner Exfrau in mehreren Fällen?

Zeki grinste und drehte sich zur Seite, faltete die Hände, schob sie unter den Kopf und labte sich weiter an der Vorstellung, wie er Selmas Lebensgefährten aus dem Verkehr ziehen würde. Er hatte den schnöseligen Vollblutakademiker aus Istanbul kennengelernt, der gerade München besuchte, um Selma zur Seite zu stehen. Angeblich brauchte sie Unterstützung, weil sie an der türkischen Privatuni Probleme mit den hohen Tieren des Vorstandes hatte. Selma war Direktorin der Uni und ließ sich nicht den Mund verbieten oder auf fadenscheinige Anordnungen hin die Internetsuche an der Hochschule reglementieren. Selma konnte gut auf sich selbst aufpassen. Wofür brauchte sie den Schnösel? Als Bettwärmer? Eine Wärmflasche hätte es aus seiner Sicht genauso gut getan.

Wegen der beruflichen Probleme wollte er es ihr nicht verübeln, sich seit einer Woche nicht bei ihm gemeldet zu haben, tat es in Gedanken aber dennoch. Von Jale wusste er, dass sie ihren Enkel auch vernachlässigte. Dass du mich nicht sehen willst, schön und gut, aber mit Memo kannst du das nicht machen, brummte er vor sich hin. Das geht nicht, Selma, beschwor er sie laut und erschrak darüber, mitten in der Nacht Selbstgespräche zu führen.

Der Wecker tickte weiter, bis Zeki genug hatte und ihn unter das Kissen stopfte, das mit Stickereien versehen ebenfalls von Selmas nostalgischer Handschrift zeugte. Die Stille im Schlafzimmer beruhigte ihn zunächst. Gleich darauf aber machte ihm der Wanderer aus dem Albtraum wieder zu schaffen. Durch das Fenster sah er, als wäre er aus Fleisch und Blut, den Riesen vor dem Vollmond am sternklaren Himmel. Allein der Kopf mit dem Schlapphut schwebte in der Luft, ohne Rumpf und ohne Stab in der Hand. Das reicht, machte er dem Spuk ein Ende, und riss die Bettdecke weg.

Rakı oder *çay*? Bier oder Espresso?, wälzte er in Gedanken vor sich hin, als er vor dem Küchenschrank stand. Die schlaftrunkene Entscheidungsunfreudigkeit nervte ihn, bis er zuletzt ein Weißbierglas mit Leitungswasser füllte und es hinunterstürzte. Nach Luft japsend, hörte er ein Piepsen durch die Wohnküche tönen. Das Diensttelefon auf dem Tisch, neben den türkischen und deutschen Zeitungen, verlangte nach seiner Aufmerksamkeit. Den Vorläufer, einen alten Knochen, mit dem er kaum mehr als telefonieren konnte, hatte er abgegeben, nachdem er sich mehrfach über die dienstliche Anweisung hinweggesetzt hatte, ein Smartphone zu benutzen.

Demirbilek empfand sich nicht als technikfeindlich. Er hatte nur etwas dagegen, dass er das Ding immer bei sich tragen musste, um erreichbar zu sein. Seine Mitarbeiter waren immer online, ihre Mobiltelefone ständig eingeschaltet. Ihm war es lieber, seine Leute kümmerten sich um derlei Belange und unterrichteten ihn über das Wesentliche.

Außerdem gab es tausend gute Gründe, nicht erreichbar zu sein. Wie ebendiesen Moment, wo er über sich und die Nöte seiner Familie nachdachte. Insbesondere über seinen Sohn Aydin, der in Istanbul seine Karriere als Jazzmusiker vorantrieb. Vor seiner Abreise hatte er mit Jale vereinbart, eine Zeit lang bei seiner Zwillingsschwester Özlem zu bleiben, damit sie sich über ihre Gefühle als Eltern klar werden konnten. Warum brauchten sie dafür zweitausend Kilometer Abstand?, hatte er damals schon bemängelt. Aydin war viel zu lange nicht mehr bei seiner Familie, seit Monaten wuchs Memo ohne seinen Vater auf. Das gefiel ihm als Großvater ganz und gar nicht. Beim letzten Telefonat mit seinem Sohn hatte er sich dazu verleiten lassen, ihn zu behandeln, als wäre er schuld an allem, an der ganzen Misere, daran, dass Jale Memos Erziehung alleine stemmen musste. Er gestand sich ein, keine allzu große Hilfe bei der Betreuung des Kleinen zu sein, seit Jale mit Memo zu Serkan Kutlar gezogen war. Die drei hatten eine Art Wohngemeinschaft gegründet. Zwei Polizeibeamte und ein Kleinkind. Konnte das gut gehen?

Er dachte weiter über Serkan nach, der gerade in Istanbul zu Besuch bei Verwandten war. Er war nicht nur Jales Kollege bei der Migra, er war auch ihr Lebensgefährte gewesen, als beide in Berlin lebten. Und jetzt? Waren die beiden wieder ein Paar, auch wenn sie das Gegenteil beteuerten? Zeki war klar, in dem Punkt, vielleicht auch in dem einen oder anderen zusätzlichen, altmodisch zu sein. Er fand es wichtig, dass eine Familie zusammenwohnte und -lebte, vor allen Dingen, wenn es sich um die eigene handelte.

Natürlich, überlegte er weiter, hatte seine beinahe zur Schwiegertochter gewordene Mitarbeiterin den Alltag organisiert, um den Polizeiberuf und Memos Erziehung miteinander zu vereinbaren. Derya Tavuk, die Frau, mit der er zweimal eine Beziehung eingegangen war, die er ein zweites Mal verlassen hatte, stand Jale zur Seite. Bei den Gedanken an Derya schüttelte es ihn wie bei der Autofahrt zum Olympiagelände. Er hatte Derya nach einem Streit, den er vom Zaun gebrochen hatte, gestanden, sie nicht zu lieben, jedenfalls nicht so, wie er Selma liebte, obgleich keine Aussicht bestand, seine Exfrau zurückzugewinnen. Deryas Reaktion auf sein Geständnis würde er sein Leben lang nicht vergessen. Was sie ihm entgegengehalten hatte, hatte ihn zutiefst beschämt. Selbst in Gedanken vermochte er die Worte, die er auswendig aufsagen konnte, nicht zu wiederholen.

9 Zeki fuhr sich mit den Handflächen über das Gesicht und wischte damit die schweren Gedanken an Derya weg. Dann griff er nach dem Telefon auf dem Tisch und setzte sich damit auf das Küchensofa. Der Bund des gestreiften Pyjamas verrutschte dabei. Er zog die Hose nach oben und legte die Schlappen ab, um die Beine anzuziehen. Als er bequem saß, widmete er sich der Nachricht, die ihm seine gute Seele im Team mitten in der Nacht geschickt hatte.

Isabel Vierkant hatte es geschafft, die Gerichtsmedizinerin zu Überstunden zu bewegen. Für die Besprechung am nächsten Morgen kündigte sie erste Obduktionsergebnisse an. Er wunderte sich, gleichzeitig erfüllte es ihn mit Freude, wie sehr Vierkant unter seinen Fittichen zu einer durchsetzungsfähigen Beamtin heranwuchs. Sie hatte von ihm gelernt. Mach weiter so, lobte er sie in Gedanken. Vierkants Mail war kurz, ganz nach seinem Geschmack. Sie bestand aus dem Hinweis, den Anhang zu öffnen. Es benötigte einige Versuche, bis er die richtige Taste gedrückt hatte und das Dokument lesen konnte.

Vierkants Bericht zufolge hatten die Kriminaltechniker nach einigen Schwierigkeiten DNA-Material und Fingerabdrücke auf dem Plektrum dem Opfer zuordnen können. Allerdings fanden sie keinen Treffer in den Datenbanken. Das Opfer war in Deutschland erkennungsdienstlich nicht erfasst. Etwas umständlich berichtete sie im Anschluss von der Recherche zu dem

Logo auf dem Plektrum. Es erwies sich als Markenzeichen eines Musikinstrumentengeschäftes in der Innenstadt. Dort erreichte sie niemanden mehr, wollte jedoch mitten in der Recherche nicht aufgeben und machte auf dem Heimweg einen Abstecher zur Privatadresse des Inhabers. Demirbilek lächelte über Vierkants Hartnäckigkeit, die kurzerhand den Geschäftsinhaber aus der Wohnung geklingelt hatte. Zweifelsfrei identifizierte er anhand der Tatortfotos das Opfer.

Der im Olympiapark tot aufgefundene Mann hieß Mirko Kranic und war kein Unbekannter bei der Münchner Polizei, wie Vierkant anhand des Namens weiterverfolgt hatte. Kranic war mehrfach wegen Erregung öffentlichen Ärgernisses und sexueller Belästigung auf dem Oktoberfest festgenommen worden. Ein Dirndlgrapscher, ein elendiger, hatte Vierkant als Fußnote einen persönlichen Kommentar auf dem Bericht hinterlassen.

Kranic hatte seinen Hauptwohnsitz in Kufstein und war österreichischer Staatsbürger, nahm man die Grenze zu Bayern ernst. Ein EU-Bruder, hörte Demirbilek in der nächtlichen Stille seiner Wohnküche Leipold dazwischenrufen. In dem Punkt, dass Bayern Österreicher nicht als echte Ausländer ansahen, hätte er ihm recht gegeben.

Was tun mit einem ausländisch wirkenden Opfer mit österreichischem Pass?

Jemand mit deutschem Pass wäre in Leipolds Zuständigkeitsbereich gefallen. Für Leipold war die Nationalität des Opfers entscheidend, nicht die kulturelle Identität, das war Demirbilek bewusst. Mehrmals hatte er mit ihm ein Bier über den Durst getrunken und dabei erfahren, wie sein Münchner tickte. Leipold war ein einfacher Mensch. Ein Mann mit Frau und zwei kleinen Kindern, der versuchte, sich als verantwortlicher Kriminalbeamter durchzusetzen. Er hatte seine Qualitäten als Polizist, aber auch eine Reihe von Schwächen, wie Demirbilek bei gemeinsamen Ermittlungen festgestellt hatte. Ihm fiel nicht nur eine brenzlige Begebenheit ein, bei der er dem Kollegen aus der Patsche geholfen hatte. Wer weiß, wie oft seine eigenen Mitarbeiter, Herkamer und Stern, ihm geholfen hatten?

Überhaupt lagen Leipold komplizierte oder verzwickte Gedankengänge nicht. Diese überließ er gerne seiner rechten Hand Helmut Herkamer, den Demirbilek als derben, aber pflichtbewussten Beamten einschätzte. Wenn sich Ermittlungen hinzogen, die Spurenlage unübersichtlich wurde, war Demirbilek in seinem Metier. Der Ehrgeiz packte ihn. Zeit verflog, Energie und Kraft ließen nach, dennoch machte er weiter. Leipold dagegen blühte auf, wenn das Gradlinige, Handfeste, das Naheliegende im Vordergrund der Ermittlungsarbeit standen. Besonders bei Vernehmungen setzte er alles daran, Verdächtige zum Kooperieren zu bewegen. Da konnte er mitunter hinterfotzig und gemein sein oder den besten Freund herauskehren, je nachdem, welche Sorte Verdächtigen er in die Mangel nahm. Mit allen Mitteln ein Geständnis zu erwirken war ihm lieber als die beschwerliche Polizeiarbeit in Form des Sammelns von Fakten und Beweisen. Oft genug war er an einem Tatort erst gar nicht aufgetaucht. Jeder kannte sein Problem mit Leichen. Warum also hast du dich heute im Olympiapark blicken lassen?, fragte sich Demirbilek.

Nachdem er jetzt von Vierkants Bericht wusste, was ihn bei der morgigen Besprechung erwartete, schaltete er das Gerät aus und streckte gähnend die Arme von sich. Die Müdigkeit trieb ihm Tränen in die Augen. Er stand auf, um ins Bett zurückzukehren. Auf dem Weg dorthin verführte ihn der Küchenschrank mit den hochprozentigen Inhalten zu einem Zwischenstopp. Er entschied sich für ein Geschenk seines türkischen Lebensmittelhändlers, der ihm eine Rakıflasche heimlich in seine Einkäufe gepackt hatte.

Der Schlaftrunk brannte im Rachen bis hinunter in den Magen. »Bin gespannt, was du morgen erzählst, Pius«, sprach er mit sich selbst.

Mit der Bitte auf den Lippen, Allah möge ihn vor dem Wanderer verschonen – sowohl im Schlaf als auch in der Welt draußen –, nahm er einen zweiten Schluck.

10 Als Jale Cengiz bei der morgendlichen Dienstbesprechung Betrachtungen über die unglaubliche Penislänge und Eichelgröße des Todesopfers Mirko Kranic im Verhältnis zu einem durchschnittlichen deutschen Penis anstellte, ermahnte sie der Migra-Chef, sich auf ermittlungsrelevante Fakten zu beschränken. Cengiz zeigte Einsehen und sparte mit Details über den aus Kroatien stammenden Österreicher. Sowohl die Meldeadresse in Kufstein als auch die Münchner Adresse in der St.-Bonifatius-Straße waren falsch, berichtete sie. Angehörige in Deutschland und Österreich existierten nicht. Das kroatische Generalkonsulat war informiert und hatte Unterstützung bei der Suche nach Verwandten im Geburtsland des Opfers zugesichert.

Demirbilek folgte Cengiz' lebhaft vorgetragenem Bericht, war aber zur selben Zeit mit dem Milchfleck auf ihrem Shirt beschäftigt. Diesen Fall löste er ganz ohne kriminallabortechnische Hilfe. Einziger Verdächtiger und höchstwahrscheinlich auch Täter konnte nur ein gewisser Herr Mehmet Cengiz sein. Dass sein Enkel und er nicht denselben Familiennamen trugen, weil sein Vater kurz vor der Hochzeit fremdgegangen war, verkraftete er nur schwer. Sein Traum, mit Sohn und Schwiegertochter und dem Enkel unter einem Dach zu leben, wie er damals mit seinen Großeltern in Istanbul, war wegen der unverzeihlichen Dummheit zerplatzt.

Er holte ein Stofftaschentuch aus der Hosentasche. Unter den irritierten Blicken seiner Mitarbeiterinnen tunkte er es in das Wasserglas auf dem Schreibtisch und reichte es Cengiz.

Ohne ihren Bericht zu unterbrechen, wonach unklar war, auf welcher der unzähligen Münchner Baustellen Kranic gearbeitet hatte, nahm Cengiz das Tuch und wischte die Milchreste weg.

»Mirko Kranic war ein muskelbepacktes Testosteronungetüm. Über hundert Kilo schwer! Hey, den fesselst du nicht so einfach, nicht gegen seinen Willen«, resümierte sie und reichte Demirbilek das Tuch zurück. »War er ausgeknockt, Isabel? Sagt Ferner was darüber?«

»Weiß ich noch nicht. Die toxikologische Untersuchung ist nicht abgeschlossen, hat sie gestern Abend nicht mehr geschafft«, erwiderte Vierkant. »Aber wir wissen mehr über die Faserspuren am Handgelenk. Ein Bondage-Edelset. Gab's auf der Messe zu kaufen.« Sie reichte Cengiz das Handy mit Foto.

»Schick, sehr schick«, kommentierte sie. »Kostet?«

Demirbilek fuhr dazwischen: »Ist Genickbruch als Todesursache bestätigt, Isabel? Ferner war ja verdammt schnell.«

Vierkant räusperte sich verlegen, in Gedanken bei dem Teil der Abmachung, den sie noch erbringen musste. »Nach dem Mittagessen, vorher will sie sich dazu nicht äußern. Die Faserspuren deuten, wie gesagt, auf eine Fesselung hin, höchstwahrscheinlich auf freiwilliger Basis. Die Hämatome sind nicht der Rede wert.«

»Wenn er auf Bondage stand, konnte er sich das Vakuumding auch selbst über den Schwanz gezogen haben«, meinte Cengiz sachlich. »Ich hatte einen Fall in Berlin, ein Bürschchen hatte aus Scham zu lange gewartet, bis er sich traute, nach Hilfe zu rufen. Sein bester Freund steckte in einem Staubsaugerschlauch. Durch den Unterdruck war sein Schniedel aufgeblasen wie die leckeren Dampfnudeln, die ihr Bayern so gern esst.«

»Sei nicht so geschmacklos, Jale«, schimpfte Demirbilek sie. Auf die Köstlichkeit würde er in nächster Zeit verzichten, beschloss er. »Das Pumpding war neu, hat er es selbst gekauft? Auf der Messe gab's genug davon. Wenn Kranic es nicht selbst übergestülpt hat, wird es wohl der Täter gemacht und eingeschaltet haben. Es lief ja, als der Skater ihn gefunden hat.«

»Eine andere Möglichkeit wäre, dass er überrascht wurde, als er das Ding …«, überlegte Cengiz laut.

»In aller Öffentlichkeit, Jale!«, fauchte Demirbilek.

»Es war Nacht, Chef. Zwischen Bäumen und Gebüschen sieht dich niemand, wenn du es darauf anlegst. Vielleicht hatte er eine exhibitionistische Ader? Die Suchmannschaft hat gebrauchte Kondome noch und nöcher gefunden. Irgendwelche Fragen, was da abgeht?«

Demirbilek räusperte sich verlegen.

»Ist das genau genommen für unsere Arbeit nicht egal?«, übernahm Vierkant. »Ich meine, ob Kranic selbst die Pumpe übergezogen hat oder nicht?«

»Du hast recht, Isabel. Stellen wir das hintenan. Dank Leipolds Spürsinn wissen wir, dass Kranic auf der Erotikmesse gewesen war und gegen Mitternacht vom Sicherheitsmann rausgeworfen wurde. Was wir nicht wissen: Ob Kranic jemand gefolgt ist und wie er auf der Böschung gelandet ist, wo ihn der Skater gefunden hat. Ideen, die Damen, wie das vonstattengehen konnte, ohne dabei beobachtet zu werden?«

»Puh«, meinte Cengiz voller Ermittlungslust. »Der Fußweg ist nachts mit Straßenlaternen beleuchtet, aber nicht durchgängig. Der Fundort liegt zwischen zwei Laternen, kaum einsehbar vom Weg aus. Wirkt recht gespenstisch dort, und neblig war es gestern auch. Zeugenaufruf auf der Webseite des Präsidiums und den sozialen Netzwerken läuft übrigens. Vielleicht haben wir Glück, und es meldet sich ein Zeuge. Namen von Messebesuchern haben wir leider nicht, um sie zu befragen.« Sie pausierte, dachte kurz nach und fasste zusammen: »Bislang sehe ich den Tathergang so, relativ klar und simpel: Der Täter lauert Mirko Kranic auf oder überrascht ihn, schlägt auf ihn ein, bis er die Böschung hinunterpurzelt. Knack, Genickbruch. Dildo in den Mund, Jogginghose runterziehen, Pumpe drauf, einschalten. Post mortem, tippe ich. Er wollte Kranic demütigen, bis über den Tod hinaus.«

Demirbilek empfand den Fall immer unangenehmer und blieb still.

»Wertsachen und Papiere haben wir in der Umgebung nicht gefunden. Was spricht gegen einen Raubüberfall?«, überlegte Vierkant.

Demirbilek nahm den Gedanken gerne auf. »Laut Aussage des Sicherheitsmannes hat Kranic, ohne Widerstand zu leisten, die Messe verlassen. Der oder die Täter haben ihn beraubt, meinetwegen. Aber warum die Beigaben? Warum tut der Täter das? Demütigen, ja, Jale, da liegst du richtig. Ich dechiffriere das auch als Botschaft. Aber hinterlassen Raubmörder eine Botschaft? Wenn ja, ist die Frage, für wen. Bitte denkt erst nach, bevor ihr Theorien aufstellt, die nichts mit der Faktenlage zu tun haben.«

Die Migra-Beamtinnen sahen sich bestürzt an und schwiegen. Bei ihrem Chef waren sie vor verbalen Keulen nie gefeit. »Haben Sie eine Idee, was das Motiv betrifft, Chef?«, fragte schließlich Vierkant.

»Nein, aber …«, versuchte Demirbilek auszuführen, unterbrach sich jedoch, weil jemand wie mit einem Presslufthammer an die Tür pochte.

11 Es war Pius Leipold, der Demirbileks Gedankengang unterbrach und die Besprechung in eine vollkommen unerwartete Richtung lenkte. Nachdem er freundlich gegrüßt und jedem förmlich die Hand gereicht hatte, sprach er unbekümmert in die Runde, als führe er nichts Böses im Schilde: »Ihr Migras seid gestern ganz schön früh von der Messe weg.«

Cengiz ließ sich zu einem Kommentar hinreißen. »Du warst noch fleißig, könnte ich mir vorstellen. War nicht um elf die Lesbenshow? Highlight und Abschluss der Erotikmesse?«

»Ein wenig verspätet, so gegen Viertel nach elf«, erwiderte Leipold sanftmütig. »Ich habe mich etwas intensiver umgesehen. Interessiert an ein paar Informationen?«

Demirbilek schluckte seine Verärgerung über Leipolds plötzliches Erscheinen hinunter. Warum ihn nicht reden lassen? Mehr als Unsinn kann ja nicht dabei herauskommen, dachte er und nickte ihm zu.

Leipold drehte sich zu Cengiz. »Übrigens ein hervorragender Bericht von dir, Jale, habe ihn online gelesen.«

Cengiz stutzte über das Lob, das sie von ihm nicht gewohnt war. »Pius! Was ist los mit dir?«

»Nichts, was soll sein?«, tat er unschuldig. »Darf doch mal gesagt werden, wenn jemand so vorbildlich alles Wissenswerte zusammenfasst.«

Demirbilek war unentschlossen, ob er Leipolds eigenartiges

Treiben doch gleich unterbinden oder abwarten sollte. Von Berufs wegen war er ein neugieriger Mensch. »Wenn du etwas beizutragen hast, heraus damit, Pius. Die Schmeicheleien heb dir für deine Frau auf, dafür haben wir hier keine Zeit.«

Vierkant sprang ein, um die drohende schlechte Stimmung im Keim zu ersticken. »Soll ja harmlos sein, was da sexmäßig geboten wird. Jedenfalls laut Aussagen der Standlbesitzer. Kannst du das mit deinen Ermittlungen bestätigen, Pius?«

»Ja, stimmt schon«, ging Leipold auf den versöhnlichen Ton ein. »Lustig sind ja die Stände mit DVDs, VHS-Kassetten habe ich sogar entdeckt. *Completely old fashioned*, oder, Jale?«

Cengiz grinste, weil Englisch aus Leipolds Mund wie eine Ansammlung von Sprachfehlern klang. »Logisch! Bei dem, was es an Streaming- und Online-Angeboten gibt? Eher von historischem Wert für Sammler.«

Leipold holte einen Stuhl und nahm neben Vierkant Platz. Demirbileks verwunderten Blick über die Selbstverständlichkeit, mit der er an seiner Teambesprechung teilnahm, ignorierte er mit einem Redeschwall. »Schon klar, so Sexuelles auf dem Computer gibt's überall kostenlos im Internet. Aber real, mit anderen Menschen in einer Halle zusammen, ist dann doch auch interessant. Auf die Erotikmesse kommen ja viele wegen dem Showprogramm. Übrigens, die Polizeidamen, da waren nicht nur Männer, ich meine Männer solo. Auch viele Paare, junge und alte, im Prinzip mehr junge als alte. Aber trotzdem habe ich mich gewundert, wie viele hübsche Frauen unterwegs waren. Und die Shows, na ja. Die zwei Lesben waren ordentlich gebaut und alles, aber bei dem Bühnenlicht habe ich fast nichts gesehen. So ein Augenkrebslicht, grell und bunt ...«

»Bist du gestern Abend privat oder beruflich länger geblieben, Kollege?«, unterbrach Demirbilek Leipolds Abschweifungen.

Leipold merkte nun, wie er, ohne es beabsichtigt zu haben, drauflosgeredet hatte. Mit einer offensiven Strategie überspielte er seine Aufregung. »Beruflich natürlich, ihr wart ja nach der

Tatortbesichtigung alle weg. Der Veranstalter hat mir eine Freikarte spendiert, musste ich doch ausnutzen. War ja der letzte Tag der Messe. Da war die Hölle los, sage ich euch. Ich war aber bei Angelique am Stand, von dort hatte ich einen astreinen Überblick.«

»Wenn wir schon bei dem Thema sind, Hauptkommissar Leipold. Um zehn Uhr habe ich einen Termin bei der Kriminalrätin. Überraschungen an Weihnachten meinetwegen, aber nicht, wenn es um Dienstbelange geht. Also, warum bist du gestern am Tatort aufgetaucht und hast abends weiterermittelt? Ganz ehrlich, ich traue dir viel zu, aber nicht, dass du dort warst, um dir nackte Lesben anzusehen oder Bondage-Zeug im Sonderangebot zu kaufen. Falls doch, danke ich dir für deine Hilfe und die Teilnahme an unserer Teambesprechung …«

»Schon gut, Zeki, ist ja recht«, gebot Leipold ihm Einhalt. »Willst du wirklich jetzt darüber reden?«

»Ja, warum nicht?«

Leipold erhob sich umständlich und griff sich an den Ohrring, wie alle im Dienstzimmer bemerkten. Und alle wussten, dass er das tat, wenn er nervös war. Gespannt warteten Demirbilek, Vierkant und Cengiz auf die Antwort. Doch Leipold setzte sich wieder, ohne etwas zu sagen.

Vierkant nahm sich seiner an. »Was ist denn los, Pius? Ist was passiert?«

»Noch nicht«, druckste er herum und sprang plötzlich abermals auf, fasste allen Mut zusammen und sagte: »Ich will mich zu euch in die Migra versetzen lassen. Kriminalrätin Feldmeier hat keine Einwände, überlässt aber die Entscheidung dir, Zeki. Wegen Personalfragen wie bei Serkan Kutlar will sie nicht wieder mit dir streiten.«

»Das sagst du mir jetzt? Warum nicht gestern?«, brach es aus Demirbilek heraus, obwohl ihm die Frage nach dem Warum auf den Lippen brannte. Er blickte zu Vierkant und Cengiz, die genauso überrascht waren wie er selbst.

»Die Feldmeier wollte nicht, dass ich mit dir darüber rede, also dich in der Entscheidung beeinflusse. Verstehst du?«, antwortete Leipold. »Warum ich zur Migra will, berede ich nicht jetzt, ist ja eine Mordermittlung im Gange, stimmt's?«

»Das stimmt allerdings«, stellte Demirbilek ruhig fest. Dann kramte er in der Schublade nach der blau-gelben Gebetskette und begann, sie nachdenklich in der Hand zu wirbeln. »Also, Jale, weiter im Bericht, wir hören.«

Cengiz sah zur Wanduhr. »Es ist …«

»Zehn vor zehn. Bis zu Feldmeiers Büro brauche ich fünf Minuten«, kam Demirbilek ihren Bedenken zuvor. Er wandte sich an Leipold, der den Stuhl zurückbrachte und gehen wollte. »Du setzt dich wieder und teilst mit uns deine Informationen, wenn Jale nichts mehr beizutragen hat.«

Leipold grinste über beide Ohren. Schnell schob er den Stuhl zurück und setzte sich wieder. Aufgeregt wie ein Aufziehmännchen reichte er Demirbilek sein Mobiltelefon. Der Sonderdezernatsleiter betrachtete ein Foto, ohne seine Überraschung unterdrücken zu können.

Cengiz sprang auf und stellte sich hinter ihn, um sich mit eigenen Augen zu vergewissern, was ihren Chef überraschte. Auch Vierkant hielt es auf dem Platz nicht mehr aus und trat hinter Demirbileks Schreibtisch. Nachdem die Migra-Beamten das Foto begutachtet hatten, sahen sich alle drei mit schlechtem Gewissen in die Augen.

Leipold genoss seinen Sieg und intonierte salbungsvoll wie ein Geistlicher: »Macht euch keinen Kopf, ich habe mich der Sache angenommen.«

»Hast du das?«, fragte Demirbilek provozierend.

»Aber ja, ich habe die Spurensicherung losgeschickt. Ferner ist informiert. Sie hat gemault, kennst sie ja, Zeki, und hat die Kriminaltechniker gleich zur Minna gemacht, weil die das ja hätten entdecken müssen.«

»Und wie hast du von dem geheimen Salon erfahren?«, fragte

Vierkant mit Blick auf die Aufnahme und klopfte ihm auf die Schulter.

»Man muss halt mit den Frauen reden, bis sie etwas sagen«, erklärte Leipold in aller Bescheidenheit. »Angelique kennt alle auf der Messe, und alle kennen sie.«

»Und deine Quelle im Lackkorsett plaudert gerne, wenn du sie nach Betriebsgeheimnissen fragst, so mir nichts, dir nichts?«, wollte Cengiz angesäuert wissen.

Leipold lächelte versonnen, als würde er eine allgemeine Absolution aussprechen. »Wir sind auf gemeinsame Freunde in Milbertshofen gestoßen. Das hat geholfen. Außerdem ist das nichts arg Geheimnisvolles, was da so nebenbei in dem Salon angeboten wird. Der Zugang verläuft über eine Stellwand, eine Abkürzung für die, die nicht gesehen werden wollen. Geht ja nicht jeder mit dem Thema so offen um wie ich.«

Demirbilek reichte Leipold das Mobiltelefon zurück. »Und was geschieht in dem Salon? Ist doch kein Puff, die Messe.«

»Nein, es gibt einen offiziellen Flyer, kannst du alles nachlesen. Foto mit einer Tänzerin mit eigener Kamera fünf Euro, zwanzig Fotos kosten dreißig, private Tanzshow fünfundzwanzig und so weiter. Kranic hat eine Body-to-Body-Massage mit zwei Damen gebucht, vierhändig also. Kosten summa summarum sechzig Euro. Finde ich jetzt nicht überteuert, was meint ihr?«

»Vierhändig? Hast du es ausprobiert gestern Abend?«, ging Vierkant entrüstet dazwischen.

»Nein, woher denn. Ich hab's doch immer wieder im Kreuz. Ich habe eine Rückenmassage gebucht. Übrigens billiger als in der städtischen Sauna, gerade Mal fünfundzwanzig Euro. Ohne die Massage hätte ich nicht das herausgefunden, was ich herausgefunden habe«, erklärte Leipold wichtigtuerisch und fügte bedauernd hinzu: »Nur eine Quittung gab's keine zum Absetzen.«

»Das hören wir hoffentlich gleich, was du unter Einsatz deines Körpers ermittelt hast. Vorher gib mir den Namen der Zeugin. Ich nehme ihre Aussage auf«, forderte Cengiz. »Halb nackt auf der Massagebank wirst du ja wohl kaum mitgeschrieben haben.«

»Nicht so grantig, Jale. Wie heißt es so schön? *Nobody is perfect.* Kann ja mal passieren, so eine Unachtsamkeit, wie es euch Migras unterlaufen ist«, meinte Leipold verständnisvoll. »Die Masseuse bleibt aber anonym, musste ich ihr versprechen, sonst hätte sie mir nichts erzählt. Also, es ist so: Neben den gängigen Dienstleistungen werden auch besondere Wünsche von den Tänzerinnen erfüllt, natürlich nur nach vorheriger Absprache. Meistens kommen die Interessenten nach den Shows, weil sie dann wissen, was sie erwartet. Bevor Kranic in die Garderobe zu der Tänzerin ist, also zu der Duygu, hat er sich von ihr und einer gewissen Chantal, die auf den schönen Namen Annemarie Brand getauft ist, massieren lassen, sagt meine Quelle. Was bei dem Sonderwunsch genau passiert ist, wusste die Gute nicht. Ich frage mich, warum das Opfer nach der Massage noch mal zur Duygu ist. Sollten wir nachhaken, oder? Über die Brand haben wir keine Polizeiakte, sie macht den Job als Tänzerin nebenberuflich. Die andere macht die Tanzerei hauptberuflich. Duygu irgendwas Unaussprechliches …«

»Duygu Cebenoyan ist der volle Name«, informierte Vierkant ihn fließend.

»Sag ich ja, Zungenverdreher hoch zehn«, war Leipolds Kommentar. »Keine der Damen geht ans Handy, habe es schon paarmal probiert.«

Demirbilek versuchte nachzuhaken, doch Leipold kam ihm mit einem Detail zuvor. »Ah ja, der Salon hat eine Tür, die direkt ins Freie hinausführt. Die Kundschaft muss also nicht zurück in den Messebereich. Ist ja klar, einige haben es nach einer Behandlung lieber, nicht gesehen zu werden.«

»Wie du wahrscheinlich«, konterte Demirbilek.

12

Er lag an dem Vormittag wach im Bett, obwohl er schlafen sollte, um für die anstehende Nachtschicht gewappnet zu sein. In Gedanken zog er mit den Daumen Nilays Mundwinkel nach unten, damit sie ihn traurig ansah, wie durch das Fenster, als er sie heimlich fotografiert hatte. Schlafensmüde zog er die Daunendecke weg und schälte sich aus dem Bett.

Durch das Küchenfenster hatte er einen freien Blick über den Hinterhof der Wohnanlage und in den wolkenlosen Himmel. Es versprach ein schöner Frühlingstag zu werden. Bis Schichtbeginn war Zeit für ein ausgiebiges Frühstück, überlegte er im Badezimmer. Er stutzte den Bart und rasierte sich. Nach der Dusche kämmte er die langen Haare und putzte sich die Zähne vor dem Spiegel. Eine Sonderanfertigung, die vom Boden bis zur Decke reichte. Beim Surren der elektrischen Bürste entschwanden seine Gedanken.

Zurück zu der Nacht in Istanbul, als er Nilay kennenlernte. Er war beschwipst gewesen, hatte in einem Lokal in Taksim wunderbar Fisch gegessen und zu viel Weißwein und Rakı getrunken. Es war weit nach Mitternacht, als er Richtung Hotel nach Karaköy spazierte. Über dem Meer und der Stadt hingen schwarze Wolken, beschienen von einem Mond, der ein anderer sein musste als der, den er aus München kannte. Wie ein Gütesiegel hing die leuchtende Scheibe über der Stadt, die sich über zwei Kontinente erstreckte. Die Luft war schwül und stickig, er erinnerte sich an seine Verärgerung, den Fotoapparat nicht eingesteckt zu haben, und durstig nach Wasser gewesen zu sein, als er einen Laut hörte. Zuerst ein Wimmern, das er einem streunenden Kätzchen zuordnete. Dann folgte ein Schrei – *imdat*. Eine Frauenstimme schrie nach Hilfe.

Trotz der vielleicht fünfzehn Millionen Menschen, die in Istanbul lebten, war er der Einzige, der in der Nähe war. Der Hilferuf galt ihm, er war gemeint, er musste helfen. Ohne zu zögern, vor allem ohne nachzudenken, stürzte er in die steile Seitengasse, aus der er den Schrei vernommen hatte. Ein Mann, vielleicht um die vierzig mit Jeans und einer flatternden Jacke, zerrte vor einem Hauseingang an der Hand einer jungen Frau mit Kopftuch. Bevor er das Paar erreichte, waren sie in dem Gebäude verschwunden. Er war unsicher, ob er nicht Zeuge eines Ehestreites geworden war. Ringsherum blieben die Fenster geschlossen, kein Licht wurde angemacht, niemand hatte offenbar Anlass zur Sorge. Er zögerte einen weiteren Moment, bis er den Entschluss fasste, sich zu vergewissern.

Die Haustür war nicht abgeschlossen. Er betrat vorsichtig den modrigen, dunklen Gang, der von einer einzigen schwachen Glühbirne beleuchtet wurde. Er erinnerte die Scham über sein Glied, das sich in der spärlichen Beleuchtung regte. Er kauerte sich an die Wand und sah zu, wie der Mann der Frau, die sich ihm später als Nilay vorstellen sollte, das Kopftuch wegriss, ihr es in den Mund stopfte und sie so zum Schweigen brachte. Unbemerkt und erregt von der Gewalt, die der Mann über die wehrlose, vor Todesangst zitternde Frau ausübte, beobachtete er, wie er sie an die Wand presste und ihren Hinterkopf gegen die Kacheln drückte. Dem Vergewaltiger war nicht bewusst, einen Zeugen zu haben, er schob seine Hand unter Nilays Rock und griff nach ihrem Slip. Selbst das Schluchzen, als er das Stück Stoff an ihren Beinen entlang nach unten zog, brachte ihn nicht zur Vernunft. Wie ein Voyeur verharrte er regungslos an die Wand gelehnt und verfolgte, wie der Mann Nilays Rock hochschlug. Sie hatte ihre Augen geschlossen. Gemeinsam mit dem Vergewaltiger ergötzte er sich an ihrer rasierten Scham, die im Halbdunkeln zu erkennen war. Erst danach erwachte er aus der Starre seiner Erregung und stürzte sich auf den Mann.

Als er den Vergewaltiger mit beiden Händen packte, öffnete Nilay die Augen, als wäre auch sie einem Albtraum entronnen. Unter Weinen und Wimmern zog sie den Slip hoch. Der Mann sah ihn entsetzt an und wollte weglaufen. Doch mit einem Schlag in den Magen hielt er ihn auf. Der Vergewaltiger stolperte und stürzte zu Boden. Er versetzte ihm Tritte in die Seite. Bei einem der Fußschläge spürte er sein steifes Glied und ekelte sich vor sich selbst. Umso härter schlug er weiter zu, unter Nilays Anfeuerungen auf Türkisch, die er nicht verstand.

Wahrscheinlich hätte er den Vergewaltiger totgeschlagen, wäre nicht plötzlich ein Licht im Treppenhaus angegangen. Nilay sprang auf ihn zu und nahm seine Hand, um mit ihm durch den Hausgang zu fliehen.

Angezogen mit Lieblingsjeans und leichtem Pulli betrat er nun die Wohnküche. Sein Magen knurrte. Es wurde Zeit, etwas zu essen. Den türkischen Lebensmittelladen um die Ecke hatte er in den vergangenen Jahren gemieden. Vor ein paar Tagen, inspiriert von den Eindrücken aus Istanbul, besuchte er den chaotischen kleinen Supermarkt das erste Mal. Die verschleierte Verkäuferin hatte ihm Tipps für die Zubereitung von *sucuk* gegeben und eine günstigere, dafür schmackhaftere Marke *beyaz peynir* empfohlen. Der Schafskäse, verriet sie ihm, wurde in ihrem Geburtsort Erzurum hergestellt. Sie zwinkerte ihm verschwörerisch zu, als sie ihm das gestand, während er nach dem Geld kramte und sie sich bis auf den Kopfschleier nackt vorstellte.

Die gusseiserne Pfanne aus dem Fach unter dem Gasherd zu holen war Schwerstarbeit. Er stellte sie auf die Flamme des Herdes, befreite die scharfe Knoblauchwurst von der Pelle und schnitt sie in Scheiben direkt in die Pfanne hinein.

Die zwei Urlaubswochen in Istanbul waren ein Sonderangebot gewesen. Bis auf die S-Bahn-Fahrkarte zum Münchner Flughafen musste er sich um nichts kümmern. Den Anflug auf die Metropole hatte er verschlafen. Beim Transfer zum Hotel erblickte er das erste Mal Straßen und Menschen Istanbuls. Im Stadtteil Karaköy auf der europäischen Seite angekommen, warf er das Gepäck in das Hotelzimmer und brach zur ersten Erkundungstour auf. Langsamen Schrittes hatte er geschaut und geprüft, woher der Ruf rührte, eine der schönsten Städte der Welt zu sein.

Die Wurstscheiben waren nahezu schwarz gebraten. Er schlug Eier darüber und spazierte weiter in Gedanken durch Istanbuls Straßen.

Das Café, in dem er eine Pause eingelegt hatte, war eine Empfehlung aus seinem Stadtführer gewesen. Es hieß Zitronengarten – *limonlu bahçe* – und wurde sein Stammcafé in den vierzehn Tagen. Wohltuende Ruhe herrschte in der grünen Oase. Das Café war eingerichtet wie ein Versteck an einer Waldlichtung. Frischer Frühlingsduft hing in der Luft, der von den blühenden Zitronenbäumen in den Töpfen auf einem Mauervorsprung verströmt wurde. Die eiskalte *limon suyu* löschte nicht nur den Durst. Der Geschmack des Zitronenwassers war die perfekte Untermalung für den herrlichen Tag, mit dem Istanbul ihn willkommen hieß.

Sucuk und Eier waren fertig gebraten. Das Tischchen, das er in der Zweizimmerwohnung verrückte, hatte dieselbe Breite wie das Fenster. Er setzte sich vor die geöffneten Fensterflügel – wie es ihm seine Mutter vorgelebt hatte – und glaubte, er säße auf einem Balkon. Sein Blick schweifte über den menschenleeren Hof der Wohnanlage am Josephsplatz. Die Kinder, die sonst dort spielten, waren in der Schule, Eltern und Erwachsene arbeiteten. Bis auf zwei verwitwete Damen, die manchmal an den Fenstern auftauchten, war an dem Werktag vermutlich niemand zu Hause. Mit Vorfreude auf das Essen rieb er sich die Hände. Den Schafskäse zerstückelte er mit einer Gabel in der

Dose und nahm einen Happen. Das Brot tunkte er in die Salzlake und schob es in den Mund. Mit Wurst und Eiern verwöhnte er seinen Gaumen, der sich bei der Istanbulreise an die Art Frühstück gewöhnt hatte. Er wunderte sich, wie schnell das vonstattengegangen war. Im Hotel hatte er das erste Mal klassisches türkisches Frühstück bestellt und sich im Anschluss geschworen, morgens nie wieder etwas anderes zu essen.

Als er das Geschirr abgespült und weggeräumt hatte, zog er sich wieder aus, putzte nochmals die Zähne und versorgte den Kanarienvogel mit frischem Wasser und Futter. Wie den fröhlich piepsenden Vogel hatte er das gesamte Mobiliar von seiner verstorbenen Mutter behalten. Er setzte sich mit Shorts und nacktem Oberkörper an den Sekretär aus dunklem Holz und klappte die Abdeckung auf. Mit einem Tastendruck beendete er den Ruhemodus seines Laptops.

Beim zweiwöchigen Aufenthalt in Istanbul hatte er Tausende Fotos geschossen. Mehrmals sah er sich gezwungen, für einen Spottpreis Speicherkarten bei fliegenden Händlern auf dem Ägyptischen Basar nachzukaufen. Zu viel an Beeindruckendem gab es in den Straßen festzuhalten. Wenn er das Gesehene nicht fotografierte, fürchtete er, die Eindrücke nicht nur zu vergessen. Er sorgte sich, die Erinnerung an die erste Begegnung mit der Metropole könne verblassen. Es war ihm, als würde er mit jeder Aufnahme einer Straße oder Gasse, mit jedem Foto eines Menschen oder eines Gebäudes zu einem winzigen, aber bedeutsamen Teil von Istanbuls Geschichte werden.

Die Übertragung der hochaufgelösten Bilder füllte die dritte Festplatte bis zum Anschlag. Er brachte es nicht übers Herz, unscharfe und missglückte Fotos zu löschen. Eine Stunde lang ordnete und beschriftete er die Aufnahmen, nahm sich für jeden Schnappschuss Zeit, schloss die Augen und vergegenwärtigte sich, wo er gewesen und was in ihm dabei vorgegangen war. Länger als eine Stunde war es ihm nicht möglich, der intensiven Aufarbeitung und Katalogisierung nachzugehen. Bei der Arbeit setzten sich die Eindrücke in seinem Innersten fest. Mit jedem Foto, das er betitelte und bewertete, war ihm, als verändere sich sein Bewusstsein, als wachse und mutiere er, als werde er zu einem anderen Geschöpf – Istanbul hatte ihn in den Bann gezogen. Er war verliebt in die Stadt, die schönste aller Städte.

Die Türglocke zerschnitt die arbeitsame Stille. Er erschrak und polterte in das Badezimmer, um sich anzuziehen. Wer sollte ihn besuchen?, fragte er sich. Seit dem Tod seiner Mutter kamen nicht oft Gäste. Er hatte kaum Freunde, vor allem niemanden, der unangemeldet bei ihm klingeln würde. Als er auf leisen Sohlen am Türspion war und die Nachbarin entdeckte, die ihn in seiner Fantasie befriedigt hatte, begann sein Körper zu zittern. Eine Reaktion wie diese spürte er nun zum zweiten Mal. Nilays versuchte Vergewaltigung hatte zum ersten Mal das Gefühl bei ihm ausgelöst, als er starr vor Erregung nicht eingreifen konnte. Auf dieselbe Weise war er jetzt nicht in der Lage, die Tür zu öffnen. Beim zweiten Läuten hielt er sich die Ohren zu und kniete auf dem Flurteppich nieder. Lautlos. Als er Schritte im Hausgang hörte, wagte er es, noch einmal durch den Spion zu sehen. Sie klingelte an der Tür nebenan. Jemand öffnete ihr. Er konnte sehen, dass sie eine Tasse bei sich hatte. Der Nachbar verschwand und kehrte mit einer Milchtüte zurück, um ihr etwas einzugießen.

Durch den Spion sah er das Kopftuch, das sie wie eine Piratenbraut am Hinterkopf geknotet hatte. Er bewunderte ihren langen Rücken, den Rock über ihrem prallen Gesäß. Sein Begehren, ihr nahezukommen, konnte unerträglicher nicht sein.

13

Die Migra-Gruppe war nach der Besprechung aufgebrochen, um Demirbileks Aufgaben nachzugehen. Cengiz und Vierkant waren unterwegs zur Erotikmesse, um vor dem Abbau den von Leipold entdeckten Salon in Augenschein zu nehmen. Anschließend sollten sie Duygu Cebenoyan aufsuchen, deren Wohnadresse verkehrstechnisch günstiger lag als die der anderen Tänzerin. Demirbilek musste nach Leipolds fulminantem Auftritt nicht lange mit sich ringen, ob er ihn abweisen sollte oder nicht. Er betraute ihn damit, sich den Veranstalter der Messe nochmals vorzuknöpfen, der ihm die Existenz des Salons vorenthalten hatte.

Demirbilek selbst brach einige Minuten verspätet zum Termin mit Kriminalrätin Sonja Feldmeier auf. Auf dem Weg durch das Präsidium überlegte er, ob er Serkan Kutlar nicht aus dem Urlaub zurückholen sollte. Wie er den fähigen und gewieften Jungkollegen einschätzte, würde er erst mal eine Diskussion mit ihm anzetteln. Aus Bequemlichkeit entschied er, die Rückkehr aus Istanbul anzuordnen, sollte die Migra in dem Fall Kranic nicht schnell genug vorankommen. Ein wenig außer Atem erreichte er Feldmeiers Dienstzimmer.

»Umdrehen, begleiten Sie mich«, empfing sie ihn mit Aktentasche in der Hand. »Termin in der Staatskanzlei.«

Demirbilek machte kehrt wie befohlen. Er begleitete seine Chefin durch das Präsidium und ließ sich dabei erklären, warum sie es für eine adäquate Maßnahme hielt, Hauptkommissar Leipold in sein Dezernat wechseln zu lassen.

»Unter uns, Demirbilek, er ist mir zu kumpelhaft mit seinen Leuten, zu derb münchnerisch in Verhalten und Sprache. Außerdem steht sein unbeholfenes Kombinationsvermögen nicht gerade für die Ansprüche an eine Führungskraft, die ich als Maßstab anlege. Hauptkommissar Leipold ist nicht die Sorte Aushängeschild der Münchner Polizei, die ich mir vorstelle. Ich habe seine Personalakte genauer unter die Lupe genommen. Typisch Vetternwirtschaft, wie er es zum Leiter der Mordkommission gebracht hat. Helmut Herkamer übernimmt die aktuellen Vorgänge. Leipolds Saufkumpan ist nicht viel besser, aber gut genug, wenn Sie meine Einschätzung hören wollen«, ließ sie Demirbilek im Trab durch das Gebäude wissen.

Kurz vor der Treppe, Demirbilek befürchtete, sie könnte in dem Tempo einen fatalen falschen Schritt machen, hielt er sie am Arm fest. »Warten Sie, so schlecht, wie Sie Leipold machen, ist er nicht. Mich interessiert, warum er um die Versetzung gebeten hat. Gerade zu uns, zur Migra.«

Feldmeiers giftiger Blick veranlasste ihn, den Griff zu lösen. Dem Gesichtsausdruck nach zu urteilen, stand die Kriminalrätin kurz davor, ihn mit einem Schubs die Treppen nach unten zu befördern.

Sie rieb sich den Oberarm, statt ihm zu antworten, und steuerte zum Ausgang weiter. Als die langbeinige Kriminalrätin den Innenhof erreichte, blieb sie stehen und erwartete den Hauptkommissar. Demirbilek schlenderte ihr nach. Das aberwitzige Tempo mitzuhalten wäre das falsche Zeichen gewesen, dachte er. Feldmeier war um einige Zentimeter größer als er. Er neigte den Kopf nach oben und schaute in ihre stahlgrauen Augen, als sie ihn fragte: »Sie haben Leipold nicht nur ein Mal aus der Patsche geholfen, oder sollte ich sagen, den Arsch gerettet? Ich dachte, Sie und er sind Freunde?«

»Sind wir das?«

Feldmeier schüttelte den Kopf. »Männer sind schlimm. Männer im Polizeiberuf noch schlimmer!«, gab sie seufzend von sich und schob hinterher: »Reden hilft in allen Lebenslagen, nehmen Sie den Rat einer Frau ruhig an. Für mich ist die Personalfrage damit geklärt. Serkan Kutlar ist ja gerade im Urlaub, die Migra ist unterbesetzt. Sagen wir, Leipolds Probezeit bei Ihnen gilt während des aktuellen Falles. Inoffiziell natürlich. Offiziell haben Sie um seine Mithilfe ersucht, weil er mit seinem Wissen über die Rotlichtszene zur schnellen Ergreifung des Täters beitragen kann. So gebe ich das in der Pressekonferenz heute Nachmittag bekannt. Wir hängen das nicht an die große Glocke. Die Kollegen werden sich das Maul auch ohne Aktennotiz und Öffentlichkeitsarbeit zerreißen.«

Demirbilek blickte seiner Chefin hinterher, wie sie in die wartende Dienstlimousine einstieg. Der Fahrer startete den Motor und rollte vom Parkplatz.

Die Gedanken über Leipolds Beweggründe oder das, was geschehen sein mochte, damit Feldmeier sich herabließ, gerade ihm einen Gefallen zu erweisen, beschäftigte ihn. War Leipold womöglich tatsächlich ein Freund, obwohl er ihn eher als Kollegen betrachtete? Im Türkischen war ihm der Begriff nicht geläufig, im Deutschen existierte der Ausdruck Geschäftsfreund. Vielleicht traf das am ehesten zu? Machten sie zwei nicht auf eine Art Geschäfte mit Verbrechen?

14 Sein seit der ersten Begegnung falsch ausgesprochener Name hallte durch den Innenhof und brachte Demirbilek zurück in den Berufsalltag, den er nun auf Anweisung von oben mit dem Beamten teilen musste, der laut und schrill schrie: »Tseki, Tseki, hier, hier drüben bin ich!«

Hauptkommissar Leipold, dem die Chefin eben noch ein fragwürdiges Zeugnis ausgestellt hatte, stand neben einem Streifenwagen und winkte ihn aufgeregt zu sich. »Komm, es pressiert. Der Kollege fährt uns.«

Demirbilek ließ sich Zeit. Wenn es wirklich eilig gewesen wäre, es um Leben und Tod gegangen wäre, hätte er genauso gut ohne ihn losfahren können, dachte er. »Was ist los? Was machst du für eine Hektik?«

»Isabel hat dich nicht erreicht. Sie und Jale stehen vor der Wohnung der Tänzerin. Könnte sein, dass sie getürmt ist, die Tür stand offen.«

»Wen von den beiden meinst du?«

»Die Türkin, du weißt schon, kurzer Vorname Sowieso. Ich komme gerade nicht drauf.«

»Duygu Cebenoyan ist genauso wenig Türkin wie du Deutscher, Pius.«

»Klar, bin ja Münchner«, lenkte er schnell ein und hielt ihm die hintere Wagentür auf.

Demirbilek glaubte zu träumen, was Leipolds zuvorkommende Geste anging. Er sammelte sich einen Moment und instruierte seinen neuen Mitarbeiter: »Jale und Isabel machen bei Cebenoyan weiter. Wir besuchen die andere, wie heißt sie?«

»Annemarie Brand.«

»Und wo wohnt sie?«

Leipold kontrollierte die Zeit auf seiner Armbanduhr. »Sie müsste jetzt in der Arbeit sein«, sagte er und gab dem Fahrer ein Zeichen, den Motor abzustellen. »Da können wir zu Fuß gehen.«

Demirbilek kam ein Gedanke. »Habe ich Vierkant und Cengiz nicht beauftragt, zuerst zur Messe zu fahren?«

Leipold fingerte einen Zigarillo aus dem Etui und lehnte sich dabei an den Wagen. Die Reifen gaben nach, wie Demirbilek beobachtete. »Da gab's ein Timingproblem, sag ich mal.«

»Und welches?«

»Äh …«, begann Leipold und zündete das Rauchwerk an. »Ferner hat mich vorhin angerufen. Wie soll ich sagen, sie war nicht gerade *happy*. Blöd gelaufen, wie unsereins gerne sagt.«

»Red nicht in Rätseln mit mir. Was ist schiefgegangen?«

»Die Messearbeiter waren mit dem Abbau des Salons lange fertig, als die Spusi angerückt ist.«

Unvermittelt trabte Leipold los. Demirbilek folgte ihm quer durch den Innenhof auf die Ettstraße und weiter auf den Marienplatz. Nachdem sie eine Weile schweigend nebeneinanderher gegangen waren, stieg Demirbileks Irritation darüber, dass Leipold es nicht für notwendig hielt, ihn nach seiner Entscheidung wegen des Wechsels in sein Dezernat zu fragen. Er sah ihn neben sich gehen, offenbar zufrieden über den Verlauf der Dinge, trotz des Rückschlags mit der verpassten Chance, einen möglichen Tatort zu untersuchen. Dass sein Kollege sich sträubte, die Panne auf seine Kappe zu nehmen, konnte er verstehen, akzeptieren aber wollte er es nicht.

»Warum hast du der Spurensicherung nicht gestern Nacht Bescheid gegeben?«, fragte er nach. »Hättest du uns über deine Ermittlungen eingeweiht, wäre der Schlamassel nicht passiert.«

Leipold blieb stehen. »Ich weiß. Ist mir absolut klar. Die Messearbeiter haben sich in der Nacht die letzte Show, also die Lesbenarie reingezogen und im Anschluss sofort mit dem Abbau begonnen. Und ich Depp hab's einfach vergessen, Bescheid zu geben. Ist ja spät geworden. Elisabeth hat angerufen und gefragt, wo ich bleibe. So, jetzt weißt du es. Konnte ja nicht ahnen, dass die Messebauer sofort loslegen. Drehst du mir jetzt einen Strick daraus?«

Demirbilek sinnierte eine Weile bei dem Fußmarsch und meinte: »Die Spurenlage in einem Salon, in dem erotische Dienstleistungen angeboten werden, hätte wahrscheinlich nicht viel ergeben. Außerdem glaube ich nicht, dass Mirko Kranic dort getötet und zur Böschung gebracht wurde. Wir kennen den Tatort. Vielleicht ist er im Salon gefesselt worden und wie, wie soll ich sagen …«

»Verwöhnt worden?«, ergänzte Leipold.

Die Hauptkommissare erreichten über die Fußgängerzone das Geschäft, in dem die Zeugin Annemarie Brand arbeitete. »Könnte es nicht sein, der Kranic ist von einem eifersüchtigen Partner getötet worden? Die Brand ist offiziell liiert, verlobt heißt es. Und die süße Kleine von der anderen Tänzerin muss einen Vater haben«, überlegte Leipold mit abschätzigem Blick in die Auslage des Schaufensters.

»Brands Verlobter kommt für dich als Tatverdächtiger in Betracht?«, folgerte Demirbilek. »Warum nicht? Er hat mitbekommen, wie seine Verlobte mit Duygu Kranic massiert und sonst wie verwöhnt hat, ist ihm gefolgt und hat ihn …«

»Nicht mit Vorsatz, natürlich«, fiel Leipold ihm ins Wort. »Der Dildo ist sicher so eine Botschaft, wie du gemeint hast, als Warnung eventuell und damit es besser aussieht.«

»Besser aussieht?«, wiederholte Demirbilek ungläubig. Wie kam ein Kriminalbeamter nur auf solch dumme Ideen?

»Vielleicht wollte er damit prahlen, dass er dem Kerl, der mit seiner Verlobten rumgemacht hat, einen Denkzettel verpasst hat. Jetzt mal ins Nichts hinein spekuliert, so als Beispiel. Was ist daran abwegig? Männer kämpfen um ihre Frauen. Tust du mit deiner Selma auch«, erwiderte er beleidigt und nickte zum Geschäft. »Mich bringen da keine zehn Brauereipferde rein. Ich hole mir eine Leberkässemmel. Du kriegst auch eine, bevor du vor lauter Hunger grantig wirst.«

Demirbilek nickte staunend und betrat ohne Leipold den FC-Bayern-Fanshop, wo die nebenberufliche Erotiktänzerin als Aushilfe arbeitete.

15

Es gab kaum etwas, was Jale Cengiz erschütterte. Umso mehr wunderte sie sich über sich selbst. Wie konnte eine Wohnung sie derart in Rage bringen, Neid und Missgunst in ungeahnter Wucht bei ihr auslösen? Die geschmackvolle Einrichtung von Duygu Cebenoyans Wohnung hatte eine unaufgeregte Eleganz, die sie zum Kotzen schön fand. Sie wartete im Türrahmen, weil sie Vierkant hoch und heilig versprechen musste, nicht ohne Beschluss die Wohnung zu betreten. Sie hatten sie angelehnt vorgefunden. Einbruchsspuren waren nicht zu erkennen gewesen, weshalb Vierkant losgegangen war, um den Hausmeister aufzutreiben und mit Demirbilek zu telefonieren.

Cengiz verschränkte die Arme und überlegte, was sie an Mobiliar und Gegenständen in ihre Wohngemeinschaft mitnehmen würde. Serkan Kutlars Neubauwohnung in Neuhausen ließ sie im Vergleich zu dem, was sie gerade betrachtete, an ein Puppenhaus denken. Dennoch wollte sie nicht undankbar sein. Bei den Bezügen, die sie als Polizeibeamtin erhielt, war nun mal kein luxuriöses Loft wie dieses bezahlbar. Immerhin hatte sie endlich ein eigenes Zimmer und teilte sich nicht mehr wie in Zekis Wohnung achtzehn Quadratmeter mit dem Sohnemann. Memo, so hatte sie es mit Kutlar beim Einzug besprochen, bekam als vollständiger Mitbewohner ein eigenes Kinderzimmer.

Abgehetzt kehrte Vierkant mit dem Mobiltelefon in der Hand zurück. »Wir sollen uns ruhig umsehen, sagt Pius. Den Chef habe ich nicht erreicht, wahrscheinlich ist er noch im Gespräch mit Feldmeier.«

Cengiz hatte lange genug gewartet. Mit einem Schritt trat sie über die Schwelle und begann umherzuwandern.

»Woher hat Duygu die Kohle, sich das alles hier zu leisten?«, fragte sie ins Leere.

»Die Frage habe ich mir auch gestellt. Der Hausmeister hat sie mir beantwortet«, schloss sich Vierkant den Überlegungen an. »Duygu hat einen reichen Gönner, dem der Palast gehört.«

»Mätressen haben immer schon ordentlich gehaust«, sagte Cengiz und betrat das Schlafzimmer. »Ist ja irre! Isabel, komm mal!«

Vierkant folgte ihr. Auch sie war verblüfft über das Himmelbett und den Lavendelduft, der dezent in der Luft hing. Bis auf das exquisite Schlafmöbel war der vom Sonnenlicht durchflutete, verschwenderisch große Raum leer. Nur an der Wand über dem Kopfende des Bettes präsentierte sich in einem wuchtigen Holzrahmen ein Aktporträt. Das Fantasiemotiv zeigte Cebenoyan in lasziver Pose sich auf einem Hengst rekeln, der sich inmitten der Herde aufbäumte.

»Das hat mir mein Stecher zum Geburtstag geschenkt. Ich hasse das Gemälde. Ich musste einem hirnlosen französischen Maler stundenlang dafür Modell stehen. Was glaubt ihr, wie penetrant Ölfarbe stinkt! Und das Arschloch malt mich wie eine nimmersatte geile Fotze. Wahrscheinlich steht mein Lover auf dem Bett und holt sich einen runter, wenn ich nicht da bin, um die Beine breitzumachen«, hörten Cengiz und Vierkant Cebenoyan hinter sich schimpfen. Die Beamtinnen drehten sich um. Verschwitzt im Jogginganzug und mit dem Baby auf dem Arm lehnte die Tänzerin im Türrahmen.

»Waren Sie laufen?«, fragte Vierkant.

»Wie sonst kriege ich die Figur wieder zurück, die ich vor der Schwangerschaft hatte? Zum Laufen nehme ich das Handy nicht mit. Der Hausmeister hat gesagt, dass die Tür offen stand. Passiert mir mit dem Baby nicht zum ersten Mal«, erklärte sie und drückte Cengiz ihre Tochter in die Hände. »Hier, mein Täubchen, leg Sophiechen schlafen. Sie mag dich, ihr kennt euch ja. Ich gehe duschen.«

Cebenoyan verschwand aus dem Schlafzimmer. Vierkant trat zu Cengiz, die das Mädchen behutsam auf das Bett legte. »Siehst du irgendwo eine Decke?«, fragte sie ihre Kollegin.

Da tauchte die Tänzerin wieder auf. Mit einem Lächeln brachte sie eine kuschelige, zum Interieur passende weiße Decke. »Gib meiner Prinzessin ein Küsschen von mir. Nach der Dusche reden wir. Ich habe gestern nicht alles gesagt, was ich hätte sagen müssen.«

»Das ist eine Frechheit! Nehmen Sie das sofort zurück! Sie unverschämter Kerl! Ich hatte keinen Verkehr mit dem Gast, ich bumse doch keine Messebesucher!«, plärrte die Erotiktänzerin Annemarie Brand Demirbilek an.

Er war mit der Zeugin in einen Park gegenüber einem Luxushotel in der Nähe des FC-Bayern-Shops gegangen, um mit ihr ungestört zu reden. Brand hatte ihn darum gebeten, da ihr Arbeitgeber keine Ahnung hatte, womit sie sich ein Zubrot verdiente.

Demirbilek versuchte es mit einem freundlichen Gesicht. Die Reaktion auf den Vorwurf schien ihm ehrlich zu sein. »Prostitution fällt nicht in mein Ressort, keine Sorge. Mich interessiert, warum das Opfer nach der Massage in der Garderobe bei Ihnen und Duygu war.«

»Duygu? Wer ist Duygu? Was ist das denn für ein Name?«, fragte sie erstaunt. »Meinen Sie Vanessa?«

»Sie kennen sich nicht beim richtigen Namen und arbeiten zusammen?«, wunderte er sich. »Ich rede von der Frau, mit der Sie gestern Abend Kranic vierhändig massiert haben.«

»Ach so, ja, dann reden wir von derselben. Ich habe sie gestern das erste Mal gesehen. Sie hat sich mir als Vanessa vorgestellt, mehr muss ich auch nicht von ihr wissen. Sie ist für Ornella ins Showprogramm eingesprungen, mit der trete ich öfter auf. Wir haben ja alle Künstlernamen.« Sie sog an der Zigarettenspitze, in der eine Filterlose steckte. Der Rauch zog an Demirbileks Gesicht vorbei. Er roch einen schweren, starken Tabak. Passt nicht zu ihr, ging ihm durch den Kopf.

»Gitanes?«, fragte er.

Sie nickte. »Passt nicht zu mir, ich weiß«, wiederholte sie auf eigentümliche Weise seine Gedanken. »Wollen Sie eine?«

»Nein, danke. Beantworten Sie stattdessen meine Frage.«

Sie paffte einige Züge, dann holte sie den Stummel aus der Spitze und warf ihn achtlos weg. »Der Kunde war geil, so einfach ist das. Vanessa und ich haben ihn nach allen Regeln der Kunst verwöhnt. Sein Sonderwunsch war, dass wir ihm die Hände fesseln. War auch besser, sonst hätte er nur versucht, an uns herumzufummeln. Wir massieren den Herren den Körper, die Unterhose bleibt übrigens an, Herr Kommissar. Mit angewärmtem Öl geht das wie geschmiert. Er hat einen Schein draufgelegt, damit wir ihm die Augen verbinden. Aber kein Verkehr, wirklich! Wir nehmen den Nutten nicht die Arbeit weg. Im Gegenteil, wenn die Männer uns auf der Bühne gesehen haben oder wie Kranic im Salon waren, spaziert der eine oder andere in den nächsten Puff.«

»Mehr außer dem Seil kam nicht zum Einsatz?«, hakte Demirbilek vorsichtig nach.

»Was meinen Sie? Anderes Sexspielzeug?«

»Zum Beispiel, ja.«

»Nein, Schweinerein, wie sie Ihnen da durch den Kopf gehen, haben wir nicht im Programm«, lächelte Brand.

»Bitte tun Sie nicht so unschuldig, das nervt«, fauchte Demirbilek. »Kranic wollte mehr, also Sex, ist er deshalb in die Garderobe gekommen?«

Brand räusperte sich verlegen und kramte nach einer neuen Zigarette. »Sorry, wollte Sie nicht nerven. Manche haben Probleme, über das Thema zu reden. Ja, der Kunde wollte das volle Programm. Er hätte uns beide sogar mit nach Hause genommen. Aber Vanessa ist gleich ausgetickt.«

»Sie nicht?«

Brand lächelte zweideutig und steckte die Gitanes in die Zigarettenspitze. »Natürlich, was halten Sie von mir?«

Demirbilek unterließ einen Kommentar. »Und das war es?«

»Ja, ich bin los und habe nach der Security gesehen. Hat ein wenig gedauert, bis ich einen der Sicherheitsleute gefunden habe. Die gaffen selbst ganze gern, Männer eben.«

»Wie lange waren Kranic und Duygu allein in der Garderobe?«

Brand dachte nach und drehte die Zigarettenspitze zwischen den Fingern hin und her. »Nicht lange, glaube ich.« Sie war unsicher. »Wie genau wollen Sie das wissen?«

»Eine Minute? Oder zehn?«

»Zwei, drei Minuten, höchstens«, sagte sie erleichtert und zündete die Zigarette an.

Demirbilek wedelte den Rauch von sich weg und erhob sich. »Was Duygu mit ihm alleine geredet hat, hat sie davon erzählt?«

Sie paffte zur Seite, um den Kommissar nicht weiter zu verärgern. »Nein, wir kannten uns ja kaum, und das Baby war in der Garderobe. Sie hat der Kleinen die Windeln gewechselt.«

»Gut, danke für Ihre Aussage, Frau Brand«, beendete Demirbilek das Gespräch. »Noch was, ein guter Rat von einem Exraucher. Wechseln Sie die Zigarettenmarke oder geben Sie es besser ganz auf.«

Als führte sie einen Befehl aus, warf sie die halb gerauchte Zigarette zu Boden und drückte sie aus. Demirbilek traute seinen Augen nicht, als Brand die hölzerne Zigarettenspitze zerbrach und sie über den Rücken in den Park schleuderte. »Mehr wollen Sie nicht wissen?«, hakte sie nach, ohne aufzustehen.

Demirbilek setzte sich wieder zu ihr. »Warum?«

»Ich bin mir nicht sicher, nur so ein Gefühl, irgendwie komisch. Von einer Kollegin habe ich erfahren, dass ich gar nicht die erste Wahl für die vierhändige Massage war. Vanessa, oder wie auch immer sie heißt, hatte erst die Kollegin gefragt, die hatte aber keine Zeit. Sie hat dann mich gefragt, ob ich mitmache. Wie gesagt, nur so ein Gefühl. Ich glaube, sie wollte mit dem Kunden nicht alleine sein, weil sie ihn kannte.«

»Wie kommen Sie darauf?«

»Als der Sicherheitsmann ihn in der Garderobe packte, hat sie ihn angeschrien, dass er sich nie wieder blicken lassen soll, und ihn beim Vornamen genannt. Mirko heißt er doch, oder?«

16

»Mirko und ich waren ein paar Monate zusammen. Das habe ich dem *Komiser* gestern verschwiegen«, sagte Cebenoyan, die nach dem Duschen einen weißen Satinbademantel übergezogen hatte. Die Polizeibeamtinnen saßen ihr gegenüber am Tisch. Für Teekanne und Tassen hatte Cengiz gesorgt.

»Ich bin für Ornella auf der Erotikmesse eingesprungen, weil ich ihr einen Gefallen schuldig war. Es war purer Zufall, dass Mirko mich bei der Show gesehen hat«, erzählte Cebenoyan weiter.

»Und jetzt ist er tot«, entfuhr es Vierkant, die sich nicht nur vom Glitzern des Sonnenlichtes auf dem Satinstoff abgelenkt fühlte. Die Zeugin hatte bei der ersten Vernehmung gelogen, und nun saßen sie gemütlich bei edlem Teeporzellan mit ihr zusammen. »Ist Ihr Ex umgebracht worden, weil er Sie gesehen und getroffen hat? Ist da ein Zusammenhang, Frau Cebenoyan? Wir hören, *lütfen*.«

Cebenoyan nahm die Teetasse in die Hand und blickte Vierkant direkt in die Augen. »Schön, wie Sie meinen Namen aussprechen und bitte auf Türkisch sagen. Aber Jale sollte Ihnen mit der Aussprache helfen. Sie klingen wie eine hinterwäldlerische Bauerntochter aus dem tiefsten Niederbayern, Engelchen.«

»Ganz ruhig, Duygu«, ging Cengiz dazwischen, bevor Vierkant zum verbalen Gegenschlag ausholte. »Keine Beleidigungen, du wirst hier von toughen Münchner Polizeiladys vernommen, vergiss das nicht. Antworte meiner Kollegin, ich bin auch neugierig auf den Zusammenhang. Wenn Kranic ein Verflossener von dir war und jetzt tot ist, stehst du auf der Liste der Verdächtigen.«

Die Tänzerin trank von ihrem Tee, bevor sie gelassen antwortete: »Ich soll Mirko auf dem Gewissen haben? Ich hatte Sophie bei mir. Meinst du, ich bin Mirko mit dem Kinderwagen durch den Olympiapark nachgelaufen und habe ihn umgebracht?« Sie stellte die Tasse ab. »Nein, mein Täubchen. Ich war das nicht. Mirko und ich, wir waren ein Paar, nicht für lange Zeit, aber entscheidende Monate meines Lebens. Nach einem Streit mit meinem Vater bin ich von zu Hause abgehauen und Mirko begegnet, als ich nicht mehr weiterwusste. Er hat mich aufgefangen und bei sich wohnen lassen. Gestern habe ich ihn nach einem Jahr wiedergetroffen. Es ist peinlich, aber ich habe ihn nicht gleich wiedererkannt, als er mich nach der Show ansprach. Wer immer ihn auf dem Gewissen hat, Allah wird ihm verzeihen und ihn im Paradies aufnehmen.«

Die Beamtinnen sahen sich für einen Moment beklommen an und tranken vom Tee. »Okay«, übernahm Cengiz das Wort, »danke für die offenen Worte, Duygu. Erklär uns, warum er eine vierhändige Massage bucht, wenn er ein alter Freund von dir ist? Wolltest du nicht mit ihm alleine sein, oder was war der Grund?«

Cebenoyan überlegte scheinbar, welche Formulierungen sie wählen sollte. »Mirko und ich sind nicht im Reinen auseinander. Ich habe ihn sitzen gelassen, ohne ein Abschiedswort, nachdem ihm die Hand wieder einmal ausgerutscht ist. Ich weiß, was ich ihm zu verdanken habe, auch wenn er sich wie ein Arschloch benommen hat. Wäre ich ihm nicht begegnet, hätte ich meinem Leben vielleicht ein Ende gesetzt. Mir ging es damals dreckig, richtig, richtig dreckig. Drogen, Alkohol, geklaut habe ich, um was zum Fressen zu haben. Ich war es Mirko schuldig, er ist einer, der Sex zum Leben braucht. Aber alleine sein wollte ich im Salon nicht mit ihm. Ich habe die Zicke, die sich Chantal nennt, dazugeholt und mit ihm vorher vereinbart, dass er sich fesseln lässt. Ich war ja dort, um Geld zu verdienen.«

»Langsam«, meldete sich Vierkant, die die Kritik an ihrer Aussprache nicht verdaut hatte. »Sie leben mit Ihrer Tochter in nicht allzu schlechten Verhältnissen …«

»Das täuscht«, unterbrach die Zeugin sie. »Sagen wir es, wie es ist. Ich lasse mich von einem Geschäftsmann aus Usbekistan aushalten. Er zahlt die Miete und verwöhnt Sophie mit Geschenken. Das war's aber schon. Mit dem Tanzen kommen meine Tochter und ich ganz wunderbar über die Runden.«

»Wie haben Sie ihn genannt, Stecher? Wir brauchen Namen und Adresse von ihm. Eins interessiert mich noch. Hat er nichts gegen Ihr Nackttanzen?«, fragte Vierkant weiter.

Cebenoyan sah zum Schlafzimmer. Sophie maunzte, offenbar war sie aufgewacht. »Nein, ihm gefällt, was ich mache. Manchmal ist er bei den Shows unter den Gästen, ohne dass ich es weiß. Er hat mich bei einer Burlesque-Performance zum ersten Mal gesehen und sich in meinen Körper verknallt, den er nicht sehen durfte. Außerdem bin ich nicht sein Eigentum. Er zahlt die Miete und vögelt mich, wenn er in der Stadt ist. Ein Deal«, erklärte sie. »Kann ich zu meiner Tochter?«

»Eine letzte Frage«, insistierte Vierkant. »Was ist mit Sophies Vater? Hat er nichts gegen den Deal?«

»Nein, hat er nicht. Kann er auch nicht. Nicht mehr. Er ist tot. Seit gestern«, sagte die Zeugin ohne eine Regung und ging zum Schlafzimmer.

Vierkant sah Cengiz verdutzt an. »Mirko Kranic war der Vater des wunderbaren Babys?«

Die türkischstämmige Beamtin zuckte mit den Achseln. »Und wenn schon. Die Mutter hat Sophiechen neun Monate lang in sich getragen.«

17 Nach Annemarie Brands Vernehmung war Demirbilek alleine zurückgeblieben. Seit Minuten saß er auf der Parkbank und dachte über den Fall nach, bei dem offenkundig Sex und Erotik eine besondere Rolle spielten.

Es schüttelte ihn bei der Vorstellung, wie der oder die Täter Mirko Kranic in einem öffentlichen Park mit der Penispumpe misshandelt hatten. Aber warum? Rache war in solchen botschaftsschwangeren Auffindesituationen oft als Motiv schnell ausgemacht. Der Polizeiakte nach war Kranic wegen Erregung öffentlichen Ärgernisses aufgefallen. Zweimal war er zudem wegen sexueller Belästigung angezeigt worden. Ebenso oft wurde keine Anklage erhoben, da Aussage gegen Aussage gestanden hatte und keine rechtssicheren Beweise für Kranic' Übergriffe ermittelt werden konnten. Ein verurteilter Sexualtäter war das Opfer nicht. Oder die Ermittlungsbehörden hatten keine Kenntnis von seinen Verbrechen. Die Dunkelziffer bei Vergewaltigungen war beträchtlich, wie in den amtlichen Statistiken hervorgehoben wurde. Er beschloss, die Frauen, die Anzeige erstattet hatten, von Vernehmungsbeamten befragen zu lassen. Zusätzlich beschloss er, die Alibis der Partner und Väter prüfen zu lassen. Vergiss die Brüder nicht, sollte es welche geben, notierte er in Gedanken.

Auf dem Weg zurück zum Platzl, wo er sich im Tumult des mittäglichen Gedränges von Leipold getrennt hatte, entdeckte er auf dem Mobiltelefon, das bei der Vernehmung ausgeschaltet war, die Mahnschrift »zehn Anrufe in Abwesenheit«. Die hinterlassenen Sprachnachrichten abzuhören, sparte er sich. Denn Leipold trat gerade aus dem Hofbräuhaus heraus und streckte zufrieden die Arme in die Höhe. Dabei grüßte und nickte er freundlich Passanten und Touristen zu. Demirbilek verfolgte, wie er zu einem japanischen Ehepaar dackelte, das auf einem Tablet offenbar eine Straßenkarte studierte. Gestenreich deutete er mit dem Finger auf das Display und schickte das Paar Richtung Isartor, das sich dankbar verneigte.

»Was haben die Japaner gesucht?«, fragte Demirbilek, als er zu ihm aufgeschlossen hatte.

»Das Karl-Valentin-Museum«, antwortete Leipold und winkte dem Paar hinterher. »War schon lange nicht mehr drin. Du?«

»Noch nie, ehrlich gesagt.«

»Geh mal rein, ist geistreich und lustig«, empfahl er. »Was ist mit dem hübschen Fräulein Brand?«

»Viel gebracht hat die Vernehmung nicht. Außer dass …«

»Die andere und das Opfer sich kannten«, überraschte Leipold ihn. »Mein Handy war an, im Gegensatz zu deinem. Vierkant und Cengiz haben sie vernommen. Das Baby ist von ihm, also Mirko Kranic. Er wusste allerdings nichts von seiner Tochter und auch nicht, dass seine Ex auf der Erotikmesse auftritt. War eine zufällige Begegnung«, fasste er zusammen.

Ob Kranic wirklich zufällig auf der Messe war, muss sich erst noch erweisen, dachte Demirbilek und versorgte Leipold seinerseits mit einer Information. »Duygu und Kranic waren ein paar Minuten alleine in der Garderobe.«

»Ach ja? Davon haben unsere Damen nichts gesagt.«

»Deine Damen sind Vierkant und Cengiz ganz sicher nicht, Pius! Wenn, dann meine!«, stellte Demirbilek klar. »Ruf sie an, sie sollen Duygu danach fragen. Noch irgendetwas, was ich wissen sollte?«

Leipold beschrieb die Rolle des Geschäftsmannes in Cebenoyans Leben und reichte nach, das Alibi von Annemarie Brands Verlobtem geklärt zu haben.

»Wie hast du das angestellt?«

»Der Verlobte arbeitet in der Küche im Hofbräuhaus und ist ein hundertprozentiger Sechziger«, erwiderte Leipold beglückt. »Ein Prachtkerl. Aber warum er eine heiraten will, die sich bei den Roten verdingt? Sie wird um Gottes willen kein Bayern-Fan sein, hast du sie das gefragt?«

Demirbilek schüttelte den Kopf über Leipolds Sorgen und ließ die Frage unbeantwortet. »Ist geklärt, auf welcher Baustelle Kranic gearbeitet hat?«

»Selbstverständlich«, antwortete Leipold dienstbeflissen. »War gar nicht so einfach. Die fleißigen Bienen habe ich vorgeschickt. Heimspiel für dich, Zeki. Kranic hat am Nockherberg beim Neubau des Verwaltungsbaus der Brauerei gebuckelt.«

Der Sonderdezernatsleiter stand kurz davor, die Fassung zu verlieren. Er brauchte dringend eine Klärung des Dienstverhältnisses, um wieder in Ruhe delegieren und arbeiten zu können. »Pass auf, Pius. Ich habe mit der Kriminalrätin gesprochen, kurz wenigstens. Für mich geht das in Ordnung, dass du mit uns arbeitest. Aber nicht so.«

»Wie dann?«

»Anders. Du unterstehst mir und gibst keine Anweisungen an Cengiz und Vierkant.«

Leipold kramte einen Zigarillo hervor. »Alte Angewohnheit. Gestern habe ich ja selbst noch eine Mordkommission geleitet. Kommt nicht mehr vor«, gab er sich einsichtig. »Danke übrigens wegen Feldmeier … Du weißt schon.«

Was ist mit dem Mann los?, fragte sich Demirbilek, irritiert über das schnelle Einlenken. »Ruf Cengiz an, sie soll Duygu auf den Zahn fühlen, worüber sie mit Kranic in der Garderobe geredet hat. Und Vierkant soll auf der Baustelle mit den Befragungen beginnen.« Er machte eine Pause und wich Teilnehmern einer Stadtführung aus, die offenbar ein Rennen daraus machten, wer als Erstes das Hofbräuhaus erreichte. »Wo ist meine Leberkässemmel?«

»Die habe ich verputzt. Du warst ja weg, ich habe dich gesucht. Der Kollege von der Brand wusste nicht, wohin ihr gegangen seid. Er hat mir erzählt, dass der Verlobte im Hofbräuhaus arbeitet.«

»Und wie viel Maß Bier zu den Leberkässemmeln hast du in der kurzen Zeit in dich gepresst?«

»Eine einzige, und die war alkoholfrei«, rechtfertigte Leipold sich für den Bierkonsum. »Trinken im Dienst gibt es bei mir nicht mehr.«

Demirbilek wollte ihm den Glauben, den Vorsatz einhalten zu können, nicht nehmen. »Das ist ein guter Ansatz, das wird nicht nur deiner Elisabeth gefallen. Wenn wir bei der Baustelle fertig sind, essen wir zwei zusammen, und du machst auf meine ausdrückliche Anweisung eine Ausnahme von dem Bierverbot. Es ist Starkbierzeit. Ist es da nicht christliche Pflicht, Bier zu trinken?«

Leipold lachte. »So habe ich das bis vor Kurzem auch gesehen. Nix essen, dafür umso mehr litern. Aber ich mache mal eine Zeit lang langsamer.«

»In Ordnung. Ich möchte endlich wissen, was mit dir los ist. Eine Halbe ist keine Halbe.«

»Bei *einer* Halben reden? Wie soll das gehen?«

»Vielleicht wird ja eine Maß daraus«, überlegte Demirbilek in Münchner Manier.

18

Der Kranführer stammelte. Speichel und unverständliche Laute drangen aus dem Mund des bärtigen kleinen Mannes namens Stanko Bilic. Unentwegt schüttelte er den Kopf, unfähig zu begreifen, dass sein Freund Mirko Kranic tot war.

»Machen Sie doch was!«, wies Vierkant den Bauarbeiter an, der ihr geholfen hatte, die Nachricht über Kranic' Tod ins Kroatische zu übersetzen. Sie hatte einen Rat für ihn: »Sagen Sie Herrn Bilic was Nettes in Ihrer Muttersprache, etwas, was auch Sie gerne hören würden. Wenn er will, sorge ich dafür, dass er freibekommt und vorne in der Mariahilfkirche beten kann.«

Mit sanfter Stimme versuchte der Arbeiter, mit vertrauten Worten aus der Heimat den trauernden Kollegen zu trösten. Die Beamtin nutzte die Zeit, um nach einer Miniflasche Korn zu suchen, von der sie wusste, dass sie irgendwo in ihrer Umhängetasche steckte. Beim Suchen sah sie aus dem Augenwinkel einen anderen Bauarbeiter, der mit selbst gedrehter Megazigarette zwischen den Lippen auf sie zuraste. Der baumlange Mann hatte die ganze Zeit über beobachtet, wie sie Kranic' Freund zum Reden zu bringen versuchte. Dem Ausdruck in seinen Augen nach war der herantrabende Arbeiter am Ende mit seiner Geduld. Er inhalierte eine beachtenswerte Dosis Nikotin in die Lungen und packte Bilic unter den Achseln, um ihn auf die Beine zu befördern. Unvermittelt darauf versetzte er ihm zwei

Ohrfeigen, gerechterweise auf jede Wange eine, was zur sofortigen Beruhigung des Trauernden führte. Bilic riss die Augen auf und nickte dem Kollegen dankbar zu.

Vierkant, endlich in der Tasche fündig geworden, wollte Bilic das Fläschchen reichen, doch der Watschengeber entriss ihr den Schnaps und trollte sich mit seiner Entlohnung davon. Zum Dolmetscher gewandt meinte sie: »Haben wir wieder was gelernt. Wenn nichts mehr geht, helfen Schockwatschen. So, jetzt fragen Sie Herrn Bilic, wo sein Freund gewohnt hat. Die Meldeadresse in der St.-Bonifatius-Straße stimmt nicht.«

Zur selben Zeit befragte Pius Leipold vor der Baugrube andere Arbeiter. Zeki Demirbilek selbst nahm sich den Baustellenleiter im Planungscontainer zur Brust. Der Herr mit getönten Haaren und schiefem Seitenscheitel namens Eberhard Freischwimmer zeigte kein sonderliches Interesse an den Fragen des Hauptkommissars. Mirko Kranic habe Papiere gehabt, war ordentlich gemeldet, Schwarzarbeit gebe es auf seiner Baustelle nicht, meinte er entnervt. Demirbilek gelangte an das Ende seiner Geduld, als er auf die Frage, ob Kranic Feinde unter den Kollegen gehabt habe oder etwas Ungewöhnliches vorgefallen sei, die Antwort erhielt, dass er pünktlich zur Arbeit gekommen sei, keine Fehltage gehabt habe und Überstunden machte, ohne aufzumucken. Von Streitigkeiten wisse er nichts, interessiere ihn auch nicht, solange die Männer ihre Arbeit erledigten.

Der Hauptkommissar verspürte kein Verlangen, energischer nachzufragen, und brach kurzerhand die Vernehmung ab, nachdem sie in keine für ihn sinnbringende Richtung führte. Verdutzt nahm Baustellenleiter Freischwimmer zur Kenntnis, sich im Präsidium einzufinden, um seine Aussage schriftlich zu Protokoll zu geben.

»Warum nicht hier? Schreiben Sie einfach mit«, beschwerte sich Freischwimmer.

»Sehe ich aus wie ein Volltrottel, der den Schmarrn mitschreibt, den Sie mir hier verzapfen? Ich jage Sie bis ans Ende der

Welt, wenn Sie sich nicht im Präsidium melden und eine anständige Aussage machen«, versetzte Demirbilek und verließ den Container.

Draußen hielt er Ausschau nach Leipold und entdeckte ihn, wie er sich einen Spaß mit einem Schubkarren erlaubte. Die Bauarbeiter um ihn applaudierten, als er mit einem Finger den Karren wie ein Balletttänzer vor sich herschob. Demirbilek pfiff durch die Zähne. »Komm, Pius! Wir machen Mittag! Vierkant kriegt den Rest ohne uns hin.«

Demirbileks Blick wanderte von der Baustelle auf die andere Straßenseite, wo sich das Gemäuer befand, das einst als die gefürchtete Justizvollzugsanstalt Neudeck in ganz Bayern bekannt war. Er dachte an ein Pärchen, das er vor einigen Jahren nach einem Banküberfall verhaftet hatte. Sie saß ihre Strafe noch ab, als er auf dem Heimweg hier vorbeigekommen war und eine Gestalt in der Dunkelheit an dem Holzzaun des Parkplatzes entdeckt hatte. Er erkannte ihren Mann, der früher als sie aus der Haft entlassen worden war. Mit einer Taschenlampe morste er zu einem der vergitterten Fenster des mittlerweile abbruchreifen Gefängnisses und erhielt Lichtzeichen als Antwort. Er versuchte, sich an die Namen des Paares zu erinnern, als Leipold ihm auf die Schulter klopfte. »Etwas früh zum Essen für mich. Habe ja zwei Leberkässemmeln verdrückt.«

Demirbilek zuckte mit den Achseln. »Eine davon war meine«, erwiderte er gedankenverloren und machte einen Schritt auf die Straße.

In letzter Sekunde zog Leipold ihn am Arm zurück. Demirbilek sah ihn verwundert an. »Was ist denn?«, fragte er ihn erbost, ohne zu merken, dass er beinahe von einem Raser, der den Nockherberg wohl mit dem Nürburgring verwechselt hatte, erfasst worden wäre.

Leipold schluckte und hakte sich bei ihm unter, um mit ihm gemeinsam die Straße zu überqueren. »Hast du den Wagen nicht gesehen?«

»Natürlich habe ich das. Was glaubst du denn? Hast du dir das Kennzeichen von dem Rowdy gemerkt?«

Leipold schwieg betroffen.

»Ich schon, die Anzeige gibst du weiter. So, jetzt gehen wir essen. Ich habe Hunger.«

19 Später, als beide vor Tellern mit Schweinebraten und Knödeln saßen, Leipold vor einer halben Helles und Demirbilek vor einem sauber eingeschenkten Weißbier, schien die Welt der beiden Hauptkommissare im Lot zu sein. Im Gastbetrieb war am späten Vormittag noch wenig los, obwohl sich nebenan in den Hallen der Starkbierbetrieb bemerkbar machte. Touristenbusse fuhren vor und entluden trinkwillige Menschen aus aller Herren Länder. Doch die beiden hatten an einem Ecktisch ihre Ruhe.

»Einen guten«, sagte Leipold.

Demirbilek nickte und begann zu essen.

Nach ein paar Bissen war Leipold satt und winkte die Kellnerin herbei. »Geh, Petra, pack mir den Rest vom Fleisch ein. Ich habe vor dem Essen zwei Leberkässemmeln gebruncht. Wäre ja jammerschade um den schönen Schweinebraten.«

Die Kellnerin im klassischen Dirndl war eine hübsche blonde Frau mit einem entzückend strahlenden Gesicht. In ihr Lächeln interpretierte Demirbilek eine weltumspannende Zufriedenheit, die ihn neidisch auf ihr fröhliches Wesen werden ließ. Es schien, als würde sie im Paradies Dienst schieben und Menschen glücklich machen. Mit Bier und Schweinebraten war das aus seiner Sicht problemlos zu bewerkstelligen.

Er erwiderte ihr Lächeln, als sie Leipolds Teller vom Tisch nahm. Das Bier hatte er bereits ausgetrunken. »Doggy Bag für zu Hause, wird erledigt«, sagte sie zu ihm. »Und darf's noch ein Bier sein, der Herr Kommissar?«

Leipold blies die Backen auf und schaute Demirbilek an. »Was sagt der Chef?«

»Bring ihm ein Spezi, wir wollen es nicht übertreiben«, entschied er.

Als die Kellnerin mit dem Getränk zurückkehrte, hatte Demirbilek sein Weißbier ebenfalls ausgetrunken. »Darf's auch ein Spezi sein, der Herr Kommissar?«, fragte Petra breit lächelnd.

Demirbilek nickte und wollte endlich mit Leipold von Mann zu Mann oder von Geschäftsfreund zu Geschäftsfreund reden, als sie ihn in vertrautem Ton ansprach: »Ah, du, Zeki, bevor ich es vergesse. Wie geht's denn Derya? Ich habe sie angerufen, weil wir jemanden zur Aushilfe gesucht haben. Die Nummer ist falsch, hieß es. Hat sie eine neue Handynummer?«

»Keine Ahnung. Umgezogen ist sie vor Kurzem. Das weiß ich, mehr weiß ich nicht.«

»Ach so«, verstand Petra seufzend. Es gewittert im Paradies, dachte Demirbilek bei dem abrupten Wechsel ihres Gesichtsausdruckes. »Schade, du und Derya habt so fein zusammengepasst. Richte ihr schöne Grüße aus, wenn du sie siehst, sie soll sich mal melden.«

Leipold und Demirbilek sahen der Kellnerin nach, wie sie wieder ihrer Arbeit nachging.

»Fang du ja nicht auch noch an, Pius.«

»Um Gottes willen bin ich wahnsinnig?«, meinte Leipold schnell. Er kannte die Gemütsschwankungen seines Türken, wenn er in Liebeskrisen steckte. »Aber du bist in letzter Zeit in Gedanken oft weg, sagt Isabel.«

Demirbilek war nicht darauf erpicht, ihm zu antworten. Die beiden verhielten sich still, bis die Kellnerin Demirbileks Getränk gebracht und den Teller abgeräumt hatte.

Eine bleierne Müdigkeit überkam den Migra-Chef, während Leipold zu erzählen begann. Das schwere Essen und das Bier, das er wie Leipold zu schnell getrunken hatte, drückten alle Kraft und Energie aus seinem Körper. Am liebsten wäre er auf der Stelle nach Hause gegangen. In Gedanken auf dem Sofa in der Wohnküche bemerkte er nicht, wie seine Augen immer schwerer wurden. Bevor er eindöste, vernahm er Leipolds Stimme von einer »Paartherapie« fluchen.

»Noch mal von vorne, Pius«, unterbrach er ihn.

»Da gibt's nicht viel zu wiederholen. Eine Matz ist das. So eine Obergescheite mit Dekolleté bis zu den Fußspitzen. So eine viel zu schöne Doktor Doktor Psycho, die mit High Heels zum Therapieren stöckelt und den ganzen Tag Lindenblütentee säuft. Hockt mit Rock direkt vor einem und schlägt im Minutentakt die Beine übereinander. Und da soll sich unsereins mit heulender Frau daneben konzentrieren und seine Ehe retten!«

Demirbilek war hellwach, als er die Dimension von Leipolds Problemen verstand. »Hast doch was geändert, passt ja, bist doch jetzt bei der Migra«, sagte er versöhnlich. Dass es so schlimm um seine Ehe stand, war ihm nicht bewusst. Seine Anteilnahme war ehrlich und der eines wahren Freundes würdig.

»Das war nicht meine Idee«, schimpfte Leipold weiter. »Die Idee hatte Elisabeth zusammen mit der Psychomatz. Die beiden sind übereingekommen, mir würde Führungsverantwortung nicht guttun, so seelenmäßig und von der Persönlichkeit her.«

Demirbilek dachte bei Leipolds Ausbruch an Feldmeiers Einschätzung, die mehr oder weniger auf dasselbe hinauslief. »Mit meiner zweiten Ex war ich auch in Paartherapie. Mehr als eine Stunde habe ich nicht ausgehalten. Ich weiß, wovon du sprichst.« Er nahm einen Schluck von dem Spezi.

Die Pause nutzte Leipold, um sich weiter den Frust von der Seele zu reden. »Außerdem braucht unsere Ehe mehr Paarzeit, und die Kinder sehe auch ich zu wenig. Gleichzeitig sagt die Psychotante, dass Eltern auch ihr Leben leben sollen, damit die Kinder was von Mama und Papa haben. Wie jetzt? Ich kapiere gar nichts mehr. Was sagst du jetzt dazu, Zeki?«

Demirbilek zuckte mit den Schultern. »Was soll ich sagen, Pius? Unter mir funktionierst du ganz gut, bis auf den Patzer mit dem Salon. Machst eben das, was ich dir auftrage, wie ich dir schon erklärt habe. Ein wenig Eigeninitiative kann nicht schaden, muss aber nicht sein.«

Leipold polierte den Ohrring mit der rechten Hand und drehte sich schlagartig um. »Petra, bring mir eine Maß, aber nichts Kastriertes!« Er wandte sich Demirbilek zu, der überlegte, es ihm mit der Bestellung gleichzutun. »Mit der Paschanummer machst du mir nichts mehr vor, lieber Herr Türke. Du mit deinem Riesenherz und deinem Emogerüst hast dich auch verändert, seit du Opa bist. Deine Paschaallüren verkrafte ich. Das war für mich nie ein großes Problem.«

Petra stellte den Maßkrug ab und verzog sich umgehend wieder. Demirbilek starrte auf sein süßes Kaltgetränk und schwieg.

»Was ist? Warum sagst du nichts?«, fragte Leipold. Er nahm einen ordentlichen Zug von dem Bier und wischte sich den Schaum mit dem Handrücken vom Mund. Dann reichte er seinem Gegenüber den Maßkrug.

Nachdem Demirbilek einen Schluck getrunken hatte, rückte er mit seiner Vermutung heraus: »Mit der Versetzung ist es nicht getan. Elisabeth will, dass du bei der Mordkommission aufhörst.«

Ohne zu antworten, steckte Leipold seine Hand in den Henkel, legte den Krug auf den Handrücken um und schüttete den Rest des Bieres in sich hinein. »Ganz so ist es nicht, aber im Prinzip stimmt's. Elisabeth schaut sich das eine Weile mit der Migra an. Eigentlich läuft's gerade ganz gut zwischen uns. Weißt du, was sie mir gesagt hat?«

Demirbilek schüttelte den Kopf über die unnötige Frage. »Woher soll ich das wissen?«

»Ich wäre viel aufgeräumter und erträglicher zu Hause, wenn ich mit dir an einem Fall arbeite.« Nach langem Blick auf den leeren Maßkrug fügte er hinzu: »Entweder läuft das besser mit der Familie, oder Elisabeth lässt sich scheiden.«

Demirbilek verkrampfte innerlich über die Neuigkeit und gab der Kellnerin Zeichen, eine weitere Maß zu servieren.

20

Hätte er es sich aussuchen können, er hätte alles stehen und liegen lassen, hätte München und das wenige, was ihn in seiner Geburtsstadt hielt, aufgegeben, hätte ein Flugticket nach Istanbul gekauft und wäre auf und davon. Er konnte es sich aber nicht leisten bei seinem Verdienst. So verließ er an dem sonnigen Vormittag am Mariahilfplatz die Trambahn und schlenderte an der Tiefgarage des Landratsamtes vorbei.

An der Baustelle auf der anderen Straßenseite entdeckte er Streifenwagen. Polizeibeamte waren im Einsatz. Er fürchtete sich nicht davor, dass sie hinter ihm her waren. Genauso wenig Angst hatte er, als die Kriminalbeamtin ihn auf der Erotikmesse vernommen und seine Personalien aufgenommen hatte. Die Polizei wusste, wer er war und wo er wohnte, aber was er verbrochen hatte, davon hatten sie keinen Schimmer.

Interessiert schaute er eine Weile dem Treiben auf der Baustelle zu. Offenbar verhörten die Polizisten Bauarbeiter. Eine Beamtin mit Umhängetasche machte Notizen in ein Büchlein. Wie altmodisch, lächelte er, jedes Mobiltelefon hatte heutzutage eine Diktierfunktion, die Sprache in Text verwandelte.

Er setzte seinen Weg fort. Er hatte sich freiwillig gemeldet, bei einem Revierobjekt nach dem Rechten zu sehen. Außerplanmäßig in Neudeck Präsenz zeigen und Kontrollgang durchführen, lautete seine Aufgabe. Zwei Stunden mehr auf dem Lohnzettel, zusätzlich zur heutigen Nachtschicht. Vandalen und

Penner hatten seit geraumer Zeit das ehemalige Frauen- und Jugendgefängnis für sich entdeckt. Es stand seit Jahren leer. Schüler trieben im Gebäude Unsinn, Betrunkene brachen ein. Obdachlose schliefen in Zellen und wärmten sich an offenen Feuerstellen. Die Investoren, die von der Stadt das Objekt gekauft hatten, waren bislang eine vernünftige Lösung für die Umnutzung schuldig geblieben. Er wusste nicht genau, wem der Bau gehörte. Ein Kollege hatte von einem Schweizer Unternehmen gesprochen, das aus den Zellen Luxusappartements machen wollte. Er erinnerte sich vage, in der Zeitung darüber gelesen zu haben.

Von Luxus konnte nicht die Rede sein, sagte er sich, als er das Eingangsportal am Fußweg beim Auermühlbach erreichte. Obwohl die Polizeidienststelle 21 in Sichtweite lag, war die Fassade mit Graffiti beschmiert, Zellenfenster eingeworfen, die Gitterstäbe rosteten vor sich hin.

Schulschwänzer, dachte er, als er über den Gefängnishof den oberen Zellentrakt erreichte und ihm Gelächter von den gekachelten Wänden entgegenechote. Tagsüber fühlten sich die Eindringlinge sicher. Natürlich hatte sich herumgesprochen, dass der Sicherheitsdienst nur nachts kontrollierte. Deshalb der außerordentliche Kontrollgang, um den Kunden zufriedenzustellen. Er hörte eine Mädchenstimme schrill kreischen. Fünfzehn, vielleicht sechzehn Jahre alt, schätzte er. Die Stimme drang aus einer der Zellen im Gang vor ihm. Er blieb stehen und horchte. Da war eine zweite Stimme, tiefer; sie gehörte einem Jungen. Er schätzte ihn etwa auf dasselbe Alter wie das Mädchen. Nun lachten sie gemeinsam, offenbar hatten sie Spaß bei dem, was sie machten. Verstehen konnte er das Gespräch nicht. Bissiger, süßer Geruch und Rauch drangen mit den gedämpften Stimmen durch die angelehnte Zellentür zu ihm. Er hörte ein Kichern. Die beiden rauchten einen Joint. Er hatte das Hausrecht des Auftraggebers durchzusetzen. Wie er das bewerkstelligte, war seine Sache.

Auf leisen Sohlen bewegte er sich an den vollgekritzelten Zellentüren vorbei, deren weißer Lack abbröckelte. Durch die Sichtfenster vergewisserte er sich, dass außer dem jungen Paar niemand da war. Kein Penner oder Junkie. Die handgeschriebene Botschaft »Kopf hoch, Mädels, wird schon wieder« machte ihm deutlich, dass in den Haftzellen Frauen ihre Strafe abgesessen hatten. Wie hatten sie die langen, einsamen Nächte verbracht?

Die Nachbarin, die er begehrte, für deren Schutz er sich verantwortlich fühlte, erschien ihm in der Zelle, die er gerade kontrollierte. Sie wusste, was er sich von ihr wünschte. Er starrte in den verdreckten, hässlichen Haftraum. Vor seinen Augen zog sie das Nachthemd aus. Die Stimmen des Paares wurden lauter, sie störten ihn. Er konnte nicht tiefer in seine Fantasie versinken. Er löste den Blick von seiner Nachbarin, lehnte sich mit dem Rücken an das Mauerwerk und belauschte die zwei. Das Mädchen war vermutlich älter, als er geglaubt hatte. In der Stimme lag etwas Erwachsenes, als sie den Jungen anschrie.

»Ficken ist nicht, habe ich dir doch gesagt. Weg mit deinen Dreckspfoten, Thomas!«

Wie in Istanbul war er der Einzige, der helfen konnte. Und abermals war er nicht in der Lage einzugreifen. Er blieb an der Wand gelehnt und atmete schwer. Es folgte eine weitere Anweisung des Mädchens, schrill wie eine Alarmglocke. »Pack deinen Schwanz weg. Hier bumse ich nicht! Nicht in dem Loch …«

Die Stimme verstummte. Die Erregung, die sich seiner bemächtigte, trieb ihm Schweiß auf die Stirn. Du musst helfen, befahl er sich, du bist auserkoren. Er ging die wenigen Schritte zur Zellentür und spähte durch das vergitterte kleine Fenster. Die beiden küssten sich. Die Augen des schwarzhaarigen Mädchens waren geschlossen. Der Junge war größer als sie, das Schild seines Basecaps war nach hinten gedreht. Der Junge pustete den Rauch des Joints von seinem Mund in den ihren. Plötzlich fing sie an zu husten. Sie hatte sich verschluckt und schüttelte sich, ruderte mit den Händen, bis der Junge sich der Gelegenheit bewusst wurde, die sich für ihn ergab. Oder war das der Plan gewesen, sie gefügig zu machen? Er starrte weiter durch das Guckfenster. Der Junge schob ihr das Shirt nach oben und drückte wie besessen ihre Brüste. Sie wehrte sich, versuchte zu sprechen, ihn vermutlich anzuflehen, sie in Ruhe zu lassen, doch der Rauch schien sich in ihrer Luftröhre festgesetzt zu haben. Statt ihr auf den Rücken zu klopfen, ihr zu helfen, zu Atem zu kommen, schubste er sie auf die Pritsche und nestelte an den Knöpfen ihrer Jeans.

Er stand noch an dem Sichtfenster und beobachtete, wie beim Herunterzerren der Jeans ihr Schlüpfer zum Vorschein kam. Er brannte darauf, zu sehen, ob sie rasiert war. Er musste. Er musste es wissen. Innerlich feuerte er den Jungen an, gab ihm Tipps, vor allem den Rat, ihr die Faust ins Gesicht zu rammen, damit sie aufhörte, mit den Beinen zu strampeln. Als hätte der Junge ihn gehört, schlug er mit der offenen Hand auf das Mädchen ein. Sie fiel benommen nach hinten. Wie in Rage zog der Jugendliche seine Jeans bis zu den Fußknöcheln und schob ihren Tangaslip nach unten. Endlich erspähte er durch das Guckloch, was er sehen wollte, und löste sich aus der Starre.

Leise öffnete er die Zellentür. Wie der Junge sah er auf die Schambehaarung des Mädchens in Form eines Herzens. Unvermittelt darauf stülpte er dem Vergewaltiger seine Jacke über den Kopf. Der Jugendliche wehrte sich mit aller Kraft, bis er ihm auf dem Gang einen Faustschlag in die Nieren versetzte. Du perverses Schwein, schrie er in sich hinein, schlug und trat weiter zu. Mit Fäusten und Füßen.

Das Mädchen lag nach wie vor benommen auf der Pritsche. Sie sah nicht das Gesicht ihres Retters, der vor der Zellentür auf ihren Freund Thomas einprügelte, bis er grün und blau geschlagen das Bewusstsein verlor.

21

»Warum? Ist das wichtig?«, fragte Duygu Cebenoyan, ohne sich beim Ankleiden in dem begehbaren Kleiderschrank stören zu lassen. Cengiz war nach Leipolds Anruf in deren Wohnpalast zurückkehrt. Sie bewunderte die Garderobe der Tänzerin.

»Ich mag deinen Stil«, sagte Cengiz und befühlte den samtweichen Stoff eines Cocktailkleides.

»Zum Teil Flohmarkt, das meiste secondhand. Ich kann dir ein paar Adressen von Läden geben, wenn du willst«, entgegnete Cebenoyan.

»Danke, ich habe nicht ganz so viel Platz in meinem Schrank«, meinte sie lächelnd. »Also, was hast du mit Mirko Kranic geredet, als ihr alleine in der Garderobe wart?«

»Ehrlich, Jale, das war nichts von Bedeutung«, sagte die Zeugin mit schwerer Stimme. »Er hat mich beschimpft und angeschrien, weil er nach der Massage nicht genug hatte und wollte, dass ich zu ihm zurückkehre. Dabei hat er Familie in Kroatien, er hat mir Fotos gezeigt, das Schwein. Ich habe ihn angelogen, als Sophie zu schreien anfing. Ich wollte ihn nicht auf dumme Gedanken bringen. Von wegen, er möchte am Leben seines Kindes teilhaben. Alles zu absurd, um es wiederzugeben. *Yemin ederim*«, untermauerte sie die Aussage mit einem Schwur auf Türkisch.

»Absurdes gibt es bei einer Mordermittlung nicht«, widersprach Cengiz ruhig. »Ich bin hier, um deine Aussage aufzunehmen.«

Cebenoyan drehte sich zu der Beamtin um. »Wie findest du das? Hatte ich lange nicht mehr an.«

Cengiz musterte die Zeugin in dem mit Federn besetzten schwarzen Abendkleid, unter dem ein feuerrotes Schnürkorsett hervorlugte. Sie dachte an ein Pin-up-Girl aus den Fünfzigerjahren. »Damit trittst du auf? Sehr züchtig für eine Nackttänzerin.«

»Burlesque ist kein Striptease, Täubchen. Die Kunst besteht darin, nackt zu wirken, ohne viel Haut zu zeigen. Und? Soll ich es heute Abend anziehen?«

»Aber ja«, entschied Cengiz, »es steht dir hervorragend. Jetzt aber her mit deiner Aussage.«

Cebenoyan überlegte, bis sie aus der Erinnerung heraus wiedergab, was Mirko Kranic ihr an den Kopf geworfen hatte. Cengiz machte sich auf dem Mobiltelefon Notizen. Mittendrin klingelte es. Sie blickte auf das Display und ging sofort ran, lauschte und nickte überhastet der Zeugin zum Abschied zu. »Danke, das genügt mir, ich muss los. Wenn dir noch etwas einfällt, melde dich, ja?«

Cebenoyan hörte, wie die Wohnungstür ins Schloss fiel, setzte sich auf den Hocker und atmete durch. Die Anstrengung, zu entscheiden, ob sie der sympathischen Polizeibeamtin eine sonderbare Beobachtung, die sie gemacht hatte, mitteilen oder für sich behalten sollte, beschäftigte sie. Cengiz hatte sie fair behandelt, es gab allerdings auch nichts, was sie sich hatte zuschulden kommen lassen. Bis auf das Verschweigen eben der Beobachtung, einem Eindruck, hervorgerufen durch einen Blick, der sie etwas befürchten ließ.

Es war dieser Mann, dieser Sicherheitsmann, der ihr zu schaffen machte. Da waren die Worte, die er Mirko in der Garderobe ins Gesicht gespien hatte: »Sie belästigen niemanden mehr!«

Sie überlegte genauer und erinnerte sich, ihn nur deshalb vor der Halle entdeckt zu haben, weil ihr Sophies Schnuller beim Warten auf das Taxi zu Boden gefallen war. Er wäre ihr sonst nicht aufgefallen, wie er mit den Händen in der Jackentasche halb verdeckt hinter einem Baum zu ihr herüberschaute. Er hatte nicht bemerkt, dass sie ihn gesehen hatte. Es lag etwas Selbstherrliches und Selbstverständliches in der Art, wie er den Kopf neigte und verfolgte, ob alles glattging, wie sie mit Sophie in das Taxi stieg. Trotz der Entfernung bildete sie sich ein, in seinen Augen freundliche Wärme zu erkennen. Wahrscheinlich weil er einen Schnurrbart trug, wie ihr Gönner aus Usbekistan. Sie mochte Männer mit Bart, wenn er gepflegt war. Als sie sich im Taxi nach ihm umdrehte, war er in der Dunkelheit nicht mehr zu sehen gewesen.

Cebenoyan erhob sich vom Hocker und zog das Kostüm aus. Mit dem Rücken zum Spiegel betrachtete sie sich. Kranic hatte es in vollen Zügen genossen, ihr wehzutun, sie zu schlagen und zu prügeln, bis sie schrie und weinte und auf Kroatisch winselte, ihn über alles zu lieben. Die Striemen auf ihrem Hintern waren deutlich im Spiegel zu sehen. Sie stammten von seiner Lieblingsrute, mit der er sie bevorzugt ausgepeitscht hatte. Sie wandte sich von ihrem Spiegelbild ab. Szenen aus den furchtbaren Pornos, die sie mit ihm ansehen musste, kreisten durch ihren Kopf. Sie dachte an Kranic' Lust und Geilheit, die mit jeder Filmszene aus seinen Augen quoll.

Die Erinnerungen an die Schmerzen und Demütigungen veranlassten sie, die Beobachtung nicht der Polizistin anzuvertrauen. Sie entschied sich, den Blick des Sicherheitsmannes, der ihr wie der Blick eines Freundes erschien, für sich zu behalten. Sie war froh, dass Sophie ohne einen Vater aufwuchs, der sie früher oder später geschlagen und misshandelt hätte. Sie war unendlich froh, dass Mirko Kranic tot war.

22

Cengiz saß in ihrem Dienstwagen und fluchte leise vor sich hin, weil sie nicht wie von Demirbilek aufgetragen auf dem Weg zu Kranic' Wohnung war. Sie fuhr in die falsche Richtung.

Beim Mitschreiben von Cebenoyans Aussage hatte die Erzieherin der Kinderkrippe angerufen. Memo hatte sich nach dem Mittagessen übergeben. Cengiz quälte sich durch den stockenden Verkehr, unterwegs nach Neuhausen, um ihren Sohn abzuholen und bei Derya abzugeben. Zum Glück hatte ihre Freundin heute ihren freien Tag. Ohne Deryas selbstlose Unterstützung wäre sie verloren, wäre vieles in ihrem Leben viel komplizierter. So aber schaffte sie es ohne Aydin, der in Istanbul seine Freiheit als Musiker genoss und von den spärlichen Gagenzahlungen etwas abzweigte, um sie und Memo zu unterstützen. Sie hatte sich abgewöhnt, mit ihm zu telefonieren. Dafür skypte sie regelmäßig mit ihm, damit er sehen konnte, welche Schönheit er verlassen hatte und wie sein Sohn an der Seite seiner Mutter zu einem Prachtjungen heranwuchs. Durch die Videotelefonate war sie einigermaßen auf dem Laufenden, was sein Leben betraf. Doch den Alltag zu teilen war auf die Weise unmöglich, egal, wie schnell die Internetverbindung war. Manchmal, wie jetzt, wenn sie sich überfordert und als schlechte Mutter fühlte, hätte sie sich gerne von Aydin in den Arm nehmen lassen. Vergiss es Jale, rief sie sich zur Vernunft und spürte, wie ihr die Galle hochkam und sie Zekis Sohn verfluchte, der sie geschwängert, mit einer Künstlerin betrogen und in München sitzen gelassen hatte.

Echte Sorgen um die Gesundheit ihres Sohnes machte sie sich nicht. Memo war ein starker Junge und hatte sich schnell an die neue Umgebung in der Krippe gewöhnt. Rund ein Dreivierteljahr hatte Derya ihn als Tagesmutter gehütet. In der Zeit war es ihm gut ergangen, viel besser als bei ihr, der Mama, und dem Chaos, das ständig in der Wohngemeinschaft herrschte.

Nie war vernünftiges Essen im Kühlschrank, weil Einkaufen nicht zu ihren Stärken gehörte. Das Online-Shopping im Supermarkt, keine hundert Meter von der Wohnung entfernt, war oftmals die letzte Rettung, damit der Kleine etwas zu essen bekam. Putzen und kochen zählte sie auch nicht zu ihren Lieblingsbeschäftigungen. Fatalerweise waren für ihren Freund und Migra-Kollegen Serkan Kutlar Arbeiten im Haushalt Tätigkeiten, von denen er keinen blassen Schimmer hatte. Bei einem der Küchengespräche hatte er ihr anvertraut, dass seine *anne* ihm als Mann nicht zumuten wollte, ihr bei der täglichen Arbeit für die Familie zu helfen. Türkische Mütter, die die Erziehung ihrer Söhne mit der Aufzucht eines Regenten verwechselten, waren der Wahlmünchnerin ein Dorn im Auge.

Memo wuchs im Gegensatz zu Kutlar als normaler Junge und nicht als potenzieller Sultan auf. Sie musste nur aufpassen, dass Derya, die sie wie eine ältere Schwester respektierte und der sie grenzenlos vertraute, Memo nicht zu einem verwöhnten Lausbuben verzog. Was Derya ihm alles durchgehen ließ! Der eineinhalbjährige Hosenscheißer durfte bei Tante Derya jedweden Unsinn treiben. Sie verwöhnte ihn mit zu viel *baklava* und türkischem Kinderfernsehen. Am liebsten thronte der kleine Mann in ihrem Wohnzimmer auf einem Berg Kissen und spielte zu ihrem Entsetzen Sultan Mehmed, der Konstantinopel mit Klobürste als Zepter und Faschingswesterncolt als Waffe eroberte. Hofdame Derya war für jeden Spaß zu haben. Sie liebte Memo über alles und sehnte sich nach einem eigenen Kind.

Dazu brauchte es erst einmal einen Mann, hatte sie Derya vor Augen geführt. Nachdem die Beziehung zu Zeki ein zweites Mal gescheitert war, hatte sie es geschafft, ihre Freundin zu überreden, sich bei einer türkischen Partnervermittlung zu registrieren. Allah, sei gnädig, sprach sie zu sich, schenke Derya einen Partner, der sie verdient. Um dem Wunsch Nachdruck zu verleihen, hupte sie einen Mercedes nieder, der ihr zu langsam an der Ampel losfuhr.

Am Rotkreuzplatz setzte sie den Blinker und atmete durch, weil sie relativ zügig durch den Verkehr gekommen war. »Scheiße!«, schrie sie plötzlich auf. Ihr fiel ein, dass sie zum Mittagessen mit Vierkant verabredet war.

Vierkant hatte ein Geheimnis um den Grund für das Treffen mit Sybille Ferner gemacht und sie auf charmante Art damit gelockt, dass sie es nicht bereuen werde, sich dem Frauentreff anzuschließen. Mit schlechtem Gewissen öffnete sie die Nachrichtenapp des Mobiltelefons und diktierte einen Text, während sie die Augen auf den Straßenverkehr richtete.

»Memo krank! Schaffe es nicht mehr, ich fahre direkt in Kranic' Wohnung. Sorry, Süße. *Öptüm*, Jale.«

23

Isabel Vierkant ließ sich die Verzweiflung nicht ansehen. Das mulmige Gefühl ist unnötig, dachte sie, deine Freundin Jale wird dir zur Seite stehen. Trotzdem spürte sie ein Kribbeln im Bauch, als wäre sie im Begriff, etwas Unrechtes oder eine Straftat zu begehen. Die Ursache dafür lag auf der Hand. Sie hatte die Absicht, sich einer mehr oder weniger fremden Person halb nackt zu zeigen.

Das italienische Restaurant, in dem sie auf Ferner wartete, trug nichts zur Besserung des schlechten Gewissens bei. Wie konntest du dich auf einen Handel wie diesen einlassen?, ärgerte sie sich. Sie blickte unsicher umher und nahm einen Schluck von dem Tafelwasser.

An den Tischen saßen überwiegend Männer, Geschäftsleute in teuren Anzügen. Die wenigen Frauen waren schick gekleidet und schoben sich Gabeln mit Pasta zwischen die rot geschminkten Lippen in den Rachen. Isabel, schimpfte sie sich, du bist nicht Pius, der jetzt über emanzipierte Karrierefrauen herziehen würde, die mit Dekolletés herumliefen, die verboten offenherzig waren. Sie strich die Hände an der Jeans trocken und überlegte, die Lederjacke auszuziehen. Doch das Holster mit Dienstwaffe wollte sie nicht wie eine Fernsehkommissarin in der Öffentlichkeit herumzeigen.

Die Gerichtsmedizinerin war spät. Vierkant vergewisserte sich auf der Uhr, als ihr Handy piepste. Cengiz schrieb ihr. Sie las die Textnachricht, versuchte es zumindest, denn aus dem Kauderwelsch an Buchstaben wurde sie nicht schlau: *»Kafesini içtim ya benim Crunk fare direk link andiç bunun sorusu ise öptüm jale.«* Sie lachte bei der möglichen Erklärung, wie der Wortsalat entstanden war. Die technikversessene Kollegin hatte vermutlich am Mobiltelefon die Sprache »Türkisch« eingestellt, aber auf Deutsch die Nachricht für sie diktiert. Immerhin war der Kuss angekommen, den sie ihr mit *öptüm* schickte. Sie hatte genug Türkisch in dem VHS-Kurs gelernt, um Cengiz in ihrer Muttersprache zu schreiben, nichts verstanden zu haben. Postwendend erhielt sie Cengiz' Antwort, auf dem Weg zu Kranic' Wohnung zu sein und es nicht zum Mittagessen zu schaffen.

Vierkant unterdrückte die Enttäuschung über die Absage und sah erneut auf die Uhr. Ferner war zehn Minuten überfällig. Sie holte das Tablet aus der Umhängetasche und vergewisserte sich, dass sie mit der Auswahl der privaten Fotos, die sie der Gerichtsmedizinerin zeigen wollte, nicht zu weit ging. Sie hatte mit Peter darüber gesprochen. Er hatte nichts dagegen.

Dass ihr Ehemann mit dem Mobiltelefon unverschämt oft fotografierte, hatte sie vor einigen Jahren entdeckt. Sie hatte ihn erwischt, als er sie heimlich beim Duschen ablichtete. Bei dem Streit, obwohl sie ihm Vorhaltungen gemacht und Konsequenzen angedroht hatte, war er mit keiner Erklärung oder Entschuldigung herausgerückt. Er bestand mit einem Augenzwinkern auf sein Recht, die Aussage zu verweigern, umarmte sie liebevoll und bat darum, ihm bis zum Abend Bedenkzeit zu geben. Die Überraschung war immens, als sie nach einem aufwühlenden Arbeitstag pünktlich nach Hause gekommen war. Peter hatte Abendessen mit Thunfischsteaks vorbereitet und erlesenen Wein besorgt. Die Jalousien waren heruntergefahren. Kerzenlicht erhellte das Wohnzimmer, wo der Beamer aus seinem Arbeitszimmer aufgebaut war.

»So sehe ich dich, meine Liebe«, hatte er ihr mit belegter Stimme gestanden und eine Diashow gestartet, die mit romantischer Musik unterlegt war. Mit offenem Mund und Tränen in den Augen betrachtete sie die Aufnahmen, die ihr Ehemann heimlich über Jahre hinweg von ihr gemacht hatte. Was sie zu bestaunen bekam, hatte nichts Anzügliches. Nichts, was sie als voyeuristisch oder schmutzig empfand. Die Fotos waren eine Liebeserklärung. Kitschig und schön. Am besten gefiel ihr, wie er sie beim Schlafen mit heruntergerutschtem Oberteil porträtiert hatte. Niemand außer ihnen hatte die intimen Momente gesehen.

Sie trank den Rest des Tafelwassers und spürte, wie aus dem mulmigen Gefühl etwas anderes wurde. Sie bereute es, einige der Aufnahmen einer Fremden zu zeigen. Was sie vorhatte, war nicht richtig, es war falsch. Die Momente gehörten ihr und Peter, sonst niemandem auf der Welt.

Vierkant schreckte auf und steckte das Tablet zurück in die Umhängetasche. Ferner war aufgetaucht, sie rückte den Stuhl zurecht und setzte sich abgehetzt zu ihr.

»Du zahlst, ja?«, fragte die Gerichtsmedizinerin und schnappte nach der Mittagskarte. »Sorry, bin spät.«

»Die Autopsie? Abgeschlossen?«

»Noch nicht. Die Migra ist nicht die einzige Abteilung, die mich mit Arbeit vollschüttet. Nach dem Mittagessen erledige ich den Rest. Ich wäre übrigens längst fertig, wenn Pius uns nicht unnötigerweise noch mal zur Messe rausgejagt hätte«, erwiderte sie. »Es bahnt sich eine interessante Wendung im Fall Kranic an. Ist aber recht eklig, darüber sollten wir beim Essen lieber nicht reden. Die Gnocchi mit Ragout klingen gut, die nehme ich, und du?«

Vierkant war vor lauter Kribbeln im Bauch der Appetit vergangen. In Gedanken versunken griff sie nach der Mittagskarte. »Jale schafft es nicht«, sagte sie.

»Und du auch nicht«, stellte Ferner fest und überraschte sie mit den Worten: »Behalte die Fotos ruhig für dich, Isabel. Ich will sie nicht sehen.«

Hastig legte Vierkant die Speisekarte zurück und spürte eine Welle der Erleichterung durch ihren Körper fließen. »Weißt du, Peter hat …«

»Was Peter hat oder nicht hat, will ich nicht wissen, Isabel, ganz ehrlich, das bleibt schön unter euch, Mann und Frau«, unterbrach Ferner sie ernst. »Ich glaube, du warst gestern zu forsch mit dem Angebot, nur um es deinem Chef recht zu machen. Lass dir das mal durch den Kopf gehen, meine Liebe.«

»Quatsch, Sybille, ich habe meinen Job gemacht, das war alles.«

»Ach so«, gab sich Ferner gespielt einsichtig. »Ganz unschuldig war ich allerdings in der gestrigen Gemütsverfassung auch nicht.« Sie beugte sich zu Vierkant, um ihr leise zu beichten: »Du hast mich so wuschig gemacht mit deiner Maniküre und euren Fotos, dass ich einen recht gut aussehenden Kollegen zur Autopsie geholt habe. Musste ja meinen Job machen, und das flott wegen deinem Zeki.«

»Wie bitte?«, platzte es aus Vierkant viel zu laut heraus. An den Nachbartischen drehten sich die Leute zu ihnen um. Vierkant senkte die Stimme. »Jetzt sag bloß, du hast …«

Ferner schmunzelte. »Das ist wirklich zu intim, Isabel.«

24 Klischees waren oftmals nicht so weit von der Wahrheit entfernt, wie man glauben wollte. Das Mordopfer Mirko Kranic war ein Bauarbeiter, der sich von Pizza und Bier ernährte, wie Cengiz an den leeren Kartons und herumliegenden Büchsen sehen konnte. Ein TV-Display hing wie ein Trauerflor an der Wand. Auf einer Europalette warteten Sky-Decoder und Playstation auf ihren Einsatz. Controller, das neueste Fifa-Spiel und Kampf-Games lagen auf dem Teppichboden herum. Aus der Reihe fielen einzig die E-Gitarre auf einem Ständer und ein monströs groß wirkender Verstärker. Cengiz zupfte an den Gitarrensaiten und blickte sich weiter in dem Appartement um. Unter keinen Umständen hätte Duygu Cebenoyan mit dem Mieter der Drecksbude zusammenleben können, schoss es ihr durch den Kopf.

Das Team der Spurensicherung war im Schlafzimmer und im Badezimmer bei der Arbeit. Sie zog sich schwarze Plastikhandschuhe über, setzte sich auf die Eckcouch im Wohnzimmer und klappte den Laptop auf dem Tisch auf. Nachdem der Rechner hochgefahren war, erschien die Aufforderung, ein Passwort für den Benutzer einzugeben. Dass sie das Passwort erriet, verdankte sie einer der Nächte, in denen Memo nicht durchgeschlafen hatte. Auf dem Tablet hatte sie im Bett mit ihm eine uralte Dokumentation über die Anfänge des Internets gesehen. Ein Experte warnte davor, Kombinationen aus Geburtstagen und

Namen zu verwenden. Vor allem warnte er, das Passwort aufgeschrieben in der Nähe des Computers zu verwahren. Ähnlich wie Bankkartenbesitzer, die die PIN auf der Rückseite mit einem Permanentmarker aufschrieben. Seit den Anfängen des häuslichen Computerzeitalters hatte sich kaum etwas geändert, und Kranic hatte die Dokumentation wohl nicht gesehen, freute sich Cengiz.

Nach etlichen Varianten tippte sie »Mir_3004« in die Eingabemaske und grinste, als sich der Sperrbildschirm verabschiedete. Mirko Kranic war laut Personalauskunft am 30. April in einem Zagreber Vorort zur Welt gekommen. Sie schüttelte den Kopf über seinen Leichtsinn und begab sich in die Tiefen der Festplatte. Geübt in dieser Art von Arbeit, erfüllte es sie mit Genugtuung, in die Seele eines Menschen zu blicken, ohne ihn befragen zu müssen. Anders wie ihr Chef. Demirbilek war geschickter darin, hinter Geheimnisse und Lügen zu kommen, wenn er sich in die Tiefen eines Zeugen oder Verdächtigen aus Fleisch und Blut begab.

Als Erstes überflog sie das Postfach, das überwiegend aus unbeachteter Werbung von Amazon und Nachrichten von eBay bestand. Persönliche Mails fand sie so gut wie keine, bis auf eine, die sie umgehend öffnete. Die Meldung entpuppte sich als Aufforderung zum Online-Check-in der Croatia Airlines. Mirko Kranic hatte für den heutigen Tag einen Flug nach Zagreb gebucht. Cengiz fotografierte die Mail mit ihrem Handy ab und schickte die möglicherweise brisante Information an den Teamverteiler. Sollten die Kollegen mitdenken, was das für die Ermittlung zu bedeuten hatte, sagte sie sich.

Verdächtige Software oder ein Set-up, um ins Darknet zu gelangen, konnte sie auf der Festplatte nicht finden. Dafür hatte Kranic zwei Internetbrowser installiert. Mit dem einen erledigte er Internetshopping und Onlinebanking mit einer Bank in Zagreb. Es dauerte nur Sekunden, bis sie aufgrund des Verlaufs des zweiten Browsers verstand, wofür er existierte. Wegen der Voreinstellung, Benutzernamen und Passwörter automatisch auszufüllen, fiel es ihr kinderleicht, auf Kranic' Benutzerkonten zuzugreifen. In Windeseile ermittelte sie, dass Kranic ein *heavy user* von Seiten mit pornografischem Inhalt gewesen war. Im Prinzip nichts Ungewöhnliches, wie sie wusste. Ohne Sexseiten wäre der Datenverkehr im Netz deutlich geringer ausgelastet. Doch allein wegen der horrenden Anzahl an besuchten Pornoseiten schien ihr in Kranic' Fall etwas Übertriebenes und Krankhaftes dahinterzustecken.

Sex war international. Das Internet kannte keine Grenzen. Vor allem auf einschlägigen Websites seiner Ursprungsheimat war Kranic registriert. Kroatisch beherrschte sie nicht, eine Kollegin aus der Abteilung für Handschriften, die sie kannte, würde aushelfen, oder ein Dolmetscher musste her, um einen Überblick zu schaffen. Wobei sie Bedenken hatte, ob Kriminalrätin Feldmeier die dafür notwendigen Gelder und Stunden freigeben würde.

Bei der weiteren Suche stieß sie auf unterschiedliche Anbieter von Livechats mit Frauen, die alles anboten, was dem menschlichen Verstand je in Sachen Sex eingefallen war. Dass Kranic unter dem Namen »Sexy Boost« im Netz unterwegs war, verfolgte sie anhand der Einträge in den Chats. Beim Überfliegen der vor allem englischsprachigen Beiträge wurde ihr klar, dass das Todesopfer Sexpraktiken bevorzugt hatte, die nicht mit dem bisschen Händefesseln auf der Messe in Einklang zu bringen waren. Kranic war bei den eigenen Posts mit Fotos und Videofilmen freizügig und hemmungslos bis zum Unerträglichen, um gleichgesinnte Frauen oder Paare für ein Treffen zu interessieren. Kranic ging es um Sex, harten Sex, nicht um Partnersuche. Cengiz beendete die zermürbende Arbeit. Sie beschloss, die genauere Untersuchung den Experten zu überlassen, als sie plötzlich das Gefühl hatte, nicht mehr alleine in Kranic' Wohnzimmer zu sein.

Sie ließ den Blick über den Monitor wandern. War da eine

Spiegelung? Stand hinter ihr jemand? Doch da war nichts. Plötzlich bewegte sich die Küchentür vor ihr. Sie hatte die Küche durchsucht, ohne etwas Verdächtiges zu finden. Vorsichtig griff sie nach ihrer Dienstwaffe und stand von dem Sofa auf.

»Ist da jemand? Ich bin Polizeibeamtin«, machte sie sich bemerkbar. »Kommen Sie mit erhobenen Händen heraus.«

Der Schuss, den sie einen Augenblick später vor Schreck abfeuerte, zertrümmerte das Glas der Schrankwand. Ein furchtbares Möbel, hatte sie geurteilt, als sie es durchsucht hatte.

Nach dem Schuss stolperte einer der Techniker in das Wohnzimmer. Ein großer, bulliger Mann, dem sie nicht zutraute, sich bücken zu können. »Jale, was ist? Warum hast du geschossen?«, schrie er. »Hier ist doch niemand!«

Das hatte Cengiz zwischenzeitlich auch festgestellt. Die Eingangstür war vorne beim Schlafzimmer, das die Kriminaltechniker gerade unter die Lupe nahmen. Die Katze, die sie hatte aufschrecken lassen, fing sie beim Fluchtversuch aus der Küche auf. »Die hier hat mich erschreckt, deshalb habe ich geschossen. Sorry«, erklärte sie ihm. »Habt ihr was gefunden?«

Der Techniker schüttelte den Kopf und starrte auf den eingeschalteten Monitor hinter ihr. »Nein, und du?«

»Einen Haufen Mist. Porno ohne Ende.«

»Finden wir auf fast jedem Rechner, den wir in die Finger kriegen«, meinte der Techniker unbeeindruckt.

Cengiz schnaufte durch und ließ die Katze laufen. »Nehmt ihr den Sexkasten mit? Ich muss noch mal ins Präsidium, dann meinen Sohn bei einer Freundin abholen.«

»Dein Kleiner soll dem Demirbilek wie aus dem Gesicht geschnitten sein, hat Isabel erzählt. Stimmt das?«, fragte er freundlich.

Cengiz grinste. »Seine Gene hat er über seinen Sohn auf alle Fälle an Memo weitergegeben«, witzelte sie.

»Warum ist er nicht selbst aufgetaucht, passt nicht zu ihm«, fragte der Techniker nach und kramte dabei etwas aus der Seitentasche der Arbeitshose.

»Wir haben einen Neuzugang, er isst mit ihm zu Mittag. Sehr wahrscheinlich Schweinebraten.«

»Hab's schon gehört. Der Leipold verstärkt euch, heißt es. Dann stimmt das also. Einen fähigen Kommissar kann jede Abteilung gut brauchen. Aber gerade Leipold? Er und der Demirbilek haben doch Probleme miteinander?«

»Ja, aber beide werden auch älter und weiser«, erwiderte sie hämisch. »So, ich muss los, bin spät dran. Bericht wie immer?«

»Logisch«, antwortete der Techniker und reichte ihr einen Beweisbeutel. »Nimm das schon mal mit. Keine Ahnung, was das zu bedeuten hat. Haben wir bei seinen Unterhosen in der Schublade gefunden. Servus, Jale.« Mit den Worten ging er zurück an die Arbeit.

Cengiz begutachtete den Inhalt des Beutels. Ein Stapel quadratischer Karten, zehn mal zehn Zentimeter groß, befand sich darin, passend zum sexbesessenen Charakter des Mieters. Widerwillig staunte sie über die Konturen einer großbrüstigen Schwimmerin, die sich bückte, um vom Startblock zu springen. Die Umrisse eines erregten Mannes klebten direkt an ihrem Hinterteil.

25

Er entdeckte sie, als er vom Kontrollgang in Neudeck nach Hause in die Adelheidstraße einbog. Er blieb stehen und sah ihr nach, wie sie mit einem Kinderwagen aus dem Wohnhaus trat und davonschlenderte. Er war unschlüssig. Sollte er oder sollte er nicht die Gelegenheit nutzen und ihr nachgehen? Eigentlich hatte er vor, seine schmerzende Hand zu verarzten, zu duschen und sich hinzulegen. Ohne etwas Schlaf würde es mühsam und anstrengend werden, die zwölf Stunden Nachtschicht durchzuhalten.

Er sah ihr weiter hinterher und versuchte, sich ein Bild von ihrem Gesicht zu machen. Es wollte sich nicht einstellen, dafür dachte er an den Hausmeister, von dem er bei einem Plausch erfahren hatte, dass die neue Nachbarin Derya Tavuk Kellnerin war und alleine lebte. Im Netz las er von ihrem ermordeten deutschen Ehemann, von der tragischen Geschichte, wie sie zur Witwe geworden war. Vielleicht war sie die Tante des Kleinen, den sie spazieren führte, oder er war der Sohn von Freunden, vermutete er. Den Zwerg hatte er mehrmals mit tapsigen Schritten im Hinterhof toben gesehen.

Er stülpte die Kapuze seiner Jacke über und entschied, bevor er sie endgültig aus den Augen verlor, ihr zu folgen. Hatte er zu fest zugeschlagen, zu oft gegen den Kopf des Jungen getreten?, glitten seine Gedanken ab. Die Hand schmerzte, mit der er dem Vergewaltiger in die Nieren geboxt hatte. Ob die bekiffte Freundin mittlerweile die Polizei verständigt hatte? Wenn ja, was würde sie sagen? Sie hatte keine Ahnung, was genau passiert war, und vor allem hatte sie ihn nicht gesehen. Sie kannte die Wahrheit nicht, wusste nichts von ihm, ihrem Retter.

Nachdem er ihrem Freund Thomas die Lektion erteilt hatte, war er unbemerkt zum Besucherparkplatz geschlichen und hatte von dort den Fußweg am Auermühlbach genommen. Unterwegs hatte er seinen Chef angerufen. Er habe es sich doch anders überlegt und wolle die Überstunden nicht machen, hatte er ihn angelogen, damit er jemand anderen nach Neudeck schickte. Es gab genügend Kollegen, die scharf darauf waren, etwas dazuzuverdienen. Offiziell war er am heutigen Vormittag nicht in dem abbruchreifen Gefängnis gewesen.

Der Rocksaum berührte auf Höhe der Knie ihre nackte Haut. Derya war mit dem Kinderwagen an der U-Bahn-Station Josephsplatz angelangt. *Güzelim*, meine Schöne, flüsterte er ihr hinterher, wohin fährst du? Er folgte ihr bis zum Königsplatz, wo sie ausstieg und sich einen Platz in der Sonne auf den Steinblöcken der Propyläen suchte. Er spürte, wie ihn die Kraft verließ. Um diese Zeit lag er normalerweise im Bett und schlief nach der Schicht. Er setzte sich auf die Treppenstufen bei der Antikensammlung und beobachtete sie. Lange genoss seine Nachbarin die Sonne nicht. Der Kleine schien aufgewacht zu sein, sie beugte sich zu ihm in den Kinderwagen und zog weiter Richtung Hauptbahnhof. Er beschloss, dass es vernünftiger war, sie anzusprechen, wenn er sie alleine antraf, ohne das Kind.

Vom Küchenfenster seiner Wohnung aus hatte er einen freien Blick in den Hof und auf die Müllcontaineranlage. Der Hausmeister griff streng durch. Die Mieter hielten sich an die Benutzungszeiten von acht bis neunzehn Uhr. Derya war Single und ging arbeiten, viel Müll produzierte sie wahrscheinlich nicht, überlegte er. Ein oder höchstens zwei Mal die Woche, je nach Größe ihres Abfalleimers, spekulierte er, machte sie den Gang zu den Müllcontainern. Er wollte in den nächsten Tagen früher aufstehen, um sich auf die Lauer zu legen. Er schmunzelte, da ihm einfiel, dass sie Dreißigliterplastikbeutel mit gelbem Zugband verwendete. Wie er. Wer weiß, vielleicht erfüllte sich die Fantasie mit ihr ja noch, wenn er sie bei den Containern ansprach.

Die verärgerte Stimme eines Mannes ließ ihn aufhorchen. Er drehte sich um, zum Eingang der Antikensammlung. Ein Mann in flatterndem Anzug schlug einer verschleierten Frau auf den Hinterkopf, als würde er ein unartiges Kind bestrafen. Die Frau krümmte sich und hielt die Hände schützend über sich. Der Mann beugte sich zu ihr und flüsterte ihr etwas ins Ohr. Er konnte das Gesicht der Frau sehen, konnte erkennen, wie schmerzhaft es war, in aller Öffentlichkeit geschlagen und gedemütigt zu werden. Gleich darauf ergriff die Verschleierte die Flucht. Sie rannte an ihm vorbei, weg von dem Mann. Überrascht darüber benötigte der Mann einige Sekunden, um zu verstehen, was passiert war.

»Oruspu, dön buraya!«, schrie ihr der Fremde heiser vor Wut hinterher. Die Frau bog um die Ecke und war nicht mehr zu sehen.

»Schlampe, komm zurück«, übersetzte er für sich, als nun auch der Mann an ihm vorbeilief. Er beobachtete, wie dieser am Ende der Treppen stehen blieb und sich nach etwas auf dem Boden bückte. Er hob einen Stein auf und warf ihn aus lauter Verzweiflung der Flüchtenden nach.

Wie in Istanbul und in Neudeck war niemand zur Stelle, um der misshandelten Frau beizustehen. Autos fuhren achtlos über den Platz, keiner der vorbeigehenden Mitbürger interessierte sich für den Vorfall. In der Innentasche seiner Jacke betastete er das Spray, das er sich zugelegt hatte. Als Sicherheitsfachkraft war ihm das Tragen einer Schusswaffe im Dienst nicht erlaubt. Was er als Privatperson mit sich führte, ging niemanden etwas an. Er steckte das Spray in die Seitentasche und malte sich aus, dass der armen Frau eine Tracht Prügel von ihrem türkischen, vielleicht kurdischen Mann blühte, wenn sie nach Hause kam. Er stand auf und folgte ihm. Er sah ihn in dem schlecht sitzenden, zu weiten Anzug, wie er den Trampelpfad durch das Wäldchen entlangeilte. Die verschleierte Frau, die denselben Pfad gegangen sein musste, war nirgends zu entdecken. Er passierte Bäume, auf denen Hinweisschilder zur Vorsicht wegen der aktuellen Rattenbekämpfung mahnten. Obwohl er Widerwillen spürte, beschleunigte er den Schritt. Irgendetwas in ihm sträubte sich, den Mann mit einer Bestrafung davonkommen zu lassen. Er hatte das Verlangen, ihn totzumachen. Das darfst du nicht, maßregelte er sich. Nein, das darfst du nicht. Du bist kein Mörder.

Bis er sicher war, unbeobachtet zu sein, hatte der Mann eine rot-weiße Schranke erreicht. Der Schrankenbaum lag auf. Die Sperre regulierte die Zufahrt von Fahrzeugen, die von der Luisenstraße auf das Gelände fahren wollten. Unversehens packte er den fremden Mann von hinten und sprühte ihm sekundenlang brennendes Spray in die Augen. Dann ließ er ihn los. Als der Fremde am Boden lag, trat er ihm mit dem Stiefel gegen den Kopf. Ein Mal, öfter nicht. Die Gefahr, entdeckt zu werden, war zu groß. Ohne weiter Zeit zu verlieren, schlenderte er auf die Straße und ging zur nächsten U-Bahn-Station.

Als er zu Hause ankam und sich ins Bett legte, um für die Nachtschicht ein paar Stunden vorzuschlafen, konnte er nicht mehr klar denken. Die Müdigkeit übermannte ihn. Im selben Augenblick, als sein Kopf das Kissen berührte, auf dem seine Mutter geschlafen hatte, zog jemand mit einer liebevollen Geste die Decke über ihn. In Gedanken bei seiner Nachbarin schlief er ein, tief und fest, und schloss im Geiste die Arme um Derya Tavuk, die sich zu ihm legte.

26

»Bist du sicher?«, fragte Demirbilek.

»Noch eine blöde Frage, Zeki, mit der du meine Kompetenz torpedierst, gewähre ich dir nicht!«, schleuderte Sybille Ferner ihm entgegen.

In ihrem Reich, dem gerichtsmedizinischen Labor, war sie die Regentin. Und als solche verstand sie sich ohne Wenn und Aber. Wäre der türkischstämmige Kommissar alleine gekommen, ohne den anderen, der mit ihm ohne Termin einfach aufgetaucht war, hätte sie sich für einen weniger scharfen Ton entschieden. Termine waren für die alleinerziehende Mutter zweier Söhne Existenzgerüst, um Arbeit und Kinder irgendwie unter einen Hut zu kriegen. Das war der eine Aspekt, der sie wütend werden ließ. Der andere, dass Demirbilek sie mit seinen angenehm dunklen Augen anlächelte und ihre Wut nicht ernst nahm.

»Jetzt beruhigt euch«, versuchte Leipold, den drohenden Streit zu schlichten. »Das heißt, der Genickbruch war nicht tödlich, weil es gar kein Genickbruch war, wie du am Tatort gesagt hast? Kein Zack, und tot?«

»Langsam, Pius. Du hast geradezu darum gebettelt, so schnell es geht, Bescheid zu kriegen. Und warum? Weil du dem Zeki zuvorkommen wolltest, weil ihr zwei Ermittlungshengste immer galoppieren wollt. Meine Vermutung, was die Todesursache angeht, war unter Vorbehalt«, rechtfertigte sie sich.

Demirbilek zog das Leichentuch zur Seite. Mirko Kranic'

Leichnam wies Hämatome auf. Auf Höhe der linken Niere stach eines besonders ins Auge. »Faust oder Fuß?«, fragte er, ohne sich von Ferners schlechter Laune beirren oder anstecken zu lassen.

»Fuß, rechts«, erklärte sie, ging um den Seziertisch herum und deutete auf eine andere Stelle in Brusthöhe. »Faust, rechts.« Sie hob den linken Arm der Leiche und deutete auf den Ellbogen. »Prellung durch Aufprall auf harten Gegenstand. Schaut die Tatortfotos durch, darauf könnt ihr sehen, warum ich eurem Ermittlungsdruck nachgegeben und von Genickbruch gesprochen habe. Da lagen Findlinge auf der Böschung, er muss gegen einen Stein gestoßen sein.«

»Der Fall ist schwierig genug, Sybille. Wir haben keine Spur, nichts, was uns irgendwo hinführt. Bitte, Sybille, schenk mir Klarheit«, versuchte es Demirbilek in freundlichem Ton.

»Ist ja nett, dass du das Wort mit fünf Buchstaben in den Mund nimmst, Zeki«, sagte Ferner lächelnd. »Klarheit findest du in meinem Bericht. Glaub nicht, wenn ich mich sprachlich und terminologisch auf euer Niveau herablasse, dass ich nicht wissenschaftlich exakt arbeite. Meine Aufgabe ist es, gerichtsverwertbare Aussagen wie diese zu treffen: Der männliche Leichnam auf dem Tisch vor euch ist nicht ermordet worden, er ist an einem Kreislaufkollaps mit Herzstillstand gestorben.«

Staunend blickte Leipold zu Demirbilek. »Tritte und Schläge waren nicht die Todesursache, klar. Der Genickbruch sah nur aus wie einer, weil Kranic sich überschlagen hat und gegen einen Stein geknallt ist und wir ihn mit verdrehtem Kopf vorgefunden haben. Aber warum Herzversagen? Hat er Drogen genommen?«

Ferner fühlte sich nun wohler in ihrer Haut, nachdem sie Klarheit über ihre Kompetenz geschaffen und die volle Aufmerksamkeit der Kommissare für sich hatte. »Toxikologisch keine Auffälligkeiten. Gekifft und gekokst hat er hin und wieder, aber nicht regelmäßig. Alkoholgehalt im Blut ist erhöht, aber nicht dramatisch. Bier und Schnaps.« Sie nahm die Penispumpe vom

Beistelltisch und hielt sie wie eine Meisterschale hoch. »Wisst ihr, wie die Erektionshilfe funktioniert, meine Herren?«

Demirbilek und Leipold sahen sich verdattert an.

»Schon gut, ich ziehe die Frage zurück«, lächelte Ferner, amüsiert über die verschämte Reaktion der beiden. »Ich habe eine Theorie. Mehr spekulativ als wissenschaftlich fundiert, aber das haben Theorien nun einmal an sich. Ich glaube, das Opfer könnte noch am Leben sein, wenn es beschnitten gewesen wäre.«

Erneut sahen sich Demirbilek und Leipold an. Beide Männer waren beschnitten. Der muslimische Kommissar aus religiösen Gründen, der katholische wegen einer Vorhautentzündung.

»Warum, lese ich in euren verdutzten Gesichtern, ist ein beschnittener Mann besser dran als ein nicht beschnittener? Nun, das hat mit der Funktionsweise des Apparates und dem Zylinderdurchmesser zu tun.« Mit diesen Worten legte sie das Geschlecht des Opfers frei. »Seht ihr die Verletzungen am Penis? Blau und rot, als hätte er einen Ring darübergestülpt gehabt? Bei zu langer und zu intensiver Benutzung der Pumpe dringt Lymphflüssigkeit in die Vorhaut ein. Das Opfer hat ein überdurchschnittlich großes Geschlecht. Das jedoch war letztlich nicht von Vorteil für ihn. Der Durchmesser des Einganges ist enger als der Zylinder. Rein kommst du, raus schwieriger, wenn Penis und Vorhaut angeschwollen sind. Kranic' Gemächt ist stecken geblieben. Einen beschnittenen Penis hätte er durch den geringeren Durchmesser wahrscheinlich herausziehen können.«

Ein männliches Sexualopfer ist selten, dachte Demirbilek. Wenn nicht Kranic selbst, sondern der Täter ihm die Pumpe angelegt hatte, war er bei der Betrachtungsweise vergewaltigt worden. »Post mortem?«

»Da muss ich dich enttäuschen, er hat gelebt und die Schmerzen gespürt«, sagte Ferner.

»Wir verstehen, Sybille. Mach weiter.«

Ferner weidete sich einige Sekunden an den Gesichtern der Kommissare. »Ich mach's kurz, hatte ja nicht mit unangemeldetem Besuch gerechnet und habe viel zu tun. Meiner Theorie nach ist Kranic von einem oder zwei kräftigen Männern verprügelt worden. Die Schläge waren nicht gezielt oder präzise, eher Zufallstreffer. Kranic hat beim Hinunterrollen der Böschung das Bewusstsein verloren, durch den Aufprall mit dem Kopf auf dem Stein. Danach haben der oder die Täter dem Opfer den Dildo in den Mund gesteckt und die Pumpe über den Penis gestülpt. Reihenfolge ist nebensächlich, denke ich. Die elektrische Pumpe wurde eingeschaltet und Kranic sich selbst überlassen.«

»Klingt nicht nach Mordabsicht, wenn mich jemand fragt«, meinte Leipold.

»Das interessiert den Richter mehr als uns. Totschlag oder Mord, seit wann ist das für uns relevant?«, fragte Demirbilek.

»Das Opfer war am Leben, als der Täter von ihm abgelassen hat, das kann ich mit Bestimmtheit sagen«, steuerte Ferner bei.

»Einen Unfall kannst du ausschließen?«, hakte Demirbilek nach.

»Die Schläge waren nicht ursächlich für sein Ableben, das Einschalten der Pumpe auch nicht. Am Ende lag es womöglich daran, dass er nicht beschnitten war«, erklärte Ferner und legte das Beweisstück beiseite. Sie musterte Leipold, der gedankenverloren einen Zigarillo aus dem Etui holte und abschleckte. Mit fragendem Gesicht ergänzte er Ferners Bericht: »Wenn die Todesursache Herzversagen war, ist er zu Bewusstsein gekommen, hat gesehen, was da an ihm dranhängt, hat versucht, das Pumpding abzunehmen …«

Demirbilek unterbrach ihn. »Falsch, Pius, bevor er versucht hätte, die Pumpe abzunehmen, hätte er versucht, sie auszuschalten. Sie war in Betrieb, als er gefunden wurde.«

Ferner nickte zustimmend. »Wenn zwischendurch niemand ausgeschaltet und kein ominöser Unbekannter die Pumpe wieder eingeschaltet hat, war das Gerät zwischen Todeszeitpunkt und Fund der Leiche in Betrieb. Also zwischen Mitternacht und spätem Nachmittag am nächsten Tag. Etwa siebzehn Stunden.«

»Stimmt, der Skater hat ja von der vibrierenden Jogginghose erzählt. Das heißt, Kranic war nicht in der Lage, das Ding auszuschalten«, überlegte Leipold.

Ferner deckte den Leichnam wieder ab. »Ich denke, Kranic ist nach dem Knock-out wieder zur Besinnung gekommen, hat seinen aufgedunsenen Penis in der Pumpe feststecken gesehen und ist aus Angst und Panik um seine Männlichkeit kollabiert. Er hat es bestimmt versucht, es aber nicht geschafft, die Pumpe abzuschalten. So weit meine plausible Theorie, was den Tathergang betrifft. Herzstillstand als Todesursache ist dagegen nicht verhandelbar«, beendete die Gerichtsmedizinerin den Obduktionsbericht. »So, das Schriftliche geht in einer halben Stunde online, die Herren Kommissare. Auf Wiedersehen, nächstes Mal unbedingt wieder mit vorheriger Terminabsprache.«

»Eine Frage noch, Sybille«, hielt Demirbilek sie auf.

»Ja, Zeki, ich höre«, sagte sie unwirsch.

»Pius hat gemeint, du gehst bei Dildo und Penispumpe von gängigen Modellen aus. Wie kommst du darauf?«

»Beide sind Verkaufsschlager auf Amazon. Ich habe ein internetfähiges Mobiltelefon. Du doch auch?«

27

Nicht einmal ein einziger Spinner mit einer abstrusen Behauptung hatte sich gemeldet. Kein Anruf, keine Mail, kein Upload von Handyfotos oder gefilmtes Material eines Zeugen war auf dem Polizeiserver eingegangen. Die Öffentlichkeitsfahndung im Tötungsdelikt zum Nachteil von Mirko Kranic brachte das Migra-Team, das sich zur morgendlichen Dienstbesprechung eingefunden hatte, keinen Schritt weiter. Selbst die Münchner Journalisten waren nach der Pressekonferenz zurückhaltender als üblich, weil Feldmeier mit Details und Tatortfotos gegeizt hatte, um den schweren Raub mit Todesfolge nicht aufzubauschen. Keine Titelseite bedachte den Toten vom Olympiapark mit makabren Details, keine wilden Spekulationen oder fantasievollen Mutmaßungen wurden für die Leser in Artikel gesponnen. Nach abgeschlossener Obduktion und den Verhören auf der Erotikmesse hatte Demirbilek nichts in der Hand. Absolut nichts.

Im Stillen überlegte er weiter, während Vierkant Kaffee verteilte. Duygu Cebenoyans Aussage bescheinigte Kranic einen gewalttätigen Charakter. Die von Vierkant vernommenen Bauarbeiter bestätigten sein übertriebenes Interesse an Sex. Der trauernde beste Freund sprach sogar von einem »Hobby«, dem Kranic nachging. Cengiz untermauerte das mit den Nachforschungen auf dessen Computer. Das Opfer hatte sich allerdings nie im illegalen Bereich bewegt, hatte sie ausgeführt, nicht einmal in einer Grauzone. Die Websites, auf denen er registriert war und sich virtuellen Sex erkaufte, bezahlte er mit Kreditkarte und Bitcoins, der Internetwährung, die sich allmählich weltweit durchsetzte. Er hatte die letzten Jahre monatlich im Schnitt eintausend Euro für sein »Hobby« ausgegeben. Mit den Kontoauszügen in der Hand hatte Cengiz ihn nicht ohne Anteilnahme als sexbesessenen Pornosüchtigen bezeichnet.

Demirbilek wiederholte in Gedanken ihre Worte, mit denen sie das Opfer auf seinen ausgeprägten Sexualtrieb reduzierte. Die Erkenntnis war interessant, mehr nicht, zumindest nicht in diesem Stadium der Ermittlungen. Lieber hätte er mehr über einen potenziellen Verdächtigen erfahren. Er kannte Fälle wie diese, die verwirrend böse und zeitraubend waren. Als Ermittler stürzte man sich auf das, was untersuchbar war, ohne überzeugt zu sein, dass es zum Ziel führte. Lieber etwas unternehmen und sich einreden, sinnvoll zu handeln, als nichts zu unternehmen und die Niederlage zu akzeptieren.

Auch nach Ausweitung des Suchgebietes um den Tatort waren weder Kranic' persönliche Gegenstände noch sein Mobiltelefon gefunden worden. Das wunderte Demirbilek nicht, wenn die Annahme eines Raubmordes Bestand haben sollte. Warum den Mann bestehlen und die Beute wegwerfen? Ärgerlicherweise hatte Kranic einen Vertrag bei einem kroatischen Mobilfunkanbieter. Noch fehlte der Überblick darüber, mit wem er telefoniert und Nachrichten ausgetauscht hatte. Demirbilek empfand es als Chronistenpflicht, die Kommunikationsdaten einzusehen, mehr nicht. Dass der oder die Täter in Kontakt mit dem Opfer getreten waren, bezweifelte er. Überhaupt, nicht zu wissen, ob es einer oder mehrere waren, ob er in Singular oder Plural denken sollte, vermieste ihm die Laune zusehends.

Er beschloss, Feldmeier ins sinkende Boot zu holen. Als Kapitänin, wie sich die Kriminalrätin gerne bezeichnete, übernahm sie solche niederen Aufträge hin und wieder. Meist nutzte sie derlei Maßnahmen zur Kontaktpflege und zur Sicherung ihres

Rufes. Er beauftragte Vierkant, bei Feldmeier wegen des richterlichen Beschlusses zur Einsicht der Telefondaten Druck zu machen.

»Freundlich?«, fragte Vierkant.

»Kannst du überhaupt anders?«, wunderte er sich. »Setz dein Engelsgesicht auf, das wird genügen.«

Immerhin stimmte Leipold gleich darauf eine furiose Lobeshymne auf die Suchtruppe an und irritierte das Team mit neuen Informationen. Nun schön, dachte Demirbilek, eigentlich hätten die Kollegen zuerst mir als Ermittlungsleiter Bescheid geben sollen, aber lass ihm den Auftritt. So hörte er Leipolds sonore Stimme von einer Polizeianwärterin berichten, die aus einem Abfalleimer eine Plastiktüte gefischt hatte. Darin war ein Stück Verpackung, das dem Pumpenmodell, mit dem das Opfer misshandelt worden war, zugeordnet werden konnte. Das mit vollständigen und unvollständigen Fingerabdrücken übersäte Beweismittel hatte Leipold zur Untersuchung ins Labor gegeben. Die Analyse gestaltete sich schwieriger als bei dem Plektrum und zog sich in die Länge

Im Gegensatz zu Leipold setzte Demirbilek nicht viel Hoffnung auf die Ergebnisse, außer es fand sich ein Abdruck oder Genmaterial, das zu einem Treffer in der Datenbank mit erkennungsdienstlich erfassten Personen führte. Demirbilek dachte an eine türkische Weisheit, die seine Gefühle an diesem Ermittlungsansatz gut wiedergab: *Umut fakirin ekmeğidir*. Bei der deutschen Übersetzung musste er an das Frühstück denken, das er hatte ausfallen lassen, weil er zu spät aufgestanden war: Hoffnung ist des Armen Brot.

Demirbilek spürte neben dem Hunger, der ihn zu plagen begann, eine ungesunde Portion Niedergeschlagenheit in sich gären. Er musste raus. Raus aus dem Dienstzimmer und nachdenken. Damit sein Team beschäftigt war, der Glaube an ein positives Ermittlungsende nicht verloren ging, bedachte er Cengiz und Leipold mit einer Aufgabe, die ihm einigermaßen sinnvoll erschien. Sie sollten sich ans Telefon klemmen und alle Standmieter von der Erotikmesse nach Kunden fragen, deren Namen sie kannten. Vielleicht fand die Migra über den Umweg einen Zeugen, der Kranic an dessen Ablebetag gesehen hatte oder etwas dazu beitragen konnte, was er nach dem Verlassen der Messe getan hatte.

Die Idee dazu war ihm gekommen, weil Cengiz berichtet hatte, dass Kranic im Netz auf der Suche nach Gleichgesinnten war. Vielleicht hatte er dasselbe im realen Leben versucht. Demirbilek scherte sich nicht darum, sich mit der Übertragung der mühsamen Routinearbeit bei seinen Mitarbeitern unbeliebt zu machen. Doch das war nicht der Grund, sie nicht bei der telefonischen Marathonbefragung zu unterstützen. Der Veranstalter der Erotikmesse musste ein zweites Mal vernommen werden, da Leipold ihn bislang nicht angetroffen hatte. Er erklärte die Vernehmung zur Chefsache, ohne daraus ein großes Aufhebens zu machen.

Mit dem Hörer in der Hand warf Leipold ihm beim Verlassen des Büros einen empörten Blick zu und verabschiedete ihn mit bissigen Worten: »Bestell meinem Zeugen schöne Grüße! Und glaub ja nicht, die Händler rücken mit Namen heraus. Diskretion ist oberstes Gebot im Erotikgewerbe!«

28

Das Büro des Lodenjankerträgers befand sich in der Nähe der Hackerbrücke. Demirbilek verließ das Polizeipräsidium und erreichte mit einem Spurt die Trambahn am Hauptbahnhof. Nach der kurzen Fahrt erledigte er den Rest zu Fuß zu dem Neubaukomplex, das an den Gleisen lag.

Die Befragung des Veranstalters gestaltete sich angenehmer, als er aufgrund dessen oberbayerisch-hippen Erscheinung befürchtet hatte. Die Idee mit dem »geheimen Salon« habe seine Ehefrau bei der Taufe ihrer Tochter gehabt, erzählte er frank und frei. Dann erläuterte er das Konzept, indem er den biblischen Vergleich mit Adam und Eva und dem Apfel bemühte. Seit jeher habe Verbotenes eine gewinnbringende Anziehungskraft, so der Gedanke seiner Frau. Der Salon auf der Erotikmesse wurde dezent beworben, gewissermaßen unter dem Siegel der Verschwiegenheit. Mundpropaganda sei die beste aller Werbemaßnahmen, tat er im Stile eines Marketingexperten kund. Auf die Frage, ob der Zugang, den Kommissar Leipold entdeckte habe, zu diesem Konzept gehöre, erhielt er eine eher trockene Antwort des Familienvaters. Bei diesem handele es sich um die Erfüllung einer feuerpolizeilichen Auflage. Der Geheimzugang sei nichts anderes als die Fluchttür, eine der idiotischen Sicherheitsbestimmungen, die er als Veranstalter zu erfüllen habe. Reine Schikane!, endete er erbost.

Nach der Befragung machte Demirbilek auf dem Rückweg

einen ungeplanten Halt in der Sendlinger Straße. Im Grunde, sagte er sich, ist es besser, du störst Cengiz und Leipold bei der Telefonarbeit nicht, sie sind sicher nicht fertig damit. Am Morgen, auf der Fahrt zum Präsidium, hatte er in der Trambahn, ganz altmodisch, eine Liste mit Besorgungen auf einen Zettel geschrieben. Er brauchte dringend Feinwaschmittel, ein spezielles für Handwäsche, um seine Stofftaschentücher zu schonen. Bei seinem eigenen Hobby, dem Sammeln besonderer Seiden- und Stofftaschentücher, dachte er an Kranic' Freizeitbeschäftigung. Dabei fiel ihm die fehlende Rückmeldung aus dem kroatischen Generalkonsulat ein, die versprochen hatten, Angehörige ausfindig zu machen. Er versuchte sich im Verfassen einer Textnachricht an Cengiz auf dem neuen Mobiltelefon und war erstaunt über die kinderleichte Handhabung. Nach dieser getanen Arbeit war sein schlechtes Gewissen, während der Dienstzeit bummeln zu gehen, wie weggeblasen.

Ein Softball für Memo war ein weiterer Punkt auf der Liste. Und vor allem war er auf der Suche nach einem Geburtstagsgeschenk für seine Exfrau. Selma hatte ihn zu der Feier in ein türkisches Restaurant eingeladen. Auf die Frage, wer alles kommen würde, hatte er die Antwort erhalten, sich überraschen zu lassen. Er wollte sich nicht erniedrigen und verzichtete darauf, sich zu erkundigen, ob ihr Istanbuler Freund unter den Gästen sein würde. Stillschweigend ging er davon aus, dass Selma nicht erpicht darauf war, ihn mit dem Schnösel zusammenzubringen.

Schuhe, warum nicht Schuhe?, machte er sich vor der Auslage eines Fachgeschäftes in der Einkaufsmeile Mut. Doch welche Art von Schuhen, darüber war er sich nicht sicher. Ein Anruf bei seiner Tochter Özlem in Istanbul verdarb ihm die Idee, ihrer Mutter, die, wie er, auf hochwertiges Schuhwerk Wert legte, ein Paar auszusuchen.

»*Baba*, da ist jemand, der dich sprechen möchte. Keine Schuhe! Wehe dir! Heikles Thema bei Frauen. Gibt nur Ärger mit *anne*«, warnte sie ihn mit ausgelassener Fröhlichkeit und reichte den Apparat weiter.

»Hallo, Chef!«, hörte er eine vertraute Stimme in Istanbul, mitten im Herzen Münchens.

»Serkan!«, rief Demirbilek verdattert in das Mobiltelefon. »Was machst du bei meiner Tochter?«

»Lange Geschichte. Özlem und ich, wir wollen gleich los. Ganz kurz nur, wenn Sie schon anrufen, ich hätte sonst Jale eine Mail geschrieben«, erklärte der junge Polizeibeamte.

»Spricht da Oberkommissar Serkan Kutlar oder der heimliche Verehrer meiner Tochter? Ich dachte, du machst Urlaub bei deinen Verwandten!«

Es blieb eine Weile still in der Leitung, bis Kutlar offenbar beschlossen hatte, sich die gute Laune nicht verderben zu lassen. »Ihr allseits zu Diensten stehender Migra-Mitarbeiter spricht, von einem heimlichen Verehrer weiß ich nichts, Herr Demirbilek. Ich habe die Migra-Protokolle und Berichte online gelesen. Ist ja schön, dass Leipold aushilft, sonst hätten Sie mich bestimmt aus dem Urlaub zurückbeordert. Ehrlich, das freut mich sehr.«

»Personalentscheidungen gehen dich nichts an, *oğlum*«, wies er ihn zurecht. Kutlars forsche Art war ihm manchmal zu viel. Noch dazu trieb er sich bei seiner Tochter in der Istanbuler Wohnung seiner Exfrau herum. Özlem und er kannten sich gar nicht, ereiferte er sich weiter in Gedanken.

»Klar, sorry, Chef, geht mich wirklich nichts an. Aber genauso wenig geht Sie an, dass ich Ihre Tochter treffe. Özlem ist alt genug, sie kann selbst entscheiden, wen sie sieht. Aber damit Sie sich nicht unnötig Sorgen machen: Selma hat mich gebeten, Özlem ein Geschenk vorbeizubringen«, erwiderte er trocken. »Ich wollte Jale eine Mail schreiben, weil mir ein Gedanke wegen des Kranic-Falls gekommen ist. Der Name des Baustellenleiters kam mir bekannt vor. Genauer nicht seiner, sondern der seines Bruders. Er heißt Anton Freischwimmer, so einen Namen merkt man sich doch?«

Demirbilek hatte sich in der Zwischenzeit neben eine Verkäuferin aus einem Kaffeeshop gesetzt, die bei einer Zigarettenpause über ihr Mobiltelefon wischte und *likes* verteilte. Die metallenen, fest installierten Stühle befanden sich auf der Fahrbahn in der Sendlinger Straße, die zur Fußgängerzone umgewandelt worden war. Die Verärgerung über Kutlars Kontra war angesichts der Andeutung einer Spur in dem Fall ohne Spuren schon vergessen. »Freischwimmer merkt man sich, wirklich ein lustiger Name«, stimmte er ihm zu. »Ich habe die Vernehmung des Baustellenleiters Eberhard Freischwimmer durchgeführt. Ein unangenehmer Mensch.«

»Auf dem Protokoll hat Vierkant gegengezeichnet«, wunderte sich Kutlar. Im selben Augenblick fiel ihm ein, dass der Chef nur im äußersten Bedarfsfall selbst Protokolle verfasste. »Ist ja nicht wichtig. Mir kam die Idee, weil ich in Berlin mit der Zollfahndung wegen einer Drogengeschichte Anton Freischwimmer im Visier hatte. Er hat eine Zeit lang in Kreuzberg und Mitte Partys organisiert. Illegal und extrem. Drogen und Sex, wie es sich Otto Normalverbraucher vorstellt. Freischwimmer ist in Berlin eingefahren, aber seit einem Jahr etwa auf freiem Fuß …« Kutlar unterbrach sich und fuhr nach einigen Sekunden abgehetzt fort: »Ist höchste Zeit, ich muss los. Sie kennen ja Ihre Tochter, Özlem wird sonst sauer. Bis in einer Woche, Chef! *Happy detectiving!* Ah ja, ich schicke Ihnen einen Link.«

»Schick ihn an das ganze Team«, rief Demirbilek, aber die Leitung war schon unterbrochen.

Prompt zeigte sich Kutlars Nachricht auf seinem Mobiltelefon. Demirbilek war sich nicht sicher, wie er den Link an den Teamverteiler schicken sollte, und sprach die Verkäuferin neben sich an. Diese drückte die Zigarette aus und übernahm das Gerät. Dabei klickte sie mit spitzem Fingernagel den Link und startete die Verknüpfung zu einem automatisch ablaufenden Videofilm.

»Sie Schwein! Was für eine Anmache ist das denn?«, keifte sie ihn an, nachdem sie die ersten Bilder gesehen hatte. Dann sprang sie auf und ließ ihn verstört auf dem Stuhl zurück.

»Geben Sie mir das Handy wenigstens wieder! Das kann ja nichts dafür!«, rief Demirbilek ihr nach.

Die Verkäuferin drehte sich um und warf es ihm in hohem Bogen zu.

29

Allmächtiger und Allwissender, o gnädiger Allah, lass Kutlars vage Idee sich zu einer Spur erhärten, murmelte Demirbilek und verschickte den Link an den Teamverteiler nun doch selbst. Es war nicht so schwer, wie er angenommen hatte. Danach erlöste er Vierkant von der Telefonbefragung und beauftragte sie, Anton Freischwimmer ausfindig zu machen. Wenn ihr das nicht glückte, wollte er seinen Bruder, den Baustellenleiter, im Polizeipräsidium vernehmen.

Nach dem Telefonat überquerte Demirbilek den Sankt-Jakobs-Platz und setzte sich auf einen Espresso ins Café des Stadtmuseums. Gegenüber bei der Synagoge begrüßte ein junger Rabbi eine Schulklasse. Demirbilek lachte erheitert auf, als der Geistliche im Stile von Don Camillo unter dem Gelächter der Kinder ein Tänzchen mit der Klassenlehrerin zum Besten gab. Er freute sich über das Schauspiel und kam dabei auf einen Gedanken, der ihm derart gut gefiel, dass er ihn sofort umsetzen musste.

Statt ins Büro zurückzukehren, schlendert er über den Viktualienmarkt ins Glockenbachviertel zum Antiquitätengeschäft seines Freundes Robert Haueis. Dort angelangt, läutete sein Telefon. Vierkant berichtete, dass der Berliner Freischwimmer nicht an das Handy gehe und sich der Baustellenleiter krankgemeldet habe.

»Erspar mir solche Anrufe, Isabel«, sagte er und drückte sie weg. Habe ich mich zu früh über ihre positive Entwicklung gefreut?, sinnierte er, als das Telefon erneut läutete. Wieder die Oberkommissarin.

»Ja?«, fragte er ruhig.

»Wollen Sie den Münchner Freischwimmer zu Hause vernehmen?«, wollte Vierkant wissen.

Demirbilek hörte keine Verärgerung aus ihrer Stimme. »Was fehlt ihm denn?«

»Das weiß die Personalerin des Bauunternehmens nicht. Gestern im Präsidium bei uns war er pumperlgesund.«

»Hast du den Videofilm gesehen, den Kutlar geschickt hat?«

»Ja, habe ich. Was es nicht alles gibt!«

»Bist du etwa nicht der Meinung, es sei angebracht, ihn nach seinem Bruder zu fragen? Wo wohnt er?«

Er hörte Blätterrauschen, gefolgt von einem mit Erkenntnisgewinn erfüllten: »Oha!«

»Was oha?«

»Er wohnt in Schwabing, in der Görresstraße.«

»Was ist daran oha?«

Vierkant beeilte sich mit der Erklärung: »Die Meldeadresse des Baustellenleiters ist identisch mit dem des Opfers. Ich fahre gleich mit einer Streife hin. Handy anlassen! Wenn ich mehr weiß, rufe ich an. Gehen Sie ruhig einen Espresso trinken oder besuchen Sie Ihren Freund Robert«, schlug Vierkant mit tatendurstiger Stimme vor. »Bis später, Chef.«

Demirbilek steckte das Mobiltelefon weg und schüttelte betroffen den Kopf. War er so berechenbar, dass selbst eine Mitarbeiterin wusste, was er tat, wenn er mal nicht im Büro hockte? Dann blickte er gen weiß-blauen Himmel und bedankte sich mit nach oben gerichteten Handflächen für die Wendung in dem makabren Fall. Wenn das keine Spur ist!, freute er sich und wollte in den Laden treten, blieb aber fürchterlich erschrocken stehen.

Robert Haueis belauschte ihn mit gepresster Stirn an der Glasscheibe. Zu Zekis Verwunderung trug sein alter Freund einen neu aussehenden, grauen Arbeitskittel. Üblicherweise schlurfte er mit schäbigen weiten Hosen und ausgeleierten Pullovern in seinem Geschäft umher. Den altmodischen Kleidungsstil hatte er im Laufe der Jahre den antiquarischen Stücken angepasst, die er widerwillig zum Verkauf anbot. Augenscheinlich stand er schon länger an der Glastür. Er grinste durch die Scheibe und drehte den Schlüssel um. Dann verschwand er im Laden.

Zeki drückte die Klinke nieder. Sein Freund hatte abgesperrt, nicht geöffnet, wie er geglaubt hatte. »Robert! Was ist los? Lässt du mich nicht rein?«, schrie er und klopfte gegen die Scheibe.

Das hatte er noch nie erlebt, dass Robert ihn nicht bei sich willkommen hieß. Sein Freund war einige Jahre älter als er, hatte in Istanbul als Journalist gearbeitet und gelebt und wusste ganz genau, warum er unangemeldet bei ihm auftauchte. Seit Jahren spielten sie meist miteinander, seltener auch gegeneinander *tavla*. Wenn es die Zeit erlaubte oder Zeki beruflichen Druck oder Unbehagen verspürte wie bei diesem Fall, half eine Partie Backgammon mit ihm, um die Gedanken zu ordnen.

Er überlegte, ob er ihn anrufen sollte, als Robert wieder vor der Tür stand und öffnete. Den Kittel hatte er abgelegt eine helle Cordhose kam zum Vorschein, darüber trug er einen schwarzen Pullover mit Flecken am Ellbogen. In der Tasche des Jacketts aus dunklem Cord entdeckte Zeki das linierte Schulheft, in das er jedes Ergebnis ihrer Partien eintrug. Er schloss hinter sich ab und küsste ihn einem Türken gleich links und rechts auf die Wange.

»Was war das denn?«, fragte Zeki noch benommen von dem ungewöhnlichen Auftritt seines Freundes.

»Komm, wir spielen heute im Baader Café«, sagte Robert und ging voraus.

Von der Fraunhoferstraße waren es zu Fuß keine zehn Minuten, bis sie zum Café gelangten. Sie fanden einen freien Tisch direkt an der Fensterfront. Beide entschieden sich für einen Espresso, den die junge Kellnerin zusammen mit dem Spielbrett servierte. Dem Brett waren das billige Holz und die vielen Partien der Cafébesucher anzusehen. Es war nicht schön, erfüllte aber seinen Zweck. Anders das reich verzierte Brett aus osmanischer Zeit, das die Freunde normalerweise benutzten. Doch das war zu kostbar, um es durch die Stadt zu tragen.

»Das Brett ist scheußlich«, stellte Zeki fest.

Sein Freund wusste, auf was er anspielte. »Malerarbeiten im Geschäft. Gerade nicht so gemütlich dort«, antwortete er und hielt ihm die geschlossenen Hände hin, damit er einen Stein wählte.

»Lügen müsst üben«, reimte Zeki ohne Absicht und brachte seinen Freund damit zum Schmunzeln.

Bei der ersten Partie herrschte wie immer Schweigen. Die anderen Gäste unterhielten sich mit angenehm gedämpften Stimmen. Zeki gewann das Spiel und baute die schwarzen Steine wieder auf.

»Und? Viel los bei der Migra?«, fragte Robert, als auch er fertig aufgestellt hatte.

»Der mutmaßliche Raubmord im Olympiapark. Spannender ist, was bei dir im Geschäft los ist.«

»Hab's gelesen. Was Unappetitliches mit Sex. Stand aber nicht viel drin in der Zeitung. Und das Tatortfoto war langweilig.«

Zeki zog nach dem Pasch drei Steine, mit dem vierten zwischen den Fingern überlegte er. »Ich bin froh, dass die Presse wenig weiß und nicht so reißerisch berichtet. So haben wir unsere Ruhe beim Ermitteln.«

»Na ja. Viel ermitteln tust du im Moment nicht gerade.«

»Ich denke über den Fall nach, damit die anderen was zu arbeiten haben.«

Robert lachte lauthals auf. »So mag ich dich, Zeki. Der Pascha denkt, das Team buckelt.«

Zeki war nicht bewusst, mit solch einer Äußerung überheblich zu klingen. Er meinte es genau so, wie er es gesagt hatte, und ersparte sich eine Rechtfertigung. »Pius hat bei der Migra angeheuert.«

Robert zeigte keine Reaktion auf diese Neuigkeit, die eigentlich nach einem Kommentar schrie. Er würfelte bedächtig, zog die Steine und nickte ihm zu, an der Reihe zu sein. Als Zeki die Würfel in der Hand schüttelte, ließ ihn sein Freund in aller Ruhe wissen: »Lieber Pius als ein anderer, den du dir erst zurechtschnitzen musst.«

»Schnitzen?«

»Be-chefen, bis jemand ins Team passt. So meine ich das.«

Zeki dachte über den Sinn der eigenartigen Formulierung nach. Vermutlich rührte die Wortschöpfung von seiner journalistischen Vergangenheit her. »Ich wollte nie Chef sein.«

»Jetzt bist du aber einer. Und zwar einer, der vibriert.«

»Wie meinst du das jetzt schon wieder? Was ist denn heute mit dir los, Robert?«

»Dein Handy meine ich, es vibriert. Geh schon ran.«

Zeki nahm den Anruf an und sprach sofort los. »Ich bin im Baader Café. Hol mich ab.« Er drückte die Aus-Taste und steckte das Gerät wieder ein.

»Eine deiner Frauen?«

»Isabel. Noch ein schnelles Spiel, komm! Um den Espresso.«

»Heute ist nichts, wie es sonst ist. Von mir aus«, willigte Robert ein.

Zehn Minuten später stand Vierkant mit dem Dienstwagen in der Baaderstraße. Demirbilek konnte sie durch die Glasscheibe sehen. Er gab ihr Zeichen, sich zu gedulden, und räumte die letzten Steine aus dem Haus.

»Sei dir vergönnt«, gab sich Robert als guter Verlierer und hob den Arm zur Bedienung. »Noch einen Espresso und gleich die Rechnung, junge Frau.«

Draußen auf der Straße winkte Vierkant einen erzürnten

Autofahrer am Dienstwagen in der zweiten Reihe vorbei. Demirbilek trat mit einer Tasse Espresso aus dem Café.

»Eilt nicht, trinken Sie ruhig aus, Chef«, rief sie ihm zu.

Während Robert mit der Bedienung plauderte und die Rechnung beglich, reichte Demirbilek ihr den Espresso.

»Ist der für mich?«, staunte Vierkant und nahm ihm die Tasse ab. »Vielen Dank. *Sag oğlun.* Das ist ja eine Premiere, von Ihnen habe ich noch nie einen Espresso bekommen. Der Tag hat's wirklich in sich.«

Mit drei Zügen trank sie aus, wie sie es sich vom Chef abgeschaut hatte. Wortlos nahm Demirbilek ihr die Tasse ab und kehrte in das Café zurück.

»Danke, alter Freund«, umarmte er Robert, bevor er sich wieder an die Arbeit machte. Am Eingang drehte er sich nochmals um.

Offenbar ahnte sein Freund, was er ihn fragen wollte. »Der Arbeitskittel, oder? Lässt dir keine Ruhe so etwas. Suchst du einen Zusammenhang? Gibt aber keinen.«

Demirbilek schüttelte amüsiert den Kopf und hob die Hand zum Abschied. Dann setzte er sich zu Vierkant in den Wagen. »Wo geht's hin?«

»Ein Nachbar hat Eberhard Freischwimmer mit Badetasche gesehen. Er geht immer in die Olympiahalle. War früher wohl ein richtig guter Schwimmer.«

»Bei dem Namen natürlich.«

»Blaulicht und Sirene?«

»Volles Programm, Isabel, gib Gas«, sagte Demirbilek und schnallte sich an.

30

Die Stationen seiner Kontrolltour, die er mit dem Kleinwagen letzte Nacht abgefahren hatte, waren so gelegt, dass er ohne Zeitdruck sein Revier bewältigen konnte. Er hatte keine schwierigen Kontrollobjekte, wie Banken mit SB-Zone, dem Kundenbereich mit Geldautomaten. Dort lagen oft Penner oder Betrunkene, auch Junkies, die Zeit kosteten, bis sie entfernt waren oder die Polizei gerufen werden musste. Einige Objekte auf der Nachtschicht kontrollierte er per Augenschein, ob das Gebäude, vor allem Fenster und Eingangstüren, unversehrt war, und stempelte per Chip die Kontrollzeit ein. Bei Objekten wie Ladengeschäften prüfte er zusätzlich, ob der Alarm scharf geschaltet war. Bei anderen Kunden wiederum machte er Kontrollgänge durch die Räumlichkeiten, auf seiner Tour waren es meist Großraumbüros.

Diese Gänge, wenn er Schritt für Schritt durch die dunklen Räume wanderte, waren ihm am liebsten. Wie in Neudeck barg es die Chance auf eine Abwechslung oder Überraschung. Eines Nachts hatte er eine Putzfrau erwischt, die sich in einem Aktenschrank versteckt hielt. Sie war eingeschlafen, noch bevor sie ihren Diebeszug angetreten war. Er verständigte die Polizei, obwohl sie ihn bekniete und schwor, nichts angestellt zu haben. Angst vor Einbrechern hatte er nicht. In den sieben Jahren bei dem privaten Sicherheitsdienst hatte er dreimal Objekte aufgesucht, in denen eingebrochen worden war. Ein einziges Mal ertappte er einen Dieb auf frischer Tat. Der junge Mann nässte sich vor Angst in die Hosen, als er ihn beim Abräumen von Xbox- und Playstation-Games erwischte. Er hatte ihm leidgetan und ihn flüchten lassen, nachdem der Junge das Diebesgut aus den Händen hatte fallen lassen.

Um halb sieben Uhr morgens war er nach der zwölfstündigen Nachtschicht nach Hause gekommen und hatte den Alarm auf elf Uhr gestellt. Nicht wie üblich auf fünfzehn Uhr. Er wollte sich auf die Lauer legen, um seine Nachbarin kennenzulernen. Gerade als er mit dem Zubereiten des Frühstücks begann, hörte er Schritte im Hausgang. Derya hatte es eilig, wie er für Augenblicke durch den Türspion sehen konnte. Er nahm die Kochschürze seiner Mutter ab und zog eine Jacke über.

Er folgte ihr bis zu einem Internetladen am Hauptbahnhof. Offenbar besuchte sie ihn nicht das erste Mal. Derya grüßte den Mann mit Rastazöpfen an der Theke und setzte sich an einen freien Platz. Er selbst kaufte einen Becher Milchkaffee in der Halle des Starnberger Flügelbahnhofs und beobachtete sie von der Ferne durch die Glasscheibe mit Werbeschriftzügen. Um ihn herum lungerten Männer, die Billigbier tranken. Eine junge Frau in wallenden Kleidern, die ihn auf merkwürdige Weise an Nilay erinnerte, war unter ihnen. Mit Zigarette zwischen den Lippen führte sie Selbstgespräche und trällerte zwischendurch ein Lied.

Er schritt ein paar Meter zur Seite, weg von den Obdachlosen. Vom Bürgersteig aus erhaschte er durch die Glasscheibe Deryas Gesicht. Sie saß an einem von Dutzenden von Terminals, die mit Sichtschutz voneinander getrennt waren. Sie schmunzelte hie und da oder klickte, offenbar angewidert von dem, was sie auf dem Monitor sah, die Seite weg. Er konnte seine Neugier kaum bändigen. Was machte sie in einem Internetladen? Wohl nichts, was für die Öffentlichkeit bestimmt war. Hatte sie nicht zu Hause einen Computer? Hatte mittlerweile nicht jeder einen PC?

Er schlürfte von dem Kaffee und lief beinahe in einen Mann mit Koffer hinein, als er beobachtete, wie sie ihren Platz verließ. Hastig stellte er den Becher am Straßenrand ab und eilte über die Trambahnschienen zu dem Laden. Beim Eintreten ignorierte er den Betreiber, der von einem Tablet aufsah. Telefonkabinen waren mit afrikanischen Frauen besetzt. Ein Junge in Prinzenkostüm, der vermutlich seine Beschneidung hinter sich hatte, quasselte aufgeregt in den Hörer.

Beiläufig sah er sich nach einem freien Computerplatz um und schlenderte an Deryas Tisch vorbei. Ein Block mit Bleistift lag darauf. Die Notizen konnte er nicht entziffern. Genauso enttäuschend fiel der Blick auf den Monitor aus. Ein Bildschirmschoner verbarg die Website, die sie besuchte. Er passierte gerade ihren Platz, als sie von der Toilette zurückkam und sich wieder setzte. Mit dem Rücken zu ihr setzte auch er sich an ein freies Terminal. Aus dem Augenwinkel erhaschte er ihre Bewegungen. Sie überflog die Notizen und trennte einen beschriebenen Zettel vom Block ab, dann zerknüllte sie das Papier und behielt es in der Hand. Wie schön sie aufseufzt, dachte er, als sie in Gedanken versunken die Internetsitzung beendete. Sie bezahlte an der Theke und verließ den Laden.

Er folgte ihr, trotz der Enttäuschung und des Pechs, das er hatte. Was hätte er dafür gegeben, zu erfahren, was sie im Internet trieb. Sie nahm den Fußweg Richtung Königsplatz. Auf der Luisenstraße ließ er sich vorsichtshalber etwas zurückfallen und verfolgte, wie sie an einer roten Fußgängerampel stehen blieb. Als die Schaltung auf Grün wechselte, nahm ihr Gang an Tempo zu. Er beschleunigte ebenfalls den Schritt, um sie nicht aus den Augen zu verlieren. Am Eingang zur U-Bahn-Station Königsplatz warf sie das zerknüllte Papier in einen Abfalleimer. Er wartete, bis sie weit genug von ihm entfernt war, dann holte er die wohlverdiente Beute heraus. Seine Nachbarin bog in die Briennerstraße ein, wohl um an ihren Arbeitsplatz am Stiglmaierplatz zu gelangen. Sie hatte Mittagsschicht, folgerte er. Ob er im

Löwenbräukeller zu Mittag essen sollte?, überlegte er. Doch die Neugier trieb ihn nach Hause.

Als er die Wohnungstür öffnete, merkte er nicht, wie still es um ihn herum war. In der Erregtheit, etwas von seiner Nachbarin in seinem Besitz zu haben, fiel ihm nicht auf, dass der Kanarienvogel ihn nicht wie sonst mit Gezwitscher begrüßte. In der Küche öffnete er das Doppelfenster und setzte sich an den Tisch. Wie eine Schatzkarte hielt er den Notizzettel in Händen. Er strich das Papier glatt und legte es vor sich hin.

Die Schrift war verspielt und winzig klein, sie bestand aus Buchstaben und Ziffernfolgen. Neben diesen waren mehrere Städte notiert. Berlin und Frankfurt konnte er entziffern, auch Istanbul hatte sie mehrmals aufgeschrieben. Er stand auf und rätselte beim Zubereiten des löslichen Kaffees, was die Notizen bedeuten könnten. Mit dem fertigen Kaffee kehrte er an den Tisch zurück. Er nahm einen Schluck, dann fotografierte er mit dem Mobiltelefon den Zettel und sah sich die Notizen als Vergrößerung auf dem Display an. Seine frisch erworbenen Türkischkenntnisse machten sich bezahlt. Ein Wort begann mit der Buchstabenfolgen *öz*. Er hatte das Verb *özlemek* gelernt – sich sehnen. Nach was sehnst du dich, liebe Nachbarin?, fragte er und hob den Kopf, als könne er durch die Stockwerke über sich in ihre Wohnung blicken. Er konzentrierte sich wieder und verstand, dass sie den Benutzernamen *öz_münih-34* verwendete. *Münih* stand für München, vierunddreißig war das Autokennzeichen Istanbuls. Er schluckte, als er glaubte, die Bedeutung des Benutzernamens durchschaut zu haben. Sie lebte in München und sehnte sich nach jemandem aus Istanbul. Hektisch fuhr er fort und erkannte auf dem Zettel weitere Benutzernamen. Derya hatte sich für jemanden interessiert, der sich *iyierkek42* nannte. *Iyi* stand für gut, *erkek* für Mann. Seine Befürchtung war zur Gewissheit geworden. Derya Tavuk, die neue Nachbarin aus dem dritten Stock, war auf einer Partnersuchseite eingeloggt gewesen, deshalb die Heimlichtuerei in einem Internetladen.

Er stürmte mit dem Zettel in sein Arbeitszimmer, öffnete den Browser am Laptop und begann zu recherchieren. Werbebanner von unzähligen Partneragenturen lockten und priesen Dienstleistungen an. Nichts Geringeres als Liebe und Glück wurde den Suchenden versprochen, aber auch anonymer Sex für Verheiratete, die auf den Kick eines Seitensprunges aus waren. Die Marktführer bestückten ihre Seiten mit Hochglanzaufnahmen glücklicher Exsingles, die innerhalb kürzester Zeit einen Partner fürs Leben gefunden hatten.

Mitten in der Suche läutete das Telefon auf dem Tisch. Er warf einen schnellen Blick darauf, verärgert über die Störung. Er ließ das Telefon läuten, bis es aufhörte und ein versäumter Anruf angezeigt wurde. Kurz darauf erschien die Textnachricht, ein Kollege habe sich krankgemeldet, ob er ein paar Stunden als *doorman* in einem Juweliergeschäft übernehmen wolle? Er sah auf die Uhranzeige, um neunzehn Uhr begann seine Abendschicht. Er antwortete, drei Stunden Zeit zu haben, das Extrageld konnte er gut gebrauchen.

Er beeilte sich, sich einen Überblick über die Partnerbörsen zu verschaffen. Er war zwar schon auf derlei Seiten gewesen, hatte aber nie ernsthaft in Erwägung gezogen, darüber eine Frau zu finden, hatte sich nicht mit Kosten und Regularien der Anbieter beschäftigt. In den Anzeigen, die er auf die Schnelle durchstöberte, fand er eine beachtliche Anzahl Frauen, die einen Partner suchten. Einige wollten Gleichgesinnte für ein gemeinsames Hobby finden oder planten eine Urlaubsreise, die sie nicht alleine antreten mochten. Als er zu seiner Überraschung eine Dating-Seite ausschließlich für türkische Männer und Frauen und Türkeiliebhaber entdeckte, wusste er, dass er fündig geworden war. Warum sonst waren die Benutzernamen türkisch? Er schaltete den Laptop aus und blickte zur Decke. Weißt du nicht, wie gefährlich fremde Männer sind, was ihnen durch den Kopf geht, wenn sie einer schönen Frau wie dir begegnen?

In dem Moment spürte er die Stille im Raum, ahnte, dass

etwas nicht stimmte. Er sah zum Vogelkäfig am Fensterbrett. Ohne sich von der Stelle zu rühren, erkannte er, dass der Vogel auf dem Rücken lag und für immer verstummt war. Die Sonne brannte wie durch eine Lupe durch das Fensterglas auf das Gefieder des Kanarienvogels. Bei dem Geruch der verbrannten Federn dachte er an die Feuerbestattung seiner Mutter. Er stand auf und holte eine Plastiktüte, um den Kadaver zu entsorgen. Dabei hob er den Kopf und flüsterte seiner Nachbarin zu: »Sieh doch, jetzt bin ich ganz allein.«

31

Demirbilek und Vierkant hatten sich bei der Autofahrt zum Olympiagelände über die Vorgehensweise abgesprochen. Im Prinzip war geklärt, wie sie Eberhard Freischwimmer zu einer Unterhaltung über seinen Bruder Anton überreden würden. Der Hauptkommissar gab wie üblich die Marschrichtung vor. Voraussetzung für seinen Plan war, dass der Berliner Partymacher, den Kutlar wegen eines Drogendeliktes hinter Gittern gebracht hatte, in irgendeiner Beziehung zu Mirko Kranic stand. Vierkant hatte in Erfahrung gebracht, dass das Opfer ein Mieter des Baustellenleiters war. Kranic wohnte in einem Appartement ein Stockwerk über ihm.

Das war weder verboten noch illegal. Vielleicht steckte ein Gemauschel mit den Mietzahlungen dahinter, überlegte Demirbilek. Überteuerter, unter der Hand vermieteter Wohnraum war in München durchaus vorstellbar. Womöglich war das der Grund, weshalb Kranic nicht offiziell dort gemeldet war? Direkt gefragt hatte Demirbilek Freischwimmer nicht nach Kranic' Adresse, Vierkant bei der Aufnahme der schriftlichen Aussage im Präsidium auch nicht. Der Zeuge hatte nicht gelogen oder wissentlich die Unwahrheit gesagt. Trotzdem, da vertraute Demirbilek seinem Gefühl, steckte ein Grund dahinter, der schwer genug wog, sich krankzumelden und statt zu Hause im Bett zu liegen zum Schwimmen zu gehen.

Beim Eintreffen an der atemberaubenden Konstruktion der

olympischen Schwimmhalle erwartete die Beamten ein Durcheinander, das nicht zu dem luftigen Glasdach und dem filigranen Strebengewebe passte. Demirbilek störte sich an dem Menschenknäuel, bestehend aus mehreren Schulklassen, die sich zur Mittagszeit vor dem Eingang tummelten. Keine Lehrkraft war weit und breit zu sehen.

Er schickte Vierkant los, um die Hintergründe zu erfragen. Sie eilte voraus und sprach einen der älteren Schüler an. Wegen eines Unfalls, erfuhr sie, war der Badebetrieb eingestellt, der Verletzte sei eben in einem Krankenwagen abtransportiert worden. Auf die Frage, was genau geschehen war, erhielt sie ein Achselzucken. Vierkant wollte keine Zeit verlieren und fragte eine Schülerin, die ihnen mit wachsender Wut zugehört hatte. Ohne Atem zu holen, berichtete sie von einem notgeilen Arschkerl, der sich im Umkleidebereich der Frauen herumgeschlichen habe. Sie war dabei, erzählte sie stolz, als er erwischt und fortgejagt wurde. Bei der Flucht sei er ausgerutscht und habe sich den Kopf schwer verletzt. Vierkant bedankte sich für die offenen Worte. Sie wollte das Ermittlerglück nicht überstrapazieren. Dennoch kam ihr der Gedanke, ob es sich bei dem Spanner um den Baustellenleiter handeln könnte.

Als sie Demirbilek Bescheid geben wollte, war ihr Chef nicht mehr da. Was ist jetzt schon wieder, flehte sie in sich hinein und rief ihn sofort an, während sie sich durch die Schüleransammlung in die Halle quälte. Vor den Kassen stand eine Gruppe weiß gekleideter Bademeister mit Menschen zusammen, denen sie die schwierige Existenz des Lehrerdaseins ansah. Nach mehrmaligem Läuten beendete sie den Versuch, Demirbilek ans Telefon zu kriegen. Sie näherte sich der Gruppe und zeigte den Dienstausweis vor. »Grüß Gott, Kommissarin Isabel Vierkant. Kann mir jemand von Ihnen den Namen des Verletzten nennen, der abtransportiert wurde?«, fragte sie in die Gruppe.

Ein schmächtiger Bademeister mit kahlem Kopf fühlte sich angesprochen. Er begutachtete ihren Ausweis und strich über seinen Dreitagebart. »Gleich eine Kommissarin? Das war ein Unfall, und der ist schon aufgenommen. Das Reinigungspersonal macht gerade sauber, wir öffnen bald wieder.«

»Danach habe ich nicht gefragt«, erwiderte Vierkant und steckte den Ausweis zurück. »Also, kennen Sie den Namen?«

»Er war bewusstlos und hatte nichts als eine Badehose an. Die Wertsachen sind wahrscheinlich im Spind. Den Schlüssel hatte er aber nicht bei sich, wahrscheinlich liegt er in der Badetasche.«

Vierkant nickte. »Das heißt, Sie kennen den Namen nicht.«

»Nein, woher denn?«

Noch gab Vierkant die Hoffnung nicht auf, dass Eberhard Freischwimmer der Verletzte sein könnte. »Hat von Ihnen jemand einen Mann in hellgrauem Anzug gesehen? Hauptkommissar Demirbilek?«, richtete sie das Wort wieder an alle.

»Demirbilek?«, wiederholte der Bademeister. »Ist der Ihr Chef? Was für einer Abteilung gehören Sie eigentlich an? Sonderdezernat Migra? Habe ich noch nie gehört.« Er fragte die Umstehenden. »Habt ihr von einer Migra schon mal was gehört?«

Vierkants Lust für Erklärungen hielt sich in Grenzen. Sie ließ die Gruppe stehen und ging weiter, um nach Demirbilek zu suchen. Weit kam sie nicht. Der kahlköpfige Wortführer mit Clogs an den Füßen schlurfte ihr nach.

»Warten Sie! Ohne Beschluss dürfen Sie hier gar nichts!«

Durch die gläserne Fassade der Schwimmhalle erspähte Vierkant in dem Moment das, wonach sie suchte. Kein Wunder, dass Demirbilek nicht an sein Telefon ging. Mein Gott, ist der schnell, dachte sie und meinte den Mann mit Rucksack, dem ihr Chef mit etwa zehn Metern Abstand nachrannte. Im Zickzack sprintete der Verfolgte, den sie aus der Entfernung nicht erkennen konnte, den Hügel hinauf. Demirbilek versucht, mit dem Flüchtenden mitzuhalten, stellte sie anerkennend fest. Lange wird er das Tempo aber nicht durchhalten, fügte sie in Gedanken mit Sorge hinzu.

Auf dem Weg hinaus rempelte sie den Bademeister zur Seite

und holte das Telefon aus der Umhängetasche. Nachdem sie über die Leitstelle Verstärkung geordert hatte, sprach sie die junge Zeugin an, die ihr vorhin Auskunft gegeben hatte. »Tu mir einen Gefallen, pass auf die Tasche auf, ich kann mit ihr nicht laufen. Bin gleich zurück.«

»Klar, kein Problem«, sagte die Schülerin verdutzt und blickte ihr nach, wie sie über den Fußweg an der Olympiahalle vorbeilief.

Sollte es der Baustellenleiter sein, den Demirbilek zu fassen versuchte, würde dieser nicht mit der U-Bahn zum Schwimmstadion gekommen sein, vermutete sie. Mit einem Zwischenspurt visierte sie eine Abkürzung zum Parkplatz an. Laut Personenabfrage war auf Eberhard Freischwimmer ein weiß lackierter 7er BMW zugelassen. Die Parkplätze waren zur Mittagszeit nicht alle besetzt. Sie schritt die Autoreihen ab und entdeckte das Fahrzeug mit dem passenden amtlichen Kennzeichen.

32 Tatsächlich hatte Hauptkommissar Demirbilek Eberhard Freischwimmer entdeckt und war ihm unbemerkt gefolgt, während Vierkant die Schüler befragte. Er hatte den Baustellenleiter auf dem Fußweg angehalten und ihn freundlich gegrüßt. Der Plausch mündete jedoch bald in wilden, aus der Luft gegriffenen Behauptungen, mit denen er ihn konfrontierte, wie er es geplant hatte. Dass der Zeuge es ihm mit der Flucht leicht machte, ihm eine wie auch immer geartete Schuld zuzuweisen, konnte niemand erwarten. Außer ein armer Ermittler, dessen letzte Hoffnung Brot war, dachte Demirbilek, als er die Verfolgung aufgenommen hatte. Ermittlungserfolge hingen trotz oder wegen akribischer Polizeiarbeit nicht selten von Zufällen ab. Wenn etwas Glück hinzukam, wie Kutlars Namensgedächtnis, konnte der steinige Weg des Überführens zu einer Lichtung weisen, die mit einer Festnahme endete.

Inzwischen hatte er die Verfolgung quer über das Olympiagelände aufgegeben. Der ganze Körper schmerzte, jeder Muskel vom Zeh bis zu den Schultern. Dass der verdiente Erfolg an seiner mangelnden Kondition scheitern sollte, ärgerte ihn über alle Maßen. Wo war Vierkant? Sie strotzte vor Kraft und Energie vom regelmäßigen Joggen. Er setzte sich auf die Wiese, kreuzte die ausgestreckten Beine und rief sie an. Nach mehrmaligem Läuten kam die Verbindung mit einem Poltern zustande, als würde das Mobiltelefon zu Boden fallen.

Keine Stimme mit niederbayerischer Färbung drang an sein Ohr. Er hörte Geräusche. Schritte und Laute. Und die entfernten Stimmen eines Mannes und einer Frau. Er vernahm einen Streit, ohne zu verstehen, was gesagt wurde. Der Mann klang wütend und hart, als hätte er Eisenspäne im Mund. Der Vergleich, der Demirbilek in den Sinn kam, erfüllte ihn mit Angst. Er schüttelte die aufkommende Panik ab und sprach ruhig in den Apparat. »Hallo? Kannst du mich hören, Isabel? Was ist bei dir los? Hörst du mich?« Geräusche folgten. Jemand hob das Telefon auf. »Isabel, bist du das?«

Schweigen.

»Wer immer Sie sind, geben Sie das Telefon meiner Kollegin. Ich möchte sie sofort sprechen.«

»Das Weibsbild kann gerade den Mund nicht aufmachen«, hörte er eine fremde Stimme. Das war nicht der Baustellenleiter, den er verfolgt hatte, dachte Demirbilek. An wen war Vierkant da nur geraten?

Das unvermittelte Einsetzen von Sirenengeheul ließ ihn Hoffnung schöpfen. Er hörte die Sirene zeitgleich aus dem Telefon und irgendwo in seiner Nähe. Er hob den Kopf und entdeckte das vertraute Blaulicht von Einsatzfahrzeugen, das sich mit dem Sonnenschein vermischte.

»Hören Sie die Sirenen? Das ist die Polizei. Sie sprechen übrigens mit Hauptkommissar Demirbilek. Jetzt holen Sie sofort meine Kollegin an ihr Handy!«

Der Mann holte Atem, als würde er sich die Tragweite der Information durch den Kopf gehen lassen. »Stimmt das? Bist du Polizistin? Bist du ein verdammter Bulle? Hast du …«, schrie er und unterbrach sich jäh.

Die letzten Worte verstand Demirbilek kaum. Die Verbindung war abgebrochen. Er starrte auf das Display, auf dem die bunten Apps erschienen, die ihm suspekt waren. Dann riss er sich zusammen und vergaß das Seitenstechen und die Schmerzen und die Kondition, die ihm fehlte. Er rappelte sich auf und rannte zum Parkplatz, wo das Blaulicht der Streifenwagen über das Gelände kreiste.

33

Pius Leipold knallte den Hörer des Diensttelefons auf die Gabel. Anhand der Liste, die Cengiz für ihn zusammengestellt hatte, wusste er, dass er mit der Telefonarie fertig war. Wie die anderen Befragungen zuvor war auch die letzte Auskunft des Tätowierers, der mit einem Stand auf der Erotikmesse vertreten gewesen war, ergebnislos geblieben. Niemand war bereit, Kundennamen preiszugeben. Genau das hatte er vorausgesehen. Und Gott sei Dank war das so, dachte er.

Hin und wieder besuchte er eine Tabledance-Bar in der Dachauer Straße am Hauptbahnhof, zum Ausgleich nach einem anstrengenden Ermittlungstag. Als Stammgast des Etablissements würde er sich nicht bezeichnen, dennoch wussten einige Tänzerinnen und die Betreiber, wer er war. An dem Abend, als sein Name und sein Beruf die Runde in der Bar machten, hatte er mit Herkamer und Stern im Löwenbräukeller eine Maß zu viel erwischt. Ein in Dirndl-Outfit auftretendes Teufelsweib hatte es ihm im Suff angetan. Mit Dienstausweis und dem Hinweis auf seinen Berufsstand hatte er einem Gast einen Schrecken eingejagt, der vor ihm mit der leicht bekleideten Schönheit eine private Lapdance-Session gebucht hatte. Wenn jemand von der Bar seinen Namen an die Polizei weitergeben würde, wäre er damit nicht einverstanden und das letzte Mal dort gewesen.

»Ich mache Pause, Jale, ich habe Hunger. Wie viele Anrufe hast du noch?«, fragte er sie auf dem Weg hinaus.

Cengiz saß an ihrem Schreibtisch, den Hörer zwischen Kopf und Schulter geklemmt. Sie kratzte sich durch die kurzen Haare. »Der Letzte von meiner Liste. Ich warte gerade auf einen Geschäftsführer. Ich überlege, ob ich nicht direkt hinfahren soll. Eine edle SM-Boutique in der Lindwurmstraße. Kennst du wahrscheinlich.«

»Warum soll ich die kennen, sag mal!«

Cengiz setzte ein versöhnliches Lächeln auf. »Bei dir etwas rausgekommen?«

»Reine Zeitverschwendung. Eine der dümmsten Ideen, die unser Pascha je hatte. Reine Arbeitsbeschaffungsmaßnahme für uns Deppen, damit er in Ruhe seine Gehirnzellen auf Trab halten kann.«

Cengiz unterließ einen Kommentar und sprach in den Hörer: »Ja, hier Kommissarin Cengiz, Polizei München. Schön, dass Sie endlich an den Apparat kommen, ich warte seit einer halben Ewigkeit. Es geht um Ihren Stand auf der Erotikmesse.«

Cengiz hörte eine Weile zu. »Ich weiß, Sie sind schon vernommen worden, trotzdem habe ich noch eine Frage. Am vorletzten Messetag hat einer Ihrer Kunden mit dem Opfer vom Olympiapark geredet. Erinnern Sie sich daran?«

Leipold verzog das Gesicht über Cengiz' dreiste Lüge. Es gab keinen Zeugen, natürlich nicht.

Cengiz sprach weiter. »Was ich will? Ganz einfach, ich möchte im Rahmen einer polizeilichen Ermittlung von Ihnen wissen, wer der Kunde ist, mit dem Mirko Kranic an Ihrem Stand geredet hat.«

Leipold verfolgte interessiert, wie Cengiz ein Schmunzeln hervorzauberte, als würde sie der Zeuge sehen und sie ihn aufmuntern, weiterzureden. Sie erhob sich wie in Zeitlupe vom Stuhl. »Sie können also das Gespräch bestätigen?«

Die türkischstämmige Berlinerin ballte die Faust in Leipolds Richtung und gab sich verständnisvoll ihrem Gesprächspartner gegenüber. »Reklamationen sind nervig, das verstehe ich absolut. Der Kunde hat also das Geld zurückverlangt?« Sie winkte Leipold zu sich und schaltete den Lautsprecher ein, damit er mithören konnte.

Leipold kam zu ihr an den Schreibtisch und verhielt sich still. Der Händler hatte eine helle Stimme, zu hoch und zu piepsig für einen Mann. Er erinnerte sich daran, ihn persönlich vernommen zu haben. Schweiß perlte über seine Stirn. Er hatte da wohl einen Fehler begangen, befürchtete er. Die Stimme erfüllte das Dienstzimmer.

»Woher wissen Sie von dem Gespräch?«, tönte der Händler.

»Tut nichts zur Sache. Erzählen Sie, was passiert ist.«

»Ich komme aber nicht zu Ihnen, um eine schriftliche Aussage zu machen. In Ordnung?«

Ohne Zögern antwortete Cengiz: »Unser Gespräch bleibt vertraulich. Ich habe Sie nie angerufen.«

Leipold verdrängte die misslungene Befragung des aussagewilligen Zeugen, stattdessen warf er ihr einen bösen Blick zu und wedelte mahnend mit dem Zeigefinger. Die Kollegin zuckte mit den Achseln, wie um zu erwidern: Was soll ich denn tun?

Die helle Stimme des Händlers wurde leiser. »Der Kunde war wirklich boshaft zu mir. Irgendwann habe ich ihm das Geld für die Ware zurückgegeben. Eine Szene auf der Messe ist nicht gut für den Umsatz, wissen Sie. Dieser Kranic hat sich ihn nach dem Streit gekrallt, das habe ich genau beobachtet. Ich glaube, die zwei sind an die Bar.«

»Okay, sehr gut, danke. Kurze Zwischenfrage: Warum haben Sie das nicht bei der Vernehmung vor Ort ausgesagt?«

»Warum? Weil mir ein bierbäuchiger Obermünchner Superbulle blöd dahergekommen ist wegen meiner Stimme«, beschwerte er sich lautstark.

Cengiz warf einen tadelnden Blick zu Leipold, der schuldbewusst die Achseln zuckte. Dann machte sie weiter. »Verstehe. Hatten Sie das Gefühl, dass Ihr Kunde und Kranic sich kannten? Waren sie Freunde oder so?«

»Nein, auf gar keinen Fall, glaube ich nicht. Kranic hat ihn angesprochen. Da bin ich mir sicher.«

»In Ordnung, geben Sie mir seinen Namen, dann behellige ich Sie nicht weiter.«

Der Händler zögerte. Cengiz fürchtete, er würde es sich anders überlegen, und setzte nach: »So einen Kunden brauchen Sie nicht zu schützen. Analperlen kauft man oder kauft man nicht. Da gibt es nichts zu reklamieren. Nur mal so unter uns.«

Leipold verzog das Gesicht. Er konnte nicht glauben, was Cengiz gerade gesagt hatte. Er hielt sich den Mund zu, um ein Wiehern zu unterdrücken.

Nach einigen Sekunden Bedenkzeit meldete sich der Händler wieder. »Sie haben recht, so einen Kunden brauche ich nicht. Ich habe ihn aus der Kartei gestrichen. Den Namen haben Sie aber nicht von mir! Wenn sich herumspricht, dass ich Kunden an die Polizei verpfeife, kann ich mein Geschäft dichtmachen.«

»Keine Sorge, großes Polizei-Ehrenwort«, scherzte Cengiz, notierte den Namen, beendete das Telefonat und wandte sich an Leipold. »Von wegen Arbeitsbeschaffungsmaßnahme. Ich würde mal sagen, das war keine so schlechte Idee vom Chef.«

»Abwarten, was dein Analexperte zu sagen hat«, gab sich Leipold als schlechter Verlierer. »Auf geht's, lass ihn uns vernehmen. Telefoniert wird nicht!«

Cengiz setzte sich zurück an den Computer. »Einverstanden, wir vernehmen ihn. Aber ich kriege gerade auch saumäßig Hunger. Eine Käsesemmel wär fein und einen Schwarztee, wenn du mitbringst. Ich checke derweilen Personalien und Adresse des Kunden.«

»Wer, ich? Ich soll in die Kantine, um dir Essen zu holen? Sag mal, geht's noch«, stammelte Leipold entgeistert.

Mit den Augen auf den Monitor gerichtet, antwortete die Oberkommissarin selbstbewusst: »Pius, du weißt doch, wie es läuft. Du bist der Neue hier. Die Neuen machen die Kantinengänge. So kannst du guten Willen zeigen, dass du dich ins Team eingliederst. Was glaubst du, wie oft mich Zeki wegen *kahve* und Leberkässemmeln losgeschickt hat, als ich bei der Migra angefangen habe.«

34 »Geht's wieder?«, fragte Demirbilek.

»Nichts passiert, ich habe mich nur geärgert, vor allem über mich selbst«, sagte Vierkant. »Der Kerl saß im BMW des Baustellenleiters. Durch die getönte Scheibe konnte ich ihn nicht sehen.«

Der Sanitäter, der Vierkant am Krankenwagen untersuchte, deutete Demirbilek an, dass mit ihr alles in Ordnung sei. Augenscheinlich fehlte ihr nichts, bis auf ein paar Abschürfungen, die von dem Kampf zeugten, den sie für sich entschieden hatte.

»Eine Dame macht das nicht, was du getan hast«, sagte Demirbilek mit belustigter Stimme.

»Wenn Sie gesehen hätten, wie breitbeinig er dastand, als er mit Ihnen telefoniert hat! John Wayne hätte seine Freude an ihm gehabt«, erwiderte sie ernst.

»Trotzdem, in die Eier treten ist nicht sehr damenhaft«, lachte Demirbilek. »Gut gemacht, Isabel.«

»Darf ich ihn verhören?«, fragte sie unvermittelt.

»Mal sehen, wann er vernehmungsfähig ist. Der Notarzt muss sein Okay geben. Du hast ihn punktgenau erwischt.«

Vierkant schluckte, das schlechte Gewissen regte sich. »Meinen Sie, ich habe zu fest zugetreten?«

»Nein, hast du nicht. Aber warum hattest du keine Dienstwaffe bei dir?«, entgegnete er streng.

»Habe ich in der Hektik im Büro vergessen, bin zu überhastet zu Freischwimmers Adresse aufgebrochen«, erklärte sie kleinlaut.

»Schaffst du es denn, ihn zu vernehmen?«

»Wenn Sie dabei sind, schaffe ich das.«

»In Ordnung, wir besprechen noch, wie du vorgehst. Jale und Pius sind unterwegs zu einem Zeugen, den Kranic auf der Messe angesprochen hat.«

»Läuft ja«, freute sich Vierkant.

»Heute Morgen bei der Besprechung hatte ich nicht das Gefühl«, entgegnete Demirbilek. »Das haben wir unserem Serkan zu verdanken.«

»Ein guter Junge!«

Demirbilek nickte, obwohl ihm durch den Kopf ging, dass Serkan möglicherweise gerade mit seiner Tochter Özlem Händchen haltend durch einen Basar in Istanbul lief oder in einem Dachrestaurant mit Aussicht auf das Goldene Horn viel zu früh am Tag Cocktails schlürfte. Schnell machte er sich deutlich, dass beide erwachsen waren und tun und lassen konnten, was sie wollten. Er schüttelte sich, als ihm eine weitere Variante in den Sinn kam. Wer weiß, vielleicht lagen sie gerade in Selmas Bett und vergnügten sich auf ganz andere Weise.

»Lass uns fahren«, sagte er zu Vierkant und wollte aufhören, sich in Özlems Leben einzumischen. Doch die Sorgen um das Glück seiner Tochter ließen sich nicht einfach verdrängen. Er dachte an die Freunde, die sie in München gehabt hatte. Alle Männer waren älter als sie gewesen, merklich älter sogar. Einer von ihnen war der Grund gewesen, weshalb sie nach Istanbul gezogen war. Widerwillig dachte er an den Kunstprofessor, in den sie sich verliebt hatte. Zum Glück war es ihm erspart geblieben, dem Dozenten über den Weg zu laufen. Nach ein paar Monaten war die Beziehung in die Brüche gegangen. Özlem war jung genug, darüber hinwegzukommen.

»Woran denken Sie, Chef?«, fragte Vierkant ihn.

In Gedanken war Demirbilek noch in Istanbul, um Özlem aus Serkans Fängen zu befreien. Vielleicht sollte er ihn doch aus dem Urlaub zurückrufen? Er hatte die Migra schließlich auf die Spur der Freischwimmers geführt und kannte den Berliner Partymacher, den er zur Strecke gebracht hatte.

»Herr Demirbilek? Alles okay?«, fragte Vierkant abermals.

»Hm«, sagte er nur. »Was meinst du, brauchen wir Serkan für die Ermittlung?«

Vierkant schüttelte den Kopf. »Lassen Sie ihm seinen Urlaub, Chef. Wir kriegen das auch ohne ihn hin.«

»Dann los, wir fahren ins Präsidium«, entschied er zögerlich.

35

Das Vernehmungszimmer im Polizeipräsidium ähnelte einer gemütlichen Lounge. Demirbilek hatte Sofa und Kaffeebar durchgesetzt, um eine unterkühlte Atmosphäre zu vermeiden. Aus seiner Erfahrung waren Zeugen oder Verdächtige eher bereit zu reden, wenn sie sich wohlfühlten. Außerdem hielt er, wenn Müdigkeit ihm das Denken verleidete, auf dem Sofa ein Schläfchen. Warum sollte er sich beim Aufwachen wie in einer Gefängniszelle vorkommen? Bei den ungezählten Überstunden nahm er sich das Recht auf die Auszeiten heraus.

Es war früher Nachmittag, als Anton Freischwimmer den Vernehmungsraum betrat. Er war ein drahtiger Mann Mitte dreißig, mit athletischer Statur und einem Allerweltsgesicht, das nicht verriet, was in seinem Kopf vorging. Er krümmte sich vor Schmerzen im Unterleib.

»Einverstanden, Herr Hauptkommissar, wenn mein Mandant auf dem Sofa Platz nimmt und nicht am Tisch?«

Die Stimme war die des etwas jüngeren Anwalts, der Freischwimmer beim Eintreten stützte. Demirbilek und Vierkant erwarteten die Herren bereits und standen von ihren Stühlen auf. Der Jurist trug Jeans und einen Hoodie, der nicht von der Stange wirkte. Er hatte mächtige Ringe an den Fingern, über dem Adamsapfel bewegte sich beim Sprechen ein Tattoo mit. Der übergezogene Trenchcoat war ihm zu weit, wohl um den legeren Eindruck zu betonen.

»Fragen Sie das Oberkommissarin Vierkant. Sie leitet die Vernehmung«, stellte Demirbilek klar. »Herr?«

Der Hoddieträger trat auf ihn zu und reichte ihm die Hand, ohne Isabel Vierkant zu beachten. »Ich bin Anton Freischwimmers Cousin und Anwalt. Ich habe denselben lustigen Nachnamen, Vorname Michael. Kanzlei …«

»Lassen Sie uns anfangen, Herr Anwalt«, mischte sich Vierkant ein und zwang ihn, auch ihre Hand zu drücken. »Wird Ihr Mandant sich äußern?«

»Das war ein furchtbares Versehen auf dem Parkplatz, natürlich, Anton …«

»Sehr schön, dann legen wir los, ja?«, unterbrach sie ihn freundlich. »Ihr Mandant kann sich gerne hinlegen, wenn ihm das hilft, die Schmerzen zu ertragen. Wir sind ja keine Unmenschen bei der Münchner Polizei.«

In den nächsten zwanzig Minuten unterzog Vierkant den vorbestraften Partymacher aus Berlin einer Vernehmung, wie es angesichts fehlender Beweismittel gegen ihn angebracht war. Sie befragte ihn ruhig und bestimmt, ließ den Beschuldigten ausreden, bot Kaffee und Wasser an und ein Kissen, damit er es bequem hatte. Freischwimmers Kooperationsbereitschaft war beispielhaft, ungewöhnlich beispielhaft; offenbar hatte ihn der Familienanwalt genauestens instruiert.

Demirbilek selbst verhielt sich zurückhaltend und mischte sich nicht ein. Erst als er das Gefühl hatte, Vierkant könne etwas Unterstützung guttun, um der Vernehmung die harmonische Belanglosigkeit zu nehmen, meldete er sich zu Wort.

»Dann sind wir wohl am Ende des Verhörs, Isabel. Herr Freischwimmer hat ja wunderbar kooperiert«, sagte er mit freundlichem Nicken zum Anwalt und zum Beschuldigten. Bei der Vorbesprechung mit Vierkant hatte er angekündigt, sich zu Wort zu melden, wenn es Zeit war, die Samthandschuhe abzulegen.

»Gleich, Chef, eine Frage habe ich noch«, bat Vierkant und erkundigte sich bei Anton Freischwimmer: »Sie haben also mit

Mirko Kranic' Tod nichts zu tun? Soll ich das so im Protokoll vermerken?«

»Natürlich, ich kannte ihn ja kaum. Ich wohne seit ein paar Monaten bei meinem Bruder, da sind wir uns eben über den Weg gelaufen. Haben Playstation gespielt, Bier gesoffen, Pizza bestellt, er Salami, ich Funghi. Das ist alles. Wie gesagt, dass ich Sie niedergeschlagen habe, tut mir leid, echt. Aber Sie haben sich auch angeschlichen wie ein Autodieb. Konnte ja nicht ahnen, wer Sie sind.«

Freischwimmer zuckte auf dem Sofa nach hinten, da Vierkant von ihrem Stuhl direkt vor ihm aufsprang. »Sie haben mir die Beine weggefegt, ich hatte nicht den Hauch einer Chance, mich auszuweisen.«

Der Anwalt versuchte, die Wogen zu glätten, und fasste den Kern der Aussagen seines Cousins zusammen. »Mein Mandant hat sich in aller Form entschuldigt, Frau Kommissarin. Nicht nur ein Mal im Laufe der Vernehmung. Er zeigt Reue und hat Einsehen, einen Fehler gemacht zu haben. Reicht Ihnen das nicht? Er hat all Ihre Fragen beantwortet, nach bestem Wissen und Gewissen. Mich wundert, warum Sie plötzlich den Fall Kranic aufrollen. Mein Mandant hat sich eingefunden, um sich zum Vorfall auf dem Parkplatz zu äußern.«

»Das ist richtig, Herr Anwalt. Eine vorbildliche Zusammenfassung, vielen Dank. Dennoch geht es in dem Zusammenhang nun einmal um den flüchtigen Bruder Ihres Mandanten, den wir im Fall Kranic vernehmen wollen. Die Fahndung nach ihm läuft.«

»Das leuchtet mir ein«, sagte der Anwalt zuvorkommend, blickte aber dabei zu Demirbilek, nicht zu Vierkant, die sich allmählich von den Machoallüren der Familie Freischwimmer gegängelt fühlte. »Mein Mandant hat sich glaubhaft dazu geäußert. Er weiß nicht, warum sein Bruder vor dem Hauptkommissar geflohen ist. Wie sollte er auch, er saß ja zu der Zeit im Wagen und hat auf ihn gewartet. Was wollen Sie noch hören?«

»An der Wahrheit liegt uns Ermittlern immer recht viel«, antwortete Vierkant vor Demirbilek, ohne die Augen vom Verdächtigen zu lassen. »Bier und Pizza okay, kapiere ich. Zocken auf der Playsi, auch schön. Aber da gibt es noch etwas Verbindendes, etwas, das zwei Männer auf der Couch als Thema nie und nimmer auslassen würden. Kranic war ein ausgesprochener Pornofan, er hatte ein hypersexualisiertes Verlangen nach Frauen und sexuellen Reizen, hat sich Hardcore-Zeug ohne Ende reingezogen. Und Sie, Herr Freischwimmer, sind verurteilt wegen Drogenhandels auf illegalen Sexpartys, die Sie in Berlin veranstaltet haben. Gangbang ist ja harmlos gegen das, was Sie Ihren Gästen angeboten haben. Haben sich da nicht Brüder im Geiste gefunden?«

»Nicht mein Niveau. Dieser Kranic war Bauarbeiter, ein Proll. Ich bin Eventmanager, ein Geschäftsmann«, sagte Anton Freischwimmer emotionslos.

»Und das Werbevideo? Wir haben einen Link zu einer Website«, konfrontierte Vierkant ihn mit Serkan Kutlars Beitrag zu der Ermittlung. Sie hielt ihm das Mobiltelefon vor die Nase. Es war stumm geschaltet. Die ersten Bilder zeigten eine Indoor-Schwimmhalle in der Nacht. Mit Kerzen bestückte, wie Leichen wirkende nackte Frauenkörper trieben im Bassin, bis Männerköpfe zwischen den Beinen auftauchten.

»So einen Dreck mach ich nicht mehr, wegen dem haben Sie mich erwischt. Das Internet vergisst nichts, versuchen Sie mal, irgendwas zu löschen! Das war eine Odyssee, den Scheißfilm von den Plattformen zu kriegen. Irgendwo taucht der Clip wieder auf, da kann ich nichts dafür. Und meine Strafe für das Koks habe ich abgesessen, obwohl ich nichts verbrochen habe!«, brüllte mit einem Mal der Beschuldigte.

Vierkant schaltete den Film ab. Sie hatte Freischwimmer in der Verfassung, in der sie ihn haben wollte, hatte ihn weichgeredet und schön geschmeichelt. In Freischwimmers Gesicht stand Zornesröte. Er war aufgebracht, die Instruktionen seines

Anwalts waren vergessen, er setzte an, etwas zu sagen, was er seinem Gesichtsausdruck nach bereut hätte.

Demirbilek erwartete, dass der Cousin ihn zurückhalten würde. Etwas in dessen Augen, eine Unbekümmertheit und Selbstsicherheit, ließ ihn stutzen. Er war jünger, hatte aber das Sagen, nicht nur in anwaltschaftlicher Hinsicht.

»Anton, Schluss jetzt«, brachte er seinen Mandanten zum Schweigen. »Du sagst nichts, auf die haltlosen Behauptungen musst du nicht antworten. Mit dem Fall Kranic hast du nichts zu schaffen.« Er stand auf. In voller Körpergröße zeigte sich deutlich, wie er gegen die Kleiderkonvention seines Berufsstandes verstieß. »Lassen Sie uns zu einem Ende kommen, bitte. Mein Cousin braucht dringend Ruhe. Mich interessiert, ob Sie seine Entschuldigung akzeptieren oder Strafanzeige stellen. Wenn ja, bitte schön. Gehen Sie aber nicht davon aus, wir belangen Sie nicht wegen ungesetzlichen Gewaltgebrauchs im Dienst. Der Übergriff auf meinen Mandanten war nicht verhältnismäßig, und er ist gegen ärztlichen Rat zur Vernehmung erschienen. Vergessen Sie das nicht bei Ihrer Entscheidung …«

Der Anwalt verstummte. Die Tür wurde aufgerissen. Leipold und Cengiz stürmten wie Beamte des SEK in die Vernehmungssuite. Demirbilek unterließ eine Zurechtweisung, da ihm Cengiz zuzwinkerte, einen Blick auf sein Handy zu werfen. Während Leipold sich mit seinen rund einhundert Kilo auf das Sofa plumpsen ließ und den Beschuldigten zum Aufjaulen brachte, kontrollierte er Cengiz' Nachricht, die sie auch Vierkant geschickt hatte: »Volltreffer! Wir haben Freischwimmer im Sack! Lass Pius machen. Okay?«

Demirbilek runzelte die Stirn. In diese Position eines Beobachters, aus der er Reaktionen und winzige körperliche Zeichen der Vernommenen im Blick hatte, begab er sich bisweilen. Er griff nicht ein und sah, wie Vierkant Cengiz zunickte, weiterzumachen.

Leipold war indessen in seinem Element. Er genoss es, vor

Augen zu führen, in wessen Höhle sich Anton Freischwimmer gewagt hatte. Gleich einem Löwen machte er deutlich, dass niemand außer ihm das Zeug zum Rudelführer hatte.

»Aus welchem Horrorstreifen haben's dich denn entlassen?«, sprach er den Anwalt an, der über die Provokation milde lächelte. Mit einem Grinsen wandte Leipold sich an den Beschuldigten. Cengiz mochte es gerne dramatisch. Timing war ihr wichtig, sodass Demirbilek davon ausging, den Volltreffer zur rechten Zeit präsentiert zu bekommen.

»Ich habe von deinem Schniedeltrauma gehört. Muss ja furchtbar wehtun. Aber was lässt du dich auch mit unserer Ninja-Isa ein«, sagte er lächelnd. »Nur ein Scherz, nichts für ungut.« Dann öffnete er die Hand.

Cengiz überreichte ihm den Beweismittelbeutel, den ihr der Techniker in Kranic' Wohnung gegeben hatte. Durch das Plastik schimmerten die quadratischen Karten mit den obszönen Umrissen der Schwimmerin und des Mannes hinter ihr.

»Vergeht schon wieder, der Schmerz, ich kenne das. Schnackseln aber wie die zwei auf dem Freischwimmer-Logo würde ich an deiner Stelle die nächste Zeit nicht unbedingt.«

Demirbilek hatte den Beschuldigten nicht im Blick, seine Augen waren auf den Beutel gerichtet, dessen Inhalt er nicht kannte. Er konnte nicht sagen, ob durch Leipolds Worte, die wie ein weiterer Tritt in den Unterleib gewirkt haben konnten, oder ob der Anblick der Karten die Ursache für Freischschwimmers Ausrasten war.

Der Beschuldigte schrie, als durchleide er Höllenqualen, krümmte sich und warf sich Hilfe suchend an die Brust seines Cousins. Demirbilek konnte nicht einschätzen, ob die Schmerzen vorgetäuscht oder echt waren. Er unterbrach die Vernehmung und wollte Vierkant beauftragen, einen Notarzt zu rufen. Das war aber nicht notwendig. Sie telefonierte bereits.

36

Der uniformierte Beamte hinter der Glasscheibe am Empfang des Polizeipräsidiums war entnervt. Zum wiederholten Male versuchte er, dem Mann im schwarzen, unansehnlich schlecht sitzenden Anzug zu erklären, dass der Chef des Sonderdezernats Migra gerade in einem Verhör war und nicht gestört werden konnte. Selbst wenn er ein Landsmann von ihm sei und schon einmal beim Hauptkommissar im Büro gesessen habe, dürfe er ihn nicht einfach zu ihm vorlassen. Viele Menschen, erklärte er weiter und sah dabei in die rot entzündeten Augen des Mannes, kannten den Sonderdezernatsleiter. Herr Demirbilek sei eine angesehene Persönlichkeit des öffentlichen Lebens in München und oft in der Zeitung abgelichtet. Was nicht bedeutete, dass jeder, der ihn kannte, auch das Recht hatte, ihn ohne Termin zu sprechen.

Nach bedächtigem Überlegen kam dem Beamten eine Idee. Er legte dem erbosten Bürger namens Oktar Uygun, der seinen fünfzehnjährigen Sohn Yavuz zum Dolmetschen mitgebracht hatte, einen deutschstämmigen Polizeibeamten ans Herz, der seine Strafanzeige genauso gewissenhaft wie der Migra-Chef aufnehmen würde. Yavuz übersetzte und erwartete die Antwort seines Vaters, der über das Angebot nachdachte und schließlich ablehnte. Der Beamte blieb tapfer und bestand darauf, dass die Pfeffersprayattacke, der Uygun am helllichten Tage an einem öffentlichen Platz in München zum Opfer gefallen war, untersucht werden müsse. In seinem verzweifelten Bemühen, einem ausländischen Mitbürger zu seinem Recht zu verhelfen, bot er an, nachzufragen, ob Cengiz abkömmlich war. Der Junge fragte nach, was »abkömmlich« bedeutete, und übersetzte für seinen Vater. In dessen Auftrag fragte er den Beamten im Gegenzug, ob es sich bei Cengiz um einen Mann handele. Der Beamte lächelte, weil er ahnte, was geschehen würde, beschrieb aber die Oberkommissarin als fähige Kollegin, die seit dem ersten Tag bei Demirbileks Sondereinheit hervorragende Arbeit leistete. Nach der Übersetzung seines Sohnes lehnte Herr Uygun jedoch ab, mit ihr zu reden, und ließ seinen Sohn erklären, dass »Cengiz« ein Männername in der Türkei sei und er nicht auf den Hinterhalt hereinfiele.

Der Beamte blieb trotz der offenen Frauenfeindlichkeit des Mitbürgers ruhig. Er kannte derlei Haltung und erinnerte genügend Erlebnisse mit Deutschen, die ebenso dachten wie der einfältig wirkende Mann vor ihm. Selbst Frauen setzten mehr Vertrauen in männliche Ermittler, er hatte allerhand Unsägliches hinter seiner gläsernen Panzerscheibe erlebt. Mit Blick auf das Münchner Kindl im Polizeiwappen auf der Kaffeetasse vor sich fasste er neuen Mut und beschloss, einen letzten Versuch zu unternehmen. Er bat den Jungen, der mit stoischer Miene seine Gefühle unter Kontrolle hielt, seinem Vater zu übersetzen, dass er probieren könne, einen türkischstämmigen männlichen Streifenkollegen hinzuzuziehen, um die Strafanzeige aufzunehmen. Allerdings seien derzeit alle Beamten im Einsatz, er könne gerne Platz nehmen und warten.

Uygun rieb sich die müden Augen und ließ Yavuz von der durchwachten Nacht übersetzen, in der er mit von Pfefferspray tränenden Augen überlegte, ob er Anzeige wegen des Übergriffs erstatten solle oder nicht. Plötzlich und noch während sein Sohn übersetzte, drehte der Mann sich um, stapfte in Manier eines Rammbocks zur Eingangstür und stieß sie an. Perplex über die sich öffnende Sicherheitstür wurde sich der Beamte im selben

Moment bewusst, dass er ohne Absicht den Türöffner gedrückt hatte. Er sprang vom Stuhl auf und schrie Uygun hinterher: »Halt! Stopp! Warten Sie! Da dürfen Sie nicht hinein!«

Doch Uygun ließ sich nicht zurückhalten. Er war schlechterdings verzweifelt und mit seiner Geduld am Ende. Seine aufmüpfige Ehefrau war ihm davongelaufen, weil er nach der Attacke zum Arzt musste und sich nicht um sie kümmern konnte. Sie hatte die Gelegenheit genutzt, war nach Hause gegangen und hatte einen Koffer gepackt. Der einzige Polizeibeamte, der ihm helfen konnte, weil er ein türkischer Mann war und nachfühlen konnte, worunter er als sitzen gelassener Familienvater litt, war der türkischstämmige Kommissar. Er kannte ihn aus der Zeitung und von einem Neujahrsempfang im türkischen Generalkonsulat. Zeki Demirbilek musste ihm helfen, musste den feigen Kerl, der ihn von hinten angegriffen hatte, fassen und dafür sorgen, dass seine Ehefrau zu ihm und zur Familie zurückkehrte. Weit konnte sie nicht sein. Die Verwandten in Dortmund hatte er verständigt und vorgewarnt, ihm Bescheid zu geben, wenn sie bei ihnen auftauchte. Zum Glück hatte sie den Reisepass im Wohnzimmerschrank hinter der Porzellanschale mit der Kaaba-Abbildung nicht gefunden.

Im Treppenhaus des Polizeipräsidiums blickte er sich um, unsicher, wo das Büro des türkischen Kommissars zu finden war. Die Notlüge würde Allah ihm verzeihen, da war er sich sicher, denn im Büro des Sonderdezernatsleiters war er nie gewesen. Beamte, die den verwirrten Mann entdeckten, versuchten, ihn zu beruhigen. Mit tränenden Augen stand er am Treppenaufgang und brüllte sich die Seele aus dem Leib. Weinerlich wie ein Lamm, das die Herde verloren hatte: *»Komiser Bey! Nerdesiniz?«*

Yavuz war seinem Vater nicht in das Gebäude gefolgt. An der Glasscheibe übersetzte er regungslos für den Beamten, der mit kreidebleichem Gesicht auf Verstärkung wartete: »Herr Kommissar. Wo sind Sie?«

37 Inzwischen war Demirbilek mit der Vernehmung, bei der er nicht gestört werden wollte, fertig. Irgendwie war er aber auch noch mittendrin. Die Gemüter seiner Leute waren aufgewühlt, nachdem er Anton Freischwimmers Verhör abbrechen musste. Der Anwalt mit dem ungewöhnlichen Auftreten hatte eingefordert, seinen Mandanten in ärztliche Obhut zu bringen, und war mit ihm aufgebrochen.

Das Migra-Team saß zu viert auf dem Sofa im Vernehmungszimmer und schwieg betreten. Alle warteten darauf, dass der Ermittlungsleiter das Wort ergriff. Doch dieser war nicht in der Stimmung dazu. Unzufriedenheit und Hilflosigkeit trieben ihn schließlich an, die Initiative zu ergreifen. Er stand auf, schob die Hände in die Hosentaschen und fasste den Entschluss, eine Maßnahme zu ergreifen, die sein Team schockieren würde.

»Ich wollte mich bei euch entschuldigen, das ist nicht gut gelaufen«, sagte er zu Cengiz, Vierkant und Leipold. »Das war meine Schuld.«

Demirbilek verfolgte im Stehen, wie aus den drei Mündern ein Schwall Antworten einsetzte. Sich zu entschuldigen war nicht seine Art, das wussten alle, die jemals mit ihm zusammengearbeitet hatten. Mit der Reaktion hatte er gerechnet. Keiner seiner Migra-Mitarbeiter war zudem bereit, ihm als Vorgesetztem die alleinige Schuld zu geben. Das zeugte von einem guten Teamgeist, zeigte er sich zufrieden. In stoischer Gelassenheit verfolgte er, wie sich alle drei mit Selbstvorwürfen übertrafen.

Cengiz bereute es, sich auf Leipolds Überrumpelungstaktik eingelassen zu haben. Leipold wiederum war sauer, dass er das Beweismittel vorschnell Freischwimmer unter die Nase gehalten hatte. Vierkant, so hörte er heraus, entschuldigte sich bei den anderen dafür, Freischwimmer in die Familienjuwelen getreten zu haben. Ohne die Verletzung hätte ihn sein Anwalt nicht aus dem Kreuzverhör geboxt.

Demirbilek zog ein Stofftaschentuch heraus und wischte die Hände sauber, lauschte noch eine Weile dem Stimmenchor und beendete das vor Mitleid triefende Treiben.

»Schluss jetzt, wir besprechen das beim Essen. Leipold zahlt seinen Einstand.«

Stille kehrte ein. Abrupt und jäh.

Später hatten die Migra-Beamten das Sofa mit einem Vierertisch getauscht, der von der Größe eher in einen Kindergarten gehörte. Eng an eng, Cengiz neben Leipold, Vierkant neben Demirbilek, verfolgten sie die Speisen auf dem Laufband in dem All-you-can-eat-Sushi-Restaurant. Cengiz hatte sich gegen Leipolds Hofbräuhaus durchgesetzt. Das winzige japanische Lokal im Tal lag wie die Münchner Traditionsgaststätte in der Nähe des Präsidiums, hatte sie argumentiert und darauf hingewiesen, dass sie bei ihrem ersten und letzten Besuch dort ihr eigenes Wort nicht verstanden habe.

Die Essenszeit war auf eine halbe Stunde begrenzt. Genügend Zeit, fand Demirbilek, seine Teambildungsmaßnahme in die Tat umzusetzen. Er beobachtete, wie vor allen anderen Leipold die vorbeiziehenden Schälchen mit knusprigen Chicken Wings abfing, während Cengiz von der Befragung des Zeugen berichtete, den Kranic auf der Erotikmesse angesprochen hatte.

Der unbescholtene Trambahnfahrer wohnte in Nordschwabing. Er hatte an der Bar, wo er nach dem Streit mit dem Händler wegen der Analperlen mit Kranic zusammengesessen hatte, eine Einladung von ihm zugesteckt bekommen. Eben eine jener Karten, die Leipold dem Beschuldigten unter die Nase gehalten hatte. Diese waren Einladungen zu einer der sagenumwobenen Freischwimmer-Partys, gleichzeitig fungierten sie als Einlassschein. Der Zeuge hatte mit steigender Begeisterung – als wäre er Teil einer Verschwörung gegen böse Mächte gewesen – das dahinterstehende Prozedere erklärt. Angaben zur Location und Unkostenbeitrag versteckten sich als QR-Code in den Umrissen der Figuren auf der Karte. Wer davon wusste – und das war für den Zeugen das Spannende –, hielt das Mobiltelefon mit Scan-App vor den unsichtbaren Code. Daraufhin wurde der Eingeweihte zu einer Website geleitet, um einen Computer zu ordern. Sobald per Paypal die Zahlung getätigt war, verschickte der Veranstalter eine Bestätigungsmail mit Datum und Uhrzeit des Treffpunkts für den Partygast. Als Sicherheit, falls etwas nicht nach Vereinbarung laufen würde, hatte Kranic darauf hingewiesen, dass die Paypal-Anweisung mit einem Klick storniert werden könne. Kein Risiko also, sein Geld zu verlieren. Im Prinzip dieselbe Vorgehensweise wie bei Interneteinkäufen, kommentierte Cengiz mit Sashimi im Mund das Bezahlkonzept. Leipold ergänzte für sie, dass die gekaufte Ware natürlich nicht verschickt wurde.

Der Zeuge, fuhr Cengiz fort, durchlief die Anmeldeprozedur noch an der Bar auf der Erotikmesse. Prompt bekam er Antwort und begab sich in derselben Nacht zu dem Treffpunkt am Nordbad. Eine Stretchlimousine holte ihn pünktlich zur verabredeten Zeit ab. Der Fahrer kontrollierte auf dem Mobiltelefon den Einlassbeleg und fuhr los. In der Limousine befanden sich andere Partygäste mit Masken. Auch er erhielt eine Maske, um den Weg zur Partylocation nicht sehen zu können. Allein das Abenteuer, mit verbundenen Augen durch München kutschiert zu werden, sei das Geld wert gewesen, hatte er euphorisch zu Protokoll gegeben. Als Draufgabe berichtete er, neben einer Frau in Minirock mit nichts drunter gesessen zu haben. Schenkel an Schenkel.

»Wie wir vier!«, rief Leipold dazwischen.

Cengiz rückte einige Zentimeter von ihm ab und berichtete weiter. »Der Trambahnfahrer war ein absolut zufriedener Kunde. Er wollte gar nicht mehr aufhören zu erzählen. Wo die Party stieg, konnte er uns leider nicht sagen. Erst als er und die anderen Gäste in der Indoor-Schwimmhalle eines Privathauses angekommen waren, sind ihnen die Masken abgenommen worden. Das muss ein phänomenales Fest gewesen sein, Essen und Trinken und Show und Sex bis in die frühen Morgenstunden.«

»Wie kam der Trambahnfahrer nach Hause?«, hakte Demirbilek nach.

Leipold antwortete mit vollem Mund. »Bei der Pauschale von eintausend Euro war der Shuttle zurück inbegriffen. Nicht billig, aber hat sich gelohnt, meinte der Zeuge. Mit Details, was auf der Party los war, hat er sich zurückgehalten. Ich glaube, Nutten waren unter den zahlenden Partygästen. Kann mir nicht vorstellen, wer sonst freiwillig mit dem Trambahnfahrer ins Bett wäre«, sagte er und griff wieselflink vor Cengiz nach dem Schälchen mit Hähnchenspießen.

Cengiz kam zum Ende des Berichtes. »Kranic war auf der Erotikmesse, um Gäste für die Freischwimmer-Party zu akquirieren. Wie genau, weiß ich nicht. Aber ich kann mir vorstellen, dass wir in dem Zusammenhang das Motiv für seinen Tod finden.«

Demirbilek durchdachte Cengiz' Schlussfolgerung. Vierkant war mit dem Essen fertig, sie nahm sich Leipold zur Brust. »Komm, Pius, probier mal das Sushi. Das hier ist ohne Fisch, ein Stück Avocado ist drin, mehr nicht.«

»Hau mir ab, ich rühr das Zeug nicht an! Keine fünf Minuten von hier ist das Hofbräuhaus. Die Leute reisen aus der ganzen Welt an, um die feine bayerische Küche zu erleben, und wir hocken beim Japaner!«, beschwerte er sich. »Aber die Spießerl sind gar nicht so schlecht.«

»Wenn du die Augen zumachst, schmeckt es wie Krautwickerl, ist ja auch mit Reis …«, insistierte Vierkant.

»Seit wann essen wir Bayern Wickerl kalt?«, fragte Leipold irritiert.

Anders als Leipold war Demirbilek mit der Wahl des Restaurants glücklich. Mit der Familie, als seine Zwillingskinder und Selma noch mit ihm unter einem Dach lebten, hatten sie öfter ein bayerisch-japanisches Restaurant in Haidhausen besucht. Mit einer Maki-Rolle zwischen den Stäbchen hielt er inne und schockierte sein Team erneut.

»Die Entschuldigung war nicht ernst gemeint. Hat aber seinen Zweck erfüllt, wie ich sehe«, eröffnete er ernst. »So unkoordiniert, wie wir vorgegangen sind, ist hanebüchen unprofessionell.« Er legte die Rolle ab und drehte sich Cengiz zu. »Wie kommst du auf die Idee, von einem Volltreffer zu sprechen? Ob die Party mit Kranic' Tod in Zusammenhang steht, ist nicht erwiesen. Und ob die Sexparty illegal ist, muss sich noch herausstellen und bewiesen werden. Du bist Polizeibeamtin, keine Wahrsagerin.« Zu Leipold sagte er: »Wenn du die Probezeit bei der Migra bestehen willst, lässt du die Schauspielerei als Schmierenkomödiant. Oder sprichst eine inszenierte Vernehmung mit mir vorher ab.« Er pausierte. »Wer ist der Chef?«

Leipold blieb der Spieß im Halse stecken. »Du halt, wer sonst?«

Vierkant wischte schnell den Mund sauber und wappnete sich auf den ihr zugedachten Teil der Strafpredigt.

Demirbilek wartete einen Moment, bis er ihre volle Aufmerksamkeit hatte. »Und du, Isabel, hast die Vernehmung aus der Hand gegeben. Was sollte das?«

»Ja, schon, aber …«, stammelte sie und sah Hilfe suchend zu den anderen. »Sie waren doch dabei.«

»Ausgemacht war, du führst die Vernehmung, nicht ich. Glaubst du im Ernst, ich hätte zugelassen, was passiert ist?«

Cengiz warf die Stäbchen auf den Tisch. »Das höre ich mir nicht länger an. Perfide ist das! Du fällst uns in den Rücken! Erst sich entschuldigen, dann zurücknehmen. Sind wir hier im Kindergarten?«, blaffte sie und erschreckte damit den Koch, der sich bei der Zubereitung eines Lachsfilets in den Finger schnitt.

Vierkant wollte aufstehen und ihm behilflich sein, doch der Koch winkte ab.

Demirbilek fixierte Cengiz. »Nein, Jale, du tust mir unrecht. Ich falle niemandem in den Rücken. Ich rede als Vorgesetzter zu euch. Sei froh, dass ich so guter Laune bin.«

»Guter Laune?«, fragte Leipold verdutzt »Scheißt uns hier zusammen, beim Essen, das ich bezahle! Macht dir das Spaß, uns auflaufen zu lassen, oder wie?«

»Ganz bestimmt nicht, Pius. Wir haben uns bei der Ermittlung verrannt, weil wir nicht zusammengearbeitet haben. Jetzt haben wir alle vier wieder einen klaren Kopf«, gab er sich beschwichtigend. Allerdings nicht, weil er das Gefühl hatte, zu weit mit der Kritik gegangen zu sein. Fehler einzugestehen fiel Demirbilek nicht leicht. Auf die Weise war er nicht alleine mit der Schuld, auch wenn er als Chef bereit war, den Kopf für sein Team hinzuhalten. Eine gemeinsame Niederlage war verbindender als ein Sieg. Und auf einen solchen war er aus, als er dem Team seine Überlegungen mitteilte. »Der Anwalt, der nicht aussieht wie einer, ich habe ihn bei der Vernehmung beobachtet. Er ist der Boss. Anton und Eberhard Freischwimmer sind Handlanger. Und Kranic nervt mich. Sein Tod passt in das Puzzle einfach nicht hinein.« Die überraschten Gesichter seines Teams freuten ihn. »Wer durchleuchtet den Hoodie?«

Vierkant meldete sich sofort. »Ich! Der hat mir nicht mal die Hand gegeben. Sie haben recht, Chef, mit dem stimmt etwas nicht. Das kriege ich heraus, und wenn ich die ganze Nacht durcharbeite. Kann ich gleich anfangen?«

Demirbilek nickte ihr zu und sah, wie sie aufstand und Leipold ein Küsschen auf den Kopf gab. »Danke für den Einstand, Pius. Nächstes Mal wieder Schweinebraten, keine Sorge.«

Während Vierkant das Sushi-Lokal verließ, wandte sich Demirbilek an die anderen. »Pius, du unterstützt die Fahndung nach dem flüchtigen Baustellenleiter. Verheiratet ist er ja nicht, checkt, ob er eine Freundin hat, wo er untergetaucht sein könnte. Keine Ahnung, du kennst dich ja aus. Findet ihn einfach. Und du, Jale, du bekommst heraus, wo sich Anton Freischwimmer mit seinem Anwalt herumtreibt. Fang bei seinem Hausarzt an.«

Cengiz nickte verhalten. »Geht klar, wird erledigt. Soll ich ihn observieren?«

»Morgen früh, wenn Memo in der Krippe ist«, erinnerte er sie an ihren Sohn. »Die Abendschicht übernehme ich.«

38 Memo hatte kein Fieber und seit Stunden nicht gespuckt. Der Kleine mit den lockigen braunen Haaren schlief auf seinem Lieblingsplatz in Deryas Wohnung. Das Ecksofa war breit, mehrere Decken und Kissen lagen darauf. Das Köpfchen ragte aus einem Meer kunstvoll bestickter Stoffe. Derya hörte den leisen, regelmäßigen Atemzügen zu und dachte an die Mutter des Jungen. Jale war zu spät. Das störte sie aber nicht. Sie genoss die Zeit mit Zekis Enkelkind. Memo war das einzige Band, das zwischen ihr und ihm geblieben war.

Vor nicht allzu langer Zeit war sie voller Hoffnung auf eine gemeinsame Zukunft mit ihm gewesen. Das Glück, mit Zeki zusammen zu sein, war nicht zu vergleichen mit dem Gefühl, als sie der deutsche Mann aus dem anatolischen Dorf geholt und sie geheiratet hatte, war nichts im Vergleich zu dem Moment, als sie Stefan nach fürchterlichen Ehejahren beerdigt hatte und wieder frei gewesen war. Stefan war ihr kein guter Mann gewesen, er war ein Verbrecher und Erpresser, wie sich herausgestellt hatte. Das Einzige, wofür sie ihm von Herzen dankte, war, sich ermorden zu lassen. Zeki war nach den schrecklichen Ereignissen in ihre damalige Wohnung gekommen und hatte während der Ermittlungen ihr Herz erobert. Unter diesen Umständen hatte sie ihn kennengelernt, als Hinterbliebene eines Mordopfers.

Um ihren Ehemann hatte sie nicht getrauert und geweint, aber um Zeki, als er sie ein zweites Mal verließ. Nächtelang hatte sie hemmungslos geschluchzt, ohne Trost und Aussicht, sich je besser zu fühlen. Die tränendurchweichten Kissen hatte sie entsorgt, da der salzige Geruch von Trauer und Zurückweisung durch kein Waschmittel herausgeschwemmt worden war. Jale hatte ihr in der schweren Zeit als Freundin beigestanden und sie wie eine Schwester getröstet.

Memo seufzte im Schlaf und wälzte sich auf die andere Seite. Sie rückte die Decke über dem warmen Körper zurecht und ging in die Küche.

Die neue Wohnung in der Nähe des Josephsplatzes war größer als ihre alte in Sendling. Größer damit auch die Einsamkeit, mit der sie Tag um Tag kämpfte. Seit sie nach der Zeit als Memos Tagesmutter wieder als Kellnerin arbeitete, war es erträglicher geworden. Es half ihr, unter Menschen zu sein. Sie lächelte den Gästen zu und war freundlich, anders als die meisten ihrer bayerischen Kolleginnen, die sich einen Sport daraus machten, missmutig den Ruf einer grantigen Bedienung aufrechtzuerhalten. Im Löwenbräukeller half sie als Vertretung für eine Kellnerin aus. Mit Anfang vierzig war die Kollegin aus heiterem Himmel schwanger geworden.

Sie selbst war Mitte dreißig und ohne ein Kind. Eine Frau, die gerne lachte und fröhlich war, wenn sie sich nicht nach Zeki sehnte, wenn sie nicht daran dachte, sein Kind verloren zu haben, das sie gerade mal drei Wochen unter ihrem Herzen getragen hatte. Er hatte nie von der Schwangerschaft erfahren. Sie hatte sich schuldig gefühlt und zu sehr geschämt, ihm davon zu erzählen.

Sie war in der Küche, weil Jale per SMS um Kaffee gebeten hatte. In ein paar Minuten wollte sie da sein. Sie erhitzte Wasser und bereitete Filterkaffee vor, den ihre Freundin besorgt hatte. Um sich abzulenken, machte sie sich eine Tasse und trank davon. Nach einem Schluck schüttete sie den Rest in die Spüle.

Wie kann Jale nur ein Gebräu wie dieses trinken?, fragte sie sich. Ein türkischer Mokka, wie ihn Zeki mochte, belebte die

Geister, schmeckte nach bitterer Erde, nach Geheimelixier, das Wunder wirkte. Bei dem einzigen Weihnachtsfest, das sie gemeinsam mit ihm verbracht hatte, hatte er ihr ein besonderes Geschenk gemacht. In der blechernen Kaffeedose aus dem Antiquitätengeschäft seines Freundes prangte auf rotem Grund in goldenen Lettern »Türkenstolz-Kaffee«. Ihm war peinlich gewesen, dass die Verpackung nicht sehr weihnachtlich ausfiel. Das Geschenk war in Alufolie eingewickelt, umbunden mit einem Schnürsenkel, weil er nicht sonderlich gut mit Schmuckbändern ausgestattet war. Sie lächelte bei dem Gedanken an sein Gesicht, als sie ihn aus Freude über das Geschenk überschwänglich auf den Mund geküsst hatte. Er schmeckte nach Mann, nach einem guten Mann, erinnerte sie sich an seinen Geruch. In der Dose bewahrte sie seitdem fein gemahlenes türkisches Kaffeepulver auf. Sie bekam Lust auf einen *kahve* und holte die Dose aus dem Schrank. Gleich darauf knallte sie den Behälter auf die Ablage, weil sie bemerkte, wie ihre Hand zitterte. Sie fürchtete, die Tränen nicht zurückhalten zu können.

Das Piepsen des Telefons half ihr, sich zusammenzunehmen. Jale stand unten vor der Haustür. Sie hatte, statt zu läuten, eine Nachricht geschrieben, um Memo nicht zu wecken.

Jale erwartete auf dem Bürgersteig das Summen des Türöffners. Sie war zwar spät dran, doch Derya würde nicht böse auf sie sein; das wusste sie von den vielen Verspätungen, die sie ihrer Freundin als Tagesmutter zugemutet hatte. Sie war zufrieden mit dem, was sie in der verbliebenen Dienstzeit nach der Besprechung im Sushi-Restaurant erreicht hatte.

Vierkant hatte sie mit der Recherche über Anwalt Freischwimmer auf die Idee gebracht. Durchschnitt, hatte diese ihr über den Schreibtisch zugerufen. Durchschnittliches Studium, durchschnittliches Einkommen, durchschnittliche Klienten, durchschnittliche Gerichtsurteile. Dem martialischen Aussehen und dem selbstbewussten Auftreten nach hätte Michael Freischwimmer ein Überflieger sein müssen, ein genialer Sonderling, der als ausgebuffter Strafverteidiger Mittel und Wege fand, Klienten aus dem Dreck zu ziehen. Und er war Mitinhaber eines Fitnesscenters, auch durchschnittlich wahrscheinlich, hatte Vierkant zu guter Letzt herausgefunden. Daraufhin hatte sie die Idee, dort anzurufen, um nach seinen Trainingszeiten zu fragen. Nachdem Vierkant sich geweigert hatte, übernahm sie den fingierten Anruf.

Das Summen des Türöffners ertönte. Sie atmete durch. Memo ist jetzt dran, sagte sie sich, du Rabenmutter hast den armen, kranken Mann nicht selbst versorgt, nun kommt er zu seinem Recht. Mit einem Gedankenbild, das sie sich angeeignet hatte, half sie sich, den Dienst hintanzustellen. Vor dem geistigen Auge öffnete sie die Fallakte Mirko Kranic, überflog wie ein Scanner alle Einträge und klappte mit einem satten Knall die Akte zu. Damit wechselte sie von der Welt des Verbrechens in die Welt ihres Sohnes.

An Deryas Wohnung fand sie die Tür angelehnt vor. Sie trat ein und erschrak, musste sich zusammenreißen, um nicht loszuheulen, denn Memo streichelte gerade unbeholfen mit seinen winzigen Händen Deryas Wange, die nass war von Tränen. Ihre Freundin hatte die Augen geschlossen und überließ sich dem Trost des kleinen Wesens. Jale schluckte betroffen und schloss hinter sich leise die Wohnungstür.

39

Demirbilek tat sich schwer, die Augen offen zu halten. Er war müde von dem anstrengenden Tag, die Verfolgung des Baustellenleiters durch den Olympiapark steckte ihm in den Knochen. Er wartete noch nicht lange auf Michael Freischwimmer. Cengiz hatte in Erfahrung gebracht, dass er an dem Abend zum Training in das Fitnesscenter kommen wollte. Nachdem er Leipold zu Frau und Kindern heimgeschickt hatte, hatte er die Zeit totgeschlagen und sich unversehens vor Selmas Wohnung wiedergefunden.

Wie er dort hingekommen war, konnte er sich nur vage erinnern. Das passierte ihm manchmal, wenn seine Gedanken nach Istanbul abschweiften oder er sich vorstellte, wie er mit Selma Einkäufe erledigte oder sie gemeinsam Pläne für einen Urlaub schmiedeten. Im Nachhinein lobte er sich für seine Friedfertigkeit. Wer weiß, was geschehen wäre, hätte er bei ihr geläutet und ihr Freund die Tür geöffnet.

Der Mauervorsprung, auf dem er saß, war unangenehm hart. Durch den Anzug spürte er die einsetzende Kälte am frühen Abend. In dem Gebäude vor ihm befand sich das Fitnesscenter, dessen Teilhaber der Anwalt war. Durch die hell erleuchteten Fenster im ersten Stock beobachtete er Frauen und Männer an Geräten, von deren Existenz er nicht einmal geahnt hatte. Laufbänder mit Vorbauten wie aus einem Raumschiffcockpit waren aufgereiht. Er erkannte das verkrampfte Gesicht eines älteren

Mannes in pinkfarbenem Gymnastikanzug, der einer Rudermaschine zuredete. Selbst die Fitnessräder erschienen ihm aus der Zukunft, einer unheimlichen, in der Maschine und Mensch mit Drähten verbunden waren. Er dachte an seine eigene körperliche Verfassung und verjagte den Gedanken, den guten Beispielen nachzueifern, die ihm mahnend vor Augen geführt wurden. Stattdessen beschloss er, mehr spazieren zu gehen. München zu Fuß zu erobern war weniger schweißtreibend und verhieß Schönes statt Anstrengendes.

Er bemerkte, wie sich jemand zu ihm auf den Mauervorsprung setzte. Ein leichter Luftzug, gefolgt von einem Rascheln. Schlagartig stellte sich ein mulmiges Gefühl bei ihm ein.

»Guten Abend, Herr Demirbilek«, sagte Verteidiger Michael Freischwimmer freundlich. »Ist es nicht zu kalt hier draußen?«

Demirbilek sah ihn an. Er trug dieselbe Kleidung wie bei der Vernehmung. Der Hoodie unter dem Trenchcoat war geschlossen. Der Rucksack auf seinem Schoß hatte den Luftwirbel verursacht. »Sie sind pünktlich. Trainieren Sie jeden Tag?«

»Jeden zweiten, wenn möglich. Kommen Sie mit hoch. Wir haben Trainingsklamotten für Gäste. Probestunde ist kostenlos.«

»Danke, aber das ist nichts für mich. Außer Ihr flüchtiger Cousin ist oben beim Training.«

Freischwimmer lächelte. »Da muss ich Sie enttäuschen. Ich weiß nicht, wo Eberhard ist. Wenn ich es wüsste, würde ich es Ihnen natürlich sagen, Herr Kommissar.«

Demirbilek lächelte zurück. »Das würden Sie, weiß ich doch.«

Freischwimmer griff in die Tasche seiner Trainingshose und überflog eine Nachricht auf dem Handy, die offenbar gerade eingetroffen war. »Sehen Sie, das war's schon mit dem Training.«

»Arbeit?«

»Ja, ein Verteidiger ist Tag und Nacht im Einsatz. Aber wem erzähle ich das. Sie arbeiten ja auch noch. Oder beschatten

Sie mich etwa nicht?« Freischwimmer hüpfte vom Mauervorsprung.

»Wie geht's Ihrem anderen Cousin? Anton, nicht wahr?«, hielt Demirbilek ihn zurück.

»Den Umständen entsprechend. Wenn Sie ihn vernehmen wollen, so bitte ich um ein paar Tage Geduld. Der Arzt fürchtet um seine Männlichkeit, er hat seit dem Tritt Ihrer Kollegin Erektionsschwierigkeiten«, erklärte er und lugte auf das Kuvert, das Demirbilek ihm entgegenhielt.

»Wir sind wohl doch Unmenschen bei der Münchner Polizei. Richten Sie ihm gute Besserung aus«, sagte Demirbilek und händigte ihm das Kuvert aus. »Das ist eine Erklärung für Ihren Mandanten.«

Freischwimmer öffnete das Kuvert. »Von der Kriminalrätin höchstpersönlich«, stutzte er und überflog die Zeilen. »Na, dann ist ja alles in Ordnung. Ich akzeptiere im Namen meines Mandanten die Entschuldigung von Oberkommissarin Vierkant. Anton wird sich freuen. Ist die Sache damit erledigt?«

»Natürlich, deshalb bin ich hier, um die Sache persönlich aus der Welt zu schaffen. Nicht, um Sie zu beschatten. Etwas treibt mich um, Herr Anwalt. Welche Funktion haben Sie bei dem Geschäft mit den Sexpartys? Ist das eine Art Familienunternehmen? Ihre beiden Cousins und Sie? Oder stecken weitere Freischwimmer mit drin?«

»Danke für den Kurierdienst«, blieb der Verteidiger ernst, ohne auf die Fragen einzugehen. »Gute Nacht, Herr Kommissar.«

»Auch Ihnen eine Gute Nacht, Herr Anwalt.«

Demirbilek sah ihm hinterher, wie er mit dem Sportrucksack auf dem Rücken zu seinem Wagen ging. Vor der Autotür stopfte er das Schreiben in die Trainingshose und stieg in den italienischen Sportwagen. Demirbilek interessierte sich nicht für Autos, er kam zunächst nicht auf Marke oder Modell, bis es ihm doch einfiel. Er fuhr einen alten Fiat Spider. Passt zu ihm, dachte er und nutzte den Verteiler, den Cengiz für ihn auf seinem Mobiltelefon eingerichtet hatte. Er setzte eine Nachricht an Vierkant und eine Handvoll Zielfahnder ab.

Kriminalrätin Feldmeier hatte die Observation genehmigt, nachdem er ihr klargemacht hatte, dass sie im Trüben fischten und es höchste Zeit wurde, in dem Fall Kranic voranzukommen. Die Verbindung zu den Freischwimmer-Brüdern war belegt. Feldmeier hatte gegenüber der Staatsanwaltschaft das Szenario einer Drogenbande in der bayerischen Landeshauptstadt heraufbeschworen, die vorher in Berlin tätig gewesen war.

Demirbilek hatte seine Aufgabe, den Kopf der vermeintlichen Bande aufzuscheuchen, gerade eben erledigt. Recht ordentlich, lobte er sich und sah ein letztes Mal nach oben zur Reihe der Sportler.

Der Kopf des Mannes im pinkfarbenen Outfit lag regungslos auf seiner Brust. Er schien beim Rudern zusammengebrochen zu sein. Mehrere Trainer umringten und versorgten ihn. Demirbilek dachte daran, dass er mit seinem Freund Robert lange keine Wanderung an der Isar entlang gemacht hatte. Er würde ihn heute noch anrufen, um sich für das Wochenende zu verabreden. Wenigstens von der Reichenbachbrücke bis zur Menterschwaige in den Biergarten würde er ihm vorschlagen. Immerhin über eine Stunde Wegzeit.

40 Es war an der Zeit, zur Nachtschicht aufzubrechen. Er zog seine Jacke über und verließ die Wohnung. Langsam nahm er die Treppen nach unten. Mit der Hand an der Klinke der Haustür überlegte er es sich anders. Er drehte um, spurtete zwei, drei Stufen auf einmal hoch, bis er im dritten Stock vor ihrer Wohnungstür stand. Dort spürte er sein Herz pochen, das von der Anstrengung und der Anspannung raste, die sich während des Tages in ihm breitgemacht hatte. Stundenlang hatte er am Türspion und am Küchenfenster verbracht. Derya war nicht aufgetaucht, wie er gehofft hatte. Er musste wissen, warum sie sich nicht gezeigt hatte.

Ganz leise drang die Stimme eines weinenden Kindes zu ihm auf den Hausflur. Die Gefahr, entdeckt zu werden, war ihm egal. Drei Parteien wohnten auf dem Stockwerk, in jedem Türblatt war ein Spion angebracht. Er verharrte direkt vor der Tür und lauschte weiter. Da war sie, die Stimme der Nachbarin und die einer anderen, jüngeren Frau, die ein weinendes Kind beruhigte. Sie hat Besuch, sie hat den Kleinen gehütet, deshalb hat sie die Wohnung nicht verlassen, machte er sich klar. Morgen, spätestens übermorgen musst du sie ansprechen. Sie muss wissen, dass es dich gibt, sagte er sich, als er Schritte hörte, die sich der Tür näherten. Er sprang die Treppen hinauf und blieb lautlos stehen. Endlich sah er sie. Derya verließ in einem Dirndl und einem Mantel über den Arm gelegt die Wohnung. Sie geht zur Arbeit, wie du, freute er sich.

Es war kurz vor neunzehn Uhr, als er in der Zentrale der Sicherheitsfirma eintraf, sich die Uniform anzog, die Unterlagen für die Tour an sich nahm und seine Schicht als Revierfahrer antrat. Er kontrollierte die Batterieanzeige des elektrischen Kleinwagens und startete den summenden Motor.

Bei der Fahrt zum ersten Kontrollpunkt dachte er nach, wie wichtig das war, was er tat, obwohl er in der Zeitung von dem Raubmord im Olympiapark gelesen hatte. Im ersten Moment war er erschrocken. Nicht über den Tod des Mannes und nicht über den belanglosen Artikel. Es freute ihn zu lesen, dass ein türkischstämmiger Kriminalbeamter einer Sondereinheit die Ermittlung leitete, wohl weil es sich bei dem Opfer um einen Österreicher mit kroatischen Wurzeln handelte. Wer weiß, vielleicht lernte er diesen Demirbilek kennen? Er fürchtete sich nicht vor ihm und seinen Fragen. Die Polizei hatte nichts in der Hand, sonst wäre der Zeugenaufruf nicht veröffentlicht worden.

Erschrocken war er über etwas anderes, ein Detail in dem Zeitungsbericht. Das Opfer wurde mit einem Dildo im Mund gefunden. Eine Botschaft an die Polizei, mutmaßte der Journalist. Beim Warten an der roten Ampel am Rosenheimer Platz holte er sich die Einkaufstüte in Erinnerung, die der Mann bei sich gehabt hatte. Die gefüllte Tüte hatte ihm den entscheidenden Vorteil gebracht, als er ihn von hinten packte und die Böschung hinabstieß. Wegen der Tüte konnte sein Gegner nicht ausholen und sich wehren. Anders hätte er den viel kräftigeren Kerl womöglich nicht überwältigt.

In der Einkaufstüte war außer dem Dildo noch etwas anderes gewesen. Eine Pumpe in Plastik geschweißt. Er hatte überlegt, das Gerät mitzunehmen, um es auszuprobieren. Der Mann war ohne Bewusstsein gewesen, er hätte nichts gemerkt. Ein Dieb aber war er nicht, und mit seinem Tod hatte er auch nichts zu tun. Der Mistkerl hatte gelebt, als er mit ihm fertig gewesen war. Er hatte ihn bestraft, hatte ihn mehrfach in die Seite und auf den Kopf geschlagen, um ihn spüren zu lassen, dass es ungehörig war, eine Frau zu beschimpfen und ihr zu drohen. Er war kein Räuber und auch kein Mörder.

Nachdem er die ersten Kontrollstationen abgearbeitet hatte, traf er auf dem Gelände eines Gebrauchtwagenhändlers in Ramersdorf ein. Die Zentrale hatte besondere Vorsicht angemahnt wegen eines Diebstahls, der allerdings tagsüber verübt worden war. Jetzt in der Nacht war alles ruhig. Er parkte den Kleinwagen und wanderte mit der Taschenlampe in der Hand über das Areal. Ihn erwartete nichts Verdächtiges. Es war, als schliefen die zum Verkauf stehenden Wagen, als hätten sie sich nach einem schweren Tag zur Nachtruhe gelegt. Er schmunzelte, weil ihm die erste Nacht ohne seine Mutter in den Sinn kam. Er verglich sich mit dem Erzieher, der durch den Schlafsaal in dem Schullandheim schritt, um nachzusehen, ob alle Kinder schliefen. Er war der Einzige gewesen, der vor Heimweh und Sehnsucht nach seiner Mutter im Schlaf wimmerte. Damals war er zehn gewesen und hatte bis dahin immer an der Seite seiner Mutter geschlafen. Vor Einbruch der zweiten Nacht holte sie ihn frühzeitig aus dem Schullandheim ab und erdrückte ihn fast vor Liebe und Erleichterung, ihn zurückzuhaben und nach Hause bringen zu können.

Bei einem Mercedes blieb er stehen. Mondschein machte die Verkaufsinformationen lesbar. Der Wagen war keine zehn Jahre alt, war keine hunderttausend Kilometer gefahren. Wenn er es sich leisten könnte, dieses Auto würde er kaufen, dachte er. Ohne lange Pausen, wenn er durchfuhr, könnte er in drei Tagen in Istanbul sein. *Autoput*, hatte er nachgelesen, nannten Gastarbeiter die Strecke, die nach Hause in die Heimat führte. Er hatte den Verlauf auf einer Landkarte studiert und sie in Gedanken durchfahren. Doch die Lust, München hinter sich zu lassen und in Istanbul ein neues Leben anzufangen, war gedämpft, seit die neue Mieterin in sein Leben getreten war. Es war eine Frage der

Zeit, bis ein Wildfremder aus dem Internet ihm zuvorkam. Du musst sie kennenlernen. Morgen, ermahnte er sich erneut. Spätestens übermorgen.

Ein Motor jaulte auf, er zuckte zusammen, blieb regungslos stehen, für Sekunden, bis er sich zwang, seine Arbeit zu verrichten. Wenn gerade ein Dieb zu Werke ging, musste er eine Meldung machen und die Polizei alarmieren. Lichter eines Transporters auf der Nebenstraße blendeten ihn. Er hielt die Hand vor die Augen und atmete durch.

Bevor er am Ende der Kontrollrunde in den Wagen stieg, klingelte sein Mobiltelefon. In der Bayerstraße bei der Paul-Heyse-Unterführung gab es ein Problem. Wahrscheinlich ein blinder Alarm, sagte der Schichtleiter, trotzdem sollte er sich zur Unterstützung des Kollegen bei dem Waffengeschäft einfinden. Per Gesetz war das Sicherheitsunternehmen verpflichtet, innerhalb einer halben Stunde jemanden vor Ort zu haben.

Als er bei dem Waffengeschäft eintraf, stellte der Kollege gerade per Zahlencode aus der Akte den Alarm scharf. Irgendjemand hatte wahrscheinlich am Absperrgitter der Eingangstür gerüttelt, glaubte der junge Kollege. Während sie sich über die Vorkommnisse in der Nacht unterhielten, stellte er im Kopf seine Tour um. Unverhofft war er in der Nähe des Löwenbräukellers gelandet und beschloss, seine Pause vorzuziehen.

Kurz darauf lenkte er den Wagen durch die Unterführung zum Stiglmaierplatz und parkte. Es war nach Mitternacht, als er zum Erkerturm des Löwenbräukellers blickte. Würde er noch rauchen, dachte er, wäre jetzt der richtige Zeitpunkt, sich eine Zigarette zu drehen. Stattdessen biss er von einer Semmel ab, die er auf Empfehlung der Verkäuferin aus dem Supermarkt mit türkischer Geflügelfleischwurst belegt hatte. Sie schmeckte ähnlich wie Mortadella, die seine Mutter am liebsten gegessen und ihm jahrelang als Pausenbrot in die Schule mitgegeben hatte.

Es war Starkbierzeit in München. Die Traditionswirtschaft

schloss gerade, die letzten Gäste verließen das Gebäude. Betrunkene Männer in Lederhosen standen vor dem Eingang und sangen die bayerische Hymne. Erstaunlich schön, wie er fand. Ausgelassen stießen die Männer sich am Ende des Chors gegenseitig in die Seiten. Wie Lausbuben, die einen Spaß machten. Ein untergehaktes Paar trat durch die Eingangstür heraus. Es war im Gespräch mit einer Frau, die er von der Ferne für Derya hielt. Doch sie war es nicht. Er wartete weitere Minuten, trank die Dose Cola Turka leer, die er ebenfalls auf Empfehlung im türkischen Supermarkt gekauft hatte, und ging im Kopf den Zeitplan für die umgestellte Tour durch.

Da erschien Derya. Tippelnd stieg sie die Treppen nach unten, atmete die frische Nachtluft ein und knöpfte den Mantel über dem Dirndl zu. Einer der Sänger torkelte zu ihr und sprach sie an. Er wollte gerade schon über die Straße spurten, um ihr beizustehen, da lachte seine Nachbarin nur fröhlich und sagte etwas zu dem Betrunkenen. Eine offenbar treffende Erwiderung, denn der Mann in Lederhosen klatschte begeistert in die Hände. Dann verabschiedete sie sich von den Männern und nahm den kürzesten Weg zur U-Bahn-Station.

Morgen. Du sprichst sie morgen an, befahl er sich und ging zu seinem Wagen. Seine Schicht war nicht zu Ende. Die Wanderung durch die Nacht dauerte bis sechs Uhr morgens an.

41

Kopfschmerzen raubten Demirbilek den Verstand. Er hatte schlecht geschlafen und war mehrfach schweißgebadet in der Nacht aufgewacht, um den Wanderer aus seinen Träumen zu verscheuchen. Obendrein hatte ihm am frühen Morgen Vierkant berichtet, dass die Beschattung des Anwalts nichts erbracht hatte. Die Lektüre des chronologischen Berichts könne er sich sparen, meinte sie fürsorglich.

Es hatte keine Zusammenkunft mit dem flüchtigen Cousin stattgefunden, keine sonst wie verdächtigen Personen waren in Erscheinung getreten oder besondere Geschehnisse zu vermelden. Im Anschluss an das Gespräch vor dem Fitnesscenter sei der Anwalt zu einer Wohnsiedlung gefahren, vermutlich, um einen Mandanten zu sprechen. Insgesamt vierzig Minuten lang. Danach sei er zurückgekehrt, habe über eine Stunde trainiert, Boxsack und Laufband, und sei anschließend nach Hause in die Friedrichstraße gefahren. Zwei Beamte stünden zurzeit vor der Kanzlei in Schwabing, die sich ebenfalls in der Friedrichstraße befand. Heute Morgen habe er nach dem Joggen bei einem Bäcker in der Hohenzollernstraße drei Croissants gekauft und sei, ohne sich zu Hause zu duschen, direkt in das Büro gegangen. Hoffentlich gab es eine Duschmöglichkeit in der Kanzlei, schloss sie die Zusammenfassung.

Demirbilek schüttelte den Kopf über Vierkants Sorge um die Körperhygiene des Anwalts. Während sie Bericht erstattete, überflog er ein Schriftstück, das er auf seinem Schreibtisch vorgefunden hatte. »Nicht gut«, urteilte er.

Vierkant bezog den Kommentar auf die Beschattung. »Vielleicht hat der Verteidiger nichts mit dem Partygeschäft oder den Machenschaften des Baustellenleiters zu tun? Könnte ja sein, dass er einfach nur der Familienanwalt ist.«

»Glaube ich nicht, mir ist der Herr Verteidiger zu glatt und zu cool«, sagte er. »Was mich auch stört, wir wissen nicht, warum Eberhard Freischwimmer vor mir geflüchtet ist.«

»Sie haben ihn mit Spekulationen bombardiert. Vielleicht hat er Angst bekommen, oder Sie haben recht mit Ihren Vermutungen. Bislang fehlt übrigens jede Spur von ihm. Die Bauarbeiter am Nockherberg werden heute noch mal befragt. Sieht aber schlecht aus. Keiner von ihnen trauert um ihn. Die Baustelle läuft ohne ihn viel besser, hat Kranic' Freund behauptet.«

Demirbilek nickte und reichte Vierkant das Schreiben. »Jale soll dem nachgehen. Ein Vorfall gestern im Präsidium. Könnte ein rassistischer Übergriff dahinterstecken. Gehört nicht in unser Dezernat, trotzdem.«

Vierkant nahm das Schriftstück entgegen. »Geht klar, sie kommt heute allerdings etwas später«, sagte sie. »Aber nicht wegen der Überstunden!«, schob sie schnell hinterher, um nicht Gefahr zu laufen, von Jales Anruf zu erzählen. Die Exfreundin des Chefs brauchte Jales Beistand. Sie hatte ihrer Kollegin versprochen, ihm nichts darüber zu sagen.

Ohne sich etwas anmerken zu lassen, dankte Demirbilek für Vierkants versteckten Hinweis. Irgendetwas stimmte nicht. Sonst würde sie nicht mit dem dümmlichen Hinweis auf Überstunden kommen. Cengiz hatte keine Probleme mit zu viel Arbeit, eher mit zu wenig Zeit für Memo.

»Ist sie krank?«, fragte er scharf nach.

»Nein, ist sie nicht. Sie kommt etwas später, das ist alles. Einkaufen vielleicht oder …«

»Statt in den Türkischkurs schicke ich dich in einen Kurs, in dem du anständig lügen lernst. Hör auf, mir Quatsch zu erzählen. Ist was mit Memo?«

Bevor sie antworten konnte, rumpelte die Tür auf. Ein uniformierter Beamter hielt einen Mann fest im Griff. Schlecht sitzender schwarzer Anzug, registrierte Demirbilek. Er sah in die rot umrandeten Augen des unrasierten Herrn, begutachtete den sauberen Haarschnitt und tippte auf einen Landsmann, der es in *Almanya* zu Geld gebracht hatte. Womit, überlegte er noch, als der Beamte mit entnervter Stimme sagte: »Der will zu Ihnen, Herr Demirbilek. Der war gestern schon da.«

»Hauptkommissar Demirbilek, der Herr Polizeimeister. Schön brav an die Dienstvorschriften halten. Heute Morgen bin ich schlechter Laune, weil ich Kopfschmerzen habe und Arbeit, dass mir schlecht wird, wenn ich nur daran denke. Und Sie bringen mir offenbar noch mehr Arbeit. Ist er die Anzeige?« Demirbilek riss Vierkant das Schreiben aus der Hand und wedelte damit.

»Hoş geldiniz, buyrun«, hieß Vierkant den Mann willkommen und befreite ihn aus dem Griff des Polizisten. »Komm, Hermann, warum so grob?«, schimpfte sie ihn. »Was ist passiert?«

»Herr Uygun hat das ganze Präsidium auf den Kopf gestellt, weil er den Hauptkommissar sprechen wollte.«

»Dafür sind wir doch von der Migra da. Gott vergelt dir die Mühe, ihn zu bringen. Richte deiner Susi schöne Grüße aus. Den Rest übernehmen wir, stimmt's, Chef?«, vergewisserte sie sich bei Demirbilek.

Bevor dieser eine Entscheidung treffen konnte, fragte ihn Uygun in der gemeinsamen Muttersprache, ob das eine Art Türkisch sei, was die Frau spreche, und bat ihn, sie hinauszuschicken. Er würde lieber von Mann zu Mann mit ihm reden.

Demirbilek ließ sich auf den Stuhl fallen. Auch das noch, dachte er mit platzendem Schädel.

Der Taxiunternehmer Oktar Uygun stellte nun doch persönlich bei Hauptkommissar Demirbilek Strafanzeige gegen Unbekannt. Den Mann, der ihn vor zwei Tagen von hinten gepackt und mit Pfefferspray attackiert hatte, sagte er aus, habe er nicht sehen können. Der Angriff geschah, als er auf dem Weg zu seiner Taxizentrale gewesen sei. Und zwar in dem Wäldchen neben der Antikensammlung am Königsplatz.

Dass Isabel Vierkant dem Gespräch beiwohnte, störte ihn zu Beginn, wie Demirbilek auffiel. Später vergaß er, eine Frau neben sich zu haben, die Notizen machte, sobald der Chef ihr die deutsche Übersetzung nachreichte. Vierkant nahm auch Kopien eines ärztlichen Gutachtens inklusive Fotodokumentation von Uygun entgegen. Das Opfer hatte den Rat, sich untersuchen zu lassen, von einem Infokasten aus einer türkischen Zeitung über rechtsradikale Umtriebe befolgt.

Uyguns Hausarzt bescheinigte ihm eine Gehirnerschütterung, verursacht von einem Tritt auf den Kopf. Ursächlich für die schwer entzündeten Augen sei ein besonders stark und lang wirkendes Pfefferspray. Der Arzt hatte seinem Patienten beschriftete Proben für die Gerichtsmedizin mitgegeben. Vierkant und Demirbilek waren beeindruckt.

»*Su var mı?*«, fragte Uygun plötzlich an Vierkant gewandt. Demirbilek wollte für sie übersetzen.

»Habe schon verstanden, Chef«, kam sie ihm mit Stolz zuvor. »Ich bringe Herrn Uygun ein Glas Wasser.«

Als Vierkant das Dienstbüro verlassen hatte, räusperte sich Uygun. »*Komiser Bey*, noch etwas Wichtiges muss ich Ihnen sagen. Der Angriff auf mich ist schlimm, fassen Sie den Übeltäter, bitte. Schlimmer aber ist, dass meine geliebte Ehefrau verschwunden ist. Wir sind seit fünfundzwanzig Jahren verheiratet. Sie hat mir, Allah sei Dank, zwei wohlgeratene Söhne geschenkt.«

Demirbilek lehnte sich mit den Ellbogen auf dem Schreibtisch vor. »Deswegen sind Sie eigentlich hier? Wollten Sie deshalb von Mann zu Mann mit mir reden?«, fragte er in loyalem Tonfall.

Schnell wie eine Gazelle kehrte Vierkant mit einem Tablett zurück. Sie hatte aus dem Vernehmungsraum eine orientalische Karaffe und drei Wassergläser geholt. Wie gemütlich, dachte Demirbilek, ein einfaches Glas Leitungswasser hätte den Durst ihres Gastes schnörkelloser gelöscht. »Vierkant, hol uns zwei *kahve* aus der Kantine und lass dir Zeit«, sagte er ihr, ohne dabei aufzusehen.

Vierkant hielt inne, verfluchte innerlich ihren Chef, besann sich aber schnell und verzog den Mund zu einem kühlen Schmunzeln, das keine Geisha hätte besser hinbekommen können. »Mit Vergnügen, *memnuniyetle.*«

Nachdem sie das Tablett abgestellt und den Raum wieder verlassen hatte, wollte Demirbilek keine Zeit verlieren, um den wahren Grund der Strafanzeige zu erfahren. »Warum sitzen Sie bei mir und nicht in der Vermisstenstelle?«, fragte er, während er Wasser einschenkte.

»Effendim«, sprach ihn Uygun respektvoll an. »Ich bin ein angesehener Geschäftsmann. In meinem Taxiunternehmen beschäftige ich Deutsche und Türken, ich habe einen Ruf zu verlieren. Wenn sich herumspricht, dass meine Frau verschwunden ist, wo bleibt dann meine Autorität?«

»Lieber einen Ruf verlieren als seine Ehefrau.« Demirbilek trank das Wasser in einem Zug aus. »Wir sind unter Männern, wie Sie wollten. Jetzt sagen Sie mir gefälligst, was mit Ihrer Frau passiert ist«, verschärfte er den Ton.

»Ich verstehe es nicht, *Komiser Bey*. In den letzten Wochen wurde sie aufmüpfig, hat vergessen zu kochen, unser Heim steht vor Dreck, und sie bestand allen Ernstes auf eine Haushaltshilfe.«

»Als Unternehmer können Sie sich eine Kraft leisten, warum nicht?«

»Was macht meine Ehefrau dann den ganzen Tag zu Hause?«, fragte Uygun ernst. »Nein, das geht nicht. Eine Frau hat den Haushalt zu führen und die Kinder zu versorgen. Sie ist den zweiten Tag weg. Ich weiß nicht, wo sie ist. Vielleicht ist ihr etwas zugestoßen, Sie müssen sie finden.«

Demirbilek blieb ruhig, auch wenn er angesichts der Einstellung seines Landsmannes zur Rolle der Frau kurz davor war, die Fassung zu verlieren. Er wollte ihm schon mitteilen, dass er der Strafanzeige nachgehen, den Verbleib seiner Frau aber nicht untersuchen werde, doch das Telefonläuten des Dienstapparates hinderte ihn daran. Er nahm ab.

Vierkants aufgeregte und atemlose Stimme platzte in sein Ohr. »Das geht nicht, Chef, Sie können mich nicht mitten im Verhör Kaffee holen schicken!«, sagte sie erbost. »Fragen Sie Uygun, ob er seine Frau schlägt. Ein Gefühl. Vielleicht hat sie deshalb den Mistkerl sitzen gelassen! In zwei Minuten bin ich zurück.«

Verdutzt sah Demirbilek auf den Hörer und stellte sich vor, wie Vierkant mit dem Handy auf dem Gang wartete. Den duftenden *kahve* roch er förmlich, als er die Augen auf Uygun richtete und ihn sekundenlang fixierte. »Sie haben kein einziges Mal den Namen Ihrer Frau genannt. Bedeutet Ihnen der Mensch, der an Ihrer Seite lebt, so wenig?«

»Songül, sie heißt Songül«, antwortete Uygun verstört.

Demirbilek setzte nach, mit messerscharfer Stimme: »Songül ist nicht verschwunden, sie hat Sie verlassen, weil Sie sie schlagen.«

Zu einer Erwiderung war der Taxiunternehmer nicht fähig. Er schüttelte sich und schniefte und schluchzte, als hätte er sich urplötzlich einen Grippevirus eingefangen. Umständlich holte er aus der Hosentasche ein Stofftaschentuch und entfaltete es.

»Nein, wie kommen Sie darauf. Das habe ich nicht, ich habe Songül nicht geschlagen«, log er hilflos.

Demirbilek war froh, nicht in die Verlegenheit zu geraten, ihm eines seiner edlen Tücher anbieten zu müssen. Uygun schnäuzte sich mit billiger Stangenware die Nase. Möge ihm der Polyesteranteil die Nasenschleimhäute reizen, verwünschte er ihn. Eine viel zu milde Strafe für jemanden, der seine Frau misshandelte, sollte sich die Anschuldigung bewahrheiten. Denn eines wurde Demirbilek bewusst. Der schluchzende Mann spielte ihm kein Theater vor. Er liebte seine Frau, wenigstens war sie ihm so wichtig, dass er mit aller Kraft nach ihr suchte.

Als Vierkant mit den Mokkatassen eintraf, verließ Uygun Hals über Kopf das Migra-Büro.

»Du hast recht gehabt, Isabel. Er schlägt seine Frau. Die Gute ist ihm abgehauen. Jetzt her mit dem *kahve*«, sagte er zufrieden. »Vielleicht hilft das gegen die Kopfschmerzen.«

Vierkant stellte die zwei Tassen vor ihm ab und holte aus der Umhängetasche die dazugehörigen Unterteller. »Weiblicher Instinkt kann hie und da helfen, oder, Chef?«, lächelte sie glücklich.

Bevor Vierkant nach der anderen Tasse greifen konnte, um selbst zu trinken, hatte er den ersten Mokka ausgetrunken und schon nach der zweiten Tasse gegriffen. »Manchmal hilft viel viel«, erklärte er. *»Vay be!«*, rief er nach dem Koffeinschock aus, der durch seinen Körper strömte.

»Das bedeutet?«, fragte Vierkant missmutig.

»Frag Jale, das ist eher ihr Jargon. Wo bleibt sie eigentlich?«

42

Jale strich eine Haarsträhne aus Deryas Gesicht, die glücklich über die Geste die Augen zusammenkniff. Die Freundinnen lagen an dem Morgen nebeneinander in dem Bett, das sich Derya beim Umzug geleistet hatte. Es war groß und aus Holz, es wirkte heimelig wie aus einer besseren Zeit, einer, in der das Leben einfacher gewesen war. Ein Gefühl der Vertrautheit und Geborgenheit verband die beiden. In ihrer Mitte schlief Memo.

»Mir ging's echt nicht so gut gestern. Schön, dass ihr über Nacht geblieben seid«, sagte Derya mit dankbarer, verschlafener Stimme.

»Hör auf, ist doch selbstverständlich. Ich bin aber jetzt spät dran.« Vorsichtig kroch Jale aus dem Bett.

Fassungslos hielt sich Derya mit beiden Händen den Mund zu, um nicht aufzuschreien und Memo dadurch zu wecken. »Du hast ja gar nichts drunter an, Jale! Das gehört sich nicht!«, presste sie verschämt hervor.

Die Migra-Beamtin machte sich einen Spaß, lüftete beim Hinausgehen das Nachthemd und zeigte ihrer Freundin den blanken Hintern.

»Jale!«, rief nun Derya so laut, dass Memo aufwachte.

Der Kleine benötigte nicht mehr als ein paar liebevolle Streicheleinheiten seiner Mutter, um wieder einzuschlafen. Derya werkelte bereits in der Küche, als Jale zu ihr stieß. Sie hatte sich umgezogen, die Tattoos auf dem Arm waren für die ganze Welt zu sehen. Derya hatte das Nachthemd noch an und drehte sich zu ihr.

»Soll ich dir das Henna nachzeichnen?«, fragte sie. »Lange hält es nicht mehr.«

»Gerne, aber nicht jetzt. Ich muss mich dringend im Büro blicken lassen.«

In der gemütlichen Küche roch es nach Eiern und Tomaten. Auf dem Toaster lag Pidebrot zum Aufwärmen. Jale war über *menemen* zum Frühstück begeistert. Rühreier mit klein geschnittenen Tomaten, etwas Zwiebeln und Paprika.

Beim Essen beschlossen die Freundinnen, dass Memo sich einen Tag Auszeit von der Krippe nehmen und bei Derya bleiben sollte. Jale wollte sie nach Dienstschluss abholen und zum Löwenbräukeller fahren.

»*Tamam*«, willigte Derya ein. »So machen wir das. Ich gehe arbeiten, wenn du mit der Arbeit fertig bist.«

»Ich danke dir so sehr. Ich weiß nicht, wie ich das je wiedergutmachen soll«, sagte Jale mit vollem Mund.

»Das musst du auch nicht. Aber ich hätte gerne, dass du dir was ansiehst, ich bin einfach nicht sicher«, erwiderte Derya und stand auf, um *çay* nachzuschenken.

»Klar. Was denn? Wenn's schnell geht, sehe ich es mir gleich an.«

»Ehrlich?«, fragte Derya aufgeregt und setzte sich wieder. »Würdest du? Es ist mir aber peinlich.«

Jale schüttelte den Kopf. »Du hast vorhin meinen nackten Hintern gesehen. Etwas Peinlicheres gibt es wohl nicht!«

Derya lachte aus vollem Hals. »Ach, wenn ich das nur so locker sehen könnte wie du. Ich bin anders erzogen, eine Frau macht das nicht, was ich getan habe. Jedenfalls keine aus meinem Dorf.«

Jale räumte ihren Teller in die Spülmaschine und kratzte mit dem Zeigefinger die restlichen Eier aus der Pfanne. »Du bist jetzt wie lange in München?«, fragte sie.

Derya überlegte. »Bald fünf Jahre. Warum?«

»Na, weil du seit dem Tod deines Ehefuzzis mehr oder weniger Single in der Single-Hauptstadt Deutschlands bist. Das ist nicht das Richtige für dich. Du brauchst einen Mann.«

»Das sagst du mir nicht zum ersten Mal. Aber woher weißt du, dass es um das Thema geht?«, fragte Derya erstaunt.

»Ich bin nicht nur Memos Mutter, ich bin auch Kriminalbeamtin, die gelernt hat, zwischen den Worten herauszuhören, was den Menschen auf der Seele brennt. Du hast dich wie eine Verdächtige angehört, die kurz davorsteht, ein Geständnis abzulegen«, plauderte sie, während sie die Pfanne in der Spüle abwusch.

Derya versuchte, locker zu klingen. »Zeki hat mir immer gesagt, wie sehr er dich schätzt. Er weiß, was er an dir hat. Als Polizistin *und* Mutter seines Enkelsohnes, übrigens.«

»Sprichst du von meinem Chef? Deinem Exfreund? Hat er das wirklich gesagt?«, staunte Jale.

»Mehr hörst du nicht von mir, das waren vertrauliche Gespräche.«

Jale seufzte. »Er kapiert einfach nicht, was er an dir hatte, Derya *abla*. Es tut mir echt leid. Das Beste für dich ist, du vergisst ihn. Ich weiß, wie schwer es für dich sein muss, wenn du Memo bei dir hast. Vielleicht sollten …«

Derya unterbrach sie, flehend, als würde sie ihr die Freundschaft kündigen: »Nein, Jale, bitte. Nicht Memo auch noch.«

Mit nassen Händen kam Jale auf sie zu und umarmte sie. »Aber nein, keine Sorge. Ohne dich wären Memo und ich verloren«, tröstete sie ihre Freundin. »So, ich platze vor Neugier. Hast du jemanden bei der Arbeit kennengelernt? Einen Kollegen oder Gast? Ich soll einen Hintergrundcheck machen, ob er ein Massenmörder ist oder sonst was auf dem Kerbholz hat?«, brachte sie Derya wieder zum Schmunzeln.

»Da liegst du nicht ganz falsch. Gestern hat jemand um meine Hand angehalten.«

»Was?«, stutzte Jale. »Echt? Ist ja super!«

Derya lachte. »Er hatte die eine oder andere Maß zu viel Starkbier, als er mich gefragt hat. Ein sehr netter Gast in Lederhosen, er wollte mich auf der Stelle zu seinem Bauernhof in Aying mitnehmen.«

»Ach so«, gab Jale enttäuscht zurück.

»Hast du noch etwas Zeit?«, wurde Derya ernst. »Ich habe wirklich jemanden kennengelernt. Ich bin unsicher, ob ich ihn zu Hause treffen soll. Du bist übrigens schuld daran, du hast mir gesagt, ich soll im Internet suchen.«

»Hast du?« Jale wischte sich die Hände trocken. Gerührt sagte sie: »Gestern habe ich Allah gebeten, nicht zu vergessen, für dich einen Partner zu erübrigen.«

Verschämt reichte Derya ihr einen Zettel mit den Zugangsdaten zu der Website der türkischen Partnervermittlung. »Er ist Ingenieur. Siehst du ihn dir an? Er heißt Zeki.«

»Wie bitte?«

Derya grinste. »Das war die Strafe für den nackten Hintern!«

»Du hast es faustdick hinter den Ohren, aber wirklich!«, sagte Jale erleichtert. »Ich hole mein Tablet, schenkst du mir einen *çay* ein?«

43

»Und Pius? Wo ist der?«, fragte Demirbilek Vierkant, nachdem er beschlossen hatte, wie er mit der Strafanzeige des Taxiunternehmers verfahren wollte. Die Hälfte des Teams fehlte bei der Besprechung. Vierkant saß nun alleine vor seinem Schreibtisch. Noch vor dem Aufstehen am frühen Morgen hatte sie im Bett neben ihrem selig schnarchenden Ehemann ein chaotisches Telefonat mit Leipold geführt.

»Er hat mich angerufen. Wasserschaden im Badezimmer«, informierte sie ihn. »Pius hat heute das erste Mal in seinem Leben die Waschmaschine bedient. Er wollte wohl seiner Frau zeigen, wie ernst er es meint. Ist aber ordentlich schiefgegangen, und womit er es ernst meint, wollte er mir nicht sagen. Sie wüssten Bescheid.«

Leipold und Wäsche waschen, das hätte er ihm vorher sagen können, dass das nicht gut gehen würde, dachte Demirbilek und unterließ es, Vierkant in das vertrauliche Gespräch über Leipolds Eheprobleme einzuweihen. »Warum rufen alle dich an, nicht mich?«, regte er sich stattdessen auf.

»Weil Sie natürlich wichtigere Angelegenheiten zu regeln haben als die Dienstzeiten Ihrer Mitarbeiter«, verlautbarte Vierkant unsicher.

Cengiz erlöste sie von weiteren Erklärungen. Mit einer Bäckertüte durchschritt sie den größeren Dienstraum, hinüber in Demirbileks Büro.

»Sorry, sorry, sorry«, entschuldigte sie sich außer Atem. »Butterbrezen für alle, Chef. Tut mir leid, ich bin verdammt spät dran, eine Art Notfall.« Sie legte die Tüte auf den Schreibtisch und setzte sich neben Vierkant.

»Ist etwas mit Memo?«, fragte Demirbilek besorgt.

»Ja, aber nichts Schlimmes. Er hat vorgestern gespuckt, ich musste ihn von der Krippe abholen. Heute ruht er sich auch noch aus, morgen geht's wieder«, erklärte sie. »So, was ist mit dem kroatischen Konsulat? Hat sich da endlich jemand gemeldet, oder soll ich vorbeifahren und Dampf machen?«

»Memo ist alleine zu Hause?«, hakte Demirbilek nach.

»Aber nein. Er ist bei Derya. Es ist alles in Ordnung, deinem Enkel geht es gut.«

Erleichtert setzte sich Demirbilek auf seinen Stuhl.

Vierkant übernahm das Wort. »Gestern Nacht hat die Kriminalrätin eine Mail vom Konsulat erhalten. Die Verwandten in Kroatien sind informiert. Mirko Kranic hinterlässt eine Frau und zwei Kinder. Die Überführung des Leichnams ist noch so eine Sache. Sie diskutieren, ob er erst nach Österreich transportiert oder direkt …«

»Lass das die zuständigen Behörden klären«, unterbrach Demirbilek sie. »Was noch?«

Cengiz meldete sich. »Wo ist eigentlich Pius? Schon wieder gefeuert?«

»Er kommt später – wie du!«, entgegnete Demirbilek knapp. »Was ist mit dem Flug nach Zagreb? Wollte Kranic Frau und Kinder besuchen, hat das Konsulat nachgefragt?«

»Ja, haben sie«, machte Vierkant weiter. »Davon wusste seine Frau aber nichts. Normalerweise gab er Bescheid, wenn er sie besuchen kam.«

»Habt ihr die Passagierliste kontrolliert?«, fiel Demirbilek ein.

Die zwei Beamtinnen sahen sich verdattert an.

»Hast du doch, oder?«, fragte Cengiz Vierkant.

»Nein, ich dachte, du hast«, entgegnete sie.

Gleichzeitig sprangen sie auf und hetzten an ihre Computer. Emsige Finger flogen über die Tastaturen, hektisches Klicken und Klacken drang zu Demirbilek an den Schreibtisch. Er wandte sich zum Fenster und gähnte verstohlen. Das Surren des Druckers, der aus dem Schlaf erwachte, erinnerte ihn an den eigenen Schlaf, der ihm in der Nacht größtenteils verwehrt geblieben war.

Der Wanderer hatte ihn erneut heimgesucht, diesmal, um in München sein Unwesen zu treiben. Mit einem Fußtritt kickte der Riese die Quadriga auf dem Siegestor bis zur Münchner Freiheit und stampfte den Triumphbogen nieder. Mit einem Satz hüpfte er sodann schreiend wie ein wilder Affe gen Residenz, riss nebenbei Ludwigskirche und Staatsbibliothek nieder und landete auf dem Dach der Feldherrnhalle. Die Theatinerkirche nebenan brach von der Erschütterung in sich zusammen. Demirbilek schloss die Augen und verfluchte die Visionen, die ihm auch jetzt noch zusetzten. Ohne sich etwas anmerken zu lassen, drehte er den Stuhl in den Raum zurück.

Vor ihm stand Cengiz und grinste mit Siegeslächeln ihre Kollegin an. Vierkant streckte ihr die Zunge heraus und nickte ihr anerkennend zu. »In Ordnung, du warst schneller, sag du es ihm.«

Mit dem Ausdruck in der Hand fragte sie Demirbilek: »Rate mal, wer auf denselben Flug wie Kranic gebucht war?«

Der Kommissar schnaufte durch. »Raten?« Er stand auf und streckte die Arme seitlich von sich, um Leben in seine müden Knochen zu bringen. Dann griff er nach dem Handy auf dem Schreibtisch und steckte es ein. »Jale, du kümmerst dich um Kranic' Mobilfunkdaten, dazu hat der kroatische Konsul nichts geschrieben. Ich glaube nicht, dass es weiterhilft, aber ich will sichergehen. Wenn du nicht weiterkommst und unser Migra-Neuling sich bequemt, zum Dienst zu erscheinen, frag ihn nach seinem Freund bei der Wiener Mordkommission. Vielleicht kann er uns weiterhelfen. Wir bearbeiten schließlich den Tod eines österreichischen Staatsbürgers. Danach klärst du die Alibis der zwei Frauen, die Kranic angezeigt haben. Das dauert mir alles zu lange mit den Vernehmungsbeamten, mach Dampf. Ich möchte potenzielle Verdächtige ausschließen und Haken unter den Spuren, wir ermitteln das sauber aus. Wenn du damit fertig bist, bearbeitest du die Anzeige eines Oktar Uygun, die wir vor deinem Dienstantritt heute Morgen aufgenommen haben. Isabel hat protokolliert, liegt alles auf ihrem Schreibtisch. Deine pünktliche Kollegin und ich fahren in die Friedrichstraße und klären ab, warum Anwalt Freischwimmer auf denselben Flug wie Kranic gebucht war.«

»Und ob es eine Dusche in der Kanzlei gibt«, ergänzte Vierkant ungewollt.

Demirbilek grinste über ihre nicht nachlassenden körperhygienischen Sorgen und zog das Sakko an.

»Woher weißt du, dass es der Anwalt war?«, fragte Cengiz mit offenem Mund nach.

»Ich habe geraten«, lächelte er. »Mach ich nicht alles, was du mir aufträgst?«, setzte er nicht ganz ernst gemeint hinzu und verließ das Dienstzimmer.

Vierkant beeilte sich, zu Cengiz zu kommen. »Er ist halt der Chef, Jale. Ärgere dich nicht, kennst ihn ja, er meint es gar nicht so herrisch. Ich schicke dir von unterwegs den Namen von Pius' Freund aus Wien.« Sie gab ihr ein Küsschen auf die Wange. »Das ist für Memo, wenn du ihn heute Abend siehst.«

Cengiz schluckte ihren Ärger hinunter. Das hatte sie davon, dass sie zu spät zum Dienst erschienen war, sagte sie sich. »Was ist das für eine Anzeige? Mord oder Totschlag, oder was?«

Vierkant holte die Umhängetasche von ihrem Schreibtisch. »Nein, kein Kapitalverbrechen. Eigentlich nichts für die Migra, aber für die Anzeige bist du genau die Richtige, glaub mir. Bis später.«

Kaum war Cengiz allein, trieb sie die Neugierde zu dem Protokoll, das Vierkant angefertigt hatte. Sie überflog die Informationen und spürte eine ungesunde Wut in sich aufsteigen. Wenn es um misshandelte Frauen ging, fühlte sie sich tatsächlich als die Richtige.

44 Im Grunde war die Aussicht, den Anwalt zu einer freiwilligen Aussage über den Grund seines Zagrebfluges zu bewegen, genauso unwahrscheinlich wie die Aussicht, Selma zurückzugewinnen, dachte Demirbilek in der Diele der Schwabinger Altbauwohnung. Verfranste Teppiche lagen aus, an dem antiken Mobiliar hätte Robert sicher seine Freude gehabt. Er saß neben Vierkant auf einem quietschenden Polstersessel und fürchtete, der Tisch mit Glasplatte vor ihnen könne unter der Last der Keksschale und der Thermoskanne zusammenbrechen, so filigran und museumsreif erschien er ihm. Er dachte an den hippen Kleidungsstil des Anwalts und brachte diesen nicht mit dem Einrichtungsstil zusammen, der seit Jahrzehnten vermutlich unverändert geblieben war.

Die Befragung von Michael Freischwimmer wollte er Vierkant überlassen. Eine Chance auf Wiedergutmachung schwebte ihm vor, für die verpatzte Vernehmung im Präsidium. Vierkant rutschte nervös auf dem Stuhl neben ihm herum und notierte eine Art Fahrplan für die anstehende Begegnung mit dem Anwalt. Demirbilek blickte auf die Pendeluhr an der Wand. Das Ticken klang wie Selmas alter Wecker. Seit ziemlich genau sieben Minuten warteten sie darauf, in Freischwimmers Büro vorgelassen zu werden.

Eine Frau um die sechzig mit brünetten langen Haaren hatte sie freundlich begrüßt, ihnen die Warteplätze zugewiesen und sie bewirtet. Demirbilek verzichtete auf den Filterkaffee, den er in der Kanne vermutete, bediente sich aber an den Keksen. Eine weitere Minute übte er sich in Geduld. Dann war Schluss. Er stand auf und marschierte zum Empfang, hinter dem die Dame in einem Ohrensessel thronte.

»Gestatten Sie mir eine Frage, Frau …«

»Hildegard Freischwimmer, ich bin Michaels Tante. Anton und Eberhard sind meine Söhne«, erklärte sie zuvorkommend. »Ich sage aber nicht gegen sie aus. Probieren Sie es erst gar nicht, Herr Hauptkommissar.«

Demirbilek drehte sich zu Vierkant um. »Isabel, das ist ja eine Überraschung. Das ist die Tante des Anwalts. Wie schön, oder? Ein Familienunternehmen, hab ich's mir doch gedacht.«

»Nicht ganz«, berichtigte Frau Freischwimmer ihn. »Ich mache hin und wieder Telefondienst. Die Anwaltsgehilfin ist gerade im Gericht. Sie müsste bald zurück sein. Michael ist es wichtig, dass jemand ans Telefon geht, und wenn's die Tante ist.«

Vierkant nickte und notierte die Information. Demirbilek folgte weiter einem Gefühl, am Ende nicht umsonst den Weg nach Schwabing auf sich genommen zu haben. »Viel zu tun, Ihr Neffe, nicht wahr?«

»Michael ist sehr fleißig, ja. Der Mandant bei ihm ist extra aus Regensburg angereist«, bestätigte sie ihm. »Dauert nicht mehr lange, denke ich, aber man weiß nie genau.«

Inzwischen hatte Demirbilek einen Plan ersonnen. Er drehte sich erneut zu Vierkant und zwinkerte ihr zu, in der Hoffnung, sie würde verstehen, was er vorhatte. »Ach ja, Isabel, Frau Freischwimmer ist die Mutter von, du weißt schon, dem Mann, dem du so wehgetan hast. Willst du nicht die Gelegenheit nutzen, dich auch bei ihr zu entschuldigen?«

Auf der Stelle ließ die Oberkommissarin Notizbuch und Stift fallen und reagierte, wie Demirbilek erhoffte. Sie eilte zum Empfang und reichte ihr die Hand. »Aber ja, es tut mir aufrichtig leid, Frau Freischwimmer. Ich wusste ja nicht, dass Sie die Mama sind. Wie geht's Ihrem Sohn denn?«

Eingeschüchtert aus Sorge um ihr Fleisch und Blut wurde die Mutter nervös. »Wen meinen Sie, Eberhard oder Anton?«

»Den Anton. Ich möchte mich persönlich bei Ihnen entschuldigen. Wissen Sie, ich musste eingreifen, vielleicht war's ein wenig zu viel des Guten. Im Grunde trifft ihn ja keine Schuld.«

»Dann kann nur der Eberhard dahinterstecken.«

Vierkant nickte. »Stimmt, wenn Sie es genau wissen wollen.«

»Das war schon immer so«, sagte die Mutter resigniert. »Seit sie klein sind, macht der Eberhard Dummheiten, und der Anton muss es ausbaden. Aber, wie gesagt, über meine Söhne spreche ich mit der Kriminalpolizei nicht.«

»Um Gottes willen, müssen Sie ja nicht, aber verraten könnten Sie mir, wie es Anton geht. Ich habe ihn etwas zu fest erwischt.«

»Was ist denn passiert? Glauben Sie, meine Söhne erzählen mir was? Michael ist anders, der spricht mit seiner Tante, auch wenn er herumläuft wie ein Gangster. Was haben Sie denn dem Anton angetan?«

»Ach, wissen Sie«, erwiderte Vierkant. »Mir geht's da wie Ihnen, ich darf darüber nicht reden. Fragen Sie den Anton oder besser gleich den Eberhard.«

Demirbilek war von Vierkants spontanem Ermittlerinstinkt angetan, er hatte die Unterhaltung verfolgt und stand an der Tür. »Isabel, komm, wir gehen jetzt, es wird Zeit. Wir rufen wegen eines Termins noch mal an.«

»Sofort, Chef«, rief Vierkant ihm zu. »Darf ich noch schnell das Badezimmer benutzen, Frau Freischwimmer?«

Die Beamten verabschiedeten sich, nachdem Vierkants Sorgen um Michael Freischwimmers Hygiene ausgeräumt waren. Draußen entdeckte Demirbilek die zwei Zielfahnder am Habsburgerplatz und erweiterte den Beschattungsauftrag. Sollte eine ältere Dame mit brünetten langen Haaren das Haus verlassen, wollte er, dass einer von ihnen die Mutter des zur Fahndung ausgeschriebenen Eberhard Freischwimmer folgte.

Als er mit Vierkant wieder im Dienstwagen saß, schluckte sie und bekreuzigte sich.

»Das war keine Sünde, Isabel. Andeutungen und Halbwahrheiten sind keine klassischen Lügen, soweit ich weiß«, versuchte er ihr schlechtes Gewissen zu beruhigen.

Doch Vierkant ließ sich in ihrer Andacht nicht stören. Sie brachte das Gebet zu Ende, dann erst antwortete sie. »Das arme Mutterl, die wusste von nichts.«

»Darauf habe ich spekuliert.«

»Habe ich gemerkt, astrein war das trotzdem nicht, was ich ihr vorgespielt habe. Aber vielleicht kommen wir mit dem Trick an den Baustellenleiter ran.«

»Dafür kannst du ruhig noch ein Gebet sprechen, schaden kann es ja nicht.«

»Helfen höchstens«, bestätigte sie und bekreuzigte sich ein weiteres Mal. Das Vaterunser sprach sie andächtig und mit geschlossenen Augen.

Demirbilek fühlte in sich genau dasselbe, was Vierkant gerade im Inneren bewegen musste. In Gedanken stimmte er eine Sure für Allah an. Sie presste gerade die gefalteten Hände fest zusammen, als er durch die Windschutzscheibe eine wunderliche Erscheinung wahrnahm.

Leise öffnete er die Beifahrertür, um Vierkant nicht zu stören, und gab den Zielfahndern Zeichen, die Angelegenheit selbst zu übernehmen. Er folgte Mutter Freischwimmer, die in Windeseile die Friedrichstraße entlang zur katholischen St.-Ursula-Kirche tapste. Er kam nicht weit, bis Vierkant neben ihm erschien und ihn zufrieden anlächelte.

45 Heute war es so weit, spürte er. Der Tag, an dem er Derya kennenlernen würde, war gekommen. Dafür brauchte er Zeit und musste für eine Gelegenheit sorgen. Er hatte sich krankgemeldet. Zu Hause musste er sein, um sie in seinem Leben willkommen zu heißen und sie vor der Dummheit zu bewahren, einen Fremden aus dem Internet zu treffen. Nervös wanderte er in seiner Wohnung umher. Er war seit Stunden bereit, hatte geduscht und sich angezogen.

Sein Blick verfing sich auf dem ausrangierten Monitor, den er aus dem Keller geholt und auf die Küchenzeile gestellt hatte. Das Bild zeigte die gähnende Leere im Hausflur vor seiner Wohnungstür. Genauso düster war der Gang in Istanbul gewesen, wo er Nilay vor ihrem Vergewaltiger gerettet und ihre rasierte Scham hatte sehen dürfen. Die Aufsatzkamera für den Türspion war mit Funk ausgestattet, eine Anschaffung, die er gleich nach dem Aufstehen getätigt hatte, um nicht die ganze Zeit im Flur ausharren zu müssen. In den Morgenstunden war reger Verkehr im Treppenhaus gewesen. Schulkinder rumpelten nach unten, das Ehepaar aus dem zweiten Stock stritt sich beim Hinuntergehen. Derya war in den Morgenstunden bislang nicht zu sehen gewesen. Mit dem Monitorbild des Hausganges vor Augen konnte er gleichzeitig den Hinterhof überwachen, sollte sie zu den Mülltonnen gehen oder wieder den Kleinen hüten. Doch draußen war es ruhig. Eine beklemmende Vormittagsstille, die er nur aus freien Tagen kannte, wenn er nicht um die Uhrzeit im Bett lag.

Er befeuchtete die Fingerkuppen und schleckte sie ab, bevor er zum Brotmesser griff. Das Frühstück aus einem halben Ring *sucuk* und drei Eiern, schwarzen Oliven und einem halben Laib Pide hatte er zu schnell und zu hastig verschlungen. Sein Magen rebellierte, der Knoblauch in der Wurst machte ihm zu schaffen. Mit einem Stück trockenem Pide versuchte er, das Rumoren zu besänftigen. Da bewegte sich etwas auf dem Monitorbild, er kaute und schluckte hinunter. Die Anspannung war immens; er wollte, sobald er Derya auf dem Monitor sah, ihr nachgehen und sie im Treppenhaus ansprechen. Er hatte sich dafür eine türkische Begrüßung zurechtgelegt. Nichts Besonderes, etwas Alltägliches, ein: »Hallo, sind Sie nicht die neue Mieterin?«.

Doch Derya war es nicht, die für einen Augenblick das Bild kreuzte. Er entspannte sich und begab sich zum Küchenfenster, als er die Hoftür quietschen hörte. Ein Mann brachte den Müll weg und verschwand.

Sein Herz pochte. Er musste etwas unternehmen, musste seine Aufgeregtheit und das Verlangen nach ihr in den Griff bekommen. Er betrachtete Deryas Notizzettel, den er aus dem Abfalleimer geholt hatte. Für welchen der Männer hatte sie sich entschieden? Er versuchte, aus der Schrift, der Art, wie sie die Benutzernamen notiert hatte, herauszulesen, wer ihr Favorit war. Warum hat sie den Zettel überhaupt weggeworfen? Vielleicht hatte sie sich ja gegen einen Fremden entschieden, freute er sich plötzlich. Ja, sonst hätte sie den Zettel nicht entsorgt! Euphorie packte ihn, er zog den Reißverschluss seiner Jacke hoch und schritt zur Wohnungstür.

Er wollte bei ihr läuten, wie sie es bei ihm getan hatte, um nach Milch zu fragen. Der Mut verließ ihn jedoch gleich wieder. Statt sich einen Korb einzufangen, gestattete er seinen Gedanken, sich zu verselbstständigen. Er starrte auf den Monitor und sah sich selbst auf der Mattscheibe die zwei Stockwerke nach oben gehen. Er drückte den Klingelknopf, einfach so, ohne sich einen Grund zurechtgelegt zu haben. Sie öffnete sofort und empfing ihn in demselben Nachthemd, das sie in seiner Fantasie in der Gefängniszelle getragen hatte. Sie lächelte ihn freundlich an. Das Haar war offen, sie war nicht geschminkt, duftete nicht nach Parfüm und hatte kein Make-up aufgetragen – wie seine Mutter.

Nein, erschrak er über sich selbst, tu das nicht, das ist nicht richtig. Trotz aller inneren Widerstände zog es ihn durch den Flur zur Badezimmertür. Sie war verschlossen. Er drückte die Klinke nieder und ließ sie einen Spalt weit offen. Weit genug, um den warmen Wasserdampf von der morgendlichen Dusche zu fühlen und die Badewanne zu sehen. Er verscheuchte Derya, schubste sie aus seinen Gedanken, um sich nicht vor ihr schämen zu müssen. Dann erlaubte er seiner Fantasie, sich seiner zu bemächtigen.

Er war ohne Vater aufgewachsen. Bis zum Tod seiner Mutter hatte er alleine mit ihr in der Wohnung gelebt. Krippe und Kindergarten hatte er nicht besucht, sie hatte ihn großgezogen und versorgt. Die meiste Zeit verbrachte er alleine oder mit andern Kindern aus der Nachbarschaft im Hinterhof, wo sie vom Küchenfenster aus ständig nach dem Rechten sah. Dafür hatte sie neben dem Badezimmerspiegel den Tisch mit der passenden Breite schreinern lassen. Vier Jahre lang hatte sie ihn während der Grundschulzeit Tag für Tag zur Schule begleitet. Davon die letzten Wochen bis zur Straßenecke, wo das Schulgebäude in Sichtnähe war. Er erinnerte sich an ihren Blick, voller Angst und Sorge, wenn er ihr zum Abschied zuwinkte.

Plötzlich erfasste ihn Wut, weil seine Mutter ihn im Stich gelassen hatte. Er knallte die Badezimmertür mit dem Fuß zu und schloss die Augen, um sie aus den Gedanken zu verbannen. Warum musste sie so früh aus dem Leben scheiden? Die Wut verblasste so schnell, wie sie ihn erfasst hatte. Er dachte an die vielen Bilder von ihr in seinem Kopf. Als er ein kleiner Junge war, hatte sie ihn mit einem Comicheft auf seinen Kinderstuhl vor die Badewanne gesetzt, damit er in der Wohnung keinen Unfug trieb, wie das eine Mal, als er den Gasherd aufgedreht hatte. Er sah sie durch den Spalt, als wäre sie leibhaftig vor ihm. Schnatternd und Geschichten erzählend, rasierte sie sich vor dem Duschen Beine und Achseln. Mit demselben Rasierapparat, den er nach wie vor benutzte. Viele Jahre lang hatte er als Junge und später als Mann jedwede Gelegenheit genutzt, sie heimlich zu beobachten, wenn sie nackt war. Er schwelgte in den Erinnerungen, als eine Stimme aus der Küche zu ihm in den Wohnungsflur drang. Deryas Stimme.

Als er gleich darauf die Küche betrat und durch das Fenster schielte, kochten erneut Wut und Enttäuschung in ihm auf. Wieder war seine Nachbarin nicht alleine, wieder war der Kleine, den sie Memo nannte, bei ihr. Unbeholfen kickte der einen Softball gegen die Mülltonnen, wo sie als Torhüterin seinen Schuss erwartete. Der knielange Rock wehte hoch, als sie die Arme hochriss, um das Tor, das der Junge schoss, zu bejubeln. Derya trug einen züchtigen weißen Slip.

46

Jale Cengiz zog im Stehen das verschwitzte T-Shirt über den Kopf, als genau in diesem Moment die Tür des Migra-Büros aufschoss. Für einen Augenblick räumte sie damit Kollegen Leipold die Möglichkeit ein, ihren Sport-BH zu sehen. »Super Timing, Pius. Bravo! Gut gemacht!«, rief sie ihm verärgert zu.

Seit der Rückkehr aus der Elternzeit bewahrte Cengiz in der untersten Schreibtischschublade Wechselwäsche für Notfälle wie diesen auf. Nachdem sie mit dem Stillen aufgehört hatte, schwitzte sie gelegentlich unangenehm stark. Die Schwitzattacken setzten ein, egal, ob es heiß war oder kalt, sie sich körperlich anstrengte oder nicht. Manchmal, wenn sie sich aufregte, wie jetzt, transpirierte sie besonders intensiv.

»Mehr Striptease ist heute nicht«, sagte sie Leipold und zog ein schwarzes, kurzärmliges Shirt über. Die Hennatattoos auf den Armen hatten das Recht, bestaunt zu werden, auch wenn es an der Zeit war, die feinen Linien nachzuziehen, bevor sie ganz verblassten. »Komm, sieh dir das an. So etwas passiert in München mitten am Tag.«

Stumm ging Leipold zu ihrem Schreibtisch. Der Ärger mit der Waschmaschine und der Streit mit Elisabeth waren glimpflicher abgelaufen, als er befürchtet hatte. Sie hatte den guten Willen, ihr im Haushalt helfen zu wollen, verstanden und ihn losgeschickt. Statt Cengiz für ihren harschen Ton zu tadeln, freute er sich, dem heimatlichen Chaos zu entkommen. »Guten Morgen auch«, sagte er überfreundlich. »Was hast denn da?«

»Das habe ich.« Sie drehte den Monitor zu ihm.

Leipold blickte auf eine befremdende Szene, die sich in einer Endlosschleife alle paar Sekunden wiederholte. Eine verschleierte Frau am Eingang der Antikensammlung bückte sich vergebens, um dem Schlag eines Mannes mit der flachen Hand auf den Hinterkopf zu entgehen. Sobald er sie getroffen hatte, begann die Szene von vorne.

»Ekelhaft«, meinte er und setzte sich. »Wer ist das?«

»Der hier.« Cengiz tippte mit dem Zeigefinger auf Vierkants Protokoll. »Ein ganz feiner Herr Taxiunternehmer, der auf den Namen Oktar Uygun hört. Dass er seine Frau schlägt, hat Vierkant vermutet. Und hier ist der Scheißbeweis, wie recht sie hatte.«

»Und das mitten auf dem Königsplatz. Mach das aus, ist ja furchtbar. Hast du das so horrormäßig zusammengeschustert?«

»Ja!«, keifte sie und schaltete ab.

Schlechter gelaunt als ihr Kollege informierte sie ihn über Uyguns Strafanzeige wegen der Pfeffersprayattacke und wollte sich den von Demirbilek zugedachten Aufgaben widmen.

»Weißt du was, Gewalt in der Ehe und Nazischeiße ist nichts für mich, mach du damit weiter. Ich kümmere mich um Kranic«, schlug Leipold vor.

Cengiz nahm die Aufgabenteilung dankend an. Sie hatte gerade erst angefangen, das Material, das sie von der Antikensammlung beschafft hatte, zu sichten. Viel Hoffnung machte sie sich nicht, den Täter auf den Bildern aufzuspüren.

Während sie die Aufnahmen sichtete, machte sich der diensthöhere Kollege daran, seine persönlichen Kontakte im Polizeiapparat zu nutzen. Immer wieder ließ sie sich von den eintönigen Bildern ablenken und beobachtete aus dem Augenwinkel Leipold. Er stapfte durch den Raum, telefonierte mal säuselnd wie ein Kätzchen, mal brüllend wie ein Löwe, um Kranic' Mobilfunkdaten zu beschaffen. Selbst die Kriminalrätin hatte mit diversen Versuchen nichts erreicht. Leipolds Bemühungen waren am Ende erfolgreich, als er, wie von Demirbilek angeregt, den Wiener Freund einspannte. Eine Mail mit den Daten sollte spätestens am Nachmittag eintreffen.

»Noch was?«, fragte er verschmitzt.

»Na ja, wenn du schon so einen Lauf hast, hol uns doch einen Kaffee, ich könnte einen vertragen«, sagte sie mit müden Augen.

»Ein Haferl Melange für die gnädige Frau. Aber bitte, gerne, kommt sofort. Darf's was Süßes dazu sein? Einen schönen Apfelstrudel oder ein Stück Sachertorte?«, fragte er wie ein österreichischer Kellner, wohl angeregt durch den Wiener Dialekt seines Kollegen, mit dem er telefoniert hatte.

Als Leipold die Bestellung aufgenommen hatte und gegangen war, konzentrierte sich Cengiz wieder auf die Aufnahmen. Sie stieß auf einen verdächtigen Mann, der Uygun dem Anschein nach folgte, als dieser die Treppen hinunterging, um seiner flüchtenden Frau nachzurennen. Sie schätzte den Verdächtigen auf etwa eins achtzig groß und auf höchstens fünfunddreißig Jahre. Er trug Jeans und eine braune Outdoorjacke mit Kapuze. Natürlich hatte er sein Gesicht darunter versteckt, außerdem war er nur mit dem Rücken für einen Moment zu sehen, als er aufsprang und Uygun nachlief. Mit beiden Händen in den Jackentaschen verschwand der mutmaßliche Täter aus dem Blickfeld.

Laut Uyguns Aussage hatte ihn der Mann in dem Wäldchen seitlich des Gebäudes von hinten gepackt und attackiert. In Ordnung, Herr Pfefferspray, und dann? Wo bist du danach hin? Sie holte eine Straßenkarte auf den Bildschirm und überlegte, wohin sie sich nach einer Straftat am helllichten Tag aus dem Staub gemacht hätte. Es war nicht auszuschließen, dass der Täter einen Wagen in der Nähe geparkt hatte. Doch etwas in ihr sträubte sich gegen die Annahme. Ein Fahrrad vielleicht, überlegte sie weiter.

»Was für ein Fahrrad?«, fragte Leipold mit zwei Henkeltassen neben ihr. Er setzte eine Kaffeetasse auf ihrem Schreibtisch ab.

Cengiz hatte in der Konzentration nicht gemerkt, dass er zurückgekommen war. »Habe ich mit mir selbst gesprochen?«, fragte sie erstaunt und nahm einen Schluck.

»*Bisiklet* oder so ähnlich habe ich verstanden. Ist ja fast Französisch, aber wird ja wohl Fahrrad auf Türkisch heißen, oder?«

»Nicht, dass du wie Isabel Türkisch lernst!«, warnte sie ihn scherzhaft. »Der Kerl muss ja irgendwo hin sein.«

Leipold streckte den Kopf vor, um auf die Karte zu sehen. »Sehr wahrscheinlich auf die Luisen. Oder ist er zurück auf den Königsplatz?«

»Keine Ahnung. Dort haben wir keine polizeilichen Überwachungskameras. Komisch, oder? Zehntausend virtuelle Streifen in der Stadt, aber keine dort, wo man sie gerade braucht.«

»Jetzt mach den Kasten aus«, sagte Leipold. Er schüttete sich den Rest Kaffee in den Rachen.

»Ach, Pius, das ist ja ekelhaft, wie du trinkst«, beschwerte sie sich.

Leipold interessierte es nicht, welchen Eindruck sie von seinen Manieren hatte. »Jetzt mach den Kasten schon aus. Von der digitalen Scheiße kriegt mein Hirn Pickel. Ortstermin. Rekonstruktion des Tatherganges. *Old school*, wie beim Pascha. Scheint ja wichtig zu sein, wenn Zeki dir das aufgetragen hat. Du spielst den Türken, ich den Täter.«

»Genau andersherum, Herr Kollege!«, widersetzte sich Cengiz gegen die Rollenaufteilung.

47

Demirbilek und Vierkant waren immer noch Hildegard Freischwimmer auf den Fersen. Als die Tante des Anwalts das Bäckereicafé in der Hohenzollernstraße betrat, schickte er seine Kollegin zurück, um den Dienstwagen zu holen. Er wartete an der Straßenecke und beobachtete die nervös wirkende Mutter durch die Schaufensterscheibe. Die Bestellungen, die sie bei der Verkäuferin aufgab, nahmen schier kein Ende. Brezen, Semmeln und Laugenstangen erkannte er. Vierkant stellte den Wagen in einer Einfahrt ab, als Frau Freischwimmer mit einer großen Tüte das Geschäft verließ und die Friedrichstraße weiterging. Gerade als sie den Vorplatz der St.-Ursula-Kirche erreichte, fuhr in Schritttempo eine BMW-Limousine vor und hielt neben ihr.

Demirbilek hatte Vierkant im Blick, die der Mutter im Wagen zur Kirche gefolgt war. Offenbar führte sie über Funk eine Halterabfrage durch. Während sie augenscheinlich auf die Auskunft wartete, gab sie ihm Zeichen, zu ihr einzusteigen. Doch der Kommissar wollte nicht Gefahr laufen, entdeckt zu werden. Als Mutter Freischwimmer in den BMW einstieg und der Fahrer den Motor ausschaltete, nutzte er die Zeit, um Vierkant anzurufen. Es läutete, während er überlegte, ob er eingreifen sollte. Jedoch hatte er weder den Fahrer des BMWs gesehen noch, ob sich sonst jemand im Wagen befand. Es war mehr als unwahrscheinlich, dass Eberhard Freischwimmer in der Limousine saß, überlegte er.

»Heb ab, Isabel«, sprach er in das Mobiltelefon. »Was redest du da über Funk so lange?«

Das Freizeichen stoppte. Vierkant meldete sich mit aufgeregter Stimme: »Halten Sie sich fest, Chef. Der Wagen ist auf Mirko Kranic zugelassen.«

»Wie bitte?«, staunte Demirbilek. »Der Wagen gehört Kranic? Und wer fährt ihn? Hast du den Fahrer erkannt?«

»Nein, soll ich aussteigen und nachsehen?«

In dem Moment heulte der Motor der Limousine auf.

Demirbilek traf sofort eine Entscheidung. »Du verfolgst den BMW. Ich zieh einen der Fahnder ab, er soll dich unterstützen. Verlier den Wagen nicht aus den Augen und sei vorsichtig.«

»Alles klar«, bestätigte Vierkant und nahm die Verfolgung der Limousine auf, die sich Richtung Leopoldstraße bewegte.

Auf dem Rückweg zum Habsburgerplatz rief er die Leitstelle an, um eine Mobilnummer der Zielfahnder zu erfragen. Es dauerte ihm zu lange. Zeit für Erklärungen hatte er nicht und beendete das Telefonat, als er einen der Beamten erreichte. »Servus Kollege, die Dame aus der Kanzlei ist an der St. Ursula in einen BMW gestiegen. Dicke Limousine, dunkelblau, getönte Scheiben, fährt Richtung Leopold. Ruf Vierkant an, sie verfolgt ihn, Abmarsch.«

Hocherfreut, dass der Beamte nicht nachfragte, sondern sofort in den Wagen stieg und wegfuhr, setzte er sich auf die Parkbank, um dessen Platz einzunehmen. Er hielt Augenkontakt zu dem anderen Beamten, der fragend die Achseln zuckte. Demirbilek zuckte zurück. Siedend heiß fiel ihm ein, dass jetzt der Wagen für die Observation nicht mehr auf Position war. Leipold sollte aushelfen, beschloss er und rief ihn umgehend an. Während er auf die Verbindung wartete, fluchte Demirbilek darüber, dass der Anwalt gerade aus dem Kanzleigebäude auftauchte. Kannst du dir nicht zehn Minuten Zeit lassen?, hätte er ihm am liebsten zugeschrien. Wie seine Tante hatte es auch Michael

Freischwimmer eilig. Er rannte direkt zu seinem Spider und stieg ein.

Demirbilek wandte den Oberkörper ab, als Freischwimmer an ihm vorbeifuhr. Dem Kommissar war nicht bewusst, dass die Flucharie auf Türkisch, die er verärgert in den Äther schnatterte, von Leipold gehört wurde.

»Was war das denn?«, fragte Leipold verdattert in das Telefon. »Sag mal, spinnst du!«, schimpfte er weiter, obwohl die Verbindung nicht mehr stand.

»Was ist?«, wollte Cengiz wissen.

»Keine Ahnung. Zeki hat geflucht wie ein anatolischer Ringer. Egal, weiter im Programm. Wo waren wir?«

Leipold schaute zu Cengiz. Sie stand in dem Wäldchen mit Parkbänken seitlich der Antikensammlung. An der Schranke, wo Oktar Uygun zu Boden geworfen worden war, waren keine Hinweise auf den Überfall erkennbar. Cengiz drehte den Kopf nach links und rechts. »Also, für mein Empfinden gibt's nur …«

»Logisch«, unterbrach er sie. »Er hat ihm das Scheißzeug in die Augen gepfeffert, ihm einen Tritt gegen den Kopf verpasst und ist schnurstracks geradeaus auf die Luisen weiter. Dafür braucht es kein Empfinden, Jale. Komm.«

Leipold stakste voraus. Cengiz rannte hinterher. »Was wollte denn der Chef?«

»Keine Ahnung, die Flucherei war auf Türkisch, ruf ihn an«, knurrte er. »Jetzt sag ich dir mal, was mein empfindsames Ermittlerhirn meint. Der Täter war so was von furchtlos, oder es war ihm einfach scheißegal, ob ihn jemand sieht oder nicht. So wie er dem Frauenklatscher gefolgt ist, ist er auch weitermarschiert.« Leipold blieb stehen, spähte nach links und rechts, unschlüssig, wie er seine Theorie zu Ende bringen sollte.

»Vielleicht war er öffentlich unterwegs?«, überlegte Cengiz laut und deutete zur nächsten U-Bahn-Station. »Da drüben, Ecke Karlstraße.«

»Der Einstieg ist näher als zum Königsplatz, könnte passen. Von dort ist er vielleicht zum Hauptbahnhof, dort in die S-Bahn oder in einen Zug nach Neapel oder in die Mongolei. Viel Spaß beim Sichten der Überwachungsbilder! Die Münchner Verkehrsbetriebe haben genug Kameras rumhängen. Da kannst du ohne Weiteres die längste TV-Serie der Welt zusammenschneiden.« Er drehte sich in die andere Richtung zum Lenbachhaus. »Vielleicht ist er aber nicht in die U-Bahn. Vielleicht ist er nach Hause, weil er um die Ecke wohnt?«

Cengiz folgte Leipolds Blick. »Oder er war in einer Ausstellung im Museum oder ist ein Bier trinken gegangen oder zur Arbeit …«, leierte Cengiz ein paar der unzähligen Möglichkeiten herunter.

»Oder über die Brienner zur Dachauer in die Tabledance-Bar«, trug Leipold bei. Er räusperte sich verlegen. »Du verstehst schon, was mein empfindsames Ermittlerhirn meint. Wir haben genug rechte Arschlöcher in München. Wenn das die Tat von einem Nazideppen war, kann das sonst wer gewesen sein, der in aller Seelenruhe sonst wohin geflohen ist. Da kannst du ermitteln bis zum Jüngsten Tag.«

Cengiz überlegte. »Was, wenn er kein Naziarsch war?«

»Du meinst, die Pfeffernummer steht im Zusammenhang mit dem Prügeln? Das wäre fantastisch! Wir checken die engen Kontakte der Schleierfrau. Keine Ahnung, Freunde, Angestellte, alle halt, die wissen könnten, dass ihr Alter sie schlägt.«

»Uygun hat zwei Söhne. Vielleicht hatten sie die Schnauze voll, dass der *baba* die *anne* verprügelt?«

»Stimmt«, sinnierte Leipold. »Familie geht immer.«

48 Der Taxifahrer witterte ein Zusatzgeschäft, als Demirbilek ihn an der Ecke Franz-Joseph-Straße anhielt und ihm das Fahrziel zurief. »Zum Leierkasten, es pressiert.«

»Du musst es ja nötig haben«, brummte er in einen strubbeligen Vollbart hinein. Dabei hatte er den Fahrgast über den Rückspiegel argwöhnisch im Blick.

»Fahr schon zu«, ließ Demirbilek ihn im Unklaren, warum er zu der Münchner Bordellinstitution gefahren werden wollte. »Zwanziger extra, wenn du nicht so genau auf den Tacho siehst.«

An dem heutigen Tag konnte er sich über das Engagement seiner Mitmenschen nicht beschweren. Der Taxifahrer rollte mit den Augen und drückte das Gaspedal durch, um einen Transporter zu überholen.

Demirbilek saß in der Mitte der Rückbank, mit Blick auf den Verkehr, um notfalls den übermotivierten Fahrer zur Räson zu rufen. Er nahm das Telefon ans Ohr, Vierkant war noch in der Leitung. »So, ich höre«, nahm er das unterbrochene Gespräch wieder auf. »Wer hat die Limousine mit Mutter Freischwimmer gefahren?«

»Komisch, Chef, sehr komisch«, antwortete Vierkant. »Ich habe ihn nicht gleich erkannt, aber jetzt bin ich mir sicher. Er steht nämlich am Wagen und raucht …«

»Vierkant!«, ermahnte Demirbilek sie zur Eile. »Wer?«

»Ich habe ihn auf der Baustelle verhört, er hat bitterlich über Kranic' Tod geweint, weil er angeblich sein bester Freund war.«

»Was daran komisch ist, erzählst du mir gleich. Ich bin in zehn Minuten da.«

»In spätestens acht«, korrigierte der Taxifahrer ihn und preschte am Siegestor bei Dunkelorange über die Ampel.

In exakt der angekündigten Zeit erreichte das Taxi den auffälligen roten Bau mit den einladenden weißen Fensterrahmen. »Du kommst als Fremder und gehst als Freund«, las Demirbilek den stadtbekannten Spruch auf der Fassade und zahlte den Fahrpreis plus Zuschlag.

»Aber drin lässt du dir Zeit, ja, genieße es«, gab der Fahrer ihm mit auf den Weg.

Demirbilek verkniff sich eine Erwiderung. Er entdeckte Vierkant im Dienstwagen und nahm auf dem Beifahrersitz Platz. Ungerührt behielt sie den Mann an der Limousine im Auge.

»Also, Vierkant, was ist komisch, wenn ein Freund das Auto seines Freundes fährt? Der eine ist tot, na gut, aber sonst?«

Vierkant erwies sich als genaue Beobachterin. »Dieser Freund«, sie vergewisserte sich in ihrem Notizbuch, »er heißt Stanko Bilic. Anton Freischwimmer saß mit in der Limousine. Er hat sich mit Bilic unterhalten, bevor er mit seiner Mutter in den Leierkasten ist. Ich habe nichts gehört, aber als ich Bilic vernommen habe, brauchte er einen Dolmetscher. Das ist das Komische. Wieso behauptet er, kein Deutsch zu können?«

Demirbilek sah durch die Windschutzscheibe, wie Bilic den Filter einer Zigarette abbrach, ihn zwischen den Fingern behielt und mit einem Streichholz die Zigarette anzündete. Danach schleuderte er Filter und benutztes Streichholz auf den Boden. O nein, sagte er sich, bloß jetzt keine Lust auf Rauchen bekommen. Er war in den letzten Monaten rückfällig geworden, als er mit Bier und Rakı in der Küche seinen Weltschmerz zu regulieren suchte. »Das ist möglicherweise gar nicht so komisch. Vielleicht sprechen die Freischwimmers Kroatisch.«

Verblüfft drehte sich Vierkant zu ihm. »Stimmt, daran habe ich nicht gedacht.«

»So oder so, es gibt eine Verbindung zwischen der Familie Freischwimmer und Kranic' Freund. Wieso steht er draußen und ist nicht mit ihnen hinein? Hast du eine Erklärung?«

Vierkant schüttelte den Kopf. »Was machen wir?«

»Warten«, antwortete er. Nachdenklich fügte er hinzu: »Vielleicht sollte ich Pius anrufen, würde mich nicht wundern, wenn er jemanden im Leierkasten kennt, den er fragen könnte, was die Freischwimmers ...« Er unterbrach sich. »Lass den Motor an, Isabel.«

Auch Vierkant hatte bemerkt, dass Bilic in die Limousine stieg. Nicht zwei, sondern drei der Familie Freischwimmer traten aus dem Bordell. Die Mutter tippelte voran, hinter ihr marschierten beide Söhne. Der zur Fahndung ausgeschriebene Eberhard biss von einer Laugenstange ab, sein Bruder neben ihm verputzte eine Breze.

»Kein Zugriff?«, fragte Vierkant.

»Nein, lass uns sehen, wo sie hinwollen. Ist der Kollege von der Zielfahndung in der Nähe?«

»Ja«, bestätigte Vierkant und verfolgte die Limousine, die auf der Ingolstädter Straße stadtauswärts fuhr und bei der nächsten Möglichkeit wendete.

Der Verkehr Richtung Innenstadt war zäh. Demirbilek verständigte die Leitstelle über ihre Fahrroute und gab durch, dass er Unterstützung brauchte, sollte sich die Beschattung schwierig gestalten. Dann versuchte er, sich einen Reim darauf zu machen, was es mit der Familie Freischwimmer auf sich hatte. Vor allem die Rolle der Mutter fand er interessant. Ob sie mit den Machenschaften ihrer Söhne zu tun hatte? Warum sie mit einer Tüte Backwaren in den bekanntesten Puff der Stadt gefahren war, hatten sie immerhin klären können. Die Mutter hatte die hungrigen Mäuler ihrer Kinder gestopft.

Kurz darauf steuerte Vierkant auf die Ampelanlage am Frankfurter Ring zu. Der Verkehrsknotenpunkt mit den vierspurigen Straßen war unübersichtlich, sorgte sich Demirbilek, als er aus dem Augenwinkel Freischwimmers Spider entdeckte, wie er sie überholte und vor der Limousine auf die rechte Spur scherte. Demirbilek hatte den Anwalt einige Sekunden lang beim Überholvorgang sehen können. Michael Freischwimmer telefonierte über die Freisprechanlage. Sein Gesicht war alles andere als entspannt, er schrie und schlug die Faust gegen das Lenkrad.

»Was ist jetzt los?«, fragte Vierkant ins Leere und verlangsamte die Fahrt. »Da stimmt doch etwas nicht.«

Demirbilek ahnte, was vor sich ging. Limousine und Spider parkten hintereinander. Der Anwalt in Hoodie und Basecap stieg aus, ignorierte das Hupkonzert der nachfolgenden Autos und öffnete die hintere Tür des BMWs. Eberhard Freischwimmer stieg aus.

»Fahr vor«, sagte Demirbilek zu Vierkant. »Sie haben uns entdeckt.«

Vierkant fuhr das Stück und parkte hinter der Limousine. Drei Fahrzeuge blockierten nun die rechte Fahrspur, was zu weiteren Unmutsäußerungen entnervter Autofahrer führte. Demirbilek und Vierkant beobachteten den Anwalt, der seinem Mandanten deutliche Worte an den Kopf zu werfen schien. Eberhard Freischwimmer nickte mehrmals, überlegte es sich aber anders und versuchte, wieder in den BMW zu steigen. Doch da tauchte Mutter Freischwimmers Kopf auf. Sie tätschelte ihrem Sohn die Wange und nickte ihrem Neffen zu, dass nun alles in Ordnung sei. Eberhard Freischwimmer war nach der mütterlichen Anordnung bereit, seinem Anwalt Folge zu leisten. Die beiden näherten sich dem Dienstwagen der Kommissare.

Als sie das Auto erreichten, wartete Demirbilek, bis Vierkant mit der Leitstelle fertig gefunkt hatte. Es dauerte einige Zeit, bis er per Knopfdruck die Fensterscheibe herunterfahren ließ.

»Wollen Sie Eberhard nicht gleich in Ihrem Wagen mitnehmen?«, fragte der Anwalt. »Ich habe Ihnen ja gesagt, ich gebe Bescheid, wenn ich weiß, wo mein Cousin ist. Wissen Sie …«

»Sparen Sie sich den Rest«, fiel Demirbilek ihm ins Wort. »Ich habe verstanden, was hier gespielt wird. Ich nehme an, Ihr Cousin war gerade auf dem Weg zum Präsidium.«

Der Verteidiger nickte und hielt seinen Mandanten in Schach, der auszubüxen versuchte.

»Demzufolge stellt er sich freiwillig den Polizeibehörden«, schlussfolgerte Demirbilek.

»Genau so ist es, Herr Kommissar«, antwortete der Anwalt und wandte sich an den Cousin: »Eberhard, sag was. Ist es nicht so?«

Während die Autokolonne knapp an den Freischwimmers vorbeirauschte, brüllte der Verdächtige: »Ja, ich bin hier, um mich zu stellen. Also, lassen Sie mich einsteigen.«

Demirbilek zeigte keine Anstalten, dem Wunsch zu entsprechen. Er fixierte den Anwalt. »Ob das Ihr Verdienst ist oder der Ihrer besorgten Tante, werden wir sehen.«

Demirbilek ließ die Fensterscheibe wieder hochfahren. Mutmaßlichen Straftätern gönnte er keinen Sieg, egal, wie unbedeutend er war. Sirenengeheul legte sich über die Verkehrsgeräusche. Blaulicht spiegelte sich im Rückspiegel, als er Vierkant fragte: »Was meinst du, Isabel, nehmen wir ihn mit?«

Vierkant ging mit einem Schmunzeln auf die überflüssige Frage ein. »Wäre ja furchtbar, wenn die Streife umsonst bis hierher gefahren wäre. Und das Einsatzprotokoll erst! Wie liest sich das denn? Unnötige Kosten mag die Kriminalrätin gar nicht, in dem Punkt ist sie keinen Deut anders als Sie.«

»Gute Entscheidung, du machst dich, Isabel«, willigte er ein.

Mit Blick auf die wartenden Freischwimmers vor dem Fenster ergänzte er: »Wir fahren vor. Ich lege mich ein halbes Stündchen hin, bevor wir mit der Vernehmung beginnen.«

»Ich mache derweil den Papierkram«, schnaufte Vierkant durch. »Was für ein Tag, Chef. Ich bin froh, wenn es wieder etwas ruhiger zugeht.«

49

Zeki starrte an die Decke, die Hände unter dem Kopf verschränkt. Er lag – das Sakko hatte er ausgezogen und die Hemdärmel hochgekrempelt – auf dem Sofa im Vernehmungszimmer. Er wehrte sich gegen den Schlaf. Er wollte dem Wanderer nicht Gelegenheit geben, ihn heimzusuchen. Stattdessen überlegte er, was bei der anstehenden Vernehmung von Eberhard Freischwimmer bedeutsam werden könnte.

Mirko Kranic' Mobilfunkdaten hatten keine entscheidenden Erkenntnisse erbracht. Außer den Anrufen bei der Familie war die Mobilnummer des Baustellenleiters häufig aufgelistet. Das Opfer und Eberhard Freischwimmer hatten zum Teil mehrmals am Tag telefoniert. Die Gespräche waren nicht von langer Dauer gewesen, mehr oder weniger alle unter einer Minute. Mit seinem Freund Stanko Bilic hatte Kranic nicht so regen Telefonkontakt gepflegt, was aber nicht verwunderlich war. Sie arbeiteten ja zusammen, legte sich Zeki als Begründung zurecht. An die standardmäßig verschlüsselten WhatsApp-Nachrichten war nicht heranzukommen, jedenfalls nicht auf die Schnelle, wie die Experten erklärt hatten. Vermutlich hatte Kranic über diesen Kanal Gäste für die Freischwimmer-Partys angeworben oder organisiert. Kurznachrichten, die einfacher zu entschlüsseln wären, hatte er so gut wie keine erhalten, geschrieben genauso wenige.

Zeki rieb sich die Augen, um die Müdigkeit zu verbannen,

und arbeitete sich in Gedanken weiter durch den Fall. Cengiz hatte ihm von Leipolds Verdienst bei der Beschaffung der Mobilfunkdaten berichtet und ihn über den Verdächtigen bei der Pfeffersprayattacke auf den neuesten Stand gebracht. Sie war gerade damit beschäftigt, die Überwachungsbilder der U-Bahnhöfe zu sichten. Inzwischen hatte Leipold auch die Überprüfung der Frauen abgeschlossen, die Kranic wegen sexueller Belästigung angezeigt hatten. Wie zu erwarten, hatten die zwei Frauen sowie deren Partner und Väter Alibis für die Nacht, in der Kranic im Olympiapark niedergeschlagen wurde. Brüder hatten die Frauen nicht.

Das ist nicht viel an Ergebnissen, sagte er sich, eigentlich gar nichts, was uns in dem Fall weiterbringt. So euphorisch er über Serkan Kutlars Hinweis auf den Partymacher aus Berlin gewesen war, so hin- und hergerissen war er mittlerweile, ob er sie mit der Spur möglicherweise auf eine falsche Fährte gelenkt hatte. Er wurde das Gefühl nicht los, sich bei der Ermittlung in einer Sackgasse zu befinden. Einer langen Gasse, die sich – seine Augen fielen zu – als eine Promenade entpuppte.

Er döste doch ein, trotz aller Gegenwehr. Aber nicht der Wanderer, sondern seine Exfrau erschien ihm im Traum. Er lächelte mit geschlossenen Augen, als Selma ihm die Hand reichte, um mit ihm die Fähre am Stadthafen Yenikapı zu besteigen. In Yalova, eine Stunde von Istanbul entfernt, auf der gegenüberliegenden Seite des Marmarameeres, befand sich das Wochenendappartement ihrer Eltern. Es war nichts Besonderes. Klein, zwei Zimmer und ein Balkon. Doch war es unglaublich schön am Meer gelegen, direkt an der nach dem letzten Erdbeben neu errichteten Promenade. Das Appartement nutzten ihre Eltern, wie viele andere Istanbuler mit Ferienwohnungen, als Rückzugsmöglichkeit vom hektischen Treiben in der Millionenmetropole.

Manchmal, wie er gerade lebhaft träumte, kauften sie Lebensmittel und Getränke ein. Wein für Selma und Efes-Bier für ihn. Mit den Einkaufstüten nahmen sie nach dem Übersetzen mit der Fähre ein Taxi zu dem Mini-Hochhaus. Selma gewann immer den Spurt in den dritten Stock, weil sie weniger zu tragen hatte. Im Appartement fielen sie erschöpft auf das Bett, kuschelten und verhakten ihre verschwitzten Körper ineinander. Beide atemlos, ohne Erwartungen, aber dafür voller Vorfreude auf das gemeinsame Wochenende.

Mit abgeschaltetem Telefon und geschlossenen Jalousien verbrachten sie fortan achtundvierzig Stunden zusammen, ohne das Appartement zu verlassen. Abgeschnitten von der Welt draußen. Zu zweit allein, wenn Selma in historischen Schmökern las oder Fachliteratur über Orientalistik studierte und auf Arabisch und Türkisch in eine Kladde aus osmanischer Zeit Notizen machte. Zu zweit allein, wenn er sich, meist im Pyjama und einer Zigarette der Marke Maltepe im Mund, in den Stapel Zeitungen und Magazine vertiefte. Deutschen wie türkischen, je nachdem, was an dem Kiosk greifbar gewesen war. Zwischendurch liebten sie sich und aßen abends und nächtens, was der Kühlschrank hergab, und kauften morgens, was fliegende Verkäufer an türkischer Bäckereikunst anboten.

Der Korb am Seil mit den Lirascheinen, den Zeki drei Stockwerke zu den Verkäufern herunterließ, wehte meist bedrohlich im Küstenwind hin und her. Die Teigwaren *simit*, *poğaça* oder *açma* schafften es dennoch irgendwie auf das Bett, wo Selma mit großen Tassen *çay* wartete. Der Tag wurde zur Nacht, die Nacht zum Tag. Das Leben draußen interessierte sie nicht. Sie hatten in der Zeit, als die Zwillinge noch nicht auf der Welt waren, nur sich selbst, und mehr benötigten sie an diesen vom Alltag abgerungenen Stunden nicht.

Im Traum versuchte er, sich an das letzte gemeinsame Wochenende in Yalova zu erinnern. Er runzelte die Stirn und dachte angestrengt nach, bis ihm eine Begebenheit im Rumeli Hisarı einfiel. Er war mit Selma auf der Festungsanlage, die von Konstantinopels Eroberer Mehmed II. erbaut wurde. Er hatte keine

Erinnerung an den Artikel, den Selma über einen der vielen Baumeister schrieb, fühlte jedoch ihre gebräunte Hand, die er festhielt, als sie sich gefährlich weit über eine Brüstung beugte, und er sie vor dem Sturz rettete.

Echte Haut auf seiner Haut unterband das Grübeln und Zurechtrücken der längst vergangenen Ereignisse. Ist das möglich?, fragte er sich mit geschlossenen Augen. Denn er erkannte die Fingerkuppen in seinen Handflächen. Selma drückte ihm die Hand.

»Du verlässt mich«, sagte er ihr schlaftrunken.

»Das habe ich schon vor vielen Jahren, Zeki«, erwiderte Selma sanft. »Komm, steh auf, Isabel braucht dich.«

Er öffnete die Augen und rappelte sich vom Sofa auf, wischte sich mit beiden Händen über das Gesicht und blickte sich verstört um. Bin ich wirklich wach?, versuchte er die Erscheinung vor sich zu ergründen.

»Was machst du hier? Ist etwas passiert?«, fragte er.

»Ja, Zeki, ich habe in der Uni gekündigt …«

»Wie bitte?«, unterbrach er sie verängstigt. »Warum? Und warum so plötzlich?«

»Deshalb bin ich hier. Ich wollte mit dir reden, aber es ist gerade ungünstig. Es warten Leute auf dich.«

»Ein Verhör, ja, ich weiß«, sagte er ohne einen Anflug von Reue.

Selma lächelte. »Isabel hat versucht, dich zu wecken. Du hast eine Stunde lang geruht.«

»Eine Stunde?«

Selma stand auf. »Ich bin in der Nähe, ich mache Besorgungen am Marienplatz. Ruf an, wenn du Zeit hast.«

Zeki ging zum Fenster und sah wortlos auf den Innenhof des Polizeipräsidiums.

Selma wusste, wie schwierig es ihrem Exmann fiel, nichts zu sagen, seine Gefühle im Zaum zu halten, nicht zu schreien, obwohl ihm zum Schreien zumute war. Wenn er schwieg, krachte und schepperte es in seinem Inneren. Sie stellte sich seine Gedanken vor. Er dachte sie so laut, dass sie sie förmlich hörte. Von den vielen, vielen Stunden Gesprächen mit ihm erwartete sie nicht, etwa Neues zu erfahren. Seine Liebe zu ihr war ungebrochen, wie seit dem ersten Kuss in Istanbul, als sie beide zwölfjährige Kinder waren und trotz der Jahre der Trennung und Beziehungen zu anderen, die sie beide gehabt hatten. Er würde versuchen, sie davon abzuhalten, München und ihn zu verlassen. Zeki gab nie auf. Und sie war nicht sicher, wie sehr sie sich dagegen würde wehren können.

»Ich möchte eine rauchen«, sagte er leise. »Eine Maltepe wie in Yalova.«

Selma schmunzelte verstört über die überraschende Anwandlung. Er hatte es wieder geschafft. Sie spürte, wie ihre Wangen nass wurden. Sie weinte wegen der Erinnerungen, die er bei ihr heraufbeschwor. Sie dachte an die perfekten Tage mit ihm, an die Glückseligkeit in der stickigen Mittagshitze des dunklen Appartements. Erhabene Worte osmanischer Gelehrter fielen ihr ein. Die Stunden der Stille und des Schweigens und der Innigkeit und Vertrautheit, wenn sie miteinander verschlungen im Bett lagen, kamen ihr in den Sinn. Sie spürte das gemeinsame Glück, das bis zur Neige aufgebraucht worden war. O nein, durchflutete sie eine Erkenntnis. Ich liebe ihn, weil er mich zum Weinen bringt.

Sie ging zu ihm ans Fenster und nahm das Stofftuch, das er ihr entgegenhielt.

»Bleib«, sagte er.

»Ich kann nicht«, erwiderte sie.

50 Nachdem Selma das Polizeipräsidium verlassen hatte, irrte Vierkant durch die Kantine und entdeckte endlich ihre Freundin Sabine, die mit anderen Beamten Pause machte. Die Polizistin erschrak über ihr besorgtes Gesicht und gab ihr, ohne nachzufragen, eine Zigarette, die Vierkant für ihren Chef besorgen sollte.

Draußen im Innenhof reichte sie Demirbilek die Zigarette und hoffte, endlich eine Erklärung für seine gedrückte Stimmung zu erhalten.

»Hast du auch Feuer?«, fragte er.

Vierkant verdrehte die Augen und wollte schon zurückeilen, doch Demirbilek hielt sie zurück und klemmte sich die Zigarette hinters Ohr. »Ich rauche sie später. Und stell bitte keine Fragen, mir geht's gut. Ich möchte jetzt arbeiten. Nächstes Mal weckst du mich nach der vereinbarten Zeit, egal, wie. Zur Not mit einem Eimer Wasser.«

Sie seufzte hilflos und stakste ihm hinterher. »Warten Sie, ich muss Ihnen noch was sagen!«, rief sie ihm nach, doch Demirbileks Tatendrang war nicht zu bremsen.

Im Verhörraum warteten Anton und Eberhard Freischwimmer. Neben den Brüdern saß der Anwalt in Hoodie mit einer E-Shisha-Handapparatur, die der Größe und Form nach eine Waffe hätte sein können.

»Keine Sorge, sie ist nicht an, Herr Kommissar«, sagte der

Anwalt, als er verstanden hatte, weshalb Demirbilek ihn böse ansah. »Dürfen wir den Grund für das lange Warten erfahren?«

»Haben wir nicht genug Zeit verloren?«, konterte er, nahm am Tisch gegenüber Platz und nickte Vierkant zu, das Aufnahmegerät zu starten. »Also, Herr Eberhard Freischwimmer, ich bin gespannt, warum Sie im Olympiapark vor mir geflüchtet sind.«

»Na, weil Sie mir Sachen an den Kopf geworfen und mir gedroht haben«, regte sich der Verdächtige prompt auf.

Guter Start, lobte sich Demirbilek. Mach ihn ruhig nervös. »Helfen Sie mir auf die Sprünge und reden Sie mit dem Aufnahmegerät, das weiß ja nicht, was ich Ihnen an den Kopf geworfen habe«, sagte er freundlich.

Der Verdächtige vergewisserte sich bei seinem Anwalt, der ihm sein Einverständnis zunickte. »Dass ich mit meinem Bruder Sexpartys organisiere und Kranic getötet habe. So ein Blödsinn!«, ärgerte er sich. »Die Partys sind das *Business* vom Anton, nicht meins.«

»Hätten Sie mir das gesagt, statt davonzulaufen, hätten wir uns die Fahndung nach Ihnen ersparen können.«

»Gut, dass Sie das ansprechen«, freute sich der Verdächtige und beugte sich näher zum Mikrofon. »Ich hatte keine Ahnung von der Fahndung nach mir. Ich war bei meiner Freundin Janja, die arbeitet an der Bar im Leierkasten. Sie wohnt auch vorübergehend dort, ich war die ganze Zeit bei ihr. Mir ging's nicht gut, gesundheitlich.«

»Wissen wir bereits, danke«, meldete sich Vierkant zu Wort. »Wir haben Ihre Freundin vernommen. Janja stammt aus Kroatien. Sie ist sehr nett, spricht aber kaum Deutsch. Sprechen Sie denn Kroatisch?«

Der Verdächtige war über die Frage überrascht. »Nein, warum denn? Wir reden Englisch miteinander.«

Demirbilek sah Vierkant an. Beide verharrten einen Moment,

bevor sie lauthals zu lachen begannen. Beiden waren nicht auf den Gedanken gekommen, dass die Freischwimmers mit ihren kroatischen Bekannten Englisch redeten.

»Was ist daran lustig?«, fragte der Anwalt.

»Nichts, verzeihen Sie«, antwortete Vierkant und biss sich auf die Lippen, weil sie sich entschuldigt hatte. »Laut Ihrer Aussage haben Sie also mit dem *Business* Ihres Bruders nichts zu tun, verstecken sich aber, verzeihen Sie, Sie haben sich ja nicht versteckt. Sie haben sich von Ihrer Freundin aus dem Rotlichtmilieu pflegen lassen.«

»Ja, Janja ist die Tochter eines ehemaligen Arbeiters von mir. Ich wollte es ihr ausreden, im Puff zu arbeiten, aber sie wollte schnelles Geld verdienen«, er unterbrach sich. »Das geht Sie eigentlich nichts an!«

Vierkant blickte zu Demirbilek, der für sie übernahm. »Mit Herrn Bilic sprechen Sie auch Englisch, ja?«

»Mal Deutsch, mal Englisch, je nachdem. Auf der Baustelle, habe ich ja nicht nur Kroaten. Ich habe Bosnier, Türken, Serben, Russen, alles gute Männer. Einige können ganz ordentlich Deutsch. Viel reden tun wir bei der Arbeit sowieso nicht«, erklärte der Baustellenleiter.

»Und nach der Arbeit?«, wollte Demirbilek wissen.

»Kommen Sie mir nicht wieder mit den scheiß Sexpartys. Damit habe ich nichts zu tun!«, machte der Verdächtige seiner Verärgerung Luft. »Das fragen Sie den Anton, nicht mich. Und jetzt, Michael, mach mal deinen Job und zeig ihnen den Wisch. Ich mag nicht mehr!«

Passend zu seinem Outfit holte der Anwalt nicht aus einem Aktenkoffer, sondern aus einer abgenutzten Ledertasche ein Schriftstück. Er legte es vor Demirbilek ab, der schob es, ohne es anzusehen, weiter zu Vierkant, die sich das Schreiben durchlas.

»Alibi, eidesstattlich erklärt, unterschrieben und Stempel darauf?«, fragte Demirbilek ihn und setzte nach: »Warum der Aufwand? Ihr Mandant hätte das genauso gut hier aussagen können.«

»Das stimmt«, bestätigte der Anwalt. »Doch da ich Eberhards Alibi bin, wollte ich für schriftliche Klarheit sorgen. Mein Cousin und ich waren zur Tatzeit bei meiner Tante …«

»Wie geht's Frau Freischwimmer überhaupt?«, unterbrach Demirbilek ihn. »Verraten Sie mir, ob Ihre Tante Ihren Mandanten überredet hat, sich zu stellen?«

Der Anwalt lächelte. »Das, Herr Kommissar, hat juristisch keinerlei Bedeutung, es ist vollkommen einerlei, wer das gewesen ist.« Er besann sich wieder auf seine Arbeit. »Wir Anwälte glauben an das geschriebene Wort, und Haftrichter haben es gerne, wenn sie Fakten zur Urteilsfindung auf dem Tisch liegen haben.«

»Ist ja praktisch, zwei Alibis mit einem Wisch. Sie wollten wir nämlich auch fragen, wo Sie waren, als Kranic umgekommen ist«, hakte Demirbilek nach.

»Mich?«, lachte der Anwalt. »Sie wollen ein Alibi von mir?«

»Jetzt nicht mehr, hier liegt es ja«, sagte Demirbilek schlagfertig. »Ich gehe davon aus, dass Sie, vielleicht auch Ihre Tante, irgendwie Dreck am Stecken haben. Darf ich ehrlich sein?«

»Selbstverständlich, ist Ehrlichkeit nicht Basis jeder Polizeiarbeit?«, fragte der Anwalt ironisch.

»Nun ja, wir bemühen uns. Vor allem meine Kollegin Vierkant. Also, ganz offen, ich tappe im Dunkeln, was diese Partys betrifft. Illegal scheinen sie mir nicht zu sein.« Er wandte sich abrupt an den anderen Verdächtigen, der bis dahin stumm der Vernehmung gefolgt war. »Außer Sie, Herr Anton Freischwimmer, versorgen die Gäste mit Drogen und zwingen Frauen gegen ihren Willen zum Sex oder verstoßen gegen das Gesetz zur unerlaubten Prostitution im Sperrbezirk. Ist es so?«

Anton Freischwimmer schien sich an die Anweisungen des Anwalts zu halten. Er zuckte nicht einmal mit einer Wimper, sondern verfolgte, wie sein Anwalt ein weiteres Schriftstück vorlegen wollte.

Doch Vierkant hielt ihn zurück. »Warten wir damit einen Augenblick.« Sie sah Demirbilek an. »Chef, kann ich Sie kurz unter vier Augen sprechen?«

51

Die Unterbrechung kam Demirbilek mehr als gelegen. Er erleichterte sich auf der Toilette und ließ sich von Vierkant berichten, welche Informationen sie im weiteren Verlauf des Verhörs einzubringen beabsichtigte. Er freute sich darüber, dass der Schrecken, den er dem Team im Sushi-Restaurant eingejagt hatte, Wirkung zeigte.

Die beiden nahmen im Vernehmungszimmer wieder ihre Plätze ein. Vierkant nickte dem Anwalt zu, weiterzusprechen.

»Gestatten Sie mir, fortzufahren? Wie gnädig«, begann er angesäuert. »Ich war im Begriff, zu erläutern, dass ich mit den Vorwürfen gegen meinen Mandanten gerechnet habe. In Berlin, als Anton festgenommen wurde, war es nicht anders. Ein Gast auf der Party hatte Drogen bei sich. Mein Cousin ist fälschlicherweise unter Verdacht geraten und verurteilt worden. Ich habe ihm ausdrücklich empfohlen, sich bei der heutigen Vernehmung nicht zu äußern. Andere sollen für ihn sprechen. Hier ist eine Liste mit Namen. Nicht alle, aber einige seiner Gäste sind bereit, Ihnen Rede und Antwort zu stehen. Anton-Freischwimmer-Partys sind, wie Sie richtig vermuten, juristisch nicht belangbar. Erwachsene Menschen treffen sich, um gemeinsam erotische Abenteuer zu erleben. Mein Mandant sorgt für einen gebührenden Rahmen. Das ist alles. Ich bitte Sie, die Namen vertraulich zu behandeln, sollten Sie gedenken, die Zeugen zu befragen.« Er pausierte einen Augenblick, um das Thema zu wechseln. »Wenn Alkohol nach deutschem Recht als Droge gilt, so ist mein Mandant schuldig. Sonst gibt es nichts, was ihm die Behörden vorwerfen können. Frauen nehmen als zahlende Gäste freiwillig an den Partys teil, sei es alleinstehend oder mit Partnern.« Er griff in die Ledertasche und holte ein weiteres Schreiben heraus. »Als Geschäftsmann hält sich mein Mandant an Recht und Ordnung und führt ordentlich Buch über seine Einnahmen. Die Bilanz des letzten Geschäftsjahres lege ich Ihnen vor wie auch eine aktuelle Anklageschrift. Anton hat eine Prostituierte unter den Frauen entdeckt, die sich auf einer Party eingeschlichen hatte und von Männern eine Extravergütung für sexuelle Dienstleistungen erpressen wollte. Ich habe die Frau in seinem Namen wegen illegaler Prostitution angeklagt.« Diesmal legte er das Schreiben direkt vor Vierkant auf den Tisch. »Bitte schön, damit ersparen Sie sich, die Akten anzufordern.«

»Vielen Dank«, sagte die Oberkommissarin. Mit einem Augenaufschlag holte sie sich Demirbileks Einverständnis, die nächste Frage zu stellen.

»Bravo, Herr Anwalt, wenn ich jemals mit dem Gesetz in Konflikt gerate, wende ich mich an Ihre Kanzlei«, lächelte sie.

»Ein guter Freund und Kollege ist auf Polizeibeamte spezialisiert, wenn Sie wieder mal zu hart zuschlagen, Frau Kommissarin«, konterte er aalglatt.

»Stanko Bilic ist der Fahrer, der Ihre Gäste auf die Partys bringt?«, stellte sie unbeirrt die Frage an Anton Freischwimmer.

Demirbilek war verblüfft, mit welcher Kaltschnäuzigkeit sie die Information vorbrachte. Ihrem Gesicht nach, dem Engelslächeln, das er an ihr so schätzte, hielt sie noch etwas anderes in petto. Hatte sie ihm bei der Unterbrechung nicht alles anvertraut?, fragte er sich.

»Mein Mandant macht dazu keine Aussage«, erklärte der Anwalt.

Vierkant ignorierte den Einspruch. »Mirko Kranic ist als Fahrer für seinen Kumpel Bilic eingesprungen, wenn er als Stammfahrer keine Zeit hatte, wussten Sie das? Herr Bilic half öfters auf einer Nachtbaustelle aus. Da gab es den Lohn schwarz auf die Hand.«

Demirbilek wunderte sich über diese Informationen, von denen er keine Kenntnis hatte. Wie auch, schalt er sich, du hast eine Stunde lang geschlafen. Er beobachtete, wie Anton Freischwimmer ungewollt preisgab, genauso wenig Ahnung davon zu haben.

»Hä?«, fragte er. »Wieso Kranic? Der hat nicht für mich gearbeitet.«

»Du sagst nichts, Anton«, zischte der Anwalt.

Vierkant stand auf, um die orientalische Karaffe von der Theke zu holen. »Herr Anwalt, wollen Sie uns Ihre Strategie vielleicht erläutern? Sie behaupten, Ihr Mandant sei in keine illegalen Geschäfte verwickelt, erlauben ihm aber nicht, sich zu der Sache zu äußeren. Nur zur Erinnerung, wir interessieren uns nicht für Drogen und Prostitution. Wir ermitteln die Todesumstände von Mirko Kranic.« Sie schenkte Anton Freischwimmer Wasser ein und blickte ihm direkt in die Augen. »Der Mann ist nach schwerer Misshandlung verstorben. An seinem Todestag hat er einen Gast auf der Erotikmesse für eine Party geworben. Davon wussten Sie natürlich.«

»Was hat er?« Der Beschuldigte sprang auf. »Dieses Arschloch! Was hat er?«

»Setz dich, Anton«, versuchte der Anwalt, ihn zu beruhigen. »Und halt die Klappe, bitte!«

Vierkant ging in die Offensive, während sie, ohne einen Tropfen zu vergießen, in die verbliebenen Gläser nachschenkte. »Oje? Davon wussten Sie nichts? Ich dachte, Sie sind der Chef. Ist ja Ihr *Business*.«

Der Anwalt packte Anton Freischwimmer am Handgelenk, doch sein Mandant war nicht mehr fähig, sich zurückzuhalten. »Einladen tu ich, ich ganz allein, sonst niemand, das sind meine Partys!«, entfuhr es ihm. »Exklusive Events sind das, für gehobene Gäste, da kommt nicht jeder rein. Geschwerl hat bei mir nichts verloren.« Ein Gedanke schoss ihm durch den Kopf. »Woher wollen Sie das eigentlich wissen? Jeder Gast wird beim Einlass kontrolliert. Ohne persönliche Einladung und Bezahlung kommt niemand auf eine Party.«

Vierkant lächelte. »Auch das wissen wir bereits, dank klassischer Polizeiarbeit.« Sie zeigte ihm den Beutel mit den quadratischen Karten, die Leipold ihm schon vor die Nase gehalten hatte. »Unser Zeuge hat mit so einer Karte Ihre Website aufgerufen und bezahlt. Er war übrigens ganz angetan von der Party.«

»Ha! Das ist eine Fälschung«, quäkte der Beschuldigte amüsiert. »Wenn der Herr Zeuge bezahlt hat, habe ich das Geld nie bekommen! Was ist das für eine Sauerei?«

Unter dem Kopfschütteln des Anwalts holte der Verdächtige aus der Innentasche eine Handvoll Einladungskarten. Auch darauf waren die Umrisse einer Schwimmerin beim Absprung vom Startblock und ein Schwimmer zu sehen, der sich von hinten an sie drückte. Die Unterschiede waren nicht besonders deutlich, bis auf die dunklere Farbgebung. Das Blau der Karten in Freischwimmers Hand waren satter. »Das sind Originale. Hat Kranic die Fälschungen gemacht? Hat er mich beschissen, oder was?«

»Sagen Sie es mir, Sie sind der Chef«, bot Vierkant an. »Wenn meine Karten Fälschungen sind, wie sind die Gäste, ohne behelligt zu werden, durch die Kontrolle auf Ihre exklusive Party eingelassen worden?«

Offenbar dämmerte es Anton Freischwimmer, hintergangen und betrogen worden zu sein. Er holte Luft und schrie seinen Bruder Eberhard an: »Du hast mir die zwei Arschlöcher von der Baustelle vermittelt. Von wegen Ehrenmänner, beschissen haben die mich!« Dann sprang er ihm an die Gurgel.

Demirbilek hielt Vierkant am Arm fest, die dazwischengehen wollte. Er überließ es dem Anwalt, seine Cousins zur Vernunft zu bringen. Die Brüder stritten und rangelten sich, als wären sie wieder Jungen, die um ein Spielzeug kämpften.

Während des heillosen Durcheinanders entschuldigte sich Vierkant bei Demirbilek. Bei der Unterbrechung hatte sie zu erwähnen versäumt, dass sie mit Eberhard Freischwimmers kroatischer Freundin nicht nur über ihn gesprochen hatte. Janja, so hatte sich herausgestellt, kannte Bilic und war gar nicht gut auf ihn zu sprechen gewesen.

»Der am Einlass bei den Partys steckte mit drin?«, fragte Demirbilek sie und stand auf, um dem Anwalt behilflich zu sein, die Streithälse zu beruhigen.

»Ja, entschuldigen Sie, hätte ich Ihnen sagen sollen«, bestätigte Vierkant und packte Anton Freischwimmer in den Polizeigriff. »Leicht verdientes Geld, wenn man weiß, wie.«

52

Pul Biber, getrocknetes Paprikapulver, rieselte vor Zekis Augen wie in Zeitlupe auf die weiße Haut des Huhnes, das er bei seinem türkischen Lebensmittelhändler auf dem Heimweg nach der Vernehmung besorgt hatte. Er stand am chaotisch überfüllten Tisch in seiner Wohnküche und sah zur Wanduhr. Selma verspätete sich, er hatte sie gebeten, zum Abendessen zu kommen, statt sie in einem Café am Marienplatz zu treffen. Der Wunsch, Selma alleine zu sehen und zu sprechen, wurde ihm nicht erfüllt.

Jale legte gerade in ihrem alten Zimmer Memo schlafen. Seine Exfrau wollte sich an dem Abend auch von ihr und ihrem Enkel verabschieden. Sie hatte auch darauf bestanden, Derya hinzuzubitten, um ihr Adieu zu sagen.

Das Zitronenhuhn möge ihm gelingen, bat er inständig um Beistand von oben. Unter Druck verstand er es, im Beruf einen klaren Kopf zu behalten. Beim Kochen war ihm das nicht möglich, das wusste er aus leidiger Erfahrung. Er beschmierte mit beiden Händen die rot glänzende Haut mit einer Mischung aus Olivenöl und toskanischen Gewürzen, stopfte geviertelte Zitronen in das Huhn und stellte es ins Backrohr. Als er sich die Hände wusch, tauchte Jale auf.

»Darf ich kurz über die Arbeit mit dir reden?«, fragte sie ihn vorsichtig. Bei ihm zu Hause herrschte die Regel, nicht über den gemeinsamen Beruf zu sprechen. Jale aber erinnerte sich an

Ausnahmen während der Zeit, als sie mit ihm und Aydin zusammenwohnte.

»Meinst du die Brüder Freischwimmer?« Zeki trocknete sich die Hände mit einem weißen Geschirrtuch, das von den Gewürzen rot und grün wurde. Er bemerkte es beim Zurücklegen auf die Spüle nicht.

Jale kam zu ihm und nahm das Tuch. »Das sollten wir gleich in die Wäsche geben«, lächelte sie. »Bist du wegen Selma und Derya nervös?«

Natürlich bin ich das, was für eine Frage, dachte er. Als Antwort gab er: »Lass uns den Tisch abräumen und decken.«

Sie interpretierte die Arbeitsanweisung als Erlaubnis, über die Migra reden zu dürfen, und räumte die Kochutensilien in die Spülmaschine. »Ich musste ja den ganzen Tag Überwachungsbilder sichten«, fuhr sie leicht vorwurfsvoll fort. »Der coole Anwalt hat also Strafanzeige wegen Betrugs gegen die zwei Kroaten gestellt?«

»Ja, den Freischwimmers können wir nichts nachweisen. Obwohl bei dem Baustellenleiter was faul ist.«

»Okay, und jetzt wird nach den beiden gefahndet, nach Bilic und dem anderen?«, plauderte sie weiter und holte aus dem Küchenschrank Teller und Besteck.

»Sehr wahrscheinlich, das LKA ist jetzt federführend. Die Kollegen vom Betrug wissen, was sie tun. Vierkant lasse ich Überstunden machen. Ich bin überzeugt, dass die Familie Freischwimmer irgendeine krumme Sache am Laufen hat«, sagte er lustlos und verteilte Gabeln und Messer.

»Ich war mit Pius am Königsplatz«, redete sie weiter. »Sieht nicht gut aus mit dem Pfeffersprayer. Auf den Überwachungsbildern ist das Gesicht nicht zu erkennen. Wir haben den Weg rekonstruiert, möglicherweise ist er zum Hauptbahnhof gegangen. Morgen mache ich mit den Aufnahmen weiter.«

»Lohnt der Aufwand?«, hielt er mit der Salatschüssel in der Hand inne.

»Auf alle Fälle, ich will das Schwein fassen. Pius ist mächtig engagiert und einigermaßen erträglich, seit er offiziell bei der Migra ist«, lächelte sie. »Wir haben die Alibis von Uyguns Söhnen überprüft, sollte es kein rassistisch motivierter Überfall gewesen sein. Da ist aber alles in Ordnung.«

»Und Uyguns Frau?«

»Der geht es hoffentlich gut, wir wissen es nicht.« Sie schmunzelte verlegen und strich über das Hennatattoo am Arm. »Wir reden jetzt privat, oder?«

»Jale, was hast du angestellt?«, fragte er wie ein Vater seine Tochter. »Raus damit. Hast du Herrn Uygun bedroht?«

»Nein, nicht direkt«, beschwichtigte sie ihn. »Ich habe ihm nur ein Filmchen per Mail geschickt. Anonym natürlich.«

»Anonym?«, wiederholte Zeki entgeistert.

Jale holte das Telefon aus der Hosentasche. »Sieh es dir an …«

»Jetzt nicht, morgen«, fiel er ihr ins Wort und wechselte abrupt das Thema. »Erzähl mir von Derya.«

»Was willst du hören? Es geht ihr gut«, sagte sie, ohne sich überrumpelt zu zeigen. »Frag sie selbst, du siehst sie gleich.«

»Bist du sicher? Ich kann mir gut vorstellen, dass sie es sich im letzten Moment anders überlegt.«

»Ach was«, meinte Jale. »Sie mag Selma, sie wird sich verabschieden wollen.«

Doch Zeki sollte recht behalten. Nachdem der Tisch gedeckt war, erhielt Jale eine Kurznachricht von Derya, in der sie ihr mitteilte, es nicht zu schaffen, weil der neue Bekannte aus dem Internet den Online-Chat verschieben musste. Jale informierte ihn über die Absage, ohne den wahren Grund zu nennen. Auf die Fragen, die er stellen würde, hatte sie keine Lust, und Derya hatte sie versprochen, ihm nichts von dem Neuen zu erzählen.

Selma tauchte eine halbe Stunde zu spät auf. Abgehetzt umarmte sie erst Jale, fragte, wo Memo sei, und eilte weiter, um ihrem Enkel im Schlaf ein Küsschen zu geben. Am Schluss war ihr Exmann an der Reihe. Auch ihn umarmte sie lächelnd und wischte mit dem Zeigefinger etwas von seiner Wange weg.

Sie schleckte den Finger ab und meinte: »Lecker, deine Gewürzmischung! Wann ist das Essen fertig? Ich komme um vor Hunger. Was für ein hektischer Tag! Ich hing bis jetzt am Telefon, um das Geburtstagsfest abzusagen. Viel Zeit habe ich nicht, Süleyman wartet auf mich.«

Zeki hörte das erste Mal den Namen ihres Lebensgefährten. Es berührte ihn nicht. Selmas gute Laune dagegen ärgerte ihn. Schließlich hatte sie die Absicht, aus der Stadt zu ziehen, wo sie in seiner Nähe sein konnte.

»Wo ist er? Du hättest Süleyman mitbringen können«, sagte er beiläufig. »In einer halben Stunde essen wir.«

»Er hat sich Pizza bestellt, packt in der Wohnung weiter«, erklärte sie. »Außerdem ist es vernünftiger, er sitzt nicht mit dir in deiner Küche. Wo ist Derya eigentlich?«

»Frag Jale«, brummte er und verzog sich aus der Küche.

Jale reichte Selma eine Serviette. »Derya hat einen Neuen, sag es aber Zeki nicht«, flüsterte sie ihr zu. »Er weiß von nichts.«

Selma zeigte ihre Freude mit einem sanften Jubelschrei. »Echt! Das ist wunderbar! Endlich hat sie jemanden gefunden. Wo hat Derya ihn kennengelernt?«

»Im Internet bei einer Website für türkische Singles.«

»Da steckst bestimmt du dahinter! Jale, Jale!«, schimpfte sie lächelnd.

»Nein, hat sie alles selbst gemacht, wirklich. Ich habe ihr nur einen sanften Tritt in den Hintern gegeben«, entgegnete sie unschuldig. »Sie chattet gerade mit ihm. Ich habe ihr mein Tablet überlassen, damit sie nicht in einem Internetcafé hocken muss.«

»Was für ein Internetcafé?«, murrte Demirbilek im Türrahmen. Memo gähnte schlaftrunken auf seinem Arm. Er übergab ihn an Selma.

»Nichts weiter«, sagte Jale. »Warum ist Memo wach? Hast du ihn geweckt, *dede*?«

Nach wie vor kam Zeki, der sich mit dreiundvierzig Jahren nicht wie ein Opa fühlte, mit der Anrede nicht zurecht. Jale wusste das. Es war ihr aber egal. »Natürlich habe ich ihn geweckt, er muss sich doch von seiner *babanne* verabschieden.«

Selma dagegen liebte es, Oma genannt zu werden. Sie knuddelte und herzte den aufkreischenden Enkel, bis Jale dem Treiben ein Ende machte.

»So, ich bringe Memo wieder ins Bett.« Sie öffnete die Arme und kicherte ihren Sohn an, der sich an ihre Brust warf. »Oh, mein kleiner, süßer Minizeki!«, scherzte sie und brachte mit den Worten die Großeltern zum Lachen.

»Er sieht dir wirklich sehr ähnlich. Von Aydin hat er die Augen, den Rest des Gesichtes von dir und Jale«, sagte Selma zu Zeki und öffnete das Backrohr. Himmlischer Duft wehte durch die Küche. »Wie war das? In einer halben Stunde willst du essen? Wann hast du das in den Ofen gesteckt?«

Jale übernahm es, Pizza zu bestellen, da Selmas Meinung nach das Zitronenhuhn noch mindestens eine Stunde brauchte, um gar zu sein. Selma drängte auf die Bestellung, um ihren Lebensgefährten nicht zu lange alleine zu lassen.

Der Abend verläuft nicht, wie ich mir das vorgestellt hatte, schoss es Zeki durch den Kopf. Nämlich bei einem guten Essen Selma nach den Hintergründen in der Uni zu fragen und bei einem oder mehreren Gläsern Wein sie zu überzeugen, in München zu bleiben.

Als die Pizza vom Lieferanten gebracht wurde, war das Zitronenhuhn fertig gebraten, gab er bekannt. Jale vertröstete ihn auf den nächsten Tag und verzog sich mit ihrer Pizza zu Memo in ihr altes Zimmer.

»Und?«, fragte Zeki, »was ist passiert?«

Selma seufzte. »Ärger mit dem Vorstand, viele nervige Grundsatzgespräche und ständig neue Anordnungen aus Ankara. Ich habe die Schnauze voll, Zeki. Das hat nichts mit dir und der Familie zu tun. Es geht einfach nicht mehr.«

Er nickte. »Verstehe.«

Selma stand auf und holte mit Küchenhandschuhen das Zitronenhuhn aus dem Ofen. »Ich kann an meiner alten Uni in Istanbul auf meinen Lehrstuhl zurück. Dazu waren zwei Anrufe nötig. Die Bedingung ist jedoch, dass ich schon nächste Woche anfange. Ich habe zugesagt.«

»Willst du einen frischen Teller?«, fragte er.

»In Yalova wussten wir nicht einmal, wo Teller und Besteck sind.« Selma zog ein Stück krosser Haut ab, um zu probieren. »Köstlich.«

»Und das war's jetzt? Du lässt uns hier zurück?«, entgegnete er weinerlicher, als er klingen wollte.

»Nein, Zeki, keine Vorwürfe bitte. Du wusstest von Anfang an, dass es nur eine Frage der Zeit ist, bis ich zurückgehe. Mein Leben ist in Istanbul. Deines ist in München«, sagte sie ruhig, als hätte sie sich auf den Vorwurf vorbereitet. »Und vergiss nicht, unsere Kinder sind dort. Aydin und Özlem haben sich entschieden, in Istanbul zu bleiben.«

Daran musste Selma ihn nicht erinnern. Er vermisste die Zwillinge, beide hatte er seit Monaten nicht gesehen. Er sehnte sich nach ihnen, so sehr, dass es wehtat. »Sie sind erwachsen, sie führen ihr eigenes Leben«, entgegnete er dennoch und stand auf. »Ich gebe dir was vom Huhn mit, ihr werdet sicher länger beim Packen brauchen.«

Selma lag auf den Lippen, das Angebot auszuschlagen. Um des Friedens willen verhielt sie sich jedoch still. Sie beobachtete ihn, wie er mit dem Rücken zu ihr in der Schublade nach einem Messer suchte. Seine geballte Hand wanderte zum Gesicht. Sie wusste, was er tat, auch wenn sie es nicht sehen konnte. Er wischte sich Tränen aus den Augen. Jetzt, dachte Selma, hast du ihn zum Weinen gebracht, und unterdrückte die eigenen Tränen.

53

In den frühen Morgenstunden des nächsten Tages erfolgte die Verhaftung von Luka Jevalic. Jenes ungeduldigen Bauarbeiters, der seinen Freund Stanko Bilic mit einer Ohrfeige zur Besinnung gebracht hatte. Jevalic hatte die Absicht, sich mit dem Zug nach Zagreb aus dem Staub zu machen, und erwies sich als aufbrausender Zeitgenosse, der bei seiner Festsetzung am Ostbahnhof renitent wurde. Er spuckte um sich und verletzte mit den Stahlkappen seiner Sicherheitsschuhe einen Polizeibeamten.

Stanko Bilic war nicht zu Hause, als Streifenpolizisten an seine Wohnungstür hämmerten. Der Mitbewohner blickte auf die Uhr und meinte, er sei zur Arbeit. Wie sich herausstellte, hatte Bilic keine Kenntnis darüber, dass der Betrug aufgeflogen war. Er widersetzte sich der Verhaftung und flüchtete. Nach der Jagd über die Baustelle am Nockherberg setzten ihn die Beamten in einer Zelle des ehemaligen Frauen- und Jugendgefängnisses fest.

Der Migra-Chef hatte die Kollegen des Betrugsdezernats gebeten, ihm die mutmaßlichen Betrüger zur Erstbefragung zu überlassen. Bei der Vernehmung am frühen Vormittag durch Isabel Vierkant schoben Bilic und Jevalic die Idee zu dem Betrug dem Mordopfer in die Schuhe. Die kroatischstämmige Junganwältin hatte zum Dolmetschen eine Assistentin mitgebracht. Die distinguierte Dame hatte bei den Übersetzungen alle Hände voll zu tun, da die Verdächtigen sich gegenseitig die Schuld zuwiesen, aufgeflogen zu sein. Jevalic bat nach zehn Minuten um eine Zigarettenpause. Vierkant genehmigte ihm den Wunsch nicht und nutzte die Nervosität des stark Nikotinabhängigen, um ihm einen entscheidenden Hinweis zu entlocken. Mit der Aussicht auf eine Zigarette gab Jevalic zu Protokoll, dass das Mordopfer ihm und Bilic seit Wochen den Anteil schuldig geblieben war.

Vierkant gewährte die versprochene Pause und starrte nach der überraschenden Aussage direkt in die Videokamera, die das Verhör in den Nebenraum übertrug. Demirbilek und Leipold verfolgten vor Monitoren die Vernehmung. Der Sonderdezernatsleiter kaute auf einem Gedanken herum, den er schließlich mit Leipold teilte und eine Vorgehensweise verabredete. Vorher informierte er Vierkant darüber und ließ nach der Unterbrechung die Hintergründe des Betrugssystems aufdecken.

Das Verfahren, mit dem Kranic, Bilic und Jevalic Anton Freischwimmer betrogen hatten, funktionierte auf unverschämt simple Weise. Kranic sorgte für zahlende Gäste, die er online und in einschlägigen Clubs oder Veranstaltungen wie der Erotikmesse ausfindig machte. Der Link auf die Website zu den Freischwimmer-Partys war korrekt, nicht aber der Link zur Bankverbindung. Der gehörte seiner mehrfach vorbestraften Schwägerin in Kroatien. Mit durchschnittlich zwei Partys im Monat, bei denen das Betrugstrio, ohne gierig zu werden, tausend Euro pro eingeschmuggeltem Gast kassierte, kamen die Betrüger auf acht- bis zehntausend Euro monatlichen Nebenverdienst, rechnete Vierkant hoch. Bilic als Fahrer wusste, wenn Kranic einen Sondergast klargemacht hatte. Jevalic als Dritter im Bunde stand am Einlass und ließ den Gast passieren. Beschwerden waren keine zu befürchten, solange alle drei dichthielten und die Gäste zufrieden waren. Und das waren sie, wie der Trambahnfahrer, den Cengiz und Leipold verhört hatten.

Demirbilek kam mit Leipold inmitten der Vernehmung hinzu und gab Vierkant Zeichen, sich nicht stören zu lassen.

»Dann hätten wir das geklärt, Herr Jevalic. Den Rest besprechen die Beamten vom Betrug mit Ihnen«, sagte sie und bedeutete den uniformierten Kollegen, ihn abzuführen. Auch Bilic wollte aufstehen.

»Wir haben's gleich«, stoppte sie ihn. »Bitte nehmen Sie wieder Platz. Lassen Sie uns über den Vorfall auf der Baustelle reden.«

Bilic warf einen verständnislosen Blick in Richtung Anwältin. »Warum auf der Baustelle?« Die Dolmetscherin übersetzte seine Frage für die Beamten.

Vierkant folgte Demirbileks Anweisung, abzuklären, warum der Verdächtige bei der Überbringung der Todesnachricht bitterlich geweint hatte. Laut Aussagen der anderen Bauarbeiter hatten Kranic und Bilic sich vor knapp einem Jahr auf der Baustelle als Arbeitskollegen kennengelernt. Niemand sonst hatte auf ähnlich heftige Weise reagiert. Demirbileks emotionaler Würgegriff, um Bilic zum Reden zu bringen, fußte auf der Überzeugung, dass eine innige Männerfreundschaft länger Zeit brauchte, um zu gedeihen. Er schielte zu Leipold, der für ihn ein lebender Beweis für seine Annahme war. Der Münchner rieb sich förmlich die Hände, weil sie zur entscheidenden Phase gelangt waren, der Phase, in der er sein Vernehmungsgeschick demonstrieren sollte.

»Warum über die Baustelle reden?«, wiederholte Vierkant Bilic' Frage. »Weil wir wissen, dass Sie sich mit Kranic auf der Erotikmesse herumgetrieben haben. Sie waren zur Tatzeit im Olympiapark.«

Bilic schwieg. Er sah zur Dolmetscherin, die sachlich Wort für Wort für ihn übersetzte. Die Anwältin sagte ihm, er müsse sich dazu nicht äußern, er stehe wegen Betrugsvorwurfs unter Verdacht, sonst nichts.

»Warum lassen Sie Herrn Bilic nicht aussagen, Frau Anwältin? Wir wollen den Tod seines Freundes klären. Ich bin sicher, er möchte uns dabei helfen«, sagte Demirbilek, der Bilic' Gesicht den inneren Kampf ansah.

Vierkant wandte sich ebenfalls an die Anwältin. »Der Betrugsvorwurf wird ihm nicht viel an Strafe einbringen, das wissen Sie, Frau Anwältin. Wir möchten nur wissen, ob Ihr Mandant gesehen hat, wer seinen Freund Mirko Kranic niedergeschlagen und misshandelt hat.«

Demirbilek übernahm, nachdem die Übersetzerin ihre Arbeit getan hatte. »Na dann, wollen Sie uns nicht sagen, was Sie im Olympiapark beobachtet haben?«

Es vergingen einige Sekunden, bis Leipold glaubhaft vorspielte, die Geduld zu verlieren. Er sprang auf und hämmerte die flache Hand auf den Tisch. Alle, selbst Demirbilek, der mit ihm den Einsatz abgesprochen hatte, erschraken, als er sich mit lauter Stimme zu Wort meldete: »Jetzt pass mal auf, Herr Bilic. Mein Türke und meine Niederbayerin haben dich lange genug geschont, Bürscherl.«

Die Anwältin sprang von ihrem Stuhl auf, die Übersetzerin versuchte, ins Kroatische zu übertragen.

»Ruhig jetzt«, unterbrach Leipold die Dame und fixierte Bilic. »Du verstehst mich ganz gut, spiel mir nichts vor! Hast lange genug in München gearbeitet. Vor der Baustelle am Nockherberg warst du am O_2-Tower, und bei der S-Bahn-Stammstrecke hast du auch mitgewurschtelt. Mit Englisch kommst du da nicht weit. Ich habe selber am Bau gebuckelt, ich weiß, wie das da läuft. Noch mal, verstehst du mich?«

Bilic nickte eingeschüchtert. Die Anwältin stellte sich zu ihm und flüsterte ihm etwas ins Ohr, während Leipold seine Schnupftabakdose hervorholte und sich bayerisch leger gab. »Sagen Sie ihm, Frau Anwältin, wir wissen von seinem Mitbewohner, dass er in der Tatnacht auf der Erotikmesse war. Und sagen Sie ihm wortwörtlich, wenn es die Formulierung auf Kroatisch gibt: Verarsch uns Bullen nicht!«

Demirbilek reichte Leipold, wie abgesprochen, Tatortfotos vom Olympiapark. Er hatte jene ausgewählt, die besonders schockierend die Todesumstände zeigten. Leipold legte sie genüsslich vor den Verdächtigen. »Und? Wie sieht's aus, Frau Anwältin? Reden wir weiter?«

Bilic drehte den Kopf von den Fotos weg.

»Schon sehr ekelhaft, geht mir auch so«, zeigte Leipold Anteilnahme. »Hast du ihn so zugerichtet? Hast du deshalb wie ein Schlosshund geheult?«

Bilic schob die Anwältin zur Seite, die ihn von einer Aussage abhalten wollte. Er sprach in verständlichem Deutsch mit starkem Akzent. »Ich habe Mirko geholfen, Kopf tat ihm höllisch weh.«

Es war Zeit, beschloss Demirbilek, Leipold abzulösen. Er blieb leise und vertraulich im Ton. »Mirko war ein Freund, der Sie betrogen hat, der Ihnen und Jevalic den verdienten Anteil verwehrt hat. Sie haben Familie in Kroatien, Kinder, die Sie ernähren, und Kranic bestiehlt Sie. Was ist genau passiert? Sagen Sie es uns.«

Bilic schüttelte verzweifelt den Kopf Richtung Dolmetscherin, um ihr zu zeigen, keine Übersetzung zu benötigen. Die Anwältin flüsterte ihm weiter ins Ohr.

»Kommen Sie, Herr Bilic, reden Sie, erzählen Sie, was geschehen ist«, unterstützte Vierkant ihn mit sanfter Stimme bei der Entscheidung, sich alles von der Seele zu reden. »Sind Sie Ihrem Freund nachgegangen, als er von der Messe raus ist?«

Bilic nickte. »Ja, er war plötzlich weg. Ich habe Mirko überall gesucht und ihn an der Böschung gefunden. Er lag dort, jemand hat ihm mit dem Fuß auf den Kopf getreten. Ich trete keinem Freund auf den Kopf.«

»Das waren nicht Sie?«, wunderte sich Vierkant und blickte zu ihren Kollegen, die sich zwar auch wunderten, ihre Überraschung aber nicht zeigten.

»Nein, das war ich nicht. Ich wollte Mirko helfen, ich habe ihn gerüttelt, er wachte auf und dachte, ich hätte ihn getreten.

Er hat wie ein Verrückter auf mich eingeprügelt, mit den Fäusten und Tüte in der Hand«, gestand Bilic mit kratziger Stimme. »Ich habe mich gewehrt, das war alles. Ich wollte ihm helfen.«

»Helfen?«, fuhr Leipold dazwischen. »Indem du ihm den Dildo in den Mund gesteckt und ihm die Pumpe verpasst hast?«

»Ja! Ich habe zurückgeschlagen, zwei, vielleicht drei Mal, er hat das Bewusstsein wieder verloren. Er rührte sich nicht mehr, aber er war nicht tot. Ich schwöre beim Leben meiner Familie, er war nicht tot. Das war falsch. Ich weiß nicht, ich war wütend, weil er nicht aufgewacht ist … ich habe …« Er unterbrach sich und warf sein Handy auf den Tisch. »Ich habe einen Beweis, dass er noch gelebt hat. Ich habe es aufgenommen.«

Vierkant nahm das Telefon entgegen und suchte die Videofunktion. »Sie wollten ihn damit erpressen?«

»Nein!«, schrie er und schob die Anwältin von sich, die ihn davon abhalten wollte, sich selbst zu belasten. »Ich wusste, warum er uns hintergangen hat, weil er das ganze Geld für seine Sexscheiße brauchte. Als ich das Zeug in der Tüte gesehen habe, bin ich verrückt geworden. Habe ihm Dildo und Pumpe reingesteckt und ihn gefilmt, damit er sieht, wie lächerlich er ist.«

»Und er hat sich nicht gewehrt?«, fragte Leipold.

»Nein, er war bewusstlos. Ein Denkzettel, damit er versteht, was es heißt, Freunde zu betrügen.«

»Wehe, du nennst ihn noch einmal Freund!«, hielt Leipold dagegen. »Geldbeutel und Handy? Hast du die Sachen gestohlen?«

Bilic nickte. »Fünfhundert Euro. Die habe ich behalten, die anderen Sachen wollte ich ihm zurückgeben.«

»Und mit dem Video hatten Sie vor, ihn zu erpressen«, schlussfolgerte Vierkant. »Wollten Sie ihm damit drohen, den Film seiner Familie zu schicken?«

»Meinen Anteil wollte ich, das war alles. Ich habe ihn nicht getötet.«

»Aber dafür gesorgt, dass er stirbt«, resümierte Demirbilek und beendete die Vernehmung.

54 »Geben Sie her, ich helfe Ihnen tragen«, bemühte er sich um eine freundliche Stimme. Flirrende Bilder tänzelten vor seinen Augen. Die Aufregung in seinem Gesicht, seine Nachbarin in Rock mit zwei Einkaufstüten und Handtasche über der Schulter im Hauseingang anzutreffen, verbarg er, in dem er seinen Kopf senkte.

»Das ist sehr freundlich, vielen Dank. Die Einkäufe sind wirklich schwer«, erwiderte Derya Tavuk.

Er nahm ihr die Plastiktüten aus der Hand. Die Hoffnung, seine Finger würden ihre berühren, erfüllte sich nicht. Offenbar wollte es das Schicksal mit seiner Gunst nicht übertreiben.

»In welchem Stock wohnen Sie?«, fragte er.

»Im dritten«, sagte sie erleichtert.

Er brachte die Tüten in einen sicheren Griff. Derya wartete geduldig und ging nicht voraus, wie er hoffte. Länger zu zögern würde auffallen, fürchtete er und ging los. Sie folgte ihm mit zwei Stufen Abstand. Er hätte sie gerne vor sich gehabt, um ihre nackten Beine zu sehen. Als er sich unbeobachtet glaubte, riskierte er einen Blick in die Einkaufstüten. In der linken erkannte er unter anderem einen Beutel Reis und abgepackte Oliven. In der Tüte der rechten Hand lag eine dicke Kerze obenauf, eine Packung Servietten konnte er erkennen und etwas, was ihn staunen ließ. Bei der Tube, mit einem Rosenlogo darauf, handelte es sich um ein Öl. Was ist das? Was hast du eingekauft?, fragte er sich, als er von ihrer Stimme aufgeschreckt wurde.

»Ich habe heute Abend Besuch, deshalb so viele Besorgungen.«

»Dann kochen Sie bestimmt für Ihren Freund oder Mann«, fragte er beiläufig.

Sie räusperte sich. »Nein, eine Freundin mit ihrem Kleinen kommt.«

Die Antwort in seinem Rücken kam zu schnell. Sie lügt, dachte er. »Der Junge, mit dem Sie manchmal im Hof sind?«

»Ja, genau. Memo liebt es, draußen zu spielen. Ich koche was Einfaches, Reis mit Gemüse, vielleicht auch Nudeln mit Pesto und Tomatensalat.«

Und dafür die vielen Einkäufe?, strafte er sie in Gedanken Lügen.

Er erreichte den dritten Stock und blieb stehen, um sie vorgehen zu lassen. Sie hatte den Schlüssel bereits in der Hand und stellte sich an die Wohnungstür.

»Danke Ihnen. Entschuldigen Sie, wenn ich Sie nicht hereinbitte. Es ist nicht aufgeräumt.«

Er stellte die Einkaufstüten ab und musterte das Namensschild, sodass sie es bemerken musste. »Vielleicht ein anderes Mal. *Iyi akşamlar*«, verabschiedete er sich und wandte sich zum Gehen.

»Ihr Türkisch ist gut!«, hörte er sie begeistert rufen. »*Sizede iyi akşamlar*«, wünschte auch sie einen schönen Abend. Zur Verblüffung in der Stimme mischte sich Freude.

Er blieb nicht stehen und drehte sich nicht um, sondern hob den Arm und winkte ihr beim Hinunterlaufen.

In der Wohnung eilte er in das Arbeitszimmer und fuhr seinen Laptop hoch. Er benötigte nur einige Suchbegriffe im Internet, um das Rosenlogo von der Tube in Deryas Einkaufstüte zu finden. Die Marke eines französischen Herstellers war exquisit und teuer. Die mit einem Schlag einsetzende Gewissheit, dass Derya nicht für die Freundin mit ihrem kleinen Sohn kochte, brachte ihn aus der Fassung. Eifersucht schnürte ihm den Hals zu. Die Zurückweisung fraß und bohrte sich in sein Gehirn, bis es von Schmerz durchflutet war.

Er ging in die Küche und setzte sich an den unaufgeräumten Tisch. Deryas Notizzettel, den er aus dem Abfalleimer geholt hatte, lag darauf. Die Benutzernamen der Männer, mit denen sie es treiben wollte, schrien ihm entgegen. Er zerknüllte das Papier und steckte es in den Mund, verleibte sich die potenziellen Beischläfer ein, um sie ein für alle Mal auszulöschen. Er kaute und mahlte, bis er plötzlich würgen musste, und ihm war, als lachten ihn die Männer aus, die er zwischen den Zähnen zerfleischte. Er schleuderte den Oberkörper vor und spie das speicheldurchtränkte Papier zurück auf die Tischplatte.

Ekel ergriff ihn. Du betrügst mich, Derya, noch bevor wir zusammengekommen sind, noch bevor du zu Gast bei mir warst. Er sprang auf und legte den Kopf in den Nacken. Seine Augen waren geweitet, als er fragte: »Warum kaufst du ein französisches Massageöl für erotische Stunden? *Oruspu!*«

Nein, sagte er sich im nächsten Augenblick. Derya ist keine Schlampe. Das ist sie nicht. Sie ist eine gute Frau. Die Einschätzung brachte ihn in Gedanken zu seiner Mutter. Er ging ins Wohnzimmer, wo sich im Bücherregal Fotoalbum an Fotoalbum reihte. Für jedes ihrer Lebensjahre hatte er ein Album zusammengestellt. Insgesamt waren es zweiundfünfzig faustdicke Atlanten mit rotem Rücken.

In den frühen Alben klebten nur wenige Fotos. Seine Großeltern hatten zu der Zeit kaum fotografiert. Als er mit vierzehn oder fünfzehn Jahren anfing, sich für Fotografie zu interessieren, lichtete er alles ab, was ihm vor die Linse kam. Er vervollständigte die Alben aus der Kindheit seiner Mutter, in dem er Orte und Plätze aufsuchte, die sie ihm aus der Erinnerung heraus erzählte. Er fuhr zu ihrem Kindergarten, zu ihren Schulen, zu dem Spielplatz, wo sie gerne war, an ihre Lieblingsstelle an der

Isar beim Deutschen Museum, dem Freibad, wo sie die Sommer verbrachte, zum Ausbildungsplatz in Perlach, einem Schuhgeschäft, das seit Jahren nicht mehr existierte, als er dort mit dem Fotoapparat auftauchte.

In die Alben wanderten auch Studien über den Hinterhof in verschiedenen Lichtstimmungen. Er fotografierte Winkel von München, die kaum jemand kannte. Hauptsächlich hatte er seine Mutter abgelichtet. In der Küche, schlafend im Bett, beim Spazierengehen und im Geschäft, in dem sie arbeitete. Es existierten auch Aufnahmen mit Selbstauslöser, auf denen er zusammen mit ihr zu sehen war. Seine Mutter hatte gewelltes, strohblondes Haar, eine Haut wie edles Porzellan und ein helles, wunderschönes Gesicht mit leuchtend grünen Augen. Seine Augen waren auch grün und strahlten wie die seiner Mutter. Er war stolz darauf, die Augenfarbe von ihr geerbt zu haben. Was ihm sein Vater an Genen und Aussehen mitgegeben hatte, wusste er nicht. Er hatte ihn nie kennengelernt.

Im einundzwanzigsten Album fanden sich Aufnahmen der Polizei, die sich seine Mutter beschafft hatte. Entstanden waren diese an dem Tag, der alles in ihrem jungen Leben verändert hatte.

Er hielt inne, weil er an Nilay dachte, die er davor bewahrt hatte, dasselbe Schicksal wie seine Mutter zu erleiden. In einer Passage, keine hundert Meter von ihrem Schuhgeschäft entfernt, war der Vergewaltiger über sie hergefallen. Die Verletzungen durch Faustschläge und Fußtritte auf Kopf und Gesicht wollten monatelang nicht verheilen, hatte sie ihm erzählt, als er erwachsen war und die Ausbildung zur Sicherheitskraft begonnen hatte. Er machte Fotos vom Tatort für das einundzwanzigste Album. Der Ort, wo sie bewusstlos gefunden worden war, hatte sich über die Jahre kaum verändert, wie die Wohnung, in der sie ihn zur Welt gebracht hatte.

Er fuhr mit dem Finger über das Beweisfoto aus dem Polizeiarchiv, das ihr zerschundenes Gesicht zeigte. Ihre Augen waren aufgerissen, als der Polizeifotograf die Aufnahme auslöste. Trotz des Blitzlichtes strahlte das Grün ihrer Augen nicht. Es war erloschen.

55

Cengiz war aufgewühlt und verärgert, sie fühlte sich von Demirbilek unter Wert eingesetzt, obgleich sie ihm klargemacht hatte, dass ein Polizeianwärter die restlichen Überwachungsbilder vom Hauptbahnhof genauso gewissenhaft gesichtet hätte. Doch der Kommissar bestand auf ihren emphatischen Groll und die Verbissenheit, mit der sie bislang zu Werke gegangen war, um den Pfeffersprayer zur Strecke zu bringen. Trotz der Kurznachrichten, die sie Vierkant geschrieben hatte, wusste sie nicht, wie die Vernehmung der betrügerischen Bauarbeiter verlief. Wenn keine Zeit zu antworten war, konnte es eigentlich nur Gutes bedeuten, glaubte sie.

Die Rolltreppe im Sperrengeschoss des Hauptbahnhofes, den die Kamera zeigte, war gestochen scharf. Ein nicht endender Strom von Menschen fuhr auf dem Monitorbild an ihr vorbei. Sie schmunzelte über einige, die gedankenverloren ins Leere starrten, oder versuchte, über die verklärten Gesichter junger Leute zu erraten, welche Musik in den Ohrhörern sie aus dem Hier und Jetzt katapultierte. Beeindruckt war sie davon – sie machte aus Jux eine Strichliste –, wie viele Männer, jung und alt gleichermaßen, sich am Sack kratzten, weil sie sich unbeobachtet fühlten.

Bei der Sichtungsarbeit registrierte sie auch Straftaten. Sie erstellte Videosequenzen und Standbilder und leitete sie an die zuständigen Dezernate weiter. Wie dumm manche Dealer doch waren. Sie beobachtete die Übergabe von Tütchen mit weißem Pulver. Ein dreister, älterer Herr mit Krückstock präsentierte sich ihr als Taschendieb. Er stibitzte einem Greis, nicht viel älter als er selbst, den Geldbeutel aus der Gesäßtasche. Fasziniert von der Fingerfertigkeit des Alten sah sie sich die Aufnahmen mehrfach an.

Weniger unterhaltsam gebärdete sich ein junger Kerl mit Wollmütze. Er fiel ihr auf, weil er wie bei einem Rundlauf immer wieder dieselbe Rolltreppe benutzte. Offenbar passte er den Zeitpunkt ab, wenn eine Frau alleine unterwegs war. Der junge Kerl betatschte die Frauen nie direkt, berührte sie jedoch beim Vorgehen oder stand direkt hinter ihnen mit der Hand im Schritt. Sie fror das Bild eines Vorfalls ein und zoomte näher, um den Zeitpunkt des Körperkontaktes festzuhalten. Der Mann berührte mit seiner Hüfte die Hüfte einer attraktiven Frau und hatte dabei eine Hand im Hosenbund stecken. Diesen Vorgang beobachtete sie mehrmals bei völlig unterschiedlichen Frauen, älteren wie jüngeren, bis der Mann an die Falsche geriet. Wie eine Furie – Cengiz klatschte begeistert Beifall – stieß sie ihn von sich und fluchte hinter ihm her, als er Reißaus nahm und davonspurtete. Nach dem Ereignis tauchte der Grapscher auf der Rolltreppe nicht mehr auf.

»Dreckskerl! Was für ein Arschloch!«, schrie Cengiz und hob, wütend von den ekelerregenden Bildern, den Hörer des Diensttelefons ab.

»Ja, Cengiz?«, meldete sie sich. »Nein, sag Yavuz, das geht jetzt nicht.« Sie sah auf die Uhr. »Lass dir eine Handynummer geben, Kollege, ich melde mich so in einer Stunde bei ihm, wenn ich Mittagspause mache. Ja, so um zwölf. Danke.«

Sie knallte den Hörer auf und spürte, die Wut über den Grapscher am Falschen ausgelassen zu haben. Sie nahm den Hörer und rief den Empfang zurück. Doch der Beamte sagte ihr, dass der Junge schon gegangen sei. Sie legte wieder auf und streckte die Arme von sich und dachte, dass es bei der Polizeiarbeit nicht von Vorteil war, sich von übertriebenen Gefühlen leiten zu lassen.

In dem Moment trat Leipold durch die Tür und zwinkerte ihr zweideutig zu. Cengiz bemerkte, warum. Beim Strecken war ihr Oberteil verrutscht. Der weiße BH unter ihrem schwarzen Shirt blitzte auf. Ruhig bleiben, Jale, sagte sie sich, jetzt keinen Streit vom Zaun brechen. Auf der anderen Seite, schoss es ihr durch den Kopf, scheint da System dahinterzustecken. Sie war drauf und dran, Leipold wegen seines unmöglichen Timings zur Rede zu stellen, als Vierkant kopfschüttelnd auftauchte.

»Pius, das mit dem Applaus nach der Vernehmung war nicht angebracht. Ein wenig mehr Respekt vor Bilic wäre netter gewesen«, rügte sie ihn.

»Komm, das war eine Spitzenleistung von uns dreien. Darf man ja wohl mal applaudieren, Isa!«, meinte Leipold beleidigt.

»Dürfte ich vielleicht erfahren, was los ist?«, fragte Cengiz entnervt. »Warum applaudierst du nach einer Vernehmung? Habt ihr ein Geständnis?«

Demirbilek trat als Letzter hinzu. »Ich weiß nicht, worüber du dich freust, Pius. Wenn Bilic die Wahrheit sagt, war er nicht der Erste, der auf Kranic eingeschlagen hat, vor allem nicht auf den Kopf.«

»Gelogen hat der nie und nimmer«, wurde Leipold leiser. »Stimmt schon, der Tritt mit dem Fuß war das Entscheidende. Trotzdem ist er mitschuldig, er hat ihm ja die Pumpe aufgesetzt, ohne die wäre er nicht gestorben.«

Demirbilek schritt zu seinem Schreibtisch. »Jale, was ist bei dir herausgekommen?«

Sie schrie ihm durch die offene Tür zu. »Nichts, absolut nichts bislang. Was glaubst du, wie viele Gestalten sich mit Kapuze über dem Kopf am Hauptbahnhof herumtreiben. Ich mache später weiter. Ich brauche frische Luft.«

Ohne das Einverständnis des Vorgesetzten einzuholen, zog sie die Jacke über und verschwand grußlos.

»Was ist mit Jale los?«, fragte Leipold Vierkant, die sich an den Schreibtisch gesetzt hatte.

»Zu viel fernsehen ist auf Dauer nicht gut. Und für Schreibtischarbeit ist unsere Jale nicht geboren.«

Cengiz nahm im Spurt die Treppen im Präsidium nach unten, kehrte auf dem Absatz um und spurtete wieder nach oben. Die sportliche Einlage wiederholte sie, ungeachtet der sie anfeuernden Kollegen, bis das Herz schnell genug schlug und sie außer Puste war. Nach der Maßnahme bedankte sie sich für die Unterstützung der Kollegen und spürte, dass der Ekel, den der Grapscher bei ihr ausgelöst hatte, verschwunden war.

Nach Luft schnappend erreichte sie den Empfang und verließ mit Yavuz' Mobilnummer das Präsidiumsgebäude.

Oktar Uyguns Sohn war bei der Befragung, die sie in der Wohnung der Familie Uygun in der Dachauer Straße mit Leipold durchgeführt hatte, schweigsam gewesen. Der ältere, erstgeborene Bruder, der ganz dem Vater gleichkam, hatte das Sagen. Yavuz antwortete einsilbig und zurückhaltend. Die Alibis der Brüder waren mittlerweile überprüft worden. Yavuz war zur Tatzeit in der Schule gewesen, der Bruder im Taxiunternehmen. Dass sich der Ältere über den Besuch der Polizei aufregte, statt sich nach seiner Mutter zu erkundigen, unterband Cengiz mit einem gepfefferten Fluch auf Türkisch. Aus dem Augenwinkel hatte sie bemerkt, wie der Jüngere heimlich kicherte, als sein Bruder von einer Frau zusammengestaucht wurde.

Auf der Straße rief sie Yavuz an und erreichte ihn sofort. Er war noch in der Nähe des Präsidiums und fragte vorsichtig, ob sie Zeit habe, ihn zu treffen. Cengiz lag am Herzen, zu erfahren, was den fünfzehnjährigen Jungen beschäftigte. Zudem glaubte sie in seiner Stimme etwas herauszuhören, was ihr zur Sorge Anlass gab.

Mit einem Fußmarsch erreichte sie den Hinterhof in der Landwehrstraße, den er als Treffpunkt vorgeschlagen hatte. Der Junge kaute nervös auf einem Kaugummi, als sie ihn ansprach.

»Yavuz, was ist los? Ist etwas passiert?«, fragte sie ihn ernst.

»Jale *abla*«, sagte er respektvoll. »Versprechen Sie mir bitte, dass nichts von dem, was ich Ihnen sage, mein Vater erfährt?«

Nicht zum ersten Mal fassten Zeugen oder Verdächtige Vertrauen zu ihr und versuchten, sie zu ihrer Verbündeten zu machen. Sie war keine Beamtin, die ihren Mitmenschen etwas vorspielte, sie versuchte, ihre Persönlichkeit und ihre Eigenheiten bei der Arbeit nicht auszublenden. Der Junge aus einer wohlhabenden türkischen Familie hatte Angst, das war nicht schwer zu erkennen. Er erwartete mit sorgenvoller Miene eine Antwort von ihr. Für einen Moment war sie versucht, ihm vorzugaukeln, den Vater aus dem Spiel zu halten, um schnellstmöglich zu erfahren, was ihn umtrieb. Dann aber entschied sie sich, ehrlich zu sein. Der Junge war intelligent und anständig, er würde verstehen, was sie ihm zu sagen hatte.

»Bak canım«, sprach sie ihn liebevoll auf Türkisch an. »Ich bin Polizistin, Yavuz. Ich kann dir das nicht versprechen. Selbst wenn ich es wollte. Um was geht es?«

Es tat ihr furchtbar leid, in das Gesicht des enttäuschten Jungen zu sehen. Er rang mit sich, ob er ihr vertrauen konnte oder nicht. Cengiz fühlte, welch schwere Verantwortung auf seinen Schultern lastete.

»Pass auf, wir können es so machen, Yavuz«, bot sie an. »Du erzählst mir in Andeutungen, was dein Vater nicht erfahren soll. Ich gebe dir ein Zeichen, wenn ich als Polizistin tätig werden muss. Was meinst du?«

Der Junge lächelte dankbar, dachte aber nicht lange über ihren Vorschlag nach. Er entschied sich wie jemand, der auf der Flucht war, der ein Versteck zum Untertauchen suchte und feststellte, dass er weiterziehen musste. »Dafür ist es zu ernst, entschuldigen Sie, ich habe Sie umsonst herbemüht«, sagte er schnell und wünschte einen guten Tag. »*Iyi günler,* Jale *abla.*«

Er nickte zum Abschied und machte sich auf den Weg zur Sonnenstraße. Cengiz blickte ihm eine Weile nach. »Scheiße, Jale! Was hast du da angerichtet!«, schimpfte sie sich und ließ die Verärgerung mit einem Fußtritt gegen den Reifen eines parkenden Autos heraus. Einen Augenblick später besann sie sich und nahm die Verfolgung auf. Der Drang, zu erfahren, was Yavuz angetrieben hatte, eine Polizistin um Hilfe anzurufen, war stärker als der Anstand, seine Entscheidung zu respektieren. Gute Vorsätze hielten bei Cengiz nie lange an. Die Kriminalbeamtin in ihr dominierte ihren Charakter, wie nicht nur der Vater ihres Kindes hatte leidvoll erfahren müssen.

Ohne sich ein einziges Mal umzudrehen, bog der Junge mit schnellen Schritten auf der Sonnenstraße zum Stachus ab. Cengiz nutzte Hauseingänge und Ladengeschäfte, um unbemerkt zu bleiben. Vielleicht solltest du den Chef informieren, überlegte sie, als Yavuz das Hotel Königshof passierte und in die Prielmayerstraße zum Hauptbahnhof abbog. Du musst zurück zum Schreibtisch, sagte sie sich besorgt, weil sie beim Anblick des Bahnhofes an das Material, das sie zu sichten hatte, denken musste. Sie nahm an, Yavuz würde nach Hause oder zum Taxiunternehmen seines Vaters gehen, als er plötzlich das Tempo verlangsamte. Offenbar hatte er sein Ziel erreicht. Er stand vor dem Eingang des Justizpalastes und holte das Handy aus der Hosentasche. Nach einem kurzen Telefonat betrat er das historische Gebäude, den ehemaligen Volksgerichtshof, wo die Mitglieder der Weißen Rose im Namen des Volkes zum Tode verurteilt worden waren.

Sie legte einen Zwischenspurt ein und beobachtete, wie Yavuz sich am Empfang auswies und zur Sicherheitskontrolle vorgelassen wurde. Die Beamten begrüßten ihn wie einen alten Bekannten, tasteten ihn ab und ließen ihn passieren. Sie wartete, bis er den Lichthof des denkmalgeschützten Baus erreichte. Als sie sich sicher war, nicht von ihm entdeckt zu werden, eilte sie zum Empfang weiter. Mit vorgehaltenem Dienstausweis stellte sie sich dem Beamten als Kriminalbeamtin vor und erkundigte sich nach dem Jungen.

56

Selma nahm Derya in den Arm und drückte sie an sich. Zekis Exfreundin genoss die körperliche Nähe sichtlich. Selma dagegen war unwohl zumute. Sie dachte bei der Innigkeit der Verabschiedung an eine von Sheherazades Erzählungen, als würde die Umarmung nur eine von ihnen vor dem sicheren Tod bewahren. Grausam und einfallsreich waren osmanische Herrscher, ging es um die Bestrafung gefallener oder unzüchtiger Frauen, spukte es Selma beängstigend durch den Kopf. Sie fragte sich, wer von ihnen die Verurteilte in der Liebesangelegenheit Zeki war.

Selma roch das erste Mal den Duft von Rosen auf Deryas Haut. Sie hatte ihren Kopf bei der Umarmung auf ihre Schulter gelegt und sah ihren leicht behaarten Nacken. Sie löste sich schließlich und lächelte ihr aufmunternd zu. Wortlos ging sie zur Tür und öffnete.

»Einen Moment«, rief Derya ihr nach. »Ich habe etwas für dich.« Sie verschwand in die Küche und kam umgehend zurück. Selma erwartete sie mit einem fragenden Gesicht. »Doch nicht *börek*?«

»Gestern frisch gemacht. Bitte nimm sie mit, alleine schaffe ich das niemals.«

Mit dankbarem Nicken nahm sie die durchsichtige Tüte mit den Teigwaren an sich. »Das wird Süleyman freuen, und schmecken wird es ihm sowieso.«

»Wie Zeki, er liebt mein *börek* auch«, brach es aus Derya unbeabsichtigt heraus. »Entschuldige«, schob sie schnell hinterher, »du wolltest nicht über ihn sprechen.«

Selma dachte an den Tag, als sie Zeki nach reiflicher Überlegung wissen ließ, dass sie ihn verlassen werde. Es war nicht der schlimmste, aber einer der traurigsten Tage in ihrem Leben gewesen. Mit einem ähnlichen Gefühl stellte sie Handtasche und Tüte auf den Boden und setzte sich auf das Sofa. Selma war einige Jahre älter als die Frau, mit der Zeki eine Beziehung hatte. Sie nahm das Recht der Älteren in Anspruch, ihr beizustehen. Sie wusste, Derya würde ihr aus Respekt zuhören. »Derya, ich bin gekommen, um mich persönlich von dir zu verabschieden, weil du mir wichtig bist und ich weiß, wie sehr du Jale unterstützt und dich um Memo kümmerst.«

Als sei sie die Dienstbotin bei der Unterredung mit der Herrin setzte Derya sich zu ihr auf das Sofa und strich sich mit verschämtem Blick durch das Haar. »Sprich nicht weiter, Selma. Allah hat mir Jale als Freundin geschenkt und beglückt mich mit Memos Lächeln. Du hast einen wundervollen Enkel.«

»Den du besser kennst als ich«, sagte Selma verhalten. »Zeki und ich sind sehr jung Großeltern geworden. Wir stehen beide im Beruf … und … ach, du weißt, was ich meine.«

Derya lächelte verständnisvoll. Selma erschrak vor dem, was sie in ihrem Gesicht entdeckte. Sie zeigte Mitleid mit ihr, als sie sagte: »Du bist eine moderne, schöne Frau, Selma. Eine wichtige Professorin. Du arbeitest hart und kämpfst für deine Studenten. Ich bewundere dich für das, was du machst. Allah möge dir Kraft und Geduld für deine schweren Aufgaben geben.«

Selma war irritiert über ihre unterwürfig, aber ehrlich klingenden Worte. Sie war es, die ihr Ratschläge geben wollte, und nicht andersherum. »Ich danke dir, Derya, aber ich bin nichts weiter als eine Frau, die versucht, jungen Menschen zu zeigen, aus welcher Kultur sie stammen.« Sie erhob sich, in Gedanken war sie bei ihrem Freund, der unten im Wagen auf sie wartete.

Zusammen mit ihm wollte sie Unikollegen treffen, um sich zu verabschieden. »Ich hoffe sehr, du findest ein neues Glück in deinem Leben. Du bist eine wunderbare Frau, Derya. Du hast es verdient, einen Mann an der Seite zu haben, der dich liebt und respektiert«, sagte sie ihr, wissend, nur belangloses Geplänkel von sich zu geben.

»Das ist sehr freundlich, Selma, danke«, antwortete Derya und stand ebenfalls auf. »Hat dir Jale erzählt, dass ich jemanden kennengelernt habe?«

Selma lächelte. »Ja, hat sie. Ich hoffe, er ist der Richtige für dich.« Sie bückte sich, um Tasche und Tüte aufzuheben.

»Ich treffe ihn heute Abend«, sagte Derya ohne Enthusiasmus.

»Wie schön!«, jauchzte Selma etwas übertrieben. »Aber du scheinst dich nicht zu freuen.«

»Doch, ich freue mich. Jale hat mir eine Unmenge Tipps gegeben. Ich habe viel zu viel eingekauft. Ich werde für ihn heute Abend kochen und mit ihm Fußball schauen. Er ist begeistert, dass ich wie er Fenerbahçe-Fan bin«, sagte sie amüsiert.

Die Schwere um Selmas Herz legte sich. Sie umarmte Derya ein letztes Mal. »Dann habt einen schönen Abend zusammen. Ich habe mit Zeki nie Fußball gesehen, das ist nichts für mich.«

»Ich weiß, das hat ihn aber nicht gestört.«

»Ja?«

»Gestört hat ihn, dass du ihm nicht die Freude gelassen hast, wenn er …«

»Halt den Mund! Was erlaubst du dir!«, schoss sie zurück. Selma hatte genug von der Einfältigkeit und der Unverfrorenheit, mit der Derya sie spüren ließ, was sie sich in ihrem anatolischen Kleinhirn zusammenreimte. Sie stahl sich keineswegs von ihrer Familie davon, um ihre Karriere nicht zu gefährden.

Derya verharrte einen Moment. »Verzeih, ich wollte dir nicht zu nahe treten.«

Selma gelangte zur Tür und riss sie auf. Bevor sie sagen konnte, dass ihr der Ausbruch leidtat, begann Derya zu reden.

»Ich weiß, du liebst ihn nicht mehr. Aber Zeki liebt dich. Warum verlässt du ihn? Warum kannst du ihm nicht die Frau sein, nach der er sich verzehrt? Er will nicht mich, weil es dich gibt. Wärst du nicht nach München zurückgekehrt, hätte er mich lieben gelernt. Weil du in der Stadt warst, hatte ich keine Chance, sein Herz für mich zu gewinnen«, spie sie ihr voller Enttäuschung entgegen. »Der Mann heute Abend wird nicht der Richtige sein, selbst wenn er mir gefallen sollte. All meine Liebe gehört deinem Zeki, auch wenn er mich verstoßen hat.«

Selma trat einen Schritt auf sie zu. Die Finger verkrampften um Tasche und Tüte in den Händen. »Derya, mach keinen Fehler, gib dem neuen Mann in deinem Leben eine Chance. Zeki wird dich niemals lieben wie mich. Das kann er nicht, denn sein Herz ist auch mein Herz. Seit unserer ersten Begegnung in Istanbul. Und daran wird sich nichts ändern, solange eines unserer Herzen schlägt.«

Mit den Worten drehte Selma sich auf dem Absatz um und ließ Derya zurück, die für Sekunden nicht in der Lage war, sich zu rühren.

57 Inmitten der Unterredung im Gerichtssaal 253, in dem eine Ausstellung an den Hetzprozess gegen die Weiße Rose erinnerte, dämmerte Cengiz, von Yavuz Uygun hintergangen worden zu sein. Du cleverer kleiner Mistkerl, lobte sie ihn insgeheim, weil er sie mit glücklich strahlenden Augen anhimmelte.

Er hatte sich mit Absicht von ihr verfolgen lassen und sie zu seiner Mutter Songül in den Justizpalast geführt. Cengiz hatte nachgefragt und erfahren, dass Yavuz auf die Idee gekommen war, sich in dem Gerichtsgebäude zu verstecken, weil man am Einlass nach Waffen kontrolliert wurde und er Angst hatte, sein Vater könne seiner *anne* etwas antun.

Zeigen Sie ihn an, hatte sie der verängstigten Frau empfohlen, häusliche Gewalt werde ernst genommen. Das könne sie nicht, hatte die türkische Mutter unter Tränen erwidert und Yavuz aufgefordert, ihr etwas zu zeigen. Er präsentierte den türkischen Reisepass seiner Mutter, den sein Vater in der Wohnung versteckt gehalten hatte. Immer noch verstand Cengiz nicht, weshalb die misshandelte Frau ihre Hilfe benötigte. Erst als sie erfuhr, dass Oktar Uygun sie als vermisst gemeldet hatte und sie fürchtete, bei der Grenzkontrolle festgenommen zu werden, verstand sie, warum Yavuz sie in den Plan zur Rettung seiner Mutter eingebunden hatte. Cengiz konnte sich denken, wohin sie fliehen wollte, fragte aber aus reinem Selbstschutz nicht nach. Sie warf alle Bedenken über Bord und beschloss, das Vertrauen, das Yavuz in sie setzte, nicht zu enttäuschen.

Am liebsten hätte sie Frau Uygun an der Hand genommen und zu den Kollegen der Vermisstenstelle gebracht, damit sie persönlich aussagte, aus freien Stücken ihren Mann verlassen zu haben, und die Vermisstenmeldung zu den Akten gelegt würde. Der kluge Yavuz hatte diese Möglichkeit in Erwägung gezogen. Doch fürchtete er, seinem Vater zu begegnen, der zu unmöglichen Zeiten unangemeldet auf der Behörde auftauchte, um sich nach dem Stand der Ermittlungen zu erkundigen. Unter den Umständen, meinte Cengiz, genüge eine schriftliche Erklärung, um die Anzeige aufzuheben und die Suche nach ihr einzustellen.

Cengiz klopfte kurzerhand an einem Richterzimmer, um nach Papier und Stift zu fragen. Als das Schriftstück aufgesetzt und unterschrieben war, griff Yavuz nach ihrer Hand und bedankte sich mit einem Stirnkuss bei ihr. Du läufst doch nicht rot an?, schämte sie sich, peinlich berührt über die demutsvolle Geste, die ihr zum ersten Mal in ihrem Leben zuteilwurde. Mit dem Versprechen, ihn zu verständigen, sobald sie die Erklärung der Vermisstenstelle übergeben hatte, wünschte sie der Mutter alles Gute und wollte sich auf den Rückweg machen.

Beim Anblick der Todesurteile gegen die Mitglieder des Naziwiderstandes, die groß aufgezogen an der Wand hingen, fiel ihr ein, dass häusliche Gewalt nur einen Aspekt von Oktar Uyguns Anzeige darstellte. Leipolds Äußerung, nichts mit Nazischeiße zu tun haben zu wollen, kam ihr in den Sinn. Der Täter, der Oktar Uygun angegriffen hatte, war zur selben Zeit wie Frau Uygun am Königsplatz gewesen. Sie fragte sie danach und bekam keine Antwort. Verängstigt rückte die mögliche Zeugin das Kopftuch zurecht und ließ sich auf die Zuschauerbank nieder. Der Sohn setzte sich neben sie und musterte seine angespannte Mutter. Wie ein Polizist in Ausbildung insistierte er darauf, dass sie eine Aussage machen müsse, sollte sie etwas gesehen haben.

Und das hatte Songül Uygun.

Nach der Verabschiedung lief Cengiz mit der schriftlichen Erklärung die Treppenstufen des Justizpalastes hinunter. Sonnenschein fiel durch die beeindruckende Lichtkuppel in die Zentralhalle. Sie blieb abrupt stehen und blinzelte gegen die Strahlen. Das Spiel aus Licht und Schatten ließ sie daran denken, dass es mehr gab zwischen Himmel und Erde, als ihr je klar werden würde. Warum fiel ihr Memo ein, ihr eigener Sohn? Warum Zeki, der während der Arbeit, sei sie noch so hektisch oder der Zeitdruck noch so hoch, die Eigenheit hatte, in unmöglichen Situationen einen Moment innezuhalten.

Sie bremste ihren Lauf ab und nahm auf einer Besucherbank Platz. Sie war nicht gläubig und betete nicht das Freitagsgebet wie ihr Chef. Dennoch fühlte sie eine unermessliche Zufriedenheit und bedankte sich, ohne einen Adressaten zu haben, bei dem oder der Verantwortlichen für das berauschende Gefühl in ihr. Als die Sonne ihr Gesicht erhellte, richtete sie den Kopf zur Kuppel. Wolken und Sonne ergaben eine bizarre Konstellation. Sie glaubte, das Auge Gottes zu sehen, das auf sie herabblickte.

Vay be! – Wow! –, sagte sie sich, was für eine Show.

58

Nach der Auszeit besorgte sich Cengiz ein schnelles Mittagessen und betrat in bester Laune das Dienstbüro. Sie stieß auf das Migra-Team, inklusive Kriminalrätin Feldmeier, die mit verschränkten Armen durch das größere Dienstzimmer wanderte und ihre Ansprache unterbrach.

»Los, Frau Cengiz, schnappen Sie sich einen Stuhl«, sagte sie mit fröhlicher Stimme zu ihr.

»Hab ich was verpasst?«, fragte Cengiz ihren Chef, der offenbar nicht bereit war, ihr Rede und Antwort zu stehen.

Feldmeier übernahm die Erklärung für ihn. »Kein Anlass zur Sorge, setzen Sie sich. Eine ungeplante Besprechung. Ich habe wenig Zeit, ich reise heute nach Berlin.«

Wohin sonst?, äffte Demirbilek stumm nach und winkte Cengiz zu, sich neben ihn zu setzen. Mit knurrendem Magen stellte sie die Tüte vom asiatischen Imbiss auf den Schreibtisch und holte sich einen Stuhl.

»Was gibt es heute? Sushi?«, fragte Feldmeier mit hungriger Stimme.

Obwohl sie ein in Gastfreundschaft geschultes Kind türkischer Einwanderer war, dachte Cengiz nicht daran, von ihrem Essen etwas abzugeben. Mit dem kulturellen Erbe des Herkunftslandes ihrer Eltern ging sie locker um. Erst mit Demirbileks tadelndem Blick, der sie mit derselben Strenge traf, als säße ihr eigener Vater neben ihr, entschied sie sich um.

»Sommerrollen mit Shrimps. Wollen Sie probieren?«, fragte Cengiz halbherzig.

»Nichts lieber als das!«, freute sich Feldmeier über das Angebot und bediente sich gleich selbst mit einer Rolle aus dem Styroporbehälter. Der Hunger trieb sie an, sofort abzubeißen. »Sie retten mir gerade das Leben«, übertrieb sie. »Gute Nachrichten habe ich eben vermeldet. Baustellenleiter Eberhard Freischwimmer sitzt in U-Haft.« Das Migra-Team verfolgte ihre Kaubewegungen, die ihr wegen der langen Beine die Gestalt einer Babygiraffe verliehen. Ober- und Unterkiefer mahlten in kreisenden Bewegungen. »Ohne die Arbeit des Sonderdezernats Migra hätte das Bayerische Landeskriminalamt Steuergelder und Ressourcen bis zum Nimmerleinstag verschwendet.« Das letzte Stück verschwand im Mund. Sie würgte die folgenden Worte heraus. »Das Dankschreiben des Innenministers rahme ich mir ein und hänge es über das Bett.« Sie schluckte hinunter und lächelte zufrieden über ihre witzig gemeinte Schlussbemerkung.

Leipold war der Einzige in der Runde, der sich um ein wohlwollendes Lächeln bemühte. Vierkant kramte aus ihrer Umhängetasche ein Papiertaschentuch und überreichte es der Kriminalrätin. Dankend nahm sie es entgegen und wischte den Mund sauber.

»Ich verstehe gar nichts«, sagte Cengiz. »Was für Arbeit haben wir erledigt? Könnten Sie bitte etwas schneller machen? Ich komme gerade von einer Zeugenbefragung und müsste dringend einer Spur nachgehen.«

Demirbilek fürchtete, ein zufriedenes Rülpsen seiner Vorgesetzten würde nun folgen, stattdessen lachte Feldmeier auf. »So muss das sein. Ein Erfolg jagt den nächsten, das gefällt mir an dem Migra-Team. Klein, aber fein! Um Ihre Frage zu beantworten: Sie vier haben eine international agierende Schmugglerbande auseinandergenommen, ohne es zu merken. Pressetechnisch kommuniziere ich das natürlich anders. Die Kollegen vom

Betrugsdezernat haben bei Jevalic brisante Unterlagen sichergestellt. Aus den Informationen geht die organisierte Verbringung von Minibaggern und anderen hochwertigen Baumaschinen nach Kroatien hervor. Sehr wahrscheinlich stecken der Familienanwalt und Mütterchen Freischwimmer mit drin. Die Alte war das letzte Jahr zehn Mal in Zagreb.«

»Verbringung bedeutet wohl, dass die Maschinen geklaut worden sind?«, hakte Cengiz nach.

»Das lassen Sie sich in Ruhe von Ihren Kollegen erklären. Auf dem Niveau klaut man nicht, man manipuliert und fälscht Dokumente, wie Kaufbelege und Lieferscheine, bis das Diebesgut scheinbar legal den Adressaten erreicht«, erklärte sie abschließend und huschte aus dem Büro.

»Was heißt das genau?«, fragte Vierkant.

»Gar nichts heißt das«, gab Demirbilek kurz angebunden zurück. »Ich hasse solche Besprechungen. Wir haben unsere Arbeit gemacht und hatten Glück. Jetzt wissen wir, warum Eberhard Freischwimmer vor mir weggelaufen ist, und der Herr Verteidiger steckt mit drin. Ich verstehe auch nicht, warum die Kriminalrätin uns lobhudelt. Und du, Cengiz, sag du mir lieber, was mit dir los ist. Du warst doch nicht über eine Stunde lang Luft schnappen! Von welcher Zeugenbefragung kommst du gerade?«

»Gleich«, erwiderte sie lächelnd und schaltete den Computer ein. »Ich habe wegen Uyguns Anzeige ermittelt und konnte etwas abklären.«

»Ach ja?«, wunderte sich Demirbilek. »Und die neue Spur? Wo taucht diese so plötzlich auf? Weißt du davon, Leipold?«

Leipold zuckte mit den Schultern.

»Ich wollte dir zeigen, was ich Oktar Uygun geschickt habe, also anonym geschickt habe«, zog Cengiz die Aufmerksamkeit wieder auf sich. »Willst du es sehen? Ich weiß, ich hätte das nicht machen dürfen. Es tut mir leid, irgendwas ist da bei mir durchgebrannt.«

Missmutig stellte Demirbilek sich zu ihr an den Monitor. Leipold und Vierkant traten hinzu, um die Videosequenz in Dauerschleife mit anzusehen. Leipold kannte sie bereits. Vierkant kannte sie nicht und kommentierte, wie Uygun ununterbrochen seine Frau schlug, mit den Worten: »Und so einem helfen wir?«

»Müssen wir ja«, sagte Cengiz schicksalsergeben. »Natürlich müssen wir das.« Im selben Moment, ihr Blick traf den von Demirbilek, beschloss sie, ihm nichts vorzumachen. »Die neue Spur. Ich habe Uyguns Sohn getroffen, er hat mich seiner Mutter vorgestellt.«

»Sie ist als vermisst gemeldet«, sagte Leipold.

»Ja, aber sie ist nicht verschwunden. Sie verlässt ihren Mann«, erklärte sie ihm und den anderen. »Frau Uygun hatte sich in dem Wäldchen versteckt. Als ihr Mann dort auftauchte, hat sie beobachtet, wie …«

Leipold riss den Arm zu einer Siegerpose hoch. »Sie hat den Pfeffersprayer gesehen und hat ihn dir beschrieben!«, stahl er Cengiz die Pointe und klatschte Beifall. »Wir sind einfach ein sauguter Haufen Münchner Supercops!«

59 »Schnauzer und lange braune Haare. Na, sauber«, murmelte Leipold vor sich hin. Der Enthusiasmus über Songül Uyguns Täterbeschreibung war einer entnervten Nüchternheit gewichen. Zusammen mit Cengiz und Vierkant sichtete er mit der neuen Information seit Stunden das Überwachungsmaterial.

»Schau mal, Jale«, schrie plötzlich Vierkant in die arbeitsame Stille hinein. »Da sind Memo und Derya!«

Cengiz und Leipold kamen an ihren Schreibtisch und sahen auf dem Monitorbild, wie Derya mit dem Kinderwagen am Hauptbahnhof eine Rolltreppe zum U-Bahnsteig hinunterfuhr. Derya unterhielt sich lachend mit Memo.

»Wie glücklich sie dreinschaut mit deinem Hosenscheißer«, bemerkte Leipold. »Mensch, dass der Zeki mit ihr nicht kann, ist ein Jammer.«

Zeitgleich gaben Cengiz und Vierkant mit einem tiefen Seufzer ihrem Kollegen recht.

»Für heute reicht es mir«, gähnte Cengiz. »Zeugenaufruf mit Personenbeschreibung ist raus, morgen sichte ich den Rest meines Materials. Hat ja wahrscheinlich ohnehin nicht viel Sinn.« Resigniert rieb sie sich die Augen. »Ich hole meinen Kleinen von der Krippe und …« Sie fasste sich an den Mund und war wieder hellwach. »Mist, ich habe den Kinderwagen bei Derya stehen gelassen und das Tablet liegt auch noch bei ihr. Shit!«

»Los jetzt, mach Schluss«, munterte Vierkant sie auf. »Sonst kommst du wieder zu spät zur Krippe.«

Cengiz verabschiedete sich von ihren Kollegen und wollte Demirbilek Bescheid geben. Die Tür des Dienstzimmers war geschlossen. Leipold erriet ihre Gedanken. »Das kläre ich mit ihm ab, verzupf dich«, befahl er ihr freundschaftlich.

Bei der Autofahrt zu ihrer Freundin ereilte sie ein Gedanke, der sie wütend auf das Lenkrad hämmern ließ. Sie hatte nach der markanten Täterbeschreibung darauf verzichtet, Frau Uygun mit einem Phantomzeichner ein Bild erstellen zu lassen. Mit der bislang ergebnislosen Suche stellte sie die aus Rücksicht getroffene Entscheidung nun infrage.

Über die Freisprechanlage wählte sie Yavuz' Handynummer, um ihn zu fragen, ob vor der Abreise seiner Mutter Zeit war, ein Phantombild anzufertigen. Es läutete mehrfach, bis sie fürchterlich erschrak, als nicht Yavuz, sondern sein Vater den Anruf entgegennahm. Oktar Uygun brüllte wie ein angeschossener Bär: *»Sen misin Songül? Eve dön hemen, yoksa oğlunu öldürürum!«* Sie hörte Yavuz' Stimme, der seinen Vater anflehte, ihn freizulassen. Dann brach die Verbindung ab.

Bestürzt lenkte sie den Wagen auf einen breiten Bürgersteig und hielt an. Wie konnte das sein? Wie konnte Uygun Yavuz in seiner Gewalt haben? Was für ein Mensch und Vater war er, dass er seiner Frau drohte, ihren Sohn zu töten, wenn sie nicht sofort nach Hause kam?

Ein Fahrradfahrer, dem sie mit dem Wagen auf dem Bürgersteig den Weg versperrte, schlug beim Vorbeifahren auf das Autodach. Mit dem blechernen Donnerschlag wurde sie wachgerüttelt. Die Polizeibeamtin in ihr schrie auf, genug Zeit verloren zu haben. Sie stieg aus und rief dem Fahrradfahrer nach: »Danke, du Rowdy! Nächstes Mal aber nicht so brutal! Ist Staatseigentum!«

Derya an dem für sie besonderen Tag zu bitten, auf Memo aufzupassen, brachte sie nicht übers Herz. Stattdessen setzte sie den Weg fort, rief Demirbilek an und erzählte ihm von Uyguns Drohung.

Sofort nach dem Anruf fuhr Vierkant mit Kollegen in einem Streifenwagen zur Wohnung der Familie Uygun in die Dachauer Straße. Demirbilek erreichte parallel mit einer zweiten Streife Uyguns Taxiunternehmen. In der Zeit wählte Cengiz mehrmals Yavuz' Mobilnummer, in der Hoffnung, den Vater hinhalten zu können. Doch es läutete nicht mehr.

Weder daheim noch in der Firma waren Uygun und sein jüngerer Sohn anzutreffen. Der ältere Sohn leitete die Geschäfte und behauptete, nicht zu wissen, wo sein Vater mit Yavuz steckte. Als Demirbilek ihn anschrie, die Wahrheit zu sagen, schwor er auf den Koran, nicht gelogen zu haben. Demirbilek glaubte ihm und drängte Vierkant, bei Leipold nachzufragen, wo der richterliche Eilbeschluss für die Handyortung von Yavuz' Mobiltelefon blieb.

Leipold war nicht untätig gewesen, er kam Vierkants Rückfrage zuvor. Yavuz' Handy war in der Nähe des Justizpalastes eingeloggt, wo er sich mit seiner Mutter versteckt gehalten hatte. Im Gebäude selbst konnte er jedoch nicht sein, es schloss um sechzehn Uhr.

Demirbilek sah auf die Uhr. Es war kurz nach fünf. Der späte Nachmittag eines möglicherweise tragischen Tages, fürchtete er.

Cengiz fiel es zur selben Zeit schwer, nicht selbst vor Ort sein zu können. Bei der Fahrt zur Krippe verpasste sie keine Sekunde der Durchsagen des Polizeifunks. Am Ziel angekommen, spurtete sie in die Einrichtung, um nicht zu viel vom Funkverkehr zu verpassen, und rannte mit Memo auf dem Arm zum Dienstwagen zurück. Während sie ihren quietschfidelen Sohn in der Sitzschale festschnallte und herzte, schrie über den Polizeifunk plötzlich jemand eine dringende Warnung.

Besonnener als der Streifenpolizist übernahm der Einsatzleiter den Funkverkehr. Sachlich informierte er darüber, dass ein älterer Mann mit Schusswaffe einen Jugendlichen in seiner Gewalt habe. Der Gefahrenort im Untergeschoss vom Stachus sei lokalisiert. Meldungen verängstigter und aufgebrachter Bürger, die einen Amoklauf befürchteten, seien bei der Notrufzentrale eingegangen. Über die Videoüberwachung hatten die Sicherheitsbehörden längst Kenntnis von dem Vorfall. Zivilbeamte wiesen derzeit Geschäftsleute und Passanten an, das Untergeschoss zu verlassen. Mit dem Ziel, keine Panik aufkommen zu lassen, werde nach und nach die Einkaufspassage geräumt. Auf- und Abgänge zum Stachus seien bereits gesperrt, der Zugang zu den S- und U-Bahn-Stationen unterbunden. Der oberirdische Verkehr in der Sonnenstraße und um den Hauptbahnhof werde auf Befehl des Polizeipräsidenten nicht gesperrt, erklärte der Einsatzleiter weiter. Kein Mensch brauche einen Verkehrsinfarkt, er stehe selbst kurz vor einem, habe der Präsident ihn wissen lassen.

Der Einsatzleiter gab weiter durch, dass die Beschreibung auf Oktar Uygun passe. Er wirke verwirrt, fuchtle wie ein Cowboy mit einer Waffe umher und schreie nach einer gewissen »Songül«. Hauptkommissar Demirbilek funkte die Information durch, dass Songül die Ehefrau des Geiselnehmers sei und er auf direktem Wege zum Einsatzort komme.

»Je schneller Sie da sind, umso besser, Hauptkommissar. Der Mann ist ziemlich durcheinander, und er will nur Sie sprechen«, krächzte es aus den Lautsprechern.

Als würde Cengiz einem Hörspiel folgen, stellte sie sich Oktar Uygun mit einer Pistole vor und fürchtete, dass er tatsächlich zum Amokläufer werden könnte, weil er die Flucht seiner Ehefrau entdeckt hatte. Niedergeschlagen setzte sie sich neben Memo auf den Rücksitz und bangte mit Yavuz, der hoffentlich nicht dafür büßen musste, seine Mutter beschützt zu haben. Der Atem stockte ihr. Das Wechselbad der Gefühle ließ sie schwitzen. Sie spürte Angstschweiß über ihren gesamten Körper laufen.

»Was meinst du, Memo? Sollen wir *dede* nicht zur Seite stehen? Zu Tante Derya kann ich dich nicht bringen. Sie hat heute Abend Besuch.«

60

Es klingelte an der Wohnungstür. Er ließ sich nicht stören und regulierte weiter mit der Computermaus die Farbsättigung der türkischen Flagge, die zwischen zwei Häusern gespannt in luftiger Höhe wehte. Nilays Gesicht war durch den roten Stoff verdeckt, aber deutlich zu erkennen. Mit müden Augen starrte sie aus dem Fenster ihres Wohnhauses in Ortaköy und knabberte geistesabwesend an einem gekochten Maiskolben.

Es klingelte erneut. Widerstrebend drehte er den Kopf in Richtung Wohnungstür. Er schob den Stuhl nach hinten, leise, um nicht gehört zu werden, und stand auf, um ebenso geräuschlos den Raum zu durchqueren.

Derya stand mit weitem T-Shirt dicht an der Tür. Mehr von ihrer Gestalt konnte er durch den Spion nicht sehen. Sie schien ungeduldig zu sein, nervös fast; irgendetwas hielt sie in der Hand.

Er zog sich vom Guckloch zurück und spürte ein Kribbeln in seinen Fingerkuppen, die nach Speichel verlangten. Er spitzte die Zunge, sein Körper reagierte mit brennender Vorfreude auf die in Aussicht gestellte Erleichterung, als würde er die lang überfällige Gabe einer Droge vorbereiten. Zwei Mal hintereinander ließ er die Kuppen von Zeigefinger bis zum Ringfinger über die Zungenspitze gleiten. Die Daumenkuppe glitt zuletzt über die raue, feuchte Zunge. Der Film aus Speichel auf der

Haut hatte eine besänftigende Wirkung. Seine Erregung war unter Kontrolle. Er öffnete die Tür.

Derya erschrak über die plötzliche Bewegung. Sie sammelte sich einen Moment, dann lächelte sie angespannt. »Ach, Sie sind ja doch da. Entschuldigen Sie den Überfall.«

»Kein Problem.«

Er schielte auf die Jogginghose, auf den bunten Pappteller in ihren Händen, der wohl von Memos Geburtstag übrig geblieben war. Eine Süßspeise lag darauf. Er kannte das karamellisierte Gebäck aus braun gebackenen Teigfäden, klebriger Zuckersirup verteilte sich auf den Teller. Wahrscheinlich stammte es von dem türkischen Laden, wo er seit einiger Zeit einkaufen ging. Geschmacklose Industrieware.

»*Kadayıf*. Das esse ich für mein Leben gerne. Haben Sie sie selbst gemacht?«, fragte er begeistert.

»Ich bin erstaunt, Herr Nachbar«, wunderte sie sich. »Sie sprechen nicht nur Türkisch, Sie kennen sich auch in der türkischen Küche aus. Ich wollte mich bedanken, dass Sie mir die Einkäufe hochgetragen haben.«

Er lächelte freundlich. Sie hatte angebissen, den Köder geschluckt, den er mit der beiläufigen Verabschiedung auf Türkisch ausgeworfen hatte. »Ich lerne Ihre Sprache noch nicht lange, es macht mir aber wirklich große Freude«, gab er sich bescheiden. »Wollen Sie nicht hereinkommen, Derya *hanım*?«

Die höfliche Anrede, die er in der zweiten Stunde des Sprachkurses gelernt hatte, schmeichelte ihr offenbar.

Die Nachbarin fuhr sich durch das Haar, verschämt wie ein Schulmädchen bei der ersten Verabredung. »Mit *hanım* hat mich lange niemand mehr angesprochen. Danke, das ist nett. Aber für die Anrede sind wir beide zu ähnlich im Alter«, erklärte sie. »Wollen wir uns nicht lieber duzen? Ich bin Derya Tavuk.«

»Ich bin Kurt, freut mich. Kurt Fischl.«

Er reichte ihr die Hand und spürte endlich ihre weiche Haut, ihren sanften Händedruck, als wäre sie ein Geschöpf aus Wolken.

Derya lächelte. »Ein einsamer Wolf also?«

Fischl setzte ein fragendes Gesicht auf, obwohl er genau wusste, auf was sie abzielte.

»Dein Name bedeutet im Türkischen Wolf«, übersetzte sie.

»Wusste ich nicht, danke. Einsam bin ich nicht, aber ich lebe tatsächlich alleine. Was ist? Willst du nicht auf einen Sprung hereinkommen?«

»Mein Besuch«, entschuldigte sie sich mit betroffenem Gesicht. »Ein anderes Mal gerne. Lass dir die *kadayıf* schmecken.«

Obwohl er die Zurückweisung erwartet hatte, wirkte sie wie ein Messerstich in den Magen. In Gedanken fasste er sich an die Wunde. Zwischen den Fingern quoll und tropfte vor seinen Augen das Blut auf den Boden. Derya spiegelte sich in der rasend schnell wachsenden Lache. Und etwas anderes kam ihm in den Sinn, ein ebenso schmerzhafter Gedanke wie der Messerstich. Sie hat dir keinen Porzellanteller gegeben, den du ihr zurückbringen würdest, sondern einen Pappteller, den du wegwerfen wirst. Die Verärgerung über die Demütigung verbreitete sich wie die Druckwelle einer Explosion in seinem Inneren und ließ ihn die Schmerzen seines blutenden Magens vergessen.

Er blickte auf das Gebäck. In einem Restaurant am Bosporus hatte Nilay ihm *kadayıf* zum *kahve* empfohlen. Der Teig war warm gewesen, als er vom Kellner serviert wurde. Der erste Bissen hatte ihn zusammenzucken lassen. Das traditionelle Dessert war zu süß für seine Geschmacksnerven.

»Du weißt sicher, dass das Gebäck Engelshaar genannt wird?«, fragte er seine Nachbarin.

Sie schmunzelte. »Ja, wegen der Teigfäden, ich weiß. Ein schöner Name für die Köstlichkeit. Lass es dir schmecken. Schönen Abend.«

Bevor sie sich umdrehte, wurde Fischl bewusst, dass sie sich geschminkt hatte. Die Lippen waren rot. Das Rouge auf den

Wangen glänzte. Wahrscheinlich hatte sie gebadet wegen des Gastes, den sie erwartete, deshalb das weite T-Shirt, die bequeme Jogginghose. Ob sie Unterwäsche trug? Warum sollte sie? Sie brachte einem Nachbarn eine Aufmerksamkeit. Warum sich die Mühe machen, Slip und Büstenhalter anzulegen? Gerne hätte er nach dem Kleid gefragt, das sie für das Abendessen ausgesucht hatte.

In dem Moment bemerkte er nicht den Schlüsselbund in ihrer Hand, sondern ihre nackten Füße. Die Zehennägel glänzten in demselben leuchtenden Rot wie ihre Fingernägel. Sie trägt keine Schuhe, keine Pantoffeln, keine Strümpfe. Wie dreist, barfuß bei ihm zu klingeln. Er hatte ihr die schweren Einkaufstüten in den dritten Stock getragen. War das der Dank dafür? Musste er ihr wirklich klarmachen, wie unschicklich es war, Fremde aus dem Internet nach Hause einzuladen? Wenn er sie jetzt nach oben gehen ließe, fiel ihm ein, wäre er Schuld an dem Fehler, den sie zu begehen beabsichtigte. Das durfte er nicht zulassen.

61 Dem üblichen Verkehr auf der Sonnenstraße rund um den Stachus war nicht anzumerken, was sich im Untergrund an dramatischen Ereignissen abspielte. An den Auf- und Abgängen standen Schaulustige, vor allem Fahrgäste mit entnervten, teils verängstigten Gesichtern, die von öffentlichen Verkehrsmitteln abhängig waren. Ein Polizeibeamter ging rabiat dazwischen, als zwei Handwerker in Malerkitteln um ein freies Taxis stritten, bemerkte Demirbilek bei der Anfahrt zum Einsatzort. Verteilt in den Straßen und auf breiten Fußgängerbereichen parkten Transporter der Hundertschaften, in denen behelmte Beamte in Schutzwesten auf ihren Einsatz warteten.

Demirbilek entstieg dem Streifenwagen und erreichte den Einsatzleiter, den er als besonnenen, klarsichtigen Polizisten kannte. Die gefalteten Hände über dem leichten Bierbauch verliehen ihm eine gemütliche Autorität, die zu München passte. Aus dem breiten Gesicht entlockte der Beamte beim Händedruck ein zögerndes Lächeln. Bei der Sorge, ob er den Großeinsatz ohne Tote und Verletzte über die Bühne bringen würde, hatte Demirbilek Verständnis für die kühle Begrüßung.

»Und?«, fragte er und zog die Hand zurück.

»Die Gefahrenlage bei Familientragödien ist schwer einzuschätzen, vor allem bei dem kulturellen Hintergrund«, äußerte sich der erfahrene Beamte vorsichtig. »Kennen Sie den Geiselnehmer?«

»Kennen ist zu viel, aber ich weiß, was Oktar Uygun fühlt, weil er von der Mutter seiner Kinder verlassen wurde. Hat er ein Handy? Kann ich mit ihm reden?«

»Hat er, aber der Akku ist leer. Und das Handy des Jungen ist zu Boden gefallen und kaputtgegangen. Die Überwachungskameras der Münchner Verkehrsbetriebe sehen fast jeden Winkel da unten. Megafon?«

Demirbilek schüttelte den Kopf. »Das Untergeschoss ist geräumt?«

Der Einsatzleiter nickte.

»Ich habe eine laute Stimme, wenn es sein muss«, sagte Demirbilek nach kurzer Bedenkzeit.

»Wie Sie meinen«, gab der Einsatzleiter sich einverstanden. »Von der Ehefrau des Geiselnehmers fehlt jede Spur. Wir suchen sie.«

»Meine Mitarbeiterin Cengiz hat sie heute Mittag gesprochen. Frau Uygun wollte das Land verlassen. Vielleicht ist sie schon weg.«

Die Miene des Einsatzleiters verzog sich unmerklich. »Oh, das ist nicht gut. Glauben Sie, er würde wirklich seinen eigenen Sohn töten?«

Demirbilek durchdachte die Einstellung des Geiselnehmers. »Lassen Sie es mich so formulieren: Psychologisch schätze ich einen Türken wie Uygun so ein, dass er eher die ungezogene Ehefrau als sein Fleisch und Blut tötet. Wenn er konsequent ist, tötet er beide und zu guter Letzt sich selbst.«

Der Beamte nickte betroffen über das Schreckensszenario und lauschte auf einen Funkspruch. »Sie bekommen Besuch, Herr Hauptkommissar«, informierte er ihn.

Demirbilek sah sich um und entdeckte eine Gestalt mit Kind auf dem Arm, die sich durch die Menge zur Absperrung zwängte. Hast du wirklich geglaubt, sie würde zu Hause hocken und Däumchen drehen?, fragte er sich.

Cengiz drückte Memo einem Uniformierten in die Hände

und wies sich mit dem Dienstausweis aus. Vierkant trat zu Demirbilek und dem Einsatzleiter und winkte aus der Ferne ihrer Kollegin zu.

Demirbilek ahnte, was passiert war. Natürlich hatte Cengiz nicht ihn, sondern Vierkant angerufen, um Bescheid zu geben, dass sie kommen würde.

»Polizeimeisterin Sabine liebt Kinder. Sie ist hier und würde sich um Memo kümmern. Ist das in Ordnung?«, fragte Vierkant ihn.

»Habe ich denn eine Wahl gegen die geballte Ladung Frauensolidarität?«, fragte er zurück. »Warum kann Memo nicht bei Derya sein?«

Vierkant hatte keine Antwort parat. Cengiz eilte mit Memo auf sie zu. Vierkant öffnete die Arme, um ihr den Kleinen abzunehmen, doch ihr Chef schnappte sich seinen Enkel vor ihr. Er drückte ihn an sich, küsste und kitzelte ihn, dann durfte Vierkant ihn wegbringen.

»Und?«, hielt sich Cengiz nicht lange auf und ging wie Demirbilek beim Eintreffen in medias res. Dieser hatte längst entschieden, wie er mit ihrem ungeplanten Erscheinen umzugehen gedachte. Sehr zu Cengiz' Überraschung nahm er sie in den Arm. Vertraulichkeiten im Dienst duldete er normalerweise nicht. Ausnahmen waren nicht die Regel, aber kamen, seinem türkischen Naturell geschuldet, durchaus vor.

»Wofür war das?«, fragte Cengiz.

»Dass du mich so reich beschenkt hast. Memo ist ein großartiger Junge«, sagte er. Er räusperte sich, um seine aufwallenden Großvatergefühle unter Kontrolle zu halten. »Gut, dass du da bist. Hast du eine Ahnung, wo Frau Uygun steckt? Wir könnten sie hier brauchen.«

Cengiz neigte den Kopf zur Seite. Sie hatte etwas gesehen, was sie überraschte. »Dreh dich mal um.«

Demirbilek tat es und verfolgte eine Frau in einem grauen, bodenlangen Mantel, die ein Kopftuch tief in die Stirn gezogen hatte. Sie versuchte, den wachhabenden Beamten zu überzeugen, sie durch die Absperrung zu lassen. »Ist sie das?«

»Ich hole sie«, sagte Cengiz und lief ihr entgegen.

Demirbilek wandte sich an den Einsatzleiter. Ohne eine Diskussion aufkommen zu lassen, gab er vor, wie sie das Leben des Jugendlichen retten und ein Blutbad verhindern würden. Er hatte keine Lust, in den morgigen Zeitungsausgaben Artikel über eine Familientragödie zu lesen. Die meisten Journalisten würden den Schwerpunkt auf das Türkische legen, auf den türkischen Familienvater, der seinen türkischen Sohn, vielleicht sogar mitsamt türkischer Ehefrau aus verletztem Männerstolz auf dem Gewissen hatte. Dass er ein verzweifelter Mann war und nicht weiterwusste, würde in den Berichten keine große Rolle spielen.

»Und das funktioniert, glauben Sie?«, schüttelte der Einsatzleiter den Kopf.

»Wenn Herr Uygun seine Frau liebt, ja«, sagte Demirbilek voller Überzeugung.

62

Die gespenstische Leere im Untergeschoss täuschte. In den verwaisten Geschäften und Imbisslokalen versteckten sich SEK-Beamte, darunter Scharfschützen, die den Geiselnehmer im Visier hatten. Oktar Uygun mit einem finalen Rettungsschuss auszuschalten wäre von drei Positionen aus möglich, hatte der Einsatzleiter Demirbilek auf den Monitoren gezeigt.

Uygun stand mit der Waffe in der Hand vor Yavuz. Der Junge hockte auf dem Boden und schniefte, als Demirbileks Stimme durch die unterirdische Halle echote. Vater und Sohn reckten die Köpfe.

»Herr Uygun«, sagte Demirbilek ruhig, als er am Ende der Treppe angelangt war. »Songül wartet oben, Ihre Frau möchte Sie sprechen.«

Verstört blickte Uygun zu ihm. »Sie soll zu mir kommen!«, schrie er.

»Das will sie ja, aber vorher lassen Sie uns sprechen. Haben Sie Hunger?«, fragte er ihn.

Demirbilek schlenderte zu einem Dönerimbiss mit aberwitzig großen Speiseabbildungen. Der Fleischspieß war nicht ausgeschaltet, er drehte sich mit quietschendem Geräusch um die eigene Achse. Er hatte tatsächlich Appetit und suchte nach einem Messer, um sich als Dönerverkäufer zu versuchen.

»Nein, danke, ich habe keinen Hunger. Holen Sie meine

Frau!«, brüllte Uygun und wies seinen Sohn an, aufzustehen.

Der Junge rappelte sich auf. Der Vater ließ ihn vorausgehen und folgte ihm mit der Pistole in der Hand zu Demirbilek, der hinter der Theke mit einem surrenden Elektromesser Fleischstücke vom Spieß absäbelte.

»Wo ist Songül?«, wollte Uygun von ihm wissen. Die Pistole richtete er auf den Hauptkommissar.

Demirbilek ließ sich nicht beirren. Er hatte keine Angst vor dem armselig wirkenden Mann, dem die Verzweiflung ins Gesicht geschrieben stand. Seine Intuition wies ihm den Ausweg aus der verfahrenen Situation. Er hatte nicht vor, dem Mann den einfühlsamen Kriminalpolizisten vorzuspielen. Stattdessen begab er sich in die Hände seines Schicksals, im festen Glauben, dass heute nicht der Tag war, an dem er sterben sollte.

In aller Ruhe häufte er Fleisch in ein Dönerbrot und gab Salat dazu. Die verschiedenfarbigen Soßen, darunter eine rosafarbene, wollte er sich auf gar keinen Fall zu Gemüte führen. Er biss von dem lecker duftenden Döner ab und kaute langsam. »Yavuz hat seiner Mutter beigestanden, er hat sie beschützt und vor Leid und Schmerz bewahrt. Er hat Ihnen nicht die Frau weggenommen. Dafür sind Sie selbst verantwortlich. Yavuz hat wie ein Mann gehandelt. Wie ein richtiger Mann. Wenn Sie schon keinen Respekt vor Ihrer Frau haben, haben Sie Respekt vor Ihrem Sohn.« Nach zwei Bissen legte er den Döner weg. Während er nach einer Papierserviette griff, um keines seiner Stofftücher mit triefendem Fett zu beschmutzen, sprach er weiter: »Sie haben einen Sohn, auf den Sie stolz sein können, Herr Uygun. Und du, Yavuz, hast du Hunger?«

Der Junge schüttelte den Kopf, während sein Vater mit dem Handrücken den Schweiß von der Stirn wischte. »Iss was«, befahl Uygun ihm. »Haben wir dir keine Manieren beigebracht, deine Mutter und ich? Sei nicht unhöflich zum *Komiser Bey*.«

Demirbilek griff nach Brot und bereitete einen weiteren Döner vor. Beim Umdrehen streifte sein Blick einen SEK-Schützen, der mit Gewehr im Anschlag um eine Ecke lugte. »Salat und Soße, mein Sohn?«, fragte er über die Schulter.

Yavuz schwieg, bis ihn sein Vater anstieß, seine Bestellung aufzugeben. »Tomaten und etwas Joghurtsoße, bitte.«

Demirbilek vernahm die Angst aus der jungenhaften Stimme und beschloss, schnellstens den nächsten Schritt einzuleiten. Cengiz wartete mit Songül Uygun auf ihren Einsatz. »Wenn Sie auf eine Geisel bestehen, nehmen Sie mich«, bot er beim Absäbeln des Fleisches dem Vater an.

»Nein«, stellte Uygun prompt klar. »Yavuz bleibt hier. Was ist mit Songül? Wo bleibt sie?«

Demirbilek füllte das Brot und gab Tomatenscheiben dazu. Er hielt dem Jungen den fertigen Döner entgegen. »Die Soßen sehen nicht gut aus, iss ihn lieber so.« Er lächelte den verängstigten Jungen an und zog die Hand zurück. »Du hast keinen Appetit, das macht nichts.«

Uyguns Geduld war überstrapaziert. Demirbilek sah ihm an, dass er kurz davorstand, eine Dummheit zu begehen. »Songül, Sie haben mir gesagt, dass Sie zu Ihrem Mann zurückzuwollen. Das stimmt doch?«, rief er in die Leere der geräumten Einkaufspassage.

Oben auf der Straße hörte Cengiz das verabredete Kommando und schickte Frau Uygun los. Als sie am Treppenende angekommen war, hallte die Stimme der verschleierten Frau durch das Untergeschoss. »Oktar. Ich bin hier.«

Uygun drehte sich um und entdeckte seine Frau. Bei ihrem Anblick schien er seinen Sohn und Demirbilek vergessen zu haben. Starr vor Freude oder Überraschung, Demirbilek konnte es nicht beurteilen, blieb er wie angewurzelt stehen.

»Kein Zugriff!«, flüsterte Demirbilek in das Mikrofon am Revers und trat aus dem Imbiss heraus. »Kein Schuss! Wehe, es schießt jemand!«, wies er alle Beteiligten an. Dann wandte er sich an Yavuz. »Du verschwindest, mein Junge, sofort, aber langsam.«

SEK-Beamte winkten Yavuz zu sich. Sie öffneten vorsichtig die Tür zu einer Apotheke und ließen ihn eintreten. Demirbilek stand nun bei Uygun und nahm ihm die Waffe aus der Hand, ohne dass der Geiselnehmer Anstalten machte, sich zu wehren. Tief atmete Demirbilek durch und kontrollierte die Waffe. Sie war nicht geladen.

»Gehen Sie zu Ihrer Frau«, sagte er ihm. »Sie haben fünf Minuten Zeit.«

Oben am Treppenaufgang waren Scharfschützen mit dem Befehl postiert, Uygun auszuschalten, sollte er seine Frau bedrohen. Songül Uygun zupfte am Kopftuch und erwartete ihren Mann. Demirbilek wich nicht von der Stelle und beobachtete, wie der Ehemann die Mutter seiner Söhne umarmte.

63 Kurt Fischls freie Hand schnellte nach vorne und umklammerte Deryas Mund. Beim Herunterdrücken ihres Kopfes spürte er die frisch geputzten Schneidezähne auf seinen Fingern. Feuchtes, wohlduftendes Haar schnalzte auf seine Wange. Er hämmerte seine Faust in ihr Gesicht. Der Schmerzensschrei löste sich als Spucke in seiner Handfläche in nichts auf. Ein Gemurmel, mehr war für die Außenwelt nicht zu hören. Er zog die strampelnde Nachbarin vom Hausgang in seine Wohnung. Sie sträubte und wehrte sich, so gut sie konnte. Die nackten Fußballen auf dem Parkett verursachten dumpfe Laute.

Kaum hatte er sie in den Wohnungsflur gezerrt, ließ er den Pappteller mit dem *kadayıf* los, damit er sie besser packen konnte. Das Gebäck rutschte schneller zu Boden, als der Teller aus Pappe auf dem Flur landete. Ehe sie ihn in die Hand beißen konnte, schnürte er ihr den Hals zu. Sie röchelte, die Farbe des geschminkten Gesichtes verblasste. Mit den Händen um ihren Hals zog er sie weiter in den Flur, ließ sie zu Boden gleiten und gab mit dem Fuß der Tür einen Stoß. Der Knall beim Zufallen hallte durch den Hausgang. Familien mit Kindern wohnten im Mietshaus. Zuknallende Türen waren nichts Besonderes.

Fischl betrachtete Derya, den rechten Fuß auf ihren Mund gedrückt. Da er keine Schuhe trug, spürte er durch den Strumpf ein Kitzeln und Vibrieren, hervorgerufen von ihrem herzzerreißenden Wimmern. Er unterdrückte ein Kichern und schwelgte in ihren mit Tränen gefüllten Augen. Als er durch die Tür jemanden die Haustreppe hinauflaufen hörte, schlug er ihr mit dem linken Fuß in die Seite. Auf Höhe der Nieren, um sie spüren zu lassen, wie ernst er es meinte.

»*Suz*, sei still«, befahl er ihr leise und beugte sich zu ihr. »Sonst hole ich das Messer aus der Küche.« Er nahm sich vor, das türkische Wort für Messer nachzuschlagen. *Mutfak* hieß Küche, das hatte er bereits gelernt.

Mit dem Tritt in die Seite hörte das Wimmern auf. Stumm lag sie auf dem Läufer, den seine Mutter bei einem gemeinsamen Griechenlandurlaub gekauft hatte. Deryas geweitete Augen, die ihn in Todesangst anstarrten, störten ihn. Er spürte, wie sich schlechtes Gewissen in ihm breitmachte. Schnell kniete er vor ihr nieder und verpasste ihr mit dem Ellbogen einen Schlag in das Gesicht, um seine Hände zu schonen. Blut spritzte aus den aufplatzenden Lippen. Sie regte sich nicht mehr, als er seine Strümpfe auszog, zusammenknüllte und ihr in den Mund stopfte.

Er ging in die Küche und holte Tape. Damit klebte er ihren Mund mit den herausquellenden Strümpfen zu und fesselte ihre Hände auf dem Rücken. Als er fertig war, blieb er vor ihr stehen und zog mit den nackten Zehen den Bund der Jogginghose ein Stück nach unten. Sie trug keinen Slip, wie er vermutet hatte. Obwohl der Drang, nachzusehen, kaum zu bändigen war, hob er sich die Antwort auf die Frage, ob sie rasiert war oder nicht, für später auf. Mitgefühl regte sich in ihm für die bewusstlose Nachbarin. Wortfetzen aus Orhan Pamuks Geschichte fielen ihm ein. Die Männer, die er bestraft hatte, weil sie Frauen belästigt hatten, schwirrten ihm durch den Kopf. Und er bedauerte den Fremden, den sie bekochen und beschlafen wollte. Wer immer es war, den sie im Internet gefunden und zu sich bestellt hatte, er würde unverrichteter Dinge wieder gehen.

Er blickte über die Schulter. Hinüber zum Laptop, zu der Aufnahme auf dem Monitor, die er vor ein paar Minuten bearbeitet hatte. Nilays traurige Augen straften ihn. Es war still in der Wohnung. Beklemmend still. Er sehnte sich nach dem heiteren Zwitschern des verstorbenen Kanarienvogels. Dann kniete er sich zu Derya und drehte sie auf den Bauch. Mit beiden Händen zog und zerrte er die Jogginghose über ihr Hinterteil und drehte sie langsam um.

Was er sah, überraschte ihn. Deryas Scham war nicht rasiert wie die Scham seiner Mutter.

Es vergingen Minuten, an die er sich später nicht erinnern konnte. Aus der Trance erwachte er erst, als er seine eigene Stimme flüstern hörte: »Nein, bitte, nein. Ich wollte das nicht, ich habe es nicht so gemeint, ich wollte dir nicht wehtun, ich, ich …« Kurt Fischls Stimme erstarb.

Er ließ von Deryas regungslosem Körper ab. Seine Hände waren um ihren blau angelaufenen Hals geklammert. Sie duftete nach Rosenwasser, bemerkte er, nachdem er zur Besinnung gekommen war, nachdem er rasend vor Verlangen sich an ihr vergangen hatte. Er löste die steifen Finger von ihrem Hals und wischte sein tränennasses Gesicht trocken. Starr vor Furcht verfing sich sein Blick im Spiegel der Schlafzimmerkommode, an der seine Mutter Nacht für Nacht die Haare gekämmt hatte, bevor sie sich zu ihm schlafen legte.

Wie er Derya auf das Bett gebracht hatte, erinnerte er sich nicht. Dafür wusste er, dass der Mann, dessen Fratze ihn im Spiegel angrinste, nicht er war. Nicht Kurt Fischl, der Frauen zur Seite stand. Als hätte er den Verstand verloren, schlug er sich mehrmals in das Gesicht und schrie die Grimasse an: »Hör zu grinsen auf!«

Es dauerte eine Weile, bis er in der Lage war, aus dem Bett zu steigen. Er musste duschen. Dringend duschen, kam ihm plötzlich der erlösende Gedanke. Er rannte in das Badezimmer und stellte sich in die Wanne. Das brühend heiße Wasser prasselte auf ihn herab, während er sich seiner Kleidung entledigte. Er verharrte unter dem Wasserstrahl, bis sein Körper trotz siedend heißer Temperatur zu frieren begann.

64

Nach der Beendigung des Großeinsatzes am Stachus bestand Zeki darauf, seinen Enkel noch mal im Arm zu halten. Jale stand bei ihm und hörte zu, wie er den Kleinen fragte, ob er mit ihm am Abend das Fenerbahçe-Spiel im Fernsehen ansehen wolle. Sie drehte sich kichernd zur Seite, in Gedanken bei Derya, die mit seinem Nachfolger aus dem Internet genau dasselbe vorhatte. Erleichtert über den glimpflichen Ausgang der Geiselnahme, sah sie in das strahlende Gesicht ihres Chefs.

Oktar Uygun war verhaftet und zur Vernehmung ins Präsidium gebracht worden. Die Staatsanwaltschaft wollte Anklage erheben, obgleich weder sein Sohn noch seine Ehefrau Anzeige erstatteten. Ob das Ehepaar Uygun wieder zusammenfinden würde, konnte sie sich nicht vorstellen. Den drastischen Hilferuf, den Uygun mit der Geiselnahme abgesetzt hatte, empfand sie nicht nur überzogen und gesetzwidrig. Er zeugte für sie vom unsäglichen Machogehabe türkischer Männer, die glaubten, nicht ihre Mütter, sondern eine chemische Reaktion habe sie in die Welt gesetzt. Offenbar schien der Großvater ihres Sohnes zu bemerken, was sie innerlich umtrieb.

»Ich weiß, Jale. Wir behalten ein Auge auf Frau Uygun, was meinst du?«, fragte er sie.

»Ganz offiziell?«

»Wir sind ja wohl nicht als Polizeibeamte zur Welt gekommen«, erwiderte Zeki zweideutig. »Was macht ihr zwei heute Abend? Es steht Essen im Backrohr.« Er herzte Memo. »Mama klemmt sich ans Tablet, und wir sehen Fußball?«

Jale nahm ihm Memo vom Arm. »Na, wollen wir *dede* besuchen? Magst du von seinem legendären Zitronenhuhn futtern, ja? Beim Essen rufen wir über Skype Papa an, damit er ganz, ganz neidisch ist, weil er nichts abbekommt von dem leckeren Ham-Ham?«

Zeki lächelte über ihre Worte, obwohl ihm nach Weinen zumute war. Was trötete sein Sohn in Istanbul in das Saxofon, wenn Jale und Memo ihn hier brauchten?

Jale verabredete sich mit ihm und ging mit Memo zum Wagen in der Parkgarage. Unterwegs, um bei Derya Tablet und Kinderwagen zu holen, rief sie bei ihrer Freundin an. Derya hob nicht ab. Verwundert versuchte Jale es ein zweites und drittes Mal. Komisch, dachte sie, warum sollte sie nicht zu Hause sein, um den Abend mit der neuen Bekanntschaft vorzubereiten? Auch wenn es ihr strengstens untersagt war und Derya sie nicht darum gebeten hatte, hatte sie den Namen des Mannes durch die Datenbank gejagt. Und zu ihrer Erleichterung keinen Eintrag gefunden. Der Ingenieur, der Derya umgarnte, war kein Massenmörder, wie sie im Scherz dahergeplaudert hatte.

Nach der Fahrt durch die Innenstadt stellte sie den Wagen vor Deryas Mietshaus ab und holte den schlafenden Memo aus der Liegeschale. Memo träumte mit dem Kopf auf ihren Schultern, als sie die Glocke läutete. Doch Derya öffnete nicht. Sie sah auf die Uhr. In einer Stunde war ihre Freundin verabredet. Mit einem in Ankara geborenen, in München aufgewachsenen Mann im selben Alter wie sie, der ihr mit liebevollen Worten und Aufmerksamkeiten nähergekommen war. Über Wochen hatte sie mit ihm gechattet, erst Nachrichten, dann Fotos ausgetauscht, bis sie bereit war, ihn in einem Café zu treffen. Der Ingenieur war etwas schüchtern, aber sympathisch, hatte sie ihr erzählt. Die zwei hatten den heutigen Abend ausgewählt, weil ein türkischer Sender das Fußballspiel von Fenerbahçe live übertrug. Sie wollte kochen und mit ihm auf dem Sofa vor dem Fernseher essen. Jale schüttelte es bei dem Gedanken, was ihre Freundin unter einem romantischen Abend verstand. Sie hatten lange über Romantik diskutiert, auch welches Gericht sie zubereiten und was sie anziehen sollte. Als Jale sich mit Ratschlägen lustig machte, wie sie reagieren sollte, wenn der Ingenieur ihr in der Halbzeitpause Avancen machte, merkte sie schnell, dass an dem Abend das Thema Sex keine Rolle spielen würde.

Durch die Glasflächen der Tür sah sie den Kinderwagen im Hauseingang, dort, wo sie ihn abgestellt hatte. Wenigstens diesen wollte sie mit nach Hause nehmen. Das Tablet, beschloss sie, konnte sie genauso gut morgen abholen, wenn sie Derya zum Frühstück traf, um sich von dem Abend berichten zu lassen.

Sie läutete, bis jemand den Summer drückte, und legte Memo, der nach wie vor schlief, in den Kinderwagen. »Ich bin gleich zurück«, flüsterte sie ihm zu und gab ihm einen sanften Kuss. »Mal sehen, ob Tante Derya doch zu Hause ist.«

Als sie vor der Wohnung ihrer Freundin stand, klingelte, klopfte und hämmerte sie an die Tür, bis sie sicher war, dass Derya sie gehört hätte. Bevor sie endgültig aufgab, wählte sie deren Handynummer. Sie hörte es leise läuten. Offenbar hatte sie das Mobiltelefon in der Wohnung liegen gelassen. Wer weiß, sagte sie sich, vielleicht haben sie beschlossen, in einer türkischen Kneipe das Spiel zu sehen, verscheuchte sie die Sorgen um ihre Freundin.

65

Das Gefühl, dass etwas nicht stimmte, gärte in Jale während des ganzen Abendessens und beim Abräumen des Tisches. Sie geduldete sich, bis sie Herd und Spüle blitzblank geputzt hatte. Dann wagte sie es, nochmals bei Derya anzurufen. Das Handy war zu ihrer Verwunderung nicht ausgeschaltet, um vor störenden Anrufen gefeit zu sein. Besorgt drückte sie die Aus-Taste.

»Lass uns hören, was die Mama zu deinem Outfit sagt«, quäkte Zeki. Er hatte Memo in ein Fenerbahçe-Trikot gesteckt und hielt ihn vor sich.

Jale brachte nicht mehr als ein gequältes Lächeln zustande. »Ach, *dede*!«, seufzte sie. »Memo sieht furchtbar aus!«

»*Anne* meint es nicht so, du siehst fantastisch aus, mein Großer«, beruhigte er seinen Enkel. »Was hast du, Jale? Dich beschäftigt etwas. Von dem Zitronenhuhn hast du kaum etwas gegessen.«

Das Versprechen, das sie Derya gegeben hatte, ihm nichts von ihrer Verabredung zu sagen, machte ihr zu schaffen. »Ach«, seufzte sie noch tiefer und warf ihre Bedenken über Bord. »Es geht um Derya. Ich sollte nicht mit dir darüber sprechen.«

»Wieso? Ist ihr etwas passiert?«

»Nein, ich glaube nicht, aber …«

»Komm, Jale, das ist kindisch. Derya ist mir wichtig, auch wenn ich mich von ihr getrennt habe. Was ist los?«

Sie setzte sich an den Küchentisch, während ihr ein Gedanke kam. »Gib mir fünf Minuten, ja?«, bat sie. »Du kannst Memo ja die Windeln wechseln.«

Zeki hob den Kleinen hoch und vergewisserte sich, dass die Maßnahme tatsächlich vonnöten war.

Alleine in der Wohnküche rief sie auf dem Mobiltelefon die Website der türkischen Partnerseite auf und loggte sich mit Deryas Zugangsdaten ein, die sie sich gemerkt hatte. Auf dem Benutzerkonto waren Dutzende Nachrichten von neuen Interessenten eingegangen. Der Ingenieur, den sie heute Abend treffen wollte, hatte die neueste Nachricht verfasst. »Sorry, Derya«, flüsterte sie. »Ich weiß, das ist nicht okay. Verzeih, wenn ich das jetzt lese.«

Der Ingenieur hatte Derya vor zwei Stunden geschrieben. Jale überflog den Text. Verängstigt fragte Deryas Bekannter nach, wo sie stecke, er könne sie telefonisch nicht erreichen. Zu Hause sei sie auch nicht gewesen, er habe wie wild geklingelt. Ob er einen Fehler gemacht habe? Ob sie ihn nicht mehr sehen wolle, wenn ja, er ein Recht darauf habe, die Gründe dafür zu erfahren. Am Ende der Nachricht hinterließ er seine Mobilnummer, falls sie ihn aus ihrem Adressbuch gelöscht habe, und bat darum, sich bei ihm zu melden. Jale zögerte keine Sekunde, kopierte die Nummer und rief ihn umgehend an.

Während des Telefonates kehrte Zeki ohne Memo in die Wohnküche zurück. Er stellte sich neben sie, als sie sich mit bangem Gesichtsausdruck jemandem als Deryas Freundin vorstellte. Er hörte heraus, dass etwas nicht in Ordnung war, und verzog das Gesicht, als Jale dem Gesprächspartner gestand, nicht zu wissen, wo Derya sei. Am Ende versprach sie, Bescheid zu geben, sollte sie erfahren, wo sie steckte.

»Also, Jale, jetzt ist Schluss. Du sagst mir auf der Stelle, was mit Derya los ist«, brummte Zeki.

»Wo ist Memo?«, fragte sie verdutzt.

»Er ist eingeschlafen. Also?«

Widerwillig erzählte sie ihm die Hintergründe, von der Partnerbörse und dem Ingenieur, den Derya kennengelernt hatte. Dabei beschränkte sie sich auf das Nötigste, um ihre Freundin nicht in einem falschen Licht erscheinen zu lassen und seine Gefühle nicht über Gebühr zu verletzen.

»Vielleicht hat sie es sich anders überlegt und wollte ihn doch nicht sehen«, dachte er laut nach. »Du hast mit ihm gesprochen. Was hattest du für einen Eindruck?«

»Ein netter Mann, er hat auch keine Erklärung, warum sie die Verabredung hat platzen lassen. Er macht sich Sorgen wie wir.«

Zeki nickte nachdenklich. »Du bleibst bei Memo«, entschied er sodann. »Ich sehe nach Derya. Vielleicht liegt sie ja verletzt in der Wohnung, keine Ahnung, beim Duschen ausgerutscht oder was weiß ich. Du hast keinen Schlüssel von ihrer Wohnung?«

Jale schüttelte den Kopf.

Zeki lief es kalt den Rücken hinunter, als er hinter ihr etwas bemerkte. Im Licht der Straßenlaterne erschien ihm der Wanderer aus seinem Albtraum am Küchenfenster. Zum ersten Mal, seit ihn die Visionen heimsuchten, sah er das Gesicht seines irrealen Peinigers. Er hatte jemand anderen erwartet, jemanden, den er von Darstellungen aus Märchen und Sagen kannte. Der Wanderer aber hatte freundliche Augen, eine helle Haut, perlmuttweiß nahezu, nur aus den Furchen seiner Wangen quoll Blut. Aus dem Mund mit den dünnen, geraden Lippen ragte das zappelnde Bein einer Frau. Zeki erkannte den Fuß. Derya hatte die Angewohnheit, sich die Nägel in einer strahlend hellroten Farbe zu lackieren.

66

Eine halbe Stunde später traf Zeki mit dem Taxi vor Deryas Mietshaus ein. Er bezahlte den Fahrer und klingelte vergebens, wie es Jale am frühen Abend getan hatte. Auch er wurde von einem Bewohner eingelassen und eilte nach oben, entschlossen, die Tür einzutreten, sollte er nicht den Hausmeister oder einen Nachbarn finden, der einen Schlüssel von ihrer Wohnung aufbewahrte. Er läutete Sturm, rief und rüttelte an der Türklinke, bis er merkte, dass der Zylinder vorgeschoben war. Zu versuchen, eine abgeschlossene Tür mit Körperkraft einzutreten, war schwerer, als es den Anschein hatte, das wusste er aus Erfahrung. Er verzichtete zunächst auf einen Versuch und fragte die Bewohner im dritten und zweiten Stock, die er antraf, nach der neuen Mieterin. Die meisten von ihnen kannten sie nicht einmal. Der Hausmeister, erfuhr er, hatte längst Feierabend und war telefonisch nicht erreichbar.

Zeki gelangte in den ersten Stock, um die verbleibenden Mieter nach Derya zu fragen. Erstaunt hielt er inne. Etwas Glänzendes auf dem Boden zog seine Aufmerksamkeit auf sich. Es war ein Schlüsselbund, befestigt an einem Anhänger aus Stahl, mit Sichel und Stern der türkischen Flagge und einem Wimpel in Fenerbahçes Farben. Er erkannte das Andenken, das er Derya bei der gemeinsamen Istanbulreise geschenkt hatte. Er bückte sich und hob den Schlüsselbund vor der Tür eines gewissen Kurt Fischl auf.

Bist du hier drin?, fragte er Derya in Gedanken. Bist du bei Herrn Fischl? Hast du die Zeit vergessen? Vergessen, dass du heute eine besondere Verabredung hast? Er steckte ihren Schlüsselbund in die Hosentasche und läutete. Doch niemand öffnete, obwohl er Licht durch den Türspion fallen sah. Er klingelte nochmals und ein weiteres Mal. Dann pochte er gegen das Türblatt.

Erleichtert atmete er durch, als er hörte, wie sich ein Schlüssel im Schloss umdrehte. *Allaha şükür*, sagte er sich, Gott sei Dank, und hoffte, Derya würde ihm mit einem überraschten Gesicht öffnen. Unvermittelt wurde die Tür aufgerissen, eine Hand packte und zog ihn mit einer unbändigen Kraft in die Wohnung. Gleich darauf spürte er eine Faust in sein Gesicht einschlagen. Es folgten weitere Schläge. Zeki fiel in sich zusammen und verlor das Bewusstsein.

Kurt Fischl hielt sich die vor Schmerzen pulsierende Faust und zog den türkischen Kommissar in den Flur, den er durch den Türspion aus dem Zeitungsartikel erkannt hatte. Er musste sich beeilen, das war jetzt wichtiger als alles andere, spukte es ihm durch den Kopf. Warum der türkische Ermittler bei ihm aufgetaucht war, konnte er sich nicht erklären und bereute es, die Fassung verloren und ihn niedergeschlagen zu haben. Er begann seine Füße zu fesseln, wie er es bei Derya getan hatte. Als ihm das Tape ausging, blieb er ruhig und riss das Telefonkabel aus der Dose. Damit umwickelte er nochmals die Füße, mit einem weiteren Kabel fesselte er die Hände. Danach rannte er in die Küche und kehrte mit Plastiktüten und einem Geschirrtuch zurück. Er stopfte ihm das Plastik bis in den Rachen und knotete ihm den Mund mit dem Tuch zu. Anschließend stieg er über den Kommissar und kehrte in das Wohnzimmer zurück.

Auf dem Sofa lag der Rucksack, den er zu packen angefangen hatte, als es geklingelt hatte. Vorsichtig legte er mit Kleidungsstücken umwickelte Festplatten hinein und zog den Reißverschluss zu. Beim Hinausgehen blieb sein Blick am Regal mit den Fotoalben hängen. Keine Zeit, mahnte er sich, du musst weg. Doch wie ferngesteuert schritt er auf das Regal zu und legte in Windeseile die Alben auf das Wohnzimmersofa, auf dem er viel Zeit in den Armen seiner Mutter verbracht hatte.

Sobald er bereit war, sein Heim für immer zu verlassen, stieg er abermals über den regungslosen Körper des Kommissars hinweg und verließ die Wohnung, in der er geboren worden war und bis zu diesem Tage gelebt hatte.

Ob es Minuten oder Stunden waren, die er ohne Bewusstsein im Flur gelegen hatte, konnte Demirbilek sich nicht entsinnen. Als er die Augen öffnete, war alles um ihn herum dunkel, eine Dunkelheit schwarz wie eine sternlose Nacht. Er wunderte sich, da er fest davon ausging, der Wanderer habe ihn niedergeschlagen und seine spitzen Krallen steckten in seinem Körper. Wonach suchst du?, fragte er ihn in Gedanken, holst du dir meine Eingeweide, um dich an ihnen gütlich zu tun? Er ließ die Augen kreisen, entdeckte aber statt dem Riesen seinen verbundenen Mund und bemerkte, dass er durch die Nase atmete und an Händen und Füßen gefesselt war. Alles, nur nicht in Panik geraten, ermahnte er sich und versuchte, Hände und Füße zu befreien. Erst als beißender Rauch in seine Nase stieg, schlug sein Herz schneller. Es brennt, schoss es ihm durch den Kopf. Warum brennt es?

Mit viel Mühe robbte er zur Wohnungstür und pochte mit den Füßen dagegen, bis er nicht mehr konnte, bis die Hitze des Feuers nicht mehr zu ertragen war. Er kroch weiter, weg von den lodernden Flammen, die aus einem der Räume drangen und gerade auf die Küche übergriffen. Es fiel ihm immer schwerer, durch die Nase Luft zu holen. Trotzdem, er zwang sich, den rauchgeschwängerten Sauerstoff in seine Lunge zu pumpen und gleichzeitig Abstand zu gewinnen. Er bewegte sich weiter auf dem Rücken liegend über den Teppichläufer, als er an etwas

Metallenem hängen blieb und seine Hosentasche riss. Das ist deine Rettung, bleib ruhig, sagte er sich. Er brauchte mehrere Versuche, um mit den Fingerspitzen Deryas Schlüsselbund zu greifen und mit den Spitzen der Sicheln die Handfessel zu zerschneiden. Sobald die Hände frei waren, löste er den Knebel vom Mund und befreite hustend und nach Luft japsend zuletzt die Beine.

»Derya!«, schrie er. »Wo bist du?«

Gleichzeitig zog er das Handy aus der Innentasche seines Sakkos. Zu seinem Entsetzen war es kaputt, das Glas war zersprungen, wohl von einem der Schläge, die ihm der Fremde verpasst hatte.

Das Feuer vor Augen versuchte er, die Wohnungstür zu öffnen. Doch es war abgesperrt. Er rannte zur nächsten Tür und riss sie auf. Es war das Badezimmer mit einem schmalen Fenster, durch das er nicht ohne Weiteres flüchten konnte. Er hastete zur nächstgelegenen Tür weiter und riss auch diese auf. Sein Blick fiel auf ein altmodisches Möbel. Keuchend und gekrümmt vor Schmerzen ging er an dem Schminkspiegel vorbei zum Fenster. In der Spiegelung sah er sie für einen Augenblick auf dem Bett liegen. Sein Atem stockte, als er stehen blieb und sich zu dem leblosen Körper umdrehte. Einen Augenblick später erschütterte eine Detonation die Wohnung. Der Spiegel, in dem er Derya auf dem Bauch liegend sah, zersprang in tausend Stücke.

67 Dass ihm die Entscheidung, seiner Geburtsstadt den Rücken zu kehren, leichtfiel, verwunderte Kurt Fischl nicht. Überrascht dagegen war er, wie leicht es ihm gefallen war, Feuer in seiner Wohnung zu legen. Nicht um die Spuren zu verwischen, wie die Ermittler vermutlich schließen würden. In der Zeit, als er rauchte, hatte er ein Benzinfeuerzeug benutzt. Die Nachfüllbehälter fand er in einer Schublade wieder, sie waren voll. Er hatte das Benzin über die Fotoalben auf dem Sofa verschüttet und das Feuerzeug nebst Handy in die Flammen geworfen. Niemand außer ihm sollte sich an den Bildern seiner Mutter erfreuen.

Für seine Flucht, nachdem er Derya und Demirbilek zurückgelassen hatte, war es entscheidend, unter allen Umständen noch in der Nacht München zu verlassen. Mit einem Taxi fuhr er in die Nähe des Großraumbüros, in dem er die eingeschlafene Putzfrau ertappt hatte. Das Objekt bewachte er seit Jahren, er kannte es in- und auswendig. Insbesondere die Kombination des Einlasscodes, die sich seit der Umrüstung auf schlüssellosen Zugang nicht geändert hatte. Lange musste er nicht mit sich ringen, bis er sich eingestand, keinen anderen Ausweg zu haben. Er war kein Dieb. Genauso wenig wie er ein Mörder war. Derya war von der Hand eines anderen gestorben, nicht er war es gewesen. Ein anderer, sagte er sich.

Der Tresor befand sich im Büro des Abteilungsleiters. Die

Zahlenkombination hatte er bei einem seiner Kontrollgänge auf einem Schmierzettel entdeckt und tippte nun die sechsstellige Folge ein. Mit zehntausend Euro Bargeld würde er weit genug kommen, um ein neues Leben anzufangen.

Mit übergezogener Kapuze bestieg er am Ostbahnhof die S-Bahn zum Flughafen und passierte problemlos Passkontrolle und Sicherheitscheck. Die Maschine nach Istanbul rollte pünktlich zur Abflugbahn und erhob sich über das nächtliche München Richtung Bosporusmetropole.

Am Istanbuler Flughafen tauschte er fünfhundert Euro in Lira und füllte die Istanbul Card für den öffentlichen Verkehr mit Guthaben auf. Die Metro, mit der er zu seinem Hotel gelangte, war trotz der vorgerückten Zeit voll. Als Tourist mit Rucksack fiel er niemandem auf.

Später auf der Terrasse des Hotels, nachdem er eingecheckt und geduscht hatte, bestellte er ein Glas Rakı und bat jemanden vom Nachbartisch um eine Zigarette. Ohne zu husten, inhalierte er nach über zehn rauchfreien Jahren Nikotin in seine Lunge. Danach legte er sich schlafen.

Bevor er sich am nächsten Morgen zu einem ausgiebigen Frühstück setzte, kaufte er von einem Straßenhändler ein Prepaid-Handy und rief bei einem ehemaligen Kollegen an, dem er in der Nacht zuvor eine Mail geschrieben hatte. Mehrere Jahre hatte er mit dem Türken in derselben Sicherheitsfirma zusammengearbeitet und hatte seit dessen Kündigung lose Kontakt zu ihm gehalten. Er empfand ihn nicht als Freund, eher als jemanden, der ihm einen großen Gefallen schuldig war. Fischl erzählte ihm am Telefon von dem Tresor, gestand ihm freimütig, dass er schwach geworden sei, wie er damals, als er aus einem Juweliergeschäft ein Collier gestohlen hatte. Der Türke, dem er damals der Polizei gegenüber ein Alibi verschafft hatte, zögerte keinen Moment und lud ihn ein, bei ihm in Samsun unterzutauchen, bis Gras über die Sache gewachsen war. Fischl schluckte bei der Erwähnung der Stadt, da er gehofft hatte, der ehemalige Arbeitskollege lebe in Istanbul. Er wollte seinen Plan schon umwerfen, als er ein unerwartetes Jobangebot in dessen Sicherheitsunternehmen erhielt. Am kommenden Abend könne er ihn einem Geschäftsmann als seine neue Fachkraft aus Deutschland vorstellen, stellte er ihm in Aussicht. Fischl willigte ein und notierte die Adresse.

Nach dem Frühstück checkte er aus dem Hotel aus und machte sich auf den Weg zum Esenler Otogar, zahlte den Fahrschein bar und bestieg einen Reisebus nach Samsun. Die Fahrt war beschwerlich, es war heiß und stickig, die Klimaanlage des Busses setzte immer wieder aus. Froh über die Rast in einer Ortschaft tat er es den Mitreisenden gleich und bestellte eine *işkembe çorbası*, dazu Weißbrot und mangels Bier Zitronenlimonade. Nachdem er sich mit großem Appetit satt gegessen und eine Schachtel Zigaretten gekauft hatte, warf er beim Rauchen einen Blick in sein Wörterbuch. Sobald er feststellte, sich mit einer Kuttelsuppe den Magen gefüllt zu haben, spürte er, wie ihm schlecht wurde und er sich übergeben musste.

Dem Busfahrer war anzusehen, wie leid es ihm tat, nicht länger auf den Touristen mit den langen Haaren warten zu können. Er schickte einen anderen Mitreisenden zu Fischl, der ihm in perfektem Deutsch empfahl, den Rest der Strecke nach Samsun den Zug zu nehmen. Fischl übergab sich ein weiteres Mal, ohne zu bemerken, wie ihm die Reisenden an den Fenstern bei der Weiterfahrt zuwinkten. Um zum nächsten Bahnhof in den Ort Düzce zu gelangen, nahm er auf Empfehlung des Kellners die Dienste von dessen Cousin an, zahlte die Fahrt in Euro und stellte bei der Ankunft am Bahnhof fest, dass der nächste Zug nach Samsun erst in Stunden fuhr. Auf gar keinen Fall wollte er zu spät zur Verabredung seines neuen Arbeitgebers kommen. Der Schalterbeamte verwies ihn zu der einzigen Autovermietung des Städtchens, indem er mit den Händen ein Lenkrad formte.

Auf dem Weg ins Zentrum entdeckte er auf der anderen

Straßenseite eine Metzgerei und blieb erstaunt stehen. Ein Junge in schmutzigem Kittel zog seine Aufmerksamkeit auf sich. Unter Tränen saß er auf einem Plastikschemel vor dem Geschäft und schärfte wie ein Besessener einen Haufen Messer, die vor ihm auf dem Asphalt lagen. Die blutigen Truthähne und Hühner im Schaufenster hinter dem Jungen ergaben für den Hobbyfotografen ein stimmiges Motiv. Ehe er die ersten Fotoaufnahmen auf seiner Flucht machte, vergewisserte er sich in seinem Wörterbuch, dass Messer *bıçak* bedeutete.

Mit nach wie vor flauem Magen betrat er schließlich ein Geschäft mit sonnenvergilbtem Schild. Die Mitarbeiterin der Autovermietung erwiderte seinen türkischen Gruß mit einem freundlichen Lächeln und fragte ihn auf Englisch, wie sie ihm behilflich sein konnte. Als sie ihn für die Anmietung eines Wagens nach dem Führerschein fragte, zögerte er nicht, diesen vorzulegen. Sein Blick war auf ihren Ausschnitt gerichtet, seine Gedanken waren woanders.

68

Er träumte nicht von ihm. Nicht vom Wanderer und seinen Bluttaten, die er, ohne behelligt zu werden, im Schutze seiner Traumwelt begehen konnte. Der Peiniger erschien ihm nicht, war spurlos verschwunden, als hätte es ihn nie gegeben. Schmerzen dagegen spürte er überall.

»Na, wie geht's dir?«, fragte Selma und richtete die Decke auf dem Küchensofa.

»Wie spät ist es?«, fragte Zeki.

»Gleich elf. Jale hat mich gebeten, herzukommen. Sie ist schon ins Büro. Mach dir keine Sorgen.«

Er lächelte Selma dankbar zu und zog die Decke beiseite. »Wolltest du nicht heute nach Istanbul fliegen?«

»Süleyman ist ohne mich geflogen, wir hatten Streit, aber darüber werden wir nicht reden«, gab sie beiläufig zurück. »Sieh mal, wer dich begrüßen will.«

Sie legte ihm Memo auf die Brust. Zeki drückte ihn an sich und dachte mit Beklemmung an den Moment, als er Derya im Spiegel auf dem Bett gesehen hatte. Er schüttelte sich und schob den Gedanken so weit weg, wie er konnte. Verstohlen atmete er den Duft seines Enkels ein, den Derya geliebt hatte wie er. Dann bat er Selma, ihn wieder an sich zu nehmen. Als sie die Küche verließ, um den Kleinen hinzulegen, stand er auf.

Das schmerzende Gesicht und die geprellten Rippen erinnerten ihn an die Schläge, die er von dem Fremden hatte einstecken müssen. Daran, wie er gefesselt und geknebelt gefürchtet hatte, an dem stechenden Rauch zu ersticken. Einer der Nachbarn, den er nach Derya gefragt hatte, hatte den Rauch entdeckt und die Feuerwehr alarmiert. Später im Krankenhaus hatten ihm die Ärzte eine leichte Rauchvergiftung diagnostiziert. Gegen ihren Rat war er nach Hause gefahren, wo er Jale und Memo schlafend in seinem Bett vorgefunden hatte. Ohne sich auszuziehen, hatte er sich gegen zwei Uhr morgens auf das Sofa in der Wohnküche gelegt. Er war mit den Gedanken eingeschlafen, mit der Vergiftung leben zu können, nicht aber damit, zu spät gekommen zu sein, um Derya das Leben zu retten.

»Was bedeutet das alles?«, fragte er Selma, als sie in die Küche zurückkehrte. »Derya ist an deinem Geburtstag gestorben.«

»Wie meinst du das, Zeki?«, erschrak sie.

»Ich weiß es nicht, wirklich. Vergiss es«, schob er überhastet nach.

Selma trat zur Espressomaschine und hantierte umständlich daran. »Ich mache mir einen Espresso. Willst du auch einen?«

Er nahm sein Sakko vom Sofa. »Nein, danke. Ich gehe ins Büro.«

Selma schaltete die Maschine wieder aus und baute sich vor ihm auf. Die Sorge um seine Gesundheit ließ sie die Stimme erheben. »Du wärst gestern Nacht beinahe erstickt und hattest Allah auf deiner Seite, als die Gasflasche explodiert ist. Bleib hier und ruh dich aus, du hast es nötig.«

Zeki wartete, bis sie mit der Standpauke zu Ende war, dann umarmte er sie. Selma zog ihn fest an sich.

»Das ist das Mindeste, was ich für Derya tun kann. Ich habe sie schlecht genug behandelt, als sie noch lebte.«

Selma sah ihm in die Augen. »Gib dir keine Schuld für das, was passiert ist.«

»Das tue ich nicht. Aber …« Er setzte sich zurück auf das Sofa.

»Was aber?«, fragte Selma nach.

»Ich wusste, etwas Schlimmes würde geschehen«, sagte er

tonlos. »Nicht aber, dass es mit Derya zusammenhängt. Ich war auf der falschen Spur.«

»Wie meinst du das?«, wollte sie genauer wissen. »Hattest du denn einen Verdacht? Das konntest du doch gar nicht. Jale hat erzählt, dass der Täter ein unbescholtenes Leben geführt hat. Er war Deryas Nachbar. Wie hättest du auf ihn kommen sollen?«

»Das stimmt. Trotzdem habe ich von ihm geträumt.«

»Geträumt? Was hast du geträumt?«

»Eben nichts, was zu Derya führte. Eher zu uns beiden, zu unserem Leben in München und Istanbul …«, formulierte er vage.

»Ich verstehe nicht, was du meinst, aber hör auf, dir Vorwürfe zu machen. Wie solltest du von einem Traum auf Deryas Tod schließen?«

»Ebendas macht mir zu schaffen. Vielleicht hätte ich es voraussehen können?«

Selma atmete durch. »Weißt du noch, als Özlem von dem Klettergerüst gefallen und sich den Arm gebrochen hat? Auf dem Spielplatz an der Welfenstraße?«, sagte sie und setzte sich neben ihn. »Aus lauter Wut und Sorge hast du am helllichten Tag versucht, das Gerüst abzumontieren, als ob es den Arm unserer Tochter wieder heil gemacht hätte. Nichts anderes versuchst du gerade. Du versuchst, das Geschehene ungeschehen zu machen. Das schafft selbst ein Zeki Demirbilek nicht. Dass der verdammte Nachbar von seiner Mutter auf die Welt gebracht wurde, daran kannst du nichts ändern.«

Zeki blieb sitzen und schloss die Augen, weil er fühlte, wie nahe ihm die Liebe seines Lebens war und sich in seiner Seele besser auskannte als er selbst. Er spürte ihre Hand liebevoll über seine Wange streichen und hörte sie sagen: »Geh jetzt und hilf, Deryas Mörder zu finden.«

»Ich habe Serkan noch nicht informiert«, erwiderte er und ließ Selma zurück, als wäre sie nicht Gast in seiner Wohnung, als wäre sie nach all den Jahren zu ihm zurückgekehrt.

69

Serkan Kutlar hielt Özlems Hand, sie waren unterwegs zu der überfüllten Haltestelle in Tophane. Keine halbe Stunde zuvor hatte sie sich mit Mühe aus den Armen des Migra-Mitarbeiters befreit, um nicht zu spät zu einem Termin zu kommen. Den Job bei der Ausstellungseröffnung in einer angesagten Galerie verdankte sie ihrer Mutter. Unter den Mitbringseln, die Serkan ihr in Selmas Auftrag mitgebracht hatte, war eine Aufmerksamkeit für den Künstler, die sie ihm überreichen sollte.

»Wir machen eine Riesendummheit«, flüsterte er ihr ins Ohr und küsste sie.

Özlem genoss die Zärtlichkeit nicht nur, sie erwiderte sie leidenschaftlich. »Ich stehe eigentlich auf ältere Männer. Wie hast du mich nur rumgekriegt?«

»Erstens bin ich älter, und zweitens kann keine schöne Frau meinem Charme widerstehen«, witzelte er.

»Die paar Jahre, vergiss es, und dein Charme liegt darin, dass du mir Mamas Geschenke aus München mitgebracht hast. Gib nicht so an!«

Serkan lachte auf und umarmte sie. Aus dem Augenwinkel sah er den städtischen Bus, der sich in dem vormittäglichen Verkehrschaos den Weg freihupte. »Kannst du nicht krankfeiern? Unseren letzten Tag in Istanbul sollten wir gemeinsam verbringen. Ich wüsste auch schon, wo und wie«, hauchte er ihr ins Ohr.

»Nein, ich brauche den Job, ist schwer genug, in dieser Stadt was Vernünftiges zu finden«, widersprach sie streng. »Ich nehme den Bus, und wir sehen uns nie wieder. Wir hatten ein paar schöne Tage zusammen, und mehr werden es nicht werden. Das war's, Serkan, Fernbeziehungen sind nichts für mich.«

Er versuchte nicht, sie umzustimmen, das hatte er die ganze vergangene Nacht in Selmas Wohnung bereits getan. Özlem, hatte er irgendwann verstanden, hatte ähnliche unüberwindbare Prinzipien wie ihr Vater. »Warten wir's ab«, meinte er lediglich und ließ die zum Bus drängenden Leute vorbei. Özlem bewegte sich nicht von der Stelle.

»Was ist? Willst du nicht einsteigen?«, fragte er.

»Ist mir zu voll, ich nehme den nächsten«, grinste sie und schob ihn zur Seite, um die Leute vorbeizulassen. Serkan schüttelte den Kopf über ihren Sinneswandel und griff in die Hosentasche. Er schaute auf das vibrierende Mobiltelefon. »Dein Vater.«

Özlem seufzte. »Geh ran, sag aber nicht, dass wir zwei, du weißt schon! Wir sind kein Paar und werden es nie werden!«

Mit guter Laune nahm er den Anruf entgegen und sah, als sich seine Stimmung schlagartig änderte, auf die Uhr. »Ich bin schon unterwegs. Wo soll ich Kaymaz treffen?«

Er steckte das Telefon zurück und sah Özlem in die Augen, während sich weitere Fahrgäste an der Haltestelle sammelten. »Etwas Furchtbares ist passiert.«

»Was?«, schrie sie plötzlich. »Ist *baba* was zugestoßen?«

»Nein, ihm geht's gut. Derya ist tot.«

»Derya, aber … Wie? Derya? Was ist mit Derya?«, stammelte sie.

»Sie ist tot, Özlem. Derya wurde ermordet.«

Tränen rannen über ihr Gesicht. »Das kann nicht sein. Das ist nicht wahr. Nein, das glaube ich nicht. Derya? Warum Derya?«

Serkan nahm sie in den Arm. »Die Migra arbeitet daran. Sag die Verabredung ab, ich komme dich später besuchen …«

»Was ist mit meinem Vater?«, unterbrach sie ihn schluchzend.

»Er klang gefasst.«

Sie zwängte sich aus seiner Umarmung. »Das ist er aber nicht. Ganz sicher nicht.«

Nach dem Kampf durch Istanbuls vollgestopfte Straßen erreichte Kutlar mit einem Taxi Kaymaz' Polizeidienststelle. Er bezahlte, ohne das Rückgeld abzuwarten, und eilte zum Eingang, wo er sich einem Sicherheitscheck unterziehen musste. Der Beamte am Empfang wies ihm den Flur zum Dienstzimmer, wo ihn Selim Kaymaz, Demirbileks Freund und Amtskollege aus Istanbul, bereits erwartete. Auf dem Monitor war das Migra-Team aus München zugeschaltet. Kutlar nickte seinen Kollegen zu. Demirbilek, Cengiz, Vierkant und Leipold grüßten stumm zurück. In allen Gesichtern las er Trauer. Doch nicht die verweinten Augen seiner Mitbewohnerin Cengiz, die ihre beste Freundin verloren hatte, ließ ihn schlucken. Die Gleichgültigkeit in Demirbileks Stimme machte ihm Sorgen.

»Okay, lasst uns anfangen, wir haben keine Zeit zu verlieren«, eröffnete dieser die Besprechung. »Wie wir bei der Durchsuchung des Tatortes festgestellt haben, ist der mutmaßliche Mörder von Derya Tavuk gestern Nacht mit der letzten Maschine aus München in Istanbul eingetroffen. Ist das so, Selim?«

Kaymaz nahm ein Schreiben von Tisch. »Ja, Kurt Fischl hat vom Flughafen die Metro genommen. Wir haben ihn auf den Überwachungsvideos entdeckt.« Kaymaz nahm einen Schluck Wasser. »Er ist an der Haltestelle Eminönü ausgestiegen. Da haben wir zunächst seine Spur verloren.« Dem Gesetz der Gastfreundschaft folgend unterbrach er sich und schenkte dem jungen Kollegen neben sich Wasser ein.

»Zunächst?«, fragte Cengiz über Lautsprecher ungeduldig nach. »Wie habt ihr ihn wiedergefunden? Hotels gecheckt?«

Der Istanbuler Kommissar bejahte mit einem Kopfnicken. »Ganz genau, Jale. Allerdings hat sich die Suche hingezogen. Wie viele Hotels und Pensionen wir in Istanbul haben, muss ich euch wohl nicht vorrechnen. Wir waren davon ausgegangen, dass er in Sultanahmet abgestiegen ist. Deshalb hat es gedauert, bis wir sein Hotel in Karaköy ausfindig machen konnten, auf der anderen Seite der Galatabrücke.«

»Ist er noch dort?«, fragte Leipold nach.

Kaymaz schüttelt den Kopf. »Nein, wir waren zu spät. Er hat heute früh sehr zeitig ausgecheckt. Der Rezeptionist erinnert sich, ihm den Weg zum Esenler Otogar gezeigt zu haben.«

Kutlar kannte von Fahrten ins Landesinnere den größten Busbahnhof Europas und verdrehte die Augen. »Hätte er nicht fliegen können? So ein Mist.«

Cengiz versuchte, mit Fassung zu sprechen, aber in ihrer Stimme lag die schwere Trauer um ihre Freundin. Sie hatte neben Memo in Demirbileks Bett stundenlang geweint und war nicht in der Lage gewesen, Vierkant und Leipold bei der Durchsuchung von Fischls Wohnung zu unterstützen. »Würdet ihr uns die Aufnahmen vom Busbahnhof online stellen, Selim *Bey*? Wir können in München einen Teil der Überwachungsbilder übernehmen.«

»Nicht nötig, mein Kind«, wiegelte Kaymaz mit einfühlsamer Stimme ab. »Wie ihr in München haben meine Leute auch die Nacht durchgearbeitet und sind leider nicht fündig geworden …«

Cengiz sprang vom Stuhl, fluchte sich auf Türkisch die Trauer von der Seele und schleuderte einen Berg Akten von ihrem Schreibtisch. »Wir haben keine Ahnung, wohin das Schwein gefahren ist!«

Demirbilek blieb regungslos sitzen. Er unterband Cengiz' Ausbruch nicht. Mit Vierkant und Leipold wartete er, bis sie sich beruhigt hatte.

Auch Kutlar und Kaymaz waren stumm geblieben. Als alle Cengiz' Entschuldigung vernommen hatten, setzte der Istanbuler Kommissar die Besprechung fort. »Entschuldige, Jale. Ich wusste nicht, wie nahe du und Derya euch standet, ich hätte mich kürzer fassen sollen. Aus irgendeinem Grund hat Herr Fischl die Fahrt mit dem Reisebus unterbrochen. Die aufmerksame Mitarbeiterin einer Autovermietung hat ihn erkannt. Er hat sich in einem Städtchen ein Auto besorgt. Wir wissen, wo er vor einer Stunde war, allerdings nicht, wohin er unterwegs ist.« Er machte eine Pause. »Serkan und ich machen uns an die Arbeit. In Ordnung, Zeki?«

Demirbilek hatte nach der Eröffnung der Besprechung kein Wort mehr gesagt. Er räusperte sich mehrfach, bis er seine Stimme wiederfand. »Natürlich, Selim. Fischl muss ja ein Ziel haben, irgendwo muss er hinwollen. Wir machen uns hier ebenfalls an die Arbeit. Nächste Besprechung in zwei Stunden.«

70

»Also, was habt ihr in Fischls Wohnung sichergestellt? Isabel, Pius? Irgendeine Verbindung in die Türkei? Hatte er Freunde oder Bekannte dort?«, fragte Demirbilek mit Blick auf Cengiz, die hinter ihrem Monitor alle Kraft zusammenraffte, um zu arbeiten. Schick sie nach Hause zu Selma, sagte er sich, im selben Atemzug dachte er an seine eigene Verfassung, daran, wie es ihm half, zu versuchen, Deryas Mörder zu fassen.

»Praktisch nichts außer einer verkohlten Zweizimmerwohnung«, übernahm Leipold die Antwort. »Ein Wahnsinn! Steckt der Irre die eigene Bude in Brand und dreht das Gas auf ...« Er unterbrach sich. »Entschuldige, Zeki. Ich ...«

»Dann eben du, Isabel«, wandte sich Demirbilek an Vierkant, ohne auf den Gefühlsausbruch einzugehen.

Vierkant hatte ihre Gefühle einigermaßen im Griff. »Pius hat recht. Viel ist nach der Explosion und dem Einsatz der Feuerwehr nicht übrig geblieben. Der Boiler im Badezimmer hat einigermaßen überlebt. Die Reste eines Computers haben wir nicht gefunden. Wir gehen davon aus, dass er einen Laptop hatte, den er mitgenommen hat.« Sie ging ihre Notizen durch. »Nicht einmal Geschirr und Besteck aus der Küche haben das Feuer überlebt. Alles hinüber. Wir haben nichts aus der Wohnung sichergestellt, was uns weiterhilft.«

»Und im Schlafzimmer, das war ja am anderen Ende des Flurs?«, fragte Leipold nach.

»Du meinst Deryas Leiche«, verbesserte Demirbilek ihn emotionslos. »Spuren? DNA-Material?«

»Ist in Arbeit. Ferner und ihr Team arbeiten mit Hochdruck daran«, informierte Cengiz vom Schreibtisch aus. »Ich habe heute Morgen mit Isabel die Nachbarn befragt. Alle haben mehr oder weniger dasselbe über Fischl gesagt. Netter Mann, freundlich und ruhig, lebte zurückgezogen, kein Sonderling oder jemand, der besonders auffiel«, ratterte sie schnell herunter. »Kommt herüber, Fischls Arbeitgeber hat gerade eine Mail geschickt.«

Demirbilek war als Erster an Cengiz' Schreibtisch und betrachtete auf dem Monitor ein Foto von der letzten Weihnachtsfeier des Sicherheitsunternehmens. Fischl war auf dem Gruppenbild in der hinteren Reihe zu erkennen. Er lächelte mit warmen, freundlichen Augen in die Kamera.

»Das ist das aktuellste Foto, das ich auftreiben konnte«, erklärte sie den Kollegen. »Fischl war nicht auf Facebook oder auf anderen sozialen Netzwerken aktiv. Die Haare trug er schon immer lang, und seit ein paar Wochen, hat mir sein Arbeitgeber erzählt, hat er sich einen Schnurrbart wachsen lassen.« Nach einer Pause fügte sie hinzu: »Ich habe ihn auf der Erotikmesse verhört. Er ist der Sicherheitsmann, der Kranic aus Duygus Garderobe befördert hat.«

»Was? Ist dir klar, was du da sagst? Bist du sicher? Ist es wirklich derselbe?«, fragte Leipold entsetzt.

»Ja, Fischl hat laut Schichtplan an dem Abend Dienst auf der Erotikmesse geschoben«, erklärte Cengiz mit brüchiger Stimme. »Hätte ich ihn anders verhört, hätte ich ihn in die Mangel genommen, hätte ich ihn festgenommen, wäre …« Der Rest ging in einem Schluchzen unter.

Demirbilek wusste nicht, wie er die neue Information für die Suche nach dem Verdächtigen bewerten sollte. In Gedanken bei schicksalhaften Zufällen, denen er nicht zugestehen wollte, für Konfusion zu sorgen, beobachtete er, wie Cengiz von Leipold in den Arm genommen wurde.

»Beruhige dich, Jale, du konntest ja nicht wissen oder ahnen, dass … du weißt schon«, tröstete Leipold sie unbeholfen, aber von Herzen, bevor er stockte. »Das wird doch nicht derselbe sein, der den Uygun attackiert hat? Lange Haare, Schnauzer?«

Cengiz löste sich aus der Umarmung und verzog keine Miene. »Das Foto habe ich gleich an Yavuz Uygun weitergeleitet, damit er es seiner Mutter zeigt.«

Demirbilek blickte von den beiden zu Vierkant, die am Drucker auf einen Ausdruck wartete.

»Chef«, sagte sie mit dem Papier in der Hand. »Sehen Sie sich das mal an. Feldmeier hat ihre Kontakte spielen lassen, damit es schnell geht. Hier sind Fischls Telefonverbindungen seines Festnetztelefons. Es gibt eine einzige Nummer aus der Türkei, die hat er allerdings etwa vor einem halben Jahr angerufen.«

Demirbilek nahm die Liste entgegen. »Das ist die Vorwahl von Istanbul.«

»Wie lautet die Nummer? Ich rufe anonym an, das geht am schnellsten«, rief Cengiz ihm zu und drückte die Ziffern, die er ihr weitergab, in ihr Mobiltelefon. Nach einigen Sekunden schlug sie mit der Hand gegen das Monitorgehäuse. »Kein Anschluss unter dieser Nummer klingt auf Türkisch genauso beschissen wie auf Deutsch!«

Demirbilek zeigte sich nachsichtig, obwohl er Cengiz' wütende Trauer für eine zielführende Polizeiarbeit nicht mehr dienlich hielt. »Schick sie Kutlar, vielleicht kriegen sie in Istanbul heraus, wem der Anschluss gehört hat.«

Es klopfte an der Tür. Kriminalrätin Feldmeier betrat die Migra. Sie nickte allen zu und ging schnurstracks in das Dienstzimmer des Sonderdezernatsleiters durch. Demirbilek folgte ihr und schloss hinter ihnen die Tür. Ohne Zeit zu verlieren, drückte sie ihm eine Akte in die Hand.

»Hier, diesen KAN-Nachweis habe ich aufgetrieben, fragen Sie aber nicht, wie. Die Informationen darin müssten längst gelöscht sein. Fischl war als Zeuge bei einer Gerichtsverhandlung geladen. Vielleicht hilft das weiter«, erklärte sie ohne Begrüßung.

Demirbilek blätterte durch die Seiten des Kriminalaktennachweises, bis zu dem Blatt mit einem Post-it-Zettel, den sie für ihn platziert hatte. Mit Lineal waren der Name Kurt Fischl und der des Angeklagten unterstrichen.

Ohne die Augen von den Unterlagen zu nehmen, ließ er die Kriminalrätin stehen und kehrte zu seinem Team zurück.

»Isabel, Jale, ich habe einen Namen für euch, seht mal, was ihr findet«, sagte er kaum hörbar. »Möglicherweise haben wir die Verbindung in die Türkei.«

71

Am nächsten Abend traf Serkan Kutlar mit dem Gefangenen Kurt Fischl am Münchner Flughafen ein und übergab ihn an die Justizbeamten, die ihn an der Sicherheitskontrolle erwarteten. Fischl hatte sich am Tag zuvor beim Tanken wenige Kilometer vor Samsun widerstandslos von einer Streife verhaften lassen. Demirbilek hatte vom Wohnsitz des ehemaligen türkischen Arbeitskollegen, dem er als Zeuge bei einem Diebstahlsdelikt ein Alibi bescheinigt hatte, auf das Fahrziel geschlossen. Den Rest erledigte Kaymaz mit Verkehrskontrollen auf den Straßen nach Samsun.

Die forensischen Beweise ließen keinen Zweifel zu, obwohl Fischl seit der Festnahme kein Wort von sich gegeben hatte. Samensekret und Gewebespuren auf Derya Tavuks Leiche konnte Gerichtsmedizinerin Ferner eindeutig dem Verdächtigen zuordnen. Mithilfe derselben Spuren konnte sie auch nachweisen, dass Kurt Fischl tatsächlich den Tod von Mirko Kranic mitverschuldet hatte.

Als obendrein Songül Uygun Kurt Fischl als den Täter identifizierte, der ihren Mann mit dem Pfefferspray angegriffen hatte, ahnte Cengiz längst, dass es sich um ein und dieselbe Person handelte. Sie hatte angefangen, nach Gewaltverbrechen gegen Frauen zu suchen, bei denen die gewalttätigen Männer körperlich attackiert worden waren. Am Ende hatte sie eine Liste mit einem Dutzend offener Straftaten, die sie Demirbilek vorlegte.

Bei der ersten Vernehmung durch Hauptkommissar Demirbilek verweigerte Fischl die Aussage. Kein Wort kam über seine Lippen, obwohl ihm sein Pflichtverteidiger zur Kooperation riet. Das psychologische Gutachten zur Feststellung seiner Schuldfähigkeit war in Arbeit.

Letztlich war es Pius Leipold, der Demirbilek auf den entscheidenden Zusammenhang brachte. Auf dem Laptop und den Festplatten, die in Fischls Rucksack sichergestellt wurden, fanden sich rund eine halbe Million Fotografien. Die meisten zeigten Eindrücke von München, auf neueren Aufnahmen waren Straßen, Gebäude und Menschen in Istanbul zu sehen. Es existierten auch zweiundfünfzig Dateiordner mit zum Teil gescannten Fotos der Mutter des Verdächtigen. Anhand der Tatortfotos in Ordner einundzwanzig, die das zerschundene Gesicht von Carolin Fischl zeigten, ließ Leipold sich die dazugehörige Fallakte aus dem Archiv bringen.

Auf die Weise erfuhr Demirbilek von Kurt Fischls Geburt, etwa neun Monate nachdem seine Mutter vergewaltigt worden war. Laut Unterlagen und Gesprächsprotokollen hatte das Gewaltopfer nie zugegeben, von ihrem Vergewaltiger schwanger geworden zu sein. Im Alter von zweiundfünfzig Jahren hatte sie sich das Leben genommen. Ihr Sohn Kurt fand sie in der Wohnung, in der er bis zu ihrem Tode mit ihr gelebt hatte, mit dem Kopf im Backofen des Gasherdes.

Kurt Fischl wurde zum dritten Verhör nach seiner Festnahme vorgeführt. Demirbilek erwartete ihn auf einem Stuhl in der Ecke des Vernehmungsraumes und nickte Leipold zu. Seinem Kollegen gegenüber saßen Fischl und sein Pflichtverteidiger.

»Was für ein Schicksal, Herr Fischl«, begann Leipold sanftmütig. »Dass Sie auf diese Weise in die Fußstapfen Ihres Vaters treten würden, hätte das Ihre Mama gewollt?«

Demirbilek sprang vom Stuhl, schneller als der Sicherheitsbeamte, der ebenfalls aufsprang, um Leipold beizustehen. Mit

Leipolds Worten hatte Fischl alle Zurückhaltung fallen lassen und sich auf ihn gestürzt.

Zusammen mit dem Sicherheitsbeamten gelang es Demirbilek, den Verdächtigen ruhigzustellen. Als die Situation unter Kontrolle war, holte der Beamte die Handschellen heraus, um Fischl abzuführen. Doch Demirbilek bestand auf die Fortführung der Vernehmung.

»Setzen Sie sich, Herr Fischl«, sagte er besonnen.

Ohne Vorwarnung wie bei der Attacke sammelte Fischl Spucke im Mund und spie Leipold ins Gesicht. Nun war es an dem Münchner, die Fassung zu verlieren. Er beugte sich über den Tisch und stieß ihn mit den Händen vom Stuhl. Am Boden liegend lachte der Verdächtige leise vor sich hin und rappelte sich auf, ohne die Hilfe des Sicherheitsbeamten anzunehmen.

»Pius, geh dich waschen, ich mache alleine weiter«, sagte Demirbilek und reichte ihm ein Stofftaschentuch.

Nachdem Leipold mit hochrotem Kopf gegangen war, nahm Demirbilek seinen Platz ein und setzte nüchtern und sachlich die Vernehmung fort. »Laut Aktenlage ist Ihr leiblicher Vater nie gefasst worden. Oder wissen Sie, wer er ist, und haben ihn geschützt?«

Fischl schüttelte den Kopf.

»Sie müssen sprechen, wegen der Aufnahme«, forderte Demirbilek ihn freundlich auf.

Fischl schüttelte weiter den Kopf.

»Der Verdächtige schüttelt den Kopf und verneint mit der Geste die Frage«, sprach Demirbilek laut und deutlich ins Mikrofon. Der Verteidiger bestätigte die Angabe.

»Hat mein Kollege recht? Haben Sie Derya Tavuk vergewaltigt, um es Ihrem Vater gleichzutun? Ich kann mir das nicht vorstellen, Herr Fischl.«

Fischl stoppte unvermittelt das Kopfschütteln. »Warum haben Sie bei mir geklingelt? Das frage ich mich schon die ganze Zeit.«

»Derya war eine Freundin, ich habe ihren Schlüsselbund vor Ihrer Wohnung gefunden«, blieb Demirbilek bei der Wahrheit.

Fischl nickte. »Es tut mir leid. Ich wollte das nicht.«

»Nein?«

»Nein, es ist einfach passiert.«

Demirbilek schwieg eine Weile.

»Und Mirko Kranic? Ist das auch einfach passiert?«

Fischl war offenbar froh, das Thema wechseln zu können. »Sie meinen den vom Olympiapark?«

»Ja«, bestätigte Demirbilek.

»Ihn habe ich bestraft, weil er die Tänzerin so unmöglich behandelt hat. Umgebracht habe ich ihn aber nicht. Nur geschlagen.«

»Auf den Kopf getreten?«

»Ja, kann sein. Wahrscheinlich. Aber nur geschlagen. Ich war das nicht mit dem Ding in seinem Mund und …«

»Und Herr Uygun? Haben Sie ihn auch bestraft?«

»Wer ist das?«

Demirbilek legte ihm Cengiz' Liste mit den offenen Straftaten vor und deutete auf den obersten. »Hier, der Mann auf dem Königsplatz, er hat seine Frau vor der Antikensammlung geschlagen.«

Fischl nickte. »Ja, das war ich. Die arme Frau, sie hatte Todesangst. Er hatte es verdient.«

Der Verteidiger bat Fischl um die Liste und überflog sie. »Was sind das für Fälle, Herr Kommissar?«

Demirbilek ignorierte ihn. »Das würde ich gerne von Ihnen erfahren, Herr Fischl. Sehen Sie sich die Liste an. Haben Sie diesen Frauen geholfen, weil Männer sie angegriffen haben?«

Der Angeklagte ging mit dem Finger die Einträge durch. »Von den meisten weiß ich nichts.« Er stoppte. »Das war ich. Das war ein Mann in der Trambahn. Ich habe beobachtet, wie er eine junge Asiatin befummelt hat. Sie hat nichts gesagt und ist an der nächsten Station ausgestiegen. Ich habe den Mistkerl über die

Corneliusbrücke in die Isar gestoßen. Ihm ist aber nichts passiert, er ist nur erschrocken«, erzählte er freimütig und sah wieder auf die Liste. »Und der hier. Der hieß Thomas. Er wollte das Mädchen in der Zelle vergewaltigen«, gestand er und schob das Dokument von sich. »Vom Rest weiß ich nichts.«

Demirbilek las die Angaben, die Cengiz zu dem Fall in Neudeck notiert hatte. »Der Junge war fünfzehn. Er ist an einem Schädelbasisbruch verstorben.«

Fischl schwieg eine Zeit lang, ehe er flüsterte: »Das wollte ich nicht.«

»Helfen Sie mir, Sie zu verstehen. Haben Sie den Jungen und die anderen Männer bestraft, weil Ihr Vater ohne Strafe davongekommen ist?«

Fischl schüttelte den Kopf. »Vielleicht. Ich weiß es nicht. Ich war da, als Nilay …«

»Nilay? Wer ist Nilay?«

»Nilay war die Erste, die meine Hilfe brauchte. Außer mir war niemand da, ich musste sie beschützen.«

»Beschützen wie Ihre Nachbarin Derya?«

»Das war keine Absicht. Das ist einfach …«

»Nein!«, schrie Demirbilek. »Das ist es nicht!«

72

Der klapprige Transporter tuckerte so laut, dass Zeki mit Memo auf dem Arm zum Küchenfenster ging und nachsah.

»Sieh mal, Onkel Robert ist da«, sagte er ihm.

»Wolltest du nicht mit ihm Türkisch reden?«, fragte Selma am Küchentisch und blickte von einem Magazin auf, das sie achtlos durchblätterte.

»Stimmt, vergesse ich zu oft.«

Selma stand auf und kam zu ihm an das Fenster. »Robert ist zu früh dran. Typisch«, lächelte sie. »Jale hat eine Mail geschrieben. Mit Deryas Überführung ist alles gut gegangen. Sie wird morgen in ihrem Heimatdorf beerdigt.«

»Ich weiß, ich hab's gelesen«, antwortete er. »Wo ist meine Tasche? Robert wartet nicht gerne.«

Prompt röhrte eine Hupe wie aus den Anfängen der Automobilgeschichte in die Küche.

Selma winkte Robert durch das Fenster zu, der auf die Straße getreten war. »Deine Tasche ist vermutlich dort, wo du sie abgestellt hast«, beantwortet sie seine Frage. »Und du hast tatsächlich deine Mails gelesen?«

»Ja, geht ganz gut, wenn man es nicht übertreibt.« Er gab Memo einen Abschiedskuss. »So, *dede* muss jetzt los, pass auf *babanne* auf, mein Junge. Die Mama ist übermorgen wieder da und ich auch. Mal sehen, was ich dir aus Tschechien mitbringe.«

Er drückte den Kleinen Selma in die Arme. »Danke, dass du geblieben bist.«

»Los, jetzt verschwinde schon, sonst überlege ich es mir anders«, scherzte sie.

»Und deine Uni in Istanbul weiß Bescheid, dass du eine Woche später kommst?«, fragte er nach, aus Sorge, sie könnte den Ruf an den alten Lehrstuhl verlieren.

»Zeki! Ich bin ein großes Mädchen und weiß, was ich tue! Los jetzt, genieß das Wochenende mit Robert, und wehe, du bringst mir etwas mit!«

Zeki lächelte dankbar. Dann verließ er die Küche und kam zurück, als sie Memo vor das Sofa zum Spielen setzte. In der Hand hielt er ein Schächtelchen. »Alles Gute zum Geburtstag, Selma.«

Seine Exfrau schüttelte den Kopf und nahm das Geschenk entgegen. »Zeki!«, schimpfte sie ihn, überrascht über die Verpackung. »Das Geschenkpapier habe ich vor Jahren gekauft. Du hast es immer noch?«

»Wieso hätte ich es wegwerfen sollen?«, fragte er stirnrunzelnd und verabschiedete sich mit zwei Wangenküssen.

Als er die Küche verlassen hatte, öffnete sie das Geschenk und freute sich über die schlichte Schönheit, mit der ihr Exmann sie bedachte. Zeki hatte ihr ein Fußkettchen mit Perlen besorgt. Sie sah auf, weil sie seine Anwesenheit spürte.

Er stand in der Küchentür mit der Reisetasche in der Hand und gratulierte ihr auf Türkisch. *»Doğum günün kutlu olsun, birtanem.«*

Nach einer qualvollen halben Stunde Fahrt durch die verstopfte Isarparallele und einem Stau auf dem Mittleren Ring erreichten Zeki und Robert in dem Transporter die Autobahn Richtung Norden. Aus den Lautsprechern tönte ein Hörbuch. Robert schätzte Orhan Pamuk über alles und verfolgte mit Genuss zum wiederholten Mal den Roman »Istanbul«. Einige markante Textzeilen murmelte er mit und klopfte den Takt der Silben auf das

Lenkrad. Für Zeki auf dem Beifahrersitz war die Geschichte neu. Bei Passagen, die ihm zu verklärt erschienen, schüttelte er ungläubig den Kopf. Andere Textstellen versetzten ihn mühelos in seine Geburtsstadt, wo er die ersten zwölf Lebensjahre verbracht hatte.

»Du bist der Hiwi, ist ja klar, Zeki«, erinnerte Robert seinen Freund an die Vereinbarung und schaltete den CD-Player aus. »Ich brauche dich zum Tragen und zum Dolmetschen. Das Verhandeln der Möbelstücke überlässt du mir. Verstanden?«

»Logisch, Chef«, gab Zeki zurück.

»Am Telefon habe ich den Händler kaum verstanden. Keine Ahnung, woher aus der Türkei er stammt. Aus Istanbul ganz bestimmt nicht.«

»Was es nicht alles gibt auf der Welt. Ein türkischer Antiquitätenhändler im Böhmerwald«, war Zekis einziger Kommentar.

»Und nach dem Geschäftlichen gehen wir zwei hübsch wandern, ob du willst oder nicht!«, schob Robert hinterher.

Die Freunde erreichten das Ende der Autobahn und reihten sich in die Kolonne mit Lastwagen ein, die auf der Landstraße nach Tschechien unterwegs waren. Zeki war in der Zwischenzeit eingeschlafen. Er war wieder in dem Traum gefangen, der ihn nach Yalova zu einem der Wochenenden mit Selma gebracht hatte. Krampfhaft wollte er sich erinnern, warum diese Tage der Zweisamkeit geendet hatten. Die Begebenheit auf der Festungsanlage drängte sich in den verschwommenen Bildern vor. Widerwillig spazierte er an der Brüstung entlang. Doch nicht Selma war bei ihm. Es war Derya, die sich gefährlich weit über das Geländer beugte. Er rannte zu ihr, und in letzter Sekunde bekam er Deryas Hand zu fassen. Er hielt sie fest, bis er spürte, wie der Schweiß auf seiner Hand stärker wurde und sie ihm entglitt.

Er schrak aus dem Albtraum auf. Sein Gesicht war nass. Bis er sich umblickte und verstand, dass Robert den Transporter an einer Tankstelle geparkt hatte, vergingen Sekunden.

Robert musterte ihn eine Weile und sagte: »Wein ruhig, mein Freund. Derya war nicht irgendwer in deinem Leben.«

Zeki starrte mit glasigen Augen durch die verschmutzte Windschutzscheibe. »Als ich mit ihr Schluss gemacht habe …« Er unterbrach sich. »Sie hat es mir nicht leicht gemacht.«

Robert schwieg. Er drängte seinen Freund nicht, weiterzuerzählen. »Ich hole uns Kaffee, bin gleich zurück«, sagte er stattdessen und stieg aus.

Deryas Worte hatten sich ihm eingebrannt, er konnte sie auswendig aufsagen.

»Bitte, Zeki, du machst dir umsonst Sorgen wegen deiner Gefühle für mich«, hatte Derya ihm unter Tränen gestanden. »Meine Liebe reicht für uns beide. Du bist Familie für mich, du kannst sagen und machen, was du willst, kannst Dummheiten begehen, mich verwünschen, mich betrügen, ein Verbrecher werden, morden und vergewaltigen. Egal, was du anstellst, denn wisse, meine Mutter hat mich zur Welt gebracht, um für dich da zu sein. Ich lebe für dich. Verlass mich nicht.«